THER
Mit Hann

Buch

»Ob er mir seine Liebe gestehen will?«, fragt sich Katrin, als ihr Chef sie zu einem privaten Abendessen bittet. Vielleicht wird sie auch endlich die hart verdiente Beförderung erhalten. Oder – noch besser – die Nominierung für den renommierten Journalistenpreis Goldener Griffel! Katrin arbeitet als Moderatorin bei Hello-TV, einem großen privaten Fernsehsender, und ist stolz darauf, dass in ihrem Leben alles nach Plan verläuft. Bis zu besagtem Abendessen, bei dem ihr Chef ihr zu ihrem Entsetzen mitteilt, dass sie in Zukunft das wenig prestigeträchtige Seniorenmagazin des Senders moderieren soll. Doch erst die Zuschrift einer der Zuschauerinnen sorgt schließlich dafür, dass Katrins wohlorganisiertes Leben vollends auf den Kopf gestellt wird. Johanna Wagner von Trottau zu Dannenberg möchte Katrin mit dem Verfassen ihrer Memoiren beauftragen. In Wahrheit ist die rüstige alte Dame allerdings auf der Suche nach ihrer ersten großen Liebe Julius, den sie auf Kuba vermutet. Katrin soll sie auf der Reise begleiten. Und obwohl die vernünftige junge Frau rein gar nichts übrighat für heiße Länder, Salsa-Rhythmen und Cuba libre, sitzt sie kurz darauf im Flieger nach Havanna …

Autorin

Theresia Graw, geboren 1964, studierte Germanistik und Kommunikationswissenschaften. Als Journalistin war sie für verschiedene Radiosender tätig und arbeitet heute als Nachrichtenredakteurin beim Bayerischen Rundfunk in München. Außerdem hat sie mehrere Kinderbücher veröffentlicht. Bei Blanvalet sind von ihr bereits *Das Liebesleben der Suppenschildkröte*, *Glück ist nichts für schwache Nerven* und *Wenn das Leben Loopings dreht* erschienen. *Mit Hanna nach Havanna* ist ihr vierter Roman für Erwachsene.

Besuchen Sie uns auch auf www.facebook.com/blanvalet und

www.twitter.com/BlanvaletVerlag

Theresia Graw

Mit Hanna nach Havanna

Roman

blanvalet

Sollte diese Publikation Links auf Webseiten Dritter enthalten, so übernehmen wir für deren Inhalte keine Haftung, da wir uns diese nicht zu eigen machen, sondern lediglich auf deren Stand zum Zeitpunkt der Erstveröffentlichung verweisen.

Verlagsgruppe Random House FSC® N001967

1. Auflage
Copyright © 2018 by Blanvalet in der
Verlagsgruppe Random House GmbH,
Neumarkter Str. 28, 81673 München
Dieses Werk wurde vermittelt durch die Literarische Agentur
Thomas Schlück GmbH, 30827 Garbsen.
Redaktion: Angela Kuepper
Karte von Kuba auf S. 6/7:
© Kartographie Fischer-Leitl, München 2017
Umschlaggestaltung: © Johannes Wiebel | punchdesign,
unter Verwendung eines Motivs von Shutterstock.com
(© NataliaKo)
AF · Herstellung: sam
Satz: Buch-Werkstatt GmbH, Bad Aibling
Druck und Bindung: GGP Media GmbH, Pößneck
Printed in Germany
ISBN 978-3-7341-0440-4

www.blanvalet.de

»Verreise niemals mit jemandem,
den du nicht liebst.«
Ernest Hemmingway

1

Es konnte nur drei Gründe geben, weshalb mein Chef heute Abend mit mir zum Essen ausgehen wollte:

1. Er war verliebt in mich.
2. Er würde mir den Posten der stellvertretenden Redaktionsleitung anbieten.
3. Er würde mir sagen, dass ich für den Goldenen Griffel nominiert bin.

Am Montag hatte ich Olivers E-Mail erhalten, so knapp formuliert wie immer: »Muss was sehr Wichtiges mit dir besprechen. Können wir uns am Freitagabend um acht im *Il Fiore dolce* treffen?«

Ich hatte umgehend zugesagt (»Geht klar«) und seitdem intensiv über alle möglichen Motive nachgedacht. Schließlich war ich zu der Erkenntnis gekommen, dass mindestens einer der drei genannten Gründe zutreffen musste – eine andere Option gab es einfach nicht. Als gelernte Naturwissenschaftlerin (ich habe ein Diplom in Physik) kannte ich mich schließlich damit aus, Sachverhalte zu beobachten und zu analysieren und daraus die richtigen Schlussfolgerungen zu ziehen. Die Sache war ganz logisch: Der Anlass für seine Einladung in das Schwabinger Nobellokal *Il Fiore dolce* musste etwas Besonderes sein, vermutlich sogar etwas sehr Persönliches, denn über alles andere hätte Oliver ja zu den normalen Dienstzeiten in seinem Büro oder in der Kantine mit mir reden können. (Und nicht in einem Restaurant, das auf Deutsch »Die süße Blume« hieß!) Deshalb stand an Punkt eins meiner Wahrscheinlichkeitsliste die Sache mit der Verliebtheit. Zwar hatte Oliver bislang keine direkten Andeutungen dieser Art gemacht, aber es gab einige Indizien. So war allgemein bekannt, dass er seit ein paar Monaten nicht mehr mit seiner Frau zusammen war, weil er sich – wie man in der Redaktion munkelte – in eine andere verguckt hatte. Wahrscheinlich in mich, denn er schaute mich seit einiger Zeit sehr speziell an. Olivers Blicke lagen irgendwo zwischen »Ich weiß etwas, das du nicht weißt« und »Dein Leben wird demnächst eine spektakuläre Wendung nehmen«, und dabei lächelte er auf eine Weise, wie er früher nie gelächelt hatte.

Manche Männer brauchten eben ein bisschen länger, um zu erkennen, mit was für einer großartigen Frau sie da seit Jahren zusammenarbeiteten. Mir war schon klar, dass ich keine dieser klassischen Schönheiten war, nach der sich die Kerle reihenweise umdrehten, sondern eher eine Frau für den zweiten Blick. Meine Nase war etwas zu lang, meine Beine waren etwas zu kurz, und diese krausen dunklen Haare lagen spätestens einen Tag nach dem Friseurbesuch wieder so wirr um meinen Kopf wie immer. Aber ich war blitzgescheit. Und das wog so manche optische Unzulänglichkeit locker wieder auf.

Ursprünglich hatte ich vorgehabt, nach meinem Physikstudium noch einen Doktor zu machen, vielleicht sogar Professorin zu werden und den letzten ungeklärten Fragen der Wissenschaft auf den Grund zu gehen. Denn Forschen, Fragen und Tüfteln, das waren schon immer meine Lieblingsbeschäftigungen gewesen. Doch dann übernahm ich in den Semesterferien einen Studentenjob, der alles veränderte.

Um mein Taschengeld aufzubessern, fing ich an, als Kabelträgerin bei Hello-TV zu arbeiten, und nachdem ich ein paar Sendungen hinter den Kulissen begleitet hatte, wurde mir klar: Das war es! Ich würde den Rest meines Lebens ganz sicher nicht in einem Labor zwischen Elektrometer, Laserdioden und Rastertunnelmikroskop verbringen, sondern Journalistin werden. Ich war perfekt für diesen Job geeignet – ausgestattet mit einer gehörigen Portion Sachkenntnis, kombiniert mit unersättlichem Wissensdurst. Gab es etwas Tolleres, als jeden Tag andere Menschen zu treffen, alle Fragen zu stellen, die man immer schon mal stellen wollte, und anschließend der ganzen Welt darüber zu berichten? Wunderbar! Genau diese Mischung war es, die mich dazu brachte, der Uni Lebwohl zu sagen und in der Fernsehredaktion anzuheuern. Zum Entsetzen meiner Eltern übrigens. Als Professoren für klinische Pharmazie beziehungsweise angewandte Thermodynamik hätten sie es lieber gehabt, wenn ich mein Leben ebenfalls dem Dienst der Wissenschaft gewidmet hätte. Aber als sie mich das erste Mal auf dem Bildschirm sahen, waren sie mit meiner Berufsentscheidung versöhnt. Sogar mein Vater war stolz auf mich und sagte: »Statt des Physik-Nobelpreises bekommst du dann eben bald einen ganz wichtigen Journalistenpreis! Vielleicht sogar den Goldenen Griffel!« Das war gut möglich, denn natürlich trug ich bei Hello-TV längst keine Kabel mehr durch die Gegend, sondern hatte – auch dank

Olivers Unterstützung – ein bisschen Karriere gemacht. Allerdings hatte mein Chef mich noch nie zu einem privaten Treffen eingeladen. Bis zu dieser Mail am Montag.

Dass unser Chefredakteur offenbar wieder auf Freiersfüßen wandelte, war übrigens nicht nur mir aufgefallen, sondern auch Trixie, mit der ich mir seit zweieinhalb Jahren das Büro teilte.

»Katrin«, sagte sie neulich und zwinkerte mir zwischen unseren Monitoren zu. »Ich glaube, bei Oliver ist frauentechnisch was im Busch!«

Trixie musste das wissen, denn trotz ihrer zarten sechsundzwanzig Jahre war sie in Liebesdingen etwas bewanderter als ich. Als ich ihr – natürlich streng vertraulich – von Olivers Mail und unserer Verabredung am Freitagabend erzählte, kippte sie fast von ihrem Schreibtischstuhl.

»Du gehst mit Oliver zum Essen?!«

Sie kreischte so laut, dass nun vermutlich sogar die beiden Assistentinnen der Geschäftsführung im Büro am Ende des Ganges bestens informiert waren.

»Mit dem Chefredakteur persönlich? Oh, mein Gott! Du Beneidenswerte! Was gäbe ich dafür, wenn Oliver mir so eine Mail schreiben würde! Ich würde sie mir ausdrucken, in einem goldenen Rahmen an die Wand hängen und jeden Tag bebend vor ihr niederknien.«

Erwähnte ich bereits, dass Trixie bisweilen zu übertriebenen Emotionen neigte? Sie war leider furchtbar anstrengend, eine wahre Nervensäge. Sie redete zu viel, sie lachte zu laut, sie schminkte sich zu bunt und kleidete sich grässlich (mal im Ernst, wer kam denn auf die Idee, einen Mini-Plüschrock in Leopardenmuster mit einer lila Strumpfhose und dicken, leuchtend orangefarbenen Sportschuhen zu kombinieren?).

Und dann diese Ohrringe! Ihre Ohrmuscheln waren ein einziges Arsenal für Metallstecker und Gehänge aller Art. Zugetackert von oben bis unten. Am schlimmsten aber war ihre wöchentlich wechselnde Haarfarbe. Im Moment trug sie ihren ultrakurz geschorenen Schopf waldmeistergrün. In der vorigen Woche war er noch magentarot gewesen, davor karottengelb. Und an diesen Türkiston vom vergangenen Herbst mochte ich lieber gar nicht denken. Schlechter Geschmack hatte einen Namen: Trixie Bernhard.

Keine Ahnung, wie es dazu hatte kommen können, dass sie meine beste Freundin geworden war. Vermutlich weil sie trotz ihrer verheerenden Optik der netteste Mensch war, dem ich auf diesem Planeten je begegnet war. Unsere Freundschaft hatte sich ziemlich flott entwickelt, seit dem ersten Tag, an dem sie in mein Büro hereingestiefelt war und gesagt hatte: »Hallo, ich bin Trixie, die neue Juniorredakteurin, und ich arbeite ab heute auch hier.«

Trixie hatte nicht nur großartige Ideen für meine Interviews, sie konnte witzige Texte schreiben, arbeitete schnell und effizient und geriet dabei niemals in Stress, wie groß der Druck kurz vor der Sendung auch sein mochte. Außerdem hatte sie immer einen kessen Spruch auf den Lippen. Es war unmöglich, schlechte Laune zu haben, wenn sie in der Nähe war.

»Seit wann geht das schon mit dir und dem Boss?«, fragte Trixie, glücklicherweise ein paar Phon leiser. »Und warum hast du mir nie etwas davon erzählt?«

»Da geht noch gar nichts«, stellte ich klar. »Er hat mich lediglich gefragt, ob ich Zeit hätte, am Freitagabend mit ihm auszugehen.«

»Oh, das ist so cool! Ich platze vor Neugier. Ich wünschte, ich könnte dabei sein. Du musst mir anschließend jedes schmutzige Detail des Abends erzählen ...«

Ach ja, ich vergaß: Neugier war auch eine von Trixies prägenden Eigenschaften.

»Ich weiß doch noch gar nicht, worum es geht«, bremste ich ihre Euphorie.

»Egal, was es ist. Sag einfach Ja! Oliver ist ... der Hammer!«

Das war vor zwei Tagen gewesen, und am Freitagvormittag hatte ich mich noch immer nicht entschieden, wie ich auf eine Liebeserklärung seinerseits reagieren sollte. Die Vorstellung, dass mein Chef am Abend mit einer roten Rose zwischen den Zähnen vor mir auf die Knie sinken und etwas von unendlicher Liebe stammeln würde (konnte man überhaupt stammeln mit einem Blumenstängel im Mund?), war doch sehr gewöhnungsbedürftig. Aber irgendwie auch verlockend. Oliver war ein kluger, sympathischer Mann im richtigen Alter (zweiundvierzig), er sah sehr gut aus, groß, schlank, mit dunklen kurzen Haaren, und er trug stets – was ich an Männern grundsätzlich schätzte – perfekt sitzende Anzüge mit ausgesprochen geschmackvollen Krawatten zu tipptopp gepflegten Schuhen. Ich war überzeugt, dass alle Kolleginnen zwischen zwanzig und sechzig auf ihn standen. Offenbar auch Trixie.

Dabei war ich mir gar nicht sicher, ob ich wirklich verliebt war in Oliver. In dieser Sache war ich etwas aus der Übung. Ich war schon lange nicht mehr richtig verliebt gewesen, ungefähr seit zehn Jahren nicht mehr, seit ich mich während einer etwas außer Kontrolle geratenen Studentenparty in der Besenkammer unserer damaligen WG auf einen Typen namens Danny eingelassen hatte. Er arbeitete an der Bar eines angesagten Münchner Clubs, hatte optisch entfernt Ähnlichkeit mit Jake Gyllenhaal, und ich war aus Gründen, die ich später nicht mehr nachvollziehen konnte, völlig verrückt nach ihm. Ein Zustand, der zwei Tage nach unserem ersten und einzigen Abend abrupt endete, als er mir per SMS mitteilte, ich möge ihn bitte nicht weiter mit meinen Anrufen nerven, wir hätten doch beide gewusst, dass die Sache auf der Party nichts Ernstes gewesen sei, und im Übrigen habe er nur deshalb mit mir geflirtet, weil meine hübsche Freundin und Mitbewohnerin ihn kurz zuvor habe abblitzen lassen. Die folgenden Tage und Nächte verbrachte ich im Bett, zwischen Mord- und Selbstmordgedanken schwankend, bis mir die Taschentücher ausgingen. Danach war ich wochenlang in Panik, aus Angst, bei unserem etwas überstürzten Akt zwischen Staubsauger und einem Zwölferpack Klorollen schwanger geworden zu sein, was glücklicherweise dann doch nicht der Fall gewesen war.

Seit der traumatischen Sache mit Danny mied ich hochprozentigen Alkohol, laute Musik und Männer, die mir »Du bist ja eine ganz Süße« oder etwas Vergleichbares ins Ohr flüsterten. Vor allem wenn sie dabei die Türklinke zur Besenkammer in der Hand hielten.

Wenn ich aus der Geschichte mit Danny eines gelernt hatte, dann das: Im Leben und in der Liebe durfte man nichts dem Zufall überlassen. Es war wie in der Wissenschaft: Mischte man die falschen chemischen Stoffe, dann flog einem die Sache um die Ohren. Danny, ich und Johnnie Walker – das war eine höchst unvernünftige Kombination gewesen, die doch nur in einer Katastrophe hatte enden können.

Im Grunde war es ganz einfach. Man musste eine Beziehung nüchtern und unter rationalen Gesichtspunkten angehen, dann funktionierte sie auch. Leider hatte ich den Mann mit den passenden Elementen noch nicht gefunden, obwohl ich eine ziemlich genaue Vorstellung von ihm hatte. Er sollte so ähnlich sein wie ich: intelligent, klug, vernünftig und jeder Art von irdischen Exzessen möglichst abgeneigt.

Ehrlich gesagt kam Oliver meinem Idealmann schon ziemlich nahe. Und sachlich betrachtet, hätte es sicherlich große Vorteile für mich, ein wie auch immer geartetes Verhältnis mit meinem Chef einzugehen. Vor allem in beruflicher Hinsicht. Allerdings war mir klar, dass Liebesbeziehungen am Arbeitsplatz so ihre Tücken hatten. Man wusste bekanntlich nie, wie die Sache ausging, und wenn es blöd lief, dann wäre mein Lover auf einmal mein Exlover, aber als Chef bliebe er weiterhin mein Chef – und das war keine sehr angenehme Vorstellung. Bevor ich wieder einen Fehler machte, wollte ich eigentlich lieber solo bleiben.

Insofern war die Verliebtheitsoption nicht meine erste Wahl. Es wäre mir tatsächlich angenehmer gewesen, wenn doch etwas Berufliches hinter Olivers Einladung steckte. Möglicherweise würde meine Karriere ja an diesem Abend endlich den lang ersehnten Schub erhalten, und er würde mir eine höchst interessante Führungsposition anbieten. Den Posten der stellvertretenden Redaktionsleitung zum Beispiel, der demnächst frei wurde, wie ich gehört hatte, weil die bisherige Kollegin angeblich zum nächsten Ersten an die Spitze der Presseabteilung wechselte. Das wäre durchaus ein Grund, um sich in einem schicken Lokal zu treffen und die Angelegenheit in aller Ruhe zu besprechen. Ohne die neugierigen Augen und Ohren der Kollegen konnte man die Details eines hoch dotierten Vertrags doch viel besser aushandeln. Wobei das Beste an dieser Position gar nicht mein künftiges üppiges Gehalt wäre, sondern die Tatsache, dass ich als Olivers Stellvertreterin gleichzeitig auch Ramona Hieblers Vorgesetzte würde! Ich sah sie schon vor mir, wie sie hyperventilierte vor Neid. Aber damit würde ich klarkommen.

Ramona war eine äußerst ehrgeizige Kollegin, die ihre schlichte Auffassungsgabe durch ein üppiges Selbstbewusstsein und eine große Klappe ausglich, wobei sie nicht müde wurde zu erwähnen, dass sie bei der Endausscheidung zur »Miss Niederbayern-Oberpfalz« im Jahr 2015 den zweiten Platz erzielt hatte. Ursprünglich hatte sie vorgehabt, Popsängerin zu werden. Sie hatte sich vor einigen Jahren bei einem Casting für eine Girl Group beworben, war aber schon in der ersten Runde rausgeflogen, weil sie an mehreren grundlegenden Anforderungen gescheitert war. An der Fähigkeit zu singen beispielsweise. Aber sie konnte jeden an die Wand quatschen. Ramona moderierte gelegentlich das vormittägliche Haushaltsmagazin bei Hello-TV (»Zwischen Topf und Tulpe«) und glaubte allen Ernstes, dass sie bald die ganz große Fernsehkarriere machen würde. Nur weil sie zugegebenermaßen sehr schöne Beine und lange blonde Haare hatte! Nun ja, sobald ich erst mal ins Leitungsteam unserer Redaktion aufgestiegen wäre, würde ich sie auf Normalnull zurechtstutzen. Einer musste es allmählich mal tun.

Aber ehrlich gesagt, am allerliebsten war mir Punkt drei auf meiner Liste, die Sache mit dem Goldenen Griffel. Einmal für den wichtigsten deutschen Journalistenpreis nominiert zu sein – und dann natürlich bei der ganz großen Gala damit geehrt zu werden: »Der Goldene Griffel im Bereich informative Unterhaltung geht in diesem Jahr an – Katrin Faber!« Tosender Applaus. Blitzlichtgewitter. Ich stehe auf der Bühne und recke die Trophäe in die Höhe. Das war mein größter Wunsch. Mein Lebenstraum. Mehr ging nicht, und meine Eltern wären auch begeistert. Ich wusste sogar schon, wie ich die ersten Sätze meiner Dankesrede formulieren würde.

In diesem Fall würde ich mich vielleicht sogar dazu hinreißen lassen, mit Oliver ein Glas Champagner zu trinken.

Allmählich wurde es Zeit für eine große berufliche Auszeichnung. Ich war dreiunddreißig Jahre alt und hatte inzwischen meine eigene Sendung bei Hello-TV. Seit ein paar Jahren arbeitete ich als Moderatorin, und ich war ziemlich gut. Im vorigen Jahr hatte ich im Ranking einer Programmzeitschrift auf Platz vierundzwanzig der beliebtesten TV-Moderatoren Deutschlands gelegen! (Die Statistik ging zwar nur bis Platz fünfundzwanzig, aber immerhin.) Meine Sendung hieß »Spaziergang mit Katrin« und wurde regelmäßig am frühen Montagabend ausgestrahlt. Dazu reiste ich durch die Republik und unterhielt mich mit mehr oder weniger bekannten Persönlichkeiten aus Wissenschaft, Politik und Gesellschaft, während ich mit ihnen am Rhein entlang oder durchs Brandenburger Tor schlenderte, in einem Schiff über den Bodensee tuckerte oder sonst wo gemütlich unterwegs war. Ich liebte diese Sendung! Meine Interviews waren legendär. Vor meiner Kamera hatte der Vorstandschef eines großen Dax-Konzerns zugegeben, dass die Jahresbilanz seines Unternehmens doch nicht so rosig ausfallen würde wie erwartet, und ein Topstürmer von Bayern München hatte durchblicken lassen, dass er in der nächsten Saison zu Manchester United wechseln würde. Und die Kanzlerin hatte ein brisantes Gesetzesvorhaben im Bereich der Inneren Sicherheit angekündigt, bevor auch nur der zuständige Minister darüber informiert gewesen war. Was für ein Skandal! Wochenlang hatten die Zeitungen meine Sendung zitiert. Sogar *DER SPIEGEL*. Das war zwar schon drei Jahre her, aber ich war immer noch stolz darauf. Allein für diese Geschichte hätte ich längst mit dem Goldenen Griffel ausgezeichnet werden müssen. Ich war mir sicher: Bis dahin war es nur noch eine Frage der Zeit. Und vielleicht war es tatsächlich nur noch eine Frage von Stunden, bis ich von meiner Nominierung erfahren würde.

Was immer mir Oliver heute sagen mochte, dieser Abend würde einer der wichtigsten und wunderbarsten in meinem Leben werden.

2

»Wie schön, dich zu sehen, Katrin!«

Oliver erwartete mich an einem lauschigen Ecktisch, als ich pünktlich um drei Minuten nach 20 Uhr das *Il Fiore dolce* betrat. Das kleine Restaurant war gut besucht, der Raum erfüllt vom Gemurmel der Gäste und von leiser klassischer Geigenmusik, die aus unsichtbaren Lautsprechern ertönte. Eigentlich hätte ich auch schon zehn Minuten eher im Lokal sein können, denn ich hatte gar nicht lange mit dem Auto herumkurven müssen, sondern wundersamerweise gleich an der nächsten Straßenecke einen geräumigen Parkplatz gefunden. Wenn das nicht mal ein gutes Omen war! Aber ich hatte es wohlweislich bleiben lassen, vor dem vereinbarten Zeitpunkt hier aufzuschlagen. Sonst hätte Oliver womöglich gedacht, ich wäre ungeduldig und könnte es gar nicht erwarten zu erfahren, was er mit mir besprechen wollte. Nur das nicht! Ich hielt Selbstbeherrschung für eine sehr wichtige Tugend. Deshalb hatte ich mir im Auto noch den Verkehrsbericht und die erste Meldung der Acht-Uhr-Nachrichten angehört, bevor ich in aller Ruhe ausstieg und ins Lokal schlenderte.

»Hallo, Oliver!«

Merkwürdigerweise bekam ich auf einmal Herzklopfen, als ich an den Tisch trat. Das konnte ich mir nun wirklich nicht erklären. Ich traf einen Mann, mit dem ich seit sieben Jahren täglich zusammenarbeitete, zum Abendessen in einem Lokal. Was genau sollte daran aufregend sein? Trotzdem bekam ich feuchte Hände, als mir der Kellner den Mantel abnahm und ich mich meinem Chef gegenüber auf den weiß gepolsterten Stuhl mit der hohen Rückenlehne setzte. Auf der blütenweißen Tischdecke standen zwischen den beiden gestärkten Stoffservietten und dem blanken Besteck eine schlanke weiße Kerze und eine kleine Glasvase mit drei rosa Röschen. Ich fragte mich, ob Oliver die Deko selbst so arrangiert hatte. Aber hätte er dann für diesen Abend nicht eher rote Rosen geordert?

Oliver sah wirklich fantastisch aus. Taubenblauer Anzug, weißes Hemd und eine hellblaue Krawatte mit winzigen weißen Segelbooten darauf. Wenn mich nicht alles täuschte, war er sogar noch beim Friseur gewesen. Außerdem hatte er heute so etwas angenehm Entschlossenes im Blick. Auf einmal fand ich Punkt eins meiner Liste gar nicht mehr so unerstrebenswert. Vielleicht war es doch mal wieder an der Zeit, sich zu verlieben. Soweit ich es in Erinnerung hatte, war das ein wunderbares Gefühl. Und mit Oliver an meiner Seite würde ich über das Malheur mit Danny bestimmt endgültig hinwegkommen.

Als er zu lächeln begann, wurde mir warm ums Herz, und auf einmal wusste ich, es war nicht Option eins. Es waren Option eins, zwei und drei gleichzeitig! Natürlich! Er würde mir zuerst seine Liebe gestehen, mir dann die stellvertretende Redaktionsleitung antragen und schließlich meine Nominierung für den Goldenen Griffel bekannt geben! Ich war so glücklich. Ich war die Beste. Das Leben fühlte sich großartig an.

Leider hielt sich Oliver erst noch mit etwas Small Talk auf. Ob ich problemlos hergefunden hätte. Ob ich meine Interviewtermine für die kommende Woche schon vorbereitet hätte. Ob ich auch eine Vorspeise nehmen wolle. Solche Sachen. Ich nickte und bejahte alles. Dann suchten wir das Essen und die Getränke aus (ich nahm Mineralwasser, um für die Vertragsverhandlungen einen kühlen Kopf zu behalten) und sprachen auch noch übers Wetter (matschiger Schneeregen, wie so oft im Januar in München). Als ob das irgendwie von Bedeutung gewesen wäre angesichts der Tatsache, dass er mich in wenigen Minuten zur wichtigsten Frau seines Lebens erklären würde.

Nach *Crespelle mit Parmesan-Auberginen* und *Saltimbocca alla Romana* kam Oliver dann endlich zur Sache.

»Also Katrin«, sagte er, nachdem der Kellner unsere Teller weggeräumt hatte, und schob sein Weinglas zur Seite. »Ich möchte etwas mit dir bereden.«

Ich nickte. Das hatte ich ja erwartet. Die Frage war nur, welchen Punkt meiner Liste er als Erstes ansprechen würde.

»Es geht um deine Sendung.«

Ich hielt die Luft an. Also doch gleich die Nominierung für den Goldenen Griffel? Mir wurde ein wenig schwindlig vor lauter Vorfreude.

»Ja«, hauchte ich. »Was genau meinst du?«

Dabei wusste ich es doch schon. Dabei wusste ich es doch schon ganz genau!

Oliver sah mich einen Moment lang schweigend an. Sein Lächeln verrutschte.

»Ich bin mit den Einschaltquoten deiner Show nicht zufrieden, Katrin. Wir verlieren Marktanteile. Acht Komma drei Prozent waren es vorige Woche für den ›Spaziergang‹.

Das ist desaströs. Fast fünf Prozentpunkte weniger als im Sommer. Und vor einem Jahr lagen wir noch bei über fünfzehn Prozent. Ich beobachte den Trend schon seit Längerem. Ich weiß, dass du alles für deine Sendung tust, aber ich glaube, das reicht nicht.«

Ich starrte Oliver an. Das klang überhaupt nicht nach dem Goldenen Griffel. Verdammt. Mein Atem wurde flach. Dunkel erinnerte ich mich daran, dass er mir vor ein paar Monaten schon mal etwas von abgesackten Marktanteilen erzählt hatte. Damals hatte ich das für eine vorübergehende Erscheinung gehalten. Und das hoffte ich immer noch. Ich holte tief Luft.

Vermutlich würde Oliver mir jetzt vorschlagen, dass ich die stellvertretende Redaktionsleitung übernehmen sollte. Zusätzlich zu meiner Sendung natürlich, auf dass mir die Führungsposition den nötigen neuen Schwung für meine Interviews geben und die Quoten wieder besser werden würden.

»Wir müssen uns auf etwas Neues einlassen«, fuhr Oliver mit gesenkter Stimme fort. »Ganz anders denken. Radikal durchstarten.« Er zögerte einen Moment. »Ich habe lange überlegt, wie ich es dir sagen soll ...«

Okay, dann war es wohl doch die Liebeserklärung. Aber warum hatte er dabei einen so nachdenklichen Gesichtsausdruck?

»Ramona Hiebler wird deine Sendung übernehmen, Katrin. Es tut mir leid, aber das ist das Beste für alle Beteiligten. Die abgedrehten Interviews mit dir werden wir natürlich noch ausstrahlen, aber ab Februar macht Ramona die Show. Ich habe schon mit ihr darüber gesprochen. Wir werden der Sache eine völlig neue Anmutung geben. Weniger Politik, mehr Boulevard. Mehr Biss. Mehr Sex-Appeal. Ramona ist genau die Richtige dafür.«

Ich fühlte mich, als würde mir der letzte Schluck Mineralwasser im Mund gefrieren.

»Ramona?«, krächzte ich. »Ramona soll – meine Sendung bekommen? Oliver! Das kann doch nicht ...«

»Ich weiß, dass es nicht einfach für dich ist, Katrin. Aber wir haben keine andere Wahl. Nimm es bitte nicht persönlich.«

Fragte sich nur, wie ich es sonst nehmen sollte.

Ich versuchte, mich krampfhaft an die drei Punkte auf meiner Wahrscheinlichkeitsliste zu erinnern. Leider waren sie in meinem Hirn implodiert. Aber ich wusste ganz genau, dass die Option *Oliver schmeißt mich raus, und Ramona macht Karriere* nicht darauf stand.

»Natürlich bleibst du Hello-TV als Moderatorin erhalten«, erklärte Oliver, nachdem er in Ruhe einen Schluck Wein getrunken hatte. »Wir wissen doch, was wir an dir haben. Du bist Profi. Du arbeitest seriös, gewissenhaft, unbestechlich. Du wirst eine Sendung bekommen, in der du deine Kernkompetenzen aufs Vortrefflichste einsetzen kannst.«

Er machte eine Pause, und ich überlegte fieberhaft, was er wohl meinen könnte. Vielleicht handelte es sich um eine politische Talkshow. Zur besten Sendezeit natürlich. Brisante Themen, prominente Studiogäste, gern international. Okay. Wenn das der Deal war, konnte ich damit durchaus leben. Sofern die stellvertretende Redaktionsleitung Teil des Vertrags war. Aber noch bevor ich zu Ende gedacht hatte, sprach Oliver weiter:

»Du wirst vom nächsten Monat an das ›Kaleidoskop‹ moderieren.«

Es schien mir, als würde mein Kopf zerspringen. »Das – ›Kaleidoskop‹!?«

Oliver nickte. Er sah jetzt sehr entspannt und zufrieden aus, als sei gerade eine große Last von ihm genommen worden. Er lächelte sogar wieder.

Ich wollte sterben.

Das ›Kaleidoskop‹ war das Seniorenmagazin von Hello-TV. Jeden Freitag zwischen 15 und 16 Uhr 30 befasste sich die Sendung eingehend mit aktuellen Pflegeprodukten für dritte Zähne, mit seniorengerechter Schonkost, den neuesten Techniken bei Rollatoren, dem Für und Wider eines Lebens im Altersheim und solchen Sachen.

»Du machst einen Scherz, nicht wahr, Oliver?«

Es konnte nur ein Scherz sein. Ich wollte durch die Republik reisen und spannende Interviews mit wichtigen Leuten führen, ich wollte Skandale aufdecken, über die neuesten Errungenschaften der Wissenschaft berichten, für Gesprächsstoff sorgen und Diskussionen auslösen. Ich wollte definitiv nicht auf einem Sessel sitzen und eine Sendung moderieren, deren Publikum halb taub, halb blind und möglicherweise auch schon halb tot war.

»Oliver«, jaulte ich, als er nicht antwortete, sondern mich nur mit einem entschuldigenden Blick bedachte. »Wieso sollte ausgerechnet ich das ›Kaleidoskop‹ moderieren?«

»Weil du die Beste dafür bist, Katrin. Du weißt doch, dass Eberhard demnächst in Rente geht. Die Geschäftsführung will unbedingt eine Frau auf dieser Position, aber die Kollegin, die seine Nachfolge antreten sollte, hat uns hängen lassen. Carla hat ihren Vertrag kurzfristig gekündigt, weil sie zur Konkurrenz wechselt. Sehr ärgerlich. Wir müssen jetzt schnell handeln. Und da habe ich sofort an dich gedacht.«

Oliver lächelte, als hätte er mir gerade den größten Herzenswunsch meines Lebens erfüllt.

»Katrin«, fuhr er fort, während ich schwieg, fassungslos über seine kapitale Fehleinschätzung. »Ich weiß gar nicht, wo dein Problem liegt. Das ›Kaleidoskop‹ ist äußerst beliebt bei der kaufstarken und werberelevanten Zielgruppe der Fünfundfünfzig- bis Fünfundsiebzigjährigen. Stabile Quoten seit Jahren. Und bedenke doch mal, das Ganze ist ein absoluter Wachstumsmarkt. Zwanzig Millionen Menschen in Deutschland sind heute im Rentenalter oder kurz davor, und die Tendenz ist weiter steigend. Da brauchen wir eine Topmoderatorin. Die alten Leute lieben diese Sendung. Sie sind unendlich dankbar, dass es in Zeiten von Internet, YouTube und Twitter bei Hello-TV noch ein traditionelles Fernsehmagazin gibt, dem sie in Ruhe folgen können.«

Oliver überschlug sich fast vor Begeisterung. Ich fragte mich, weshalb er diese Supersendung nicht selbst moderierte.

»Aber Oliver. Ich bin dreiunddreißig. Ich habe keine Ahnung von alten Leuten.«

»Du wirst da hineinwachsen, Katrin. Ich bin mir ganz sicher. Eberhard wird dich in den nächsten Wochen noch einarbeiten. Er hat die Show dreizehn Jahre lang moderiert, er kennt sich aus. Du wirst sehen, wie gut dir die Sendung gefallen wird. Du bist genau die richtige Frau dafür: ernsthaft, sachlich, ruhig, glaubwürdig, kultiviert …«

Kurzum: sterbenslangweilig. Ein klarer Fall fürs Oma-TV.

Aber so einfach gab ich nicht auf.

»Stopp mal!«, rief ich. »Gerade diese Eigenschaften qualifizieren mich für den ›Spaziergang‹. Niemand in der Redaktion bereitet sich auf seine Sendung so gewissenhaft vor wie ich. Ich führe Interviews auf höchstem journalistischem Niveau. Ich habe den ›Spaziergang‹ zu der anspruchsvollen Sendung gemacht, die sie heute ist ...«

»Du hast völlig recht, Katrin, und genau das ist mein Problem: Die Leute haben keine Lust auf Anspruch und Niveau, sie wollen nicht über Probleme nachdenken, sie wollen sich einfach unterhalten. Sie wollen sich amüsieren, sie wollen staunen, sie wollen überrascht werden. Sie wollen verrückte Sachen sehen – und keine Interviews, die so trocken ablaufen wie eine naturwissenschaftliche Versuchsanordnung. Deine Gespräche sind in letzter Zeit ein bisschen ... langweilig geworden. Kein Skandal, kein Aufreger. Alles so brav. Wir brauchen mehr Spontaneität, mehr Mut, mehr Gefühl, mehr Witz, mehr Action.«

Das Wort »Action« begleitete er mit einer lebhaften Geste, bei der er beinahe mein Wasserglas umgestoßen hätte.

»Versteh mich nicht falsch«, fuhr er fort. »Du hast deinen Job bisher sehr gut gemacht. Aber die Zeiten ändern sich eben. Und wir müssen uns darauf einstellen, wenn wir mit dem ›Spaziergang‹ nicht vollends in den Quotenkeller abstürzen wollen.«

»Moment!«, protestierte ich. »Ich habe kein Problem damit, wenn meine Sendung ein neues Konzept bekommt. Lass mich dabei sein. Ich bin doch kreativ. Ich könnte Ideen entwickeln. Ich bin offen für alles.«

»Wir haben uns schon einiges ausgedacht, Katrin. Und ich bezweifle sehr, dass die neue Sendung noch etwas für dich wäre. Sie wird ziemlich frech und schräg. Wie gemacht für Ramona. Oder hättest du etwa Lust, in knappen Klamotten auf einem Skateboard durch die Gegend zu rollen und mit Stars und Sternchen über Schönheits-OPs oder ihren ersten Orgasmus zu plaudern?«

Ich starrte ihn mit offenem Mund an.

Nein, danke. Da wollte ich tatsächlich lieber mit einem hundertjährigen Opa über Inkontinenz reden.

Ich war so entsetzt, dass ich noch nicht mal den Kopf schütteln konnte. Meine Sendung war tot. Meine Karriere lag in Trümmern. Der Traum vom Goldenen Griffel hatte sich mit einem Knall in Luft aufgelöst.

»Hey«, sagte Oliver und legte für einen Moment seine Hand auf meine. »Alles in Ordnung mit dir?«

Ich nickte tapfer, worauf er seine Hand zurückzog und den letzten Schluck aus seinem Weinglas trank.

»Sehr gut. Ich freue mich, dass du dich so kooperativ verhältst. Ich war mir nicht sicher, wie du reagieren würdest, deshalb hielt ich es für eine gute Idee, mit dir über diese kleine Veränderung außerhalb der Redaktionsräume zu sprechen.«

Ich nickte noch mal und versuchte etwas, das wie ein Lächeln aussehen sollte. Dabei hätte ich Oliver am liebsten die Vase mit den drei kleinen Röschen gegen den Kopf geworfen. Und den Kerzenständer gleich hinterher. Aber natürlich beherrschte ich mich.

3

Ich war keine Frau, die zu Depressionen neigte, wenn etwas schieflief im Leben. Alkohol ist keine Lösung, sondern verursacht langfristig noch mehr Probleme, wie man weiß, und auf dem Sofa zu liegen und zu heulen macht nur einen fleckigen Teint. Also ließ ich es bleiben.

In den vergangenen Jahren hatte ich zuverlässige Strategien entwickelt, um persönliche oder berufliche Tiefschläge zu verarbeiten und wieder bessere Laune zu bekommen:

1. Ich sortierte die Belege für meine Steuererklärung.
2. Ich studierte eingehend sämtliche Fachzeitschriften, die ich abonniert hatte, zum Beispiel *Journalismus heute*, *Politik in der Gegenwart* oder *Wissenschaft und Forschung aktuell*, um neue Ideen für meine Interviews zu bekommen.
3. Ich putzte den Backofen (inklusive Grillspirale).

Normalerweise entspannte es mich ungemein, das Chaos in meiner Schublade zu ordnen, in der ich übers Jahr all den Zettelkram sammelte, der bei meiner Arbeit als vielbeschäftigte Journalistin anfiel: Flug- und Bahntickets, Tankbelege, Restaurantrechnungen, Kassenbons … Ich liebte es, auf diese Weise noch einmal die vergangenen Monate Revue passieren zu lassen, mich an das eine oder andere tolle Interview zu erinnern und am Ende sämtliche Papiere für das Finanzamt korrekt geordnet und abgeheftet vor mir liegen zu sehen.

Aber am Tag nach meinem desaströsen Abend mit Oliver konnte mich selbst diese Tätigkeit nicht aufheitern, sosehr ich mich auch bemühte. Während ich meine Quittungen durchforstete, dachte ich die ganze Zeit: Nie wieder!

Nie wieder würde ich nach Frankfurt fahren, um mit einer Topbankerin darüber zu sprechen, wie das so ist, als einzige Frau im oberen Management zu arbeiten. Nie wieder würde ich nach Köln fliegen, um mich mit einem Karnevalsprinzen über die historischen Ursprünge von Alaaf und Helau zu unterhalten. Nie wieder würde ich mit Wissenschaftlern in München, Stuttgart oder sonst wo über Maßnahmen gegen den Klimawandel reden oder über diese neue Minibärenart, die kürzlich im brasilianischen Dschungel entdeckt worden war. Oder was auch immer. Nie wieder. Nie wieder! Es war zum ... nein, nein, natürlich heulte ich nicht. Ich war ja eine starke, vernünftige Frau. Hysterisch zu werden oder in ein großes Wehklagen auszubrechen hatte noch niemandem geholfen. Und dass ich jetzt mal ein Taschentuch benutzen musste, lag nur daran, dass mir ein Staubkorn ins Auge geflogen war.

Leider half mir Punkt zwei meiner Trostliste auch nicht weiter. Missmutig betrachtete ich den Stapel von Hochglanz-Fachzeitschriften, der auf meinem Schreibtisch lag. Dann warf ich ihn mit Schwung in den Papierkorb. Bye, bye, Politik und Wissenschaft. Wahrscheinlich sollte ich die *Apotheken-Umschau* ab sofort zu meiner Pflichtlektüre machen. Es konnte schließlich nicht schaden, als Moderatorin eines Seniorenmagazins über Arthrose, Demenz und Blasenschwäche genauestens Bescheid zu wissen.

Blieb noch Punkt drei. Ich wollte gerade überprüfen, ob es möglicherweise an der Zeit wäre, den Backofen mal wieder einer intensiven Komplettreinigung zu unterziehen, um einer erfreulichen, mich von meinen düsteren Gedanken ablenkenden Tätigkeit nachgehen zu können, als mein Handy klingelte.

»Mensch, Katrin«, schrie Trixie mir ins Ohr, kaum dass ich »Ja, hallo« gesagt hatte. Sie klang fidel wie immer. »Warum meldest du dich nicht? Ich sitze hier seit gestern Abend auf heißen Kohlen und warte auf deinen Anruf. Ich muss doch alles ganz genau wissen. Wie war dein Date mit Oliver? Habt ihr beide einen schönen Abend gehabt?« An dieser Stelle kicherte sie anzüglich. »Ich nehme an, du hattest noch keine Zeit, dich zu melden, weil ihr zwei die ganze Nacht lang schwer beschäftigt gewesen seid, nicht wahr? Hach, ich habe vollstes Verständnis dafür, ihr beiden Turteltäubchen. Seid ihr jetzt wirklich so richtig … ich meine, muss ich jetzt Sie zu dir sagen?«

»Ach Trixie …« Mir entwich ein tiefer, finsterer Seufzer.

»Uh …« Das Lachen in ihrer Stimme verschwand abrupt. »Was heißt hier ›Ach Trixie‹? Was war los? Sag's schon! Ist Oliver etwa – eine Niete im Bett?«

»Keine Ahnung, Trixie, wenn es doch nur das wäre! Aber glaub mir, es interessiert mich nicht die Bohne, wie Oliver im Bett ist.«

»Ups. Nicht? Erzähl mehr!«

In fünf Sätzen brachte ich sie auf den aktuellen Stand, was offenbar auch für Trixie ein Schock war. Zum ersten Mal erlebte ich sie ein paar Sekunden lang sprachlos.

»Oliver ist gar nicht verliebt in dich?«, flüsterte sie schließlich. »Oh, du Arme. Er hat dir das Herz gebrochen. Wie kann er dir das antun …«

»Keine Sorge, Trixie. Mein Herz ist ein ziemlich robustes Organ, so einfach ist das nicht zu brechen. Außerdem hat er mir ja nie etwas versprochen, und ich glaube, ich war auch nicht wirklich verliebt in ihn.«

»Nicht verliebt? Oh, Gott sei Dank …«

»Es hat mir einfach nur geschmeichelt, dass er mich privat zum Essen eingeladen hat. Weißt du, es ist die berufliche Sache, die mir größere Sorgen macht.«

»Echt jetzt?«

»Ja. Ich überlege noch, was ich schlimmer finde: dass Ramona meine Sendung bekommt oder dass ich das Seniorenmagazin moderieren soll. Es ist beides eine absolute Katastrophe!«

»Oje. So schlimm?«

»So schlimm.«

Es war wieder einen Moment still im Telefon. Dann sagte Trixie: »Okay, Katrin. Verstanden. Rühr dich nicht von der Stelle! Bleib, wo du bist. Alles wird gut. Ich bin in zwanzig Minuten bei dir!«

Trixie legte auf, bevor ich ihr versichern konnte, dass ich keineswegs beabsichtigte, mich aus Verzweiflung vom Balkon zu stürzen. (Was angesichts meiner Hochparterrewohnung ohnehin keinen nennenswerten Effekt gehabt hätte.)

Exakt dreiundzwanzig Minuten später saß Trixie neben mir auf dem Sofa. Sie hatte ihre Stiefel ausgezogen und die Beine zum Schneidersitz übereinandergeschlagen. Unter ihren Jeans trug sie grün-weiß geringelte Socken mit Weihnachtsmannmotiv.

»Also«, sagte sie, zog eines meiner Dekokissen heran und schlang die Arme darum, als wolle sie es erwürgen. »Jetzt erzähl mal alles ganz genau.«

Trixie hörte mir zu, während ich bis ins letzte Detail von meinem Abend mit Oliver berichtete. Ich erinnerte mich sogar noch an die kleinen Segelboote auf seiner Krawatte. Trixie lauschte, erstaunlicherweise ohne mich auch nur ein einziges Mal zu unterbrechen.

Als ich fertig war, lächelte sie.

»Mach dir keine Sorgen. Es gibt ein Leben nach dem ›Spaziergang‹. Glaub mir, wir werden die tollste Seniorensendung machen, die je im deutschen Fernsehen gezeigt wurde!«

»Wir?! Wieso wir? *Ich* werde versetzt.«

»Ja, aber ich werde natürlich dabei sein. Ich bin die Redakteurin deiner Sendung – und wenn du demnächst das ›Kaleidoskop‹ moderierst, dann gehe ich selbstverständlich mit. Oder hast du etwa gedacht, ich würde beim ›Spaziergang‹ bleiben und künftig als Redakteurin für Ramona arbeiten? Mit ihr zusammen im Büro sitzen und mir den ganzen Tag lang dieses öde Gequatsche über Bleaching und Extensions anhören oder welcher B-Promi gerade mit welchem C-Promi liiert ist?!« Trixie schüttelte sich. »Puh. Nur über meine Leiche.«

»Okay, Trixie. Ich finde es ja toll, dass du für meine Sendung arbeiten willst. Aber so einfach geht das nicht. Du kannst nicht nach Lust und Laune deinen Job wechseln. Das muss Oliver entscheiden.«

»Ich weiß.« Trixie sah mich triumphierend an. »Oliver hat bereits zugesagt.«

»Oliver hat was?!«

»Ich habe gerade mit ihm gesprochen.«

»Aber wie das denn? Heute ist Samstag. Da ist er gar nicht im Dienst.«

»Stimmt. Aber in unserem Redaktionsleitfaden steht, bei besonderen Notfällen muss der Chef auch außerhalb seiner Dienstzeiten umgehend informiert werden.«

»Trixie«, stöhnte ich. »Diese Regelung gilt für den Fall, dass der Papst zurücktritt oder ein Atomkraftwerk in die Luft fliegt – und nicht für irgendwelche persönlichen Probleme einer Mitarbeiterin.«

»Ach so? Na, ich finde, wenn meine Lieblingskollegin kreuzunglücklich ist, weil jemand ihre Karriere abgesägt hat, dann ist das durchaus ein Notfall, über den der Chef dringend informiert werden muss. Zumal er selbst dafür verantwortlich ist. Ich habe Oliver zu Hause angerufen und gesagt, entweder wechsle ich ab sofort mit dir in die Redaktion ›Kaleidoskop‹ – oder ich kündige.«

»Das hast du zu Oliver gesagt? Du hast ihm mit deiner Kündigung gedroht? Bist du verrückt geworden?«

Trixie grinste. »Kann schon sein. Aber immerhin hat es gewirkt. Oliver hat gesagt, dass er auf meine kreative Mitarbeit ungern verzichten möchte. Und wenn es mir ein besonderes Anliegen wäre, mit dir zum Seniorenmagazin zu wechseln, sei es ihm recht.«

Ich schüttelte ungläubig den Kopf.

»Darauf hat er sich eingelassen? Wow. Na gut. Mir kann nichts Besseres passieren, als dich weiter in meinem Team zu haben. Aber du bist so – jung, so gescheit und so witzig. Du wirst dich schrecklich langweilen mit diesem ganzen Rentnerkram!«

»Nö. Warum sollte ich mich langweilen? Ich habe mir

schon ein paar coole Themen für die Sendung ausgedacht. Es ist ja nicht so, dass sich Leute über sechzig nur noch für Treppenlifte und Hüftprothesen interessieren – oder? Ich habe neulich bei YouTube das Video eines Fünfundachtzigjährigen aus Bad Münstereifel gesehen, der zum ersten Mal einen Bungee-Sprung gemacht hat. Was hältst du davon, wenn wir den Typen ausfindig machen und in deine Sendung einladen? Der hat bestimmt eine Menge zu erzählen. Und bei uns in der Nachbarschaft wohnt eine alte Frau, die stellt jeden Tag ein Foto von ihrem Morgenspaziergang durch den Westpark bei Instagram ein. Bei Instagram! Dabei ist sie schon hundertzwei! Und sie hat über tausend Abonnenten. Toll – oder? Nur weil ein Mensch nicht mehr ganz jung und knackig ist, muss er noch lange nicht scheintot sein. Apropos scheintot: Jimi Hendrix wäre in diesem Jahr fünfundsiebzig geworden. Kannst du dir das vorstellen? Hendrix – fünfundsiebzig? Zumindest vom Alter her wäre er genau deine Zielgruppe ... Was meinst du: Wir finden bestimmt ein paar Leute, die damals in Woodstock dabei waren und ihn auf der Bühne erlebt haben. Die sollen uns mal erzählen, wie das war im Sommer '69 mit *peace and music* im Schlamm und ob Jimi Hendrix seine Gitarre wirklich mit der Zunge gespielt hat. Ach, Katrin, es gibt so viele spannende Dinge zu berichten. Egal, wie deine Sendung heißt: Wir rocken das ›Kaleidoskop‹.«

Diesmal war es an mir, sprachlos zu sein.

»Mensch, Trixie«, war das Einzige, was ich herausbrachte, und dann nahm ich sie in die Arme.

»Jetzt ist aber gut mit Kuscheln«, knurrte sie nach ein paar Sekunden und schob mich sanft, aber nachdrücklich von sich. »Mach mir lieber einen Kaffee. Und eines musst du mir versprechen: Wenn du demnächst mit dem Goldenen Griffel für die beste Seniorensendung der Welt ausgezeichnet wirst, wink mir von der Bühne aus zu.«

Das versprach ich ihr gern. Auch wenn das natürlich absoluter Quatsch war.

4

Die Nachricht über die personellen Veränderungen bei Hello-TV sprach sich rasant wie ein Tornado im Sender herum, der gut funktionierenden Gerüchteküche sei Dank. Als ich am Montag früh durchs Drehkreuz an der Eingangstür mehr schlich als ging, rief mir der Pförtner statt seines üblichen Guten-Morgen-Grußes zu: »Frau Faber, stimmt es wirklich, dass Sie den ›Spaziergang‹ demnächst nicht mehr moderieren?« Und die Frau an der Theke der Cafeteria überreichte mir meinen täglichen 9-Uhr-15-Cappuccino mit den Worten: »Haben Sie sich das auch gut überlegt, zu diesem Seniorenmagazin zu wechseln? Sie sind doch noch gar nicht so alt ...« Selbst ein Kameramann, mit dem ich seit Jahren nicht mehr zusammengearbeitet hatte und an dessen Namen ich mich nicht einmal mehr erinnern konnte, sagte, als wir uns im Aufzug trafen: »Na, das ist ja mal ein Ding, dass Ramona Hiebler deine Sendung bekommt!«

Ich hatte gar nicht erwartet, dass so viele Leute im Haus an meinem beruflichen Schicksal teilnahmen, und war beinahe gerührt.

Am Vormittag lud Oliver die Redaktion zu einer kurzfristigen Mitarbeiterversammlung in den großen Konferenzraum und machte die Sache offiziell. Er sprach von einer »rasanten Entwicklung in der Medienlandschaft, mit der wir Schritt halten müssen«, von »geänderten Erwartungen der Nutzer, die wir nicht ignorieren dürfen«, von »Quotendruck« und »Sachzwängen« und »kleinen Stellschrauben im Programm, an denen wir drehen müssen, damit Hello-TV auch weiterhin eine glänzende Zukunft als einer der Marktführer im deutschen Fernsehen hat«, und so weiter. Am Schluss seiner Ansprache kam Oliver auf mich zu und gratulierte mir vor dem versammelten Team – »von Herzen«, wie er sagte – zu meiner neuen Herausforderung beim »Kaleidoskop«, die ich – wovon er »zutiefst überzeugt« sei – ebenfalls mit Bravour meistern würde. Ich hätte es angemessen gefunden, wenn er mir dabei auch noch einen Blumenstrauß überreicht hätte, so formell klang das Ganze.

Oliver kündigte an, dass sich Ramona in den nächsten Tagen der Redaktion vorstellen und mit den Kollegen die Details ihrer neuen Sendung besprechen werde. Ich hatte erwartet, dass spätestens an dieser Stelle ein wilder Tumult ausbrechen würde. Solidaritätsbekundungen, Protestrufe wie: »Wir wollen unsere wunderbare Katrin behalten!« oder »Diese eingebildete Ramona soll bleiben, wo sie ist!« Wenigstens der ein oder andere Buhruf. Leider geschah nichts dergleichen. Ich registrierte rundum allgemeines Achselzucken. Vielleicht waren sämtliche Kollegen und Kolleginnen ja davon überzeugt, dass ihnen die sofortige Kündigung, Arbeitslosigkeit und Hartz IV für den Rest ihres Lebens drohten, wenn sie auch nur eine Silbe Kritik an Olivers Entscheidung äußerten. Nicht mal Trixie sagte etwas, obwohl sie sonst immer zu allem ihren Senf dazugab.

Dann nahm ich doch ein leises, unwilliges Murmeln in meiner Nähe wahr. Aber als ich genauer hinhörte, waren es nur zwei Kollegen, die sich über das verlorene Bayernspiel vom Wochenende austauschten.

Den Rest des Vormittags verbrachten Trixie und ich damit, die persönlichen Dinge aus unseren Schreibtischen in große Pappkartons zu packen. Noch heute würden wir unsere neuen Büros eine Etage höher beziehen. Ich war schweigsam und voller Wehmut, als ich meine Aktenordner und den Bilderrahmen mit einem Foto aus meiner ersten Sendung verstaute. So viele wunderbare Jahre hatte ich in diesem Raum verbracht, Woche für Woche an meiner Karriere gearbeitet – und jetzt war diese Ära zu Ende.

»Nimmst du deinen Kaktus mit?«, erkundigte sich Trixie, als wir fertig waren und nur noch das verkümmerte, stachelige Gewächs auf der Fensterbank stand. Der Kaktus war das vielsagende Geschenk eines Fernsehzuschauers gewesen, der sich über eines meiner Interviews geärgert hatte. »Eine kratzbürstige Moderatorin« hatte er mich in der beigefügten Karte genannt. Ich hatte den Kaktus trotzdem auf meine Fensterbank gestellt und ihn zumindest in den ersten Monaten gehegt und gepflegt. Aber damit war es jetzt vorbei.

»Nein«, sagte ich zu Trixie. »Der Kaktus bleibt hier. Das ist mein Willkommensgruß an Ramona, wenn sie hier nächste Woche einzieht.«

Das war zwar kindisch, aber es tat gut, und Trixie kicherte zustimmend.

Wir waren gerade dabei, die Kisten in mein neues Büro zu tragen, als Ramona uns im Treppenhaus über den Weg lief. Da hätte ich ihr den Kaktus ja gleich persönlich überreichen können.

»Stellt euch vor, ich bekomme meine eigene Show!«, schrie sie uns vom oberen Treppenabsatz entgegen, während sie mit ihren stängeldünnen 15-Zentimeter-Absätzen die Marmorstufen herunterbalancierte. Sie trug ein sehr kurzes, sehr enges und sehr rotes Stretchkleid, das zweierlei zeigte: Sie hatte erstens wirklich tolle Kurven und zweitens eine sehr merkwürdige Vorstellung von bürotauglicher Garderobe.

»Ich bekomme meine eigene Show!«, schrie sie noch einmal, als wäre es akustisch möglich gewesen, ihr Gekreische zu überhören.

»Das wissen wir doch schon«, erklärte Trixie und stellte ihren Karton ab. »Deshalb brauchst du nicht unsere Trommelfelle zum Platzen zu bringen.«

»Nein, das wisst ihr noch nicht.« Ramona blieb lächelnd vor uns stehen und warf ihre glatte blonde Mähne mit Schwung über die Schultern. »Es wird himmlisch! Ganz anders als bei dir, Katrin. Wir haben das Konzept noch mal komplett umgeworfen. Das mit dem Skateboard war mir einfach zu albern. Oliver hat die neue Planung gerade erst genehmigt. Ich komme direkt aus seinem Büro. Ach, unser Chef ist einfach ein Schatz! Ich bin so wahnsinnig aufgeregt. Eigentlich darf ich es euch noch gar nicht verraten, aber wenn ich es nicht sofort jemandem erzähle, dann platze ich.«

Ich versuchte, mir Letzteres plastisch vorzustellen, aber Ramona ließ mir keine Zeit für Kopfkino und plapperte ohne Pause weiter: »Meine Sendung bekommt einen neuen Namen. Ich bin sooo happy. ›Spaziergang mit …‹ – das klingt doch ziemlich retro. Findet ihr nicht auch? Bei mir heißt die Sendung viel cooler. Hört euch das an: ›Die ultimative Ramona-Hiebler-Live-Show‹. Ist das nicht irre?«

Das war total irre, das musste ich zugeben. Das war so

irre, dass ich am liebsten den psychiatrischen Notdienst alarmiert hätte. Wer dachte sich denn so einen bescheuerten Namen für eine Sendung aus! Allmählich machte ich mir Sorgen um Oliver. Trixie ging es offenbar ähnlich.

»Die ultimative Ramona-Hiebler-Live-Show?«, wiederholte sie und betonte dabei jede einzelne Silbe, als wäre sie sich nicht ganz sicher, ob sie Ramona richtig verstanden hatte. »Was genau soll das werden?«

»Na, meine Sendung. Krass – oder? Oliver ist auch ganz begeistert. Es ist so fantastisch, eine eigene Show zu haben. Eine eigene, ultimative Supershow. Und zwar nicht aufgezeichnet, sondern richtig live! Zur allerbesten Vorabendsendezeit. Außerdem bekomme ich ein eigenes Studio und echtes Publikum! Und wisst ihr, wer mein erster Gesprächspartner sein wird? Elyas M'Barek! Ist das nicht der Wahnsinn? Ich und Elyas M'Barek zusammen auf einem Sofa. The allersexiest man of Deutschland zum Anfassen. Ich krieg mich nicht mehr ein. Ich bin so happy, ich dreh gleich durch!«

Ich hatte eher den Eindruck, dass Ramona bereits komplett durchgedreht *war*. Hoffentlich verabreichte ihr jemand ein bisschen Baldrian, bevor sie ihre erste Sendung machte. Damit sie beim Anblick von Elyas M'Barek nicht sofort in Ohnmacht fiel. Beziehungsweise er, wenn er sie sah.

»Aber jetzt muss ich los, ihr zwei Süßen. Ich hab noch so viel zu tun. Vor allem muss ich mich jetzt dringend darum kümmern, dass ich einen dicken Stapel neue Autogrammkarten bekomme! Ich bin ja dann demnächst so richtig prominent. Und die Woche drauf kommt übrigens Til Schweiger, er hat auch schon zugesagt. Ach, ich kann es noch gar nicht richtig glauben. Meine Zukunft ist so – pink!«

Sie lief ein paar Schritte treppab, dann stoppte sie und drehte sich noch einmal zu uns um.

»Übrigens, ihr könnt ja auch mal in meine Sendung kommen. Fände ich toll. Die Tickets fürs Publikum gibt's gratis. Einfach bei der Hotline anrufen. Wir sehen uns! Bussi, Bussi!« Sie bedachte uns mit ein paar huldvoll hingehauchten Luftküssen, lachte und winkte und tanzte das Treppenhaus hinunter wie ein Gummiball auf Koks.

»Sag mal«, meinte Trixie, als Ramona aus unserem Blickfeld verschwunden war und ich noch wie vom Donner gerührt dem leiser werdenden Klackern ihrer Absätze lauschte. »Denkst du, sie hat etwas mit ihrem Busen gemacht?«

Ich fragte mich viel eher, was sie mit Oliver gemacht hatte, aber das wollte ich meiner Freundin gegenüber nicht laut sagen. Trixie sah unglücklich aus. Je mehr Ramona von unserem Chef geschwärmt hatte, desto dünner war das Lächeln in Trixies Gesicht geworden.

»Mit ihrem Busen? Wieso? Was soll sie denn mit ihrem Busen gemacht haben?«

»Na, hör mal, die hatte doch nicht immer schon solche enormen …« Trixie spreizte die Finger und machte eine eindeutige Geste. Ich zuckte mit den Schultern.

»Keine Ahnung. Wahrscheinlich wirken Brüste größer, wenn man ein Kleid anhat, das mindestens zwei Nummern zu klein ist.«

»Hm.« Trixie war nicht zufrieden mit meiner Erklärung. Sie schien über etwas nachzudenken. »Glaubst du, da läuft was zwischen Oliver und Ramona? Ich meine, wenn du nicht die Glückliche bist, wer ist es dann? Und wieso sonst sollte sie auf einmal so eine Megakarriere machen!«

»Oliver und Ramona?«, zischte ich. »Bist du verrückt geworden? Er mag ja die ein oder andere fragwürdige Programmentscheidung getroffen haben, aber einen dermaßen schrägen Geschmack in Liebesdingen, das traue ich nicht mal ihm zu.«

Wobei ... Mittlerweile traute ich Oliver eigentlich alles zu.

»Na ja, ist mir im Übrigen völlig egal«, sagte Trixie, was sich leider nicht ganz ehrlich anhörte. »Los, komm jetzt.« Energisch hob sie ihren Karton wieder auf. »Wir haben Wichtigeres zu tun.«

Während ich mit Eberhard wenig später ein paar grundsätzliche Fragen zur Zukunft des »Kaleidoskops« besprach, stürzte sich Trixie voller Tatendrang darauf, unsere neue Sendung vorzubereiten. Sie hatte es sich in den Kopf gesetzt, jemanden ins Studio zu holen, der Jimi Hendrix noch gekannt hatte. Offenbar nahm sie ihr Motto »Wir rocken das ›Kaleidoskop‹« wörtlich. Allerdings gestaltete sich dieses Unterfangen schwieriger, als wir uns das vorgestellt hatten. Trixie mailte und telefonierte in den nächsten Tagen wie eine Weltmeisterin. Aber die meisten Leute, die mit Jimi Hendrix zu tun gehabt hatten, waren entweder längst gestorben, wohnten zu weit weg – oder hatten einfach kein Interesse daran, in einer Fernsehsendung aufzutreten, in der es vorher um die verschiedenen Aspekte einer Urnenbestattung ging und anschließend um Stützstrümpfe.

Auch die hundertzweijährige Dame mit den vielen Fans bei Instagram schickte uns eine Absage, als wir sie in die Sendung einluden. Sie war kürzlich bei ihrem Spaziergang durch den Westpark im Schneematsch ausgerutscht und hatte sich den Oberschenkel gebrochen. Jetzt lag sie im

Krankenhaus und stellte jeden Tag ein Foto von ihrem Gipsbein ins Netz. »Ein anderes Mal gern«, schrieb sie, aber das half mir für meine erste Ausgabe des »Kaleidoskops« auch nicht weiter. Trixie versuchte daraufhin, eine Seniorin zu kontaktieren, die im vorigen Jahr mit ihrem Motorrad durch Indien gereist war. Davon hatte sie kürzlich in der Zeitung gelesen. Aber leider war die Dame inzwischen verstorben.

Glücklicherweise war Crazy Kurt noch fit. Das war der Mann, der im zarten Alter von fünfundachtzig noch mit dem Bungeespringen angefangen hatte. Er fand es großartig, ins Fernsehen zu kommen, und sagte sofort zu, als Trixie ihn anrief und um ein Interview bat. Wir waren sehr erleichtert. Zwar war unser Mann nicht halb so sexy wie Ramonas Gesprächspartner, aber immerhin lebte er noch.

Und dann kam der Tag meiner Premiere beim »Kaleidoskop«. Getreu meiner Devise »Jammern nützt nichts« hatte ich meine erste Sendung bis ins letzte Detail vorbereitet. Genau genommen war es nur eine halbe Sendung. Denn Eberhard und ich hatten einen fliegenden Wechsel vereinbart: Mitten in seiner letzten Show würde er sich von seinem Publikum verabschieden, worauf ich als seine Nachfolgerin vorgestellt werden würde, die dann den Rest des Magazins moderierte.

Ich beobachtete die erste Hälfte der Sendung auf den Monitoren im Regieraum, wo ich auf meinen Einsatz wartete.

»Nun ist es Zeit für mich, Lebwohl zu sagen«, verkündete Eberhard gerade. »Ab sofort werde ich mir das ›Kaleidoskop‹ – genauso wie Sie, meine verehrten Damen und Herren – ganz gemütlich von meinem Wohnzimmersessel aus anschauen.«

Bei diesen Worten fuhr die Kamera ganz nah an sein Gesicht heran, und man sah, dass tatsächlich Tränen in seinen Augen glitzerten, so gerührt war er. In diesem Moment erschien seine komplette Redaktion im Studio und überreichte ihm einen großen roten Rosenstrauß. Oliver nannte Eberhard vor laufender Kamera ein »Urgestein des deutschen Fernsehens«, das sich nach zweiunddreißig Dienstjahren in den wohlverdienten Ruhestand verabschiede. »Er hat das ›Kaleidoskop‹ zu der ganz besonderen Sendung gemacht, die sie heute ist. Gesehen und geliebt von Millionen Menschen. Ich danke dir von Herzen. Du wirst Hello-TV unvergessen bleiben.«

Alle klatschten, dann sprach Oliver weiter: »Ab sofort wird ein neues Gesicht das ›Kaleidoskop‹ moderieren, unsere wunderbare Kollegin Katrin Faber, die viele von Ihnen« – damit war wieder das Fernsehpublikum gemeint – »bereits aus der beliebten Talksendung ›Spaziergang mit Katrin‹ kennen und lieben. Herzlich willkommen, Katrin Faber!«

Das war mein Stichwort. Mit großen Schritten marschierte ich ins Sendestudio, wie ein Storch durchs Salatbeet. Ich war komischerweise so nervös, als hätte ich noch nie vor einer Kamera gestanden. Aber es gelang mir, tapfer in die Runde zu lächeln und meinen Text fehlerfrei aufzusagen: »Vielen Dank, lieber Eberhard, für deine großartige Arbeit in all den Jahren. Ich versichere dir, dass ich mein Bestes geben werde, um dir eine würdige Nachfolgerin zu sein. Es ist mir eine große Ehre – und eine Herzensangelegenheit –, diese fantastische Sendung moderieren zu dürfen.«

Das war zwar glatt gelogen, aber ich fand, in diesem Fall war ein bisschen Schummeln erlaubt.

Jeder der Anwesenden umarmte Eberhard und wünschte ihm alles Gute, und dann richtete sich die Kamera auf mich, während ich mich auf dem großen rot karierten Ohrensessel niederließ, in dem Eberhard so viele Jahre lang jeden Freitag gesessen und die Rentner Deutschlands glücklich gemacht hatte. Ich fixierte den roten Leuchtpunkt an der Kamera, zog meine Moderationskärtchen hervor, knipste mein Lächeln an und legte los.

Oliver hatte recht: Ich war Profi durch und durch. Natürlich klappte alles wie geplant und ohne jede Panne. Als der Abspann lief und die Kameras ausgeschaltet waren, klopfte er mir anerkennend auf die Schulter und sagte: »Du warst klasse wie immer, Katrin. Ich wusste, dass ich mich auf dich verlassen kann. Magst du ein Glas Sekt? Wir feiern noch ein bisschen.«

Ich schüttelte dankend den Kopf. In Feierlaune war ich trotz allem wirklich nicht. Vor allem als Ramona plötzlich auftauchte.

»Super, Katrin«, sagte sie. »Man könnte meinen, du hättest im Leben nichts anderes gemacht, als Seniorenmagazine zu moderieren. Für mich wäre das ja nichts, ich sitze lieber mit echten Stars auf dem Sofa und habe Spaß. Aber ich wette, bei den alten Leuten kommst du total gut an. Wie überzeugend du das mit den Stützstrümpfen erklärt hast! Das war echt spitze!«

5

An dem Abend, an dem die erste »Ultimative Ramona-Hiebler-Live-Show« gesendet wurde, setzte ich mich mit einer Tasse Pfefferminztee vor den Fernseher und sah mir bei Phoenix eine Dokumentation über chinesische Wanderarbeiter an. Montag 18 Uhr 15, das war normalerweise die Zeit gewesen, in der mein »Spaziergang« ausgestrahlt wurde. Seit Jahren ein Pflichttermin für mich, um zu überprüfen, ob ich meine Sache gut gemacht hatte. (Und das war – in aller Bescheidenheit – praktisch immer der Fall gewesen.) Aber die Nachbetrachtung meiner Sendung hatte sich erledigt, weil es meine Sendung nicht mehr gab, und keine zehn Elefanten hätten mich heute Abend dazu gebracht, Hello-TV einzuschalten und dabei zuzuschauen, wie Ramona vor der Kamera mit *The allersexiest man of Deutschland* flirtete und dabei ganz ungeniert und *live* den Beginn ihrer *ultimativen* Fernsehkarriere feierte.

Nicht dass ich eifersüchtig gewesen wäre. So etwas lag mir wirklich fern. Aber masochistisch veranlagt war ich auch nicht. Dann doch lieber die chinesischen Wanderarbeiter.

Trixie hatte mich gefragt, ob ich nicht mitkommen wollte zum Bouldern. Der heutige Abend wäre doch eine gute Gelegenheit, mal ein neues Hobby auszuprobieren. Und

Bouldern sei klasse. Aber ich sagte dankend ab. Wieso sollte ich völlig grundlos irgendwelche Wände entlang klettern wie ein Reptil? Ich war doch kein Gecko! Es gab wirklich ziemlich dämliche Freizeitbeschäftigungen. Vor ein paar Wochen erst hatte Trixie mich überreden wollen, einen Zumba-Kurs mit ihr zu machen. Vergeblich natürlich. Ich hielt nun mal nichts davon, sinnlos herumzuhüpfen, nur um zu schwitzen wie ein Ferkel. Was für eine Schnapsidee! Wenn es Schach gewesen wäre, hätte ich vielleicht mitgemacht.

Die meisten anderen Frauen hätten sich an diesem Abend zur Ablenkung wahrscheinlich einen schönen Film angesehen, irgendwas Romantisches mit Liebe und Happy End. Aber auch das war nicht so mein Ding. Ich hielt es für reine Zeitverschwendung, sich mit Sachen zu befassen, die es überhaupt nicht gab. Mit etwas, das der Fantasie eines mir unbekannten Menschen entsprungen war – und im Übrigen in 99 Prozent der Fälle damit endete, dass Traumfrau und Superheld einander glücklich in die Arme fielen. Wie weltfremd war das denn! Schon deshalb, weil es rein statistisch äußerst unwahrscheinlich ist, dass für jede Frau ein attraktiver Vorstandsvorsitzender mit Halbtagsjob und eigener Jacht in Saint-Tropez zum Heiraten bereitsteht. Oder für was auch immer. Nein danke, da tat ich doch besser was für meine Bildung.

Überhaupt: Als ob es für eine Frau das Wichtigste wäre, den passenden Mann zu finden. Das war ja so was von neunzehntes Jahrhundert! Schließlich konnte man auch durch seinen Job ein ausgefülltes Leben haben. Wobei mir einfiel, dass es bei mir beruflich im Moment nicht ganz so lief, wie ich mir das vorgestellt hatte. Und schon war ich in Gedanken wieder bei Ramona. Verdammt. Das mit der Ablenkung schien irgendwie nicht zu funktionieren.

Na gut, sagte ich mir. Ich kann ja ganz kurz mal zu ihr reinschauen. Nur für ein paar Sekunden, und dann schalte ich sofort wieder weg.

Ich musste schließlich mitreden können, wenn die Kollegen morgen über die neue Sendung sprachen. Außerdem war die Dokumentation aus China sowieso gerade zu Ende, und bis zum Beginn der nächsten äußerst vielversprechenden Phoenix-Reportage (Männlichkeitsrituale der Amazonasindianer!) blieb mir noch eine ganze Minute. Ausreichend Zeit, um mir einen kleinen Eindruck davon zu verschaffen, wie sich meine Nachfolgerin durch ihre Show stotterte. Beziehungsweise wie sich Elyas M'Barek vor lauter Fremdschämen im Sessel wand. Vielleicht erwischte ich ja sogar einen Kameraschwenk durchs Studio, bei dem die bestürzten Mienen des peinlich berührten Publikums eingefangen wurden. Falls es überhaupt Leute gab, die so verrückt gewesen waren, sich Gratistickets für Ramonas bescheuerte Show zu besorgen.

Ich zappte zu Hello-TV und fuhr zusammen, als Ramonas Gesicht unvermittelt in bildschirmfüllender Großaufnahme vor mir auftauchte. So eine Kameraführung hatte es bei mir nie gegeben. Vielleicht, weil ich nicht so telegen war wie sie. Ich runzelte die Stirn: Hatte sie auch etwas mit ihren Lippen gemacht? Die waren doch sonst nicht so ... prall gewesen? Ich musste das dringend mit Trixie besprechen.

Mit sehr blauen Augen und einem schneeweiß strahlenden Lächeln sagte Ramona gerade (und stotterte dabei übrigens kein bisschen): »Aber klar, mein lieber Elyas, die Zukunft des Fernsehens ist blond, sonst säße ich doch nicht hier – oder was meinen Sie, meine lieben Zuschauer?«, was ihr Studiogast mit begeistertem Lächeln und das Publikum mit johlendem Applaus quittierten.

Na ja, dachte ich noch, den Jubel spielen sie sicher vom Band ein. Ich weiß ja, wie man im Fernsehen tricksen kann.

Aber dann kam tatsächlich der Kameraschwenk durch die Sitzreihen. Ich wurde blass. Das Studio war bis auf den letzten Sitzplatz gefüllt. Und die Leute sahen keineswegs so aus, als wollten sie vor Scham im Boden versinken. Ganz im Gegenteil. Sämtliche Zuschauer klatschten hingerissen und trampelten mit den Füßen, und einer im Publikum hielt sogar ein Schild hoch, auf dem zu lesen war: »Ramona, du bist die Beste!«

Ich schaltete den Fernseher aus. Mein Puls raste. So ungefähr mussten sich die Brasilianer gefühlt haben damals nach der 1:7-Klatsche beim WM-Halbfinale gegen Deutschland.

Wie ich am Tag danach feststellen musste, waren nicht nur die Leute im Sendestudio begeistert gewesen über die erste Ausgabe der »Ultimativen Ramona-Hiebler-Live-Show«, sondern auch die Fernsehzuschauer daheim. Ihre Sendung hatte eine Quote erreicht, von der ich selbst in meinen besten Zeiten als Moderatorin nur geträumt hatte.

»Wow!«, machte auch Trixie, die hinter mir stand und über meine Schulter hinweg auf meinen Bildschirm schaute, wo ich die Seite mit den aktuellen Einschaltquoten aufgerufen hatte. Der blaue Balken, der die Zahl der registrierten Zuschauer von Ramonas Sendung darstellte, ragte in schwindelerregende Höhen. Noch ein paar Millimeter mehr, und er wäre oben am Monitorrand angestoßen.

Daneben in Orange und kaum halb so imposant: der mickrige Balken für die Erstausgabe meines »Kaleidoskops«.

»Aber schau mal«, fügte Trixie tröstend hinzu. »Deine Sendung lief auch nicht schlecht. Du hast sogar mehr Zuschauer als Eberhard in den letzten Monaten. Immerhin plus 0,03 Prozent …«

Das war leider nur ein schwacher Trost. Ob man nun einen oder zwei Krümel abbekommt, ist im Angesicht einer mehrstöckigen Sahnetorte unerheblich.

Nachdem wir den Bildschirm lange genug angestarrt hatten, setzte sich Trixie dahin, wo sie am liebsten saß, wenn sie im Büro mit mir reden wollte: mitten auf meinen Schreibtisch, zwischen Telefon und Tastatur. Ich konnte gerade noch ein paar Agenturmeldungen, die ich mir auf der Suche nach neuen Themen für meine nächste Sendung ausgedruckt hatte, unter ihrem Po wegziehen, damit sie nicht zerknitterten. Trixie wippte mit den Beinen. Sie trug eine dicke knallblaue Strumpfhose mit Lochmuster, die so aussah, als hätte sie die selbst gehäkelt.

»Jetzt vergessen wir Ramonas Zahlen ganz schnell und widmen uns dem interessanten Teil des Arbeitstages!«, sagte sie und wedelte grinsend mit ein paar Briefumschlägen, die sie in der Hand hielt. »Fanpost! Die habe ich gerade aus dem Sekretariat geholt.«

»Drei Briefe?« Ich sah Trixie an. »Mehr nicht?«

Was waren das noch für Zeiten gewesen, als der Postbote nach meinen Sendungen ganze Arme voller Zuschriften in mein Büro gebracht hatte. Und wie schwer die Kisten waren, in denen neuerdings Ramonas Fanpost ins Haus getragen wurde, wollte ich lieber gar nicht wissen.

Trixie zuckte mit den Schultern.

»Das meiste kommt sicher als E-Mail. Aber da habe ich noch nicht nachgesehen. Darf ich aufmachen?«

Sie begann, das erste Kuvert zu öffnen, noch bevor ich »Meinetwegen, wenn's sein muss« gesagt hatte, und faltete den Brief auseinander.

»Seniorenstift Haus Magdalena«, las Trixie. »Liebe Frau Faber, heute haben wir Sie zum ersten Mal als neue Moderatorin des ›Kaleidoskops‹ erlebt. Es hat uns sehr gut gefallen. Wir sind seit Jahren treue Fans dieser Fernsehsendung und freuen uns, dass nun eine so freundliche und kompetente Journalistin das Magazin übernommen hat. Herzlichen Glückwunsch! Bitte machen Sie weiter so.‹ – Na also! Denen gefällt's schon mal.«

»Wahrscheinlich sind da alle blind und taub«, murmelte ich.

Trixie legte den Brief wortlos zur Seite und öffnete den nächsten.

»›Liebe Katrin Faber! Ich heiße Lara und bin acht Jahre alt. Ich gucke ganz oft mit meiner Oma das ›Kaleidoskop‹. Der Mann, der da früher immer gesprochen hat, war sehr nett. Aber ich finde Sie noch netter. Das sagt meine Oma auch. Wir finden, dass Sie sehr hübsch aussehen und immer sehr schön lächeln beim Sprechen. Die Sachen, von denen Sie erzählt haben, fanden wir auch ganz toll. Besonders gut hat meiner Oma der Film über den alten Mann gefallen, der sich getraut hat, an dem dicken Gummiseil von der Brücke zu springen. Ich hätte mich das nie getraut. Meine Oma sagt, vielleicht würde sie das auch mal machen. Aber sie hat Angst, dass ihr dabei das Gebiss rausfällt. Deshalb macht sie es doch nicht. Meine Oma hat in der nächsten Woche Geburtstag. Ich möchte ihr gerne ein

Autogramm von Ihnen schenken, weil das ›Kaleidoskop‹ ihre Lieblingssendung im Fernsehen ist. Haben Sie ein Autogramm? Dann schicken Sie mir das bitte ganz schnell. Ich schreibe meine Adresse außen auf den Briefumschlag. Viele Grüße, Ihre Lara.‹ – Okay, die ist ganz sicher nicht blind und taub«, schloss Trixie.

Während ich noch überlegte, dass ich meine Autogrammkarten ändern lassen musste (auf den alten stand noch »Spaziergang mit Katrin« drauf), war Trixie schon beim nächsten Brief.

»Der hier wurde wohl persönlich in der Poststelle abgegeben«, stellte sie fest. »Es ist keine Briefmarke drauf.« Sie drehte den Brief in den Händen.

»Wow!«, rief sie beim Blick auf den Absender. »Hör dir das an: Johanna Maria Henriette Wagner von Trottau zu Dannenberg. Was für ein Name! Die Lady scheint mir ja aus höchst adeligem Hause zu kommen. Bestimmt eine millionenschwere alte Baronin, die auf einem verwunschenen Landgut lebt. Oder in einem alten Schloss. Wer weiß, vielleicht hat sie ja noch einen feschen Prinzen in petto.«

Trixie zwinkerte mir zu und schlenkerte mit den bestrumpften Beinen.

»Sehr reich kann sie ja nicht sein, wenn sie sich nicht einmal eine Briefmarke leisten kann«, gab ich zu bedenken. »Was schreibt sie denn?« Ich nahm Trixie den Brief aus der Hand und riss das Kuvert auf.

»›Sehr geehrte Frau Faber! Mit größtem Bedauern habe ich festgestellt, dass meine Lieblingsfernsehsendung ›Spaziergang mit Katrin‹ aus dem Programm genommen wurde. Wer ist denn bitte schön auf die Idee gekommen, dieses närrische Weibsbild an Ihre Stelle zu setzen? Wo bleiben die klugen und interessanten Interviews, an denen ich mich jahrelang erfreut habe? Die neue Moderatorin ist ja nur noch lächerlich. Ich bin empört. Wenn ich einen albernen Clown sehen möchte, gehe ich lieber in den Zirkus. Verzeihen Sie mir meine Entrüstung, aber ich kann diese Programmentscheidung nicht nachvollziehen. Umso erleichterter war ich, Sie kürzlich als Moderatorin des Magazins ›Kaleidoskop‹ erleben zu dürfen, welches Sie zu meiner großen Freude mit der Ihnen eigenen Seriosität begleiten. Ich gratuliere Ihnen von Herzen und hoffe, dass Sie dieser ebenso unterhaltsamen wie informativen Sendung lange treu bleiben. Aber diese Bitte ist nicht der einzige Anlass meines Briefes. Ich habe noch ein weiteres Anliegen, das Ihnen auf den ersten Blick vielleicht erstaunlich vorkommen mag. Ich möchte meine Memoiren verfassen und bin auf der Suche nach einer Autorin, die mich dabei unterstützt. Da ich Ihren Werdegang seit Jahren bei Hello-TV verfolge und Sie als gewissenhafte und fachkundige Journalistin schätzen gelernt habe, fiel meine Wahl auf Sie. Ich bin achtundsiebzig Jahre alt, lebe in München und habe aufgrund meiner bewegten Vergangenheit sehr viel zu erzählen. Könnten Sie sich vorstellen, mich aufzusuchen, sich mit mir zu unterhalten und unser Gespräch zu Papier zu bringen? Bzw. in Ihren Computer? Selbstverständlich werde ich Sie für Ihre Aufwendungen angemessen honorieren. Ich hoffe sehr, dass Ihnen mein Angebot zusagt. Bitte rufen Sie mich rasch an, damit wir einen Termin vereinbaren können, um uns kennenzulernen und die weiteren Details unserer Zusammenarbeit zu besprechen. Hochachtungsvoll und mit freundlichen Grüßen, Ihre Johanna Maria Henriette Wagner von Trottau zu Dannenberg.«

»Wie cool ist das denn!« Trixie sprang vom Schreibtisch und hätte vor lauter Schwung beinahe das Telefon mitgerissen. »Da will eine Baronin, dass du ihre Memoiren schreibst! Verrückt!«

»In der Tat verrückt.« Ich schüttelte den Kopf und schob den Brief zurück in den Umschlag. »So ein Blödsinn. Und wieso ist sie sich so sicher, dass ich zusage? Die spinnt wohl! Meinst du etwa, ich habe Lust, mich bei so einer alten Schachtel aufs Sofa zu setzen und mir stundenlang Geschichten vom Krieg anzuhören?«

»Wieso Krieg? Dazu ist sie nicht alt genug. Da war sie noch ein kleines Kind. Sie könnte spannende Sachen erlebt haben. Die Studentenproteste in den Sechzigerjahren. Vielleicht war sie sogar bei Woodstock! Dann können wir sie in die Sendung einladen und nach Jimi Hendrix fragen.«

»Vergiss Jimi Hendrix. Das glaubst du ja wohl selbst nicht! Du hast doch gehört, was sie geschrieben hat. Das ist eine ›von und zu‹ und garantiert keine schrille Hippietante, die im Schlamm von Woodstock herumgetobt hat. Glaub mir, diese Frau ist eine schrecklich langweilige Person. Einsam und verlassen. Wer sonst würde sich an eine wildfremde Frau wenden, damit die ihr beim Schreiben hilft?«

»Du bist nicht wildfremd für sie. Sie hat dich schon Hunderte Male im Fernsehen gesehen. Und sie mag dich …«

»Es ist ja tröstlich, dass sie meinen ›Spaziergang‹ vermisst, aber der Rest ist kompletter Unsinn.« Ich ließ den Brief in den Papierkorb segeln. »Da habe ich wirklich Besseres zu tun.«

»Aber wieso das denn?« Trixie fischte den Brief prompt wieder heraus. »Sieh dir die Lady doch einfach mal an. Ich würde sofort hingehen.«

»Tu dir keinen Zwang an. Ruf sie an. Ihre Telefonnummer steht im Brief. Du bist eine tolle Redakteurin. Ich wette, du kannst ihre Memoiren mindestens so gut schreiben wie ich.«

»Hm. Sie will aber dich, Katrin. Und das wird schon seine Gründe haben.«

»Aber ich will nicht. Ich mag zwar eine Seniorensendung moderieren, das heißt aber nicht automatisch, dass ich zur persönlichen Bespaßung von gelangweilten alten Damen verpflichtet bin.«

Trixie zuckte mit den Schultern.

»Ich wäre viel zu neugierig, um mir das entgehen zu lassen. Und denk an den verwunschenen Prinzen! Vielleicht hat sie ja einen sehr charmanten Sohn. Oder besser einen hinreißenden Enkel. Oder wenigstens einen hübschen Gärtner ... Warum probierst du es nicht? Du hast die unwiederbringliche Chance, in die Sphären des Adels aufzusteigen.«

»Quatsch, Trixie. Die Frau will, dass ich ihre Biografie schreibe. Sie will mich nicht adoptieren!«

»Wer will hier wen adoptieren?«

Wir waren so sehr in unsere Diskussion vertieft gewesen, dass wir gar nicht bemerkt hatten, wie Oliver hinter uns das Büro betreten und den neuen Dienstplan an die Pinnwand geheftet hatte.

»Eine alte Adelige möchte, dass Katrin ihre Biografie schreibt«, antwortete Trixie und strahlte Oliver an. »Das ist doch großartig, oder? Findest du nicht auch, dass sie hingehen sollte?«

Ich war ein kleines bisschen ärgerlich auf Trixie, weil sie den Chef immer noch unverblümt anhimmelte, obwohl er doch so gemein zu mir gewesen war und mir meine wunderbare Sendung weggenommen hatte. Ein bisschen mehr Loyalität konnte ich von meiner Freundin doch nun wirklich verlangen. Während ich mich um einen leicht grimmigen Gesichtsausdruck bemühte, lächelte Oliver so freundlich zurück, als ob nichts gewesen wäre.

»Ja, das ist eine tolle Sache«, sagte er. »Hast du schon Kontakt mit ihr aufgenommen, Katrin? Das könnte hochinteressant werden. Die Lebensbeichte einer Blaublütigen. ›Meine große Liebe zwischen Petticoat und Nierentisch‹... Fantastisch! Wir könnten die Frau ins Studio einladen, damit sie uns etwas aus ihrem Leben erzählt.«

Typisch Oliver! Er wurde wieder mal mit jedem Satz begeisterter über seine eigene Idee.

»Ich finde sowieso, wir brauchen viel mehr Emotionen in der Show. Die ganz großen Gefühle. Tränen der Rührung in Großaufnahme. Ich sehe die alte Dame schon vor mir, zutiefst erschüttert über die Erinnerungen an ihre erste große Liebe. Wisst ihr was?« Er schlug voller Tatendrang mit der flachen Hand auf meine Schreibtischplatte. »Wir können eine ganze Serie daraus machen. Ja, genau! Eine neue Rubrik immer am Ende der Show: Senioren erzählen aus ihrer Jugend. Zeitzeugen berichten. Jede Woche kommt jemand anders zu Wort. Hey, das ist toll. Das ist eine Marktnische. Das gibt es sonst nirgendwo im Fernsehprogramm. Na? Was haltet ihr davon?«

»Ich find's super!«, sagte Trixie und strahlte unverdrossen.

»Na ja«, brummte ich wenig begeistert und funkelte Trixie wütend an. Konnte sie nicht einfach mal ihre Klappe halten?

»Hör dir auf jeden Fall an, was die Frau zu sagen hat«, entschied Oliver. »Ich muss jetzt wieder los. Wir reden morgen in der Redaktionskonferenz weiter.«

»Ich finde es gemein«, sagte ich düster, als Oliver verschwunden war, »dass Ramona mit den attraktivsten Schauspielern Deutschlands auf dem Sofa sitzt und ich mit einer langweiligen alten Schachtel, die mir irgendwas Ödes vom Wiederaufbau erzählt. Weißt du was, vielleicht sollte ich meinen Job hier hinschmeißen, an die Uni zurückgehen und doch noch meine Promotion in Physik angehen. Meine Eltern würden sich freuen. Es ist bestimmt noch nicht zu spät dafür. Ich wette, ich würde einen Professor finden, der meine Doktorarbeit betreut. Was meinst du, Trixie? Jedenfalls sind meine Chancen größer, den Physik-Nobelpreis zu bekommen als den Goldenen Griffel. Das sag ich dir.«

Aber Trixie hatte mir gar nicht richtig zugehört. Sie starrte noch immer auf die Bürotür, durch die Oliver gerade hinausgegangen war.

»Oh Gott«, seufzte sie. »Findest du nicht auch, dass der Typ einen sensationellen Knackarsch hat?«

Dass Trixie immer so schrecklich körperfixiert sein musste. Mir war noch gar nicht aufgefallen, dass Oliver überhaupt einen Hintern in der Hose hatte.

6

Es war einer dieser grauen Wintertage im Februar. Der letzte Schnee lag in schmutzigen Klumpen am Bordstein, und bei jedem Schritt knirschte Streusplitt unter meinen Sohlen. Ich hatte es tatsächlich getan. Trixie hatte mir noch eine Weile lang gut zugeredet, und dann hatte ich diese Johanna Maria Henriette Wagner von Trottau zu Dannenberg nicht nur angerufen, sondern auch gleich einen Termin mit ihr vereinbart. Die alte Dame hatte ihr Glück kaum fassen können, als sie mich am Telefon hatte.

»Das ist ja wunderbar«, rief sie. »Kommen Sie zum Kaffeetrinken? Es gibt Apfelkuchen. Mögen Sie Apfelkuchen? Mit Sahne? Oder lieber Torte?«

Ich teilte ihr mit, dass ein Glas Mineralwasser reichen würde, und nun also war ich unterwegs zu ihr. Ich konnte kaum glauben, dass ich so etwas Dämliches tat.

Die Frau wohnte im fünften Stock eines etwas in die Jahre gekommenen Gründerzeithauses im Glockenbachviertel. Nachdem ich geklingelt hatte, passierte eine ganze Weile lang nichts. Ich dachte mir, dass die alte Lady vermutlich ein bisschen wirr im Kopf war und unseren Termin vergessen hatte. Was ich ehrlich gesagt nicht gerade bedauert hätte. Weil ich nun aber schon mal da war, klingelte ich noch einmal und wollte gerade wieder gehen, als die Tür mit einem lauten Schnarren aufsprang. Entweder war die Dame nicht mehr gut zu Fuß, oder sie hörte schlecht. Vermutlich beides.

Ich betrat das Treppenhaus. Es roch muffig, so als wäre es zum letzten Mal an einem sonnigen Herbsttag im September ordentlich gelüftet worden. An einem sonnigen Herbsttag im September vor fünf Jahren. Der Eingangsbereich des Hauses war bis zur Schulterhöhe mit dunklem Holz vertäfelt. Den Boden bedeckte ein Mosaik aus kleinen schwarzweißen Kacheln, das vom vielen Darüberlaufen stumpf geworden war. Ein rumpelnder Aufzug brachte mich nach oben. Den Geräuschen nach musste er schon kurz nach der Errichtung des Hauses eingebaut worden sein, und es grenzte an ein Wunder der Physik, dass er überhaupt noch funktionierte.

Als ich oben ankam, trat mir ein alter Mann mit einem Rollator entgegen.

Na, dachte ich missmutig, hier bin ich ja richtig.

Ihre Wohnungstür war geschlossen. Ich überlegte gerade, ob ich noch einmal klingeln sollte oder ob es nicht doch besser wäre, ganz schnell zu verschwinden, nicht nur aus diesem Haus, sondern auch aus der Belegschaft von Hello-TV, am besten aus meinem ganzen bisherigen Leben, da wurde die Tür von innen aufgerissen.

»Ah, da sind Sie ja schon, liebe Frau Faber. Herzlich willkommen. Wie schön, dass Sie da sind. Leibhaftig. Wunderbar. Sie sehen genauso aus wie im Fernsehen.«

Sie sah auch genauso aus wie im Fernsehen. Beziehungsweise wie im Kino. Nämlich genauso wie »M«, die Geheimdienstchefin in den früheren James-Bond-Filmen, genauer gesagt die Schauspielerin Judi Dench. Die gleiche weiße

Kurzhaarfrisur, die gleichen strahlend blauen Augen, sie trug sogar kleine Brillantstecker in den Ohrläppchen. Dazu hatte sie einen knallpinken Lippenstift aufgetragen und ihre Wangen rosa bepudert. Aber anders als die meist etwas verkniffen dreinschauende Geheimdienstchefin lachte Frau Wagner von Trottau zu Dannenberg mich an. Sie war eine von diesen alten Damen, die trotz der vielen Falten im Gesicht irgendwie hübsch aussehen.

»Hallo, Frau Wagner von Trottau zu Dannenberg.«

Ich stotterte beinahe. Nicht nur wegen ihres umständlichen Namens. Ihr Anblick verwirrte mich. Ich hatte eine verwitterte alte Schachtel in Rüschenbluse und Blümchenrock erwartet. Aber sie trug einen himmelblauen Jogginganzug mit dicken weißen Kordeln an der Kapuze. Und rote Turnschuhe.

»Treten Sie doch ein. Heute beiße ich nicht.« Sie klopfte mir gut gelaunt auf die Schulter, während sie die Tür hinter mir schloss. »Entschuldigen Sie, dass Sie unten ein bisschen warten mussten. Ich bin gerade dabei, in der Wohnung etwas umzuräumen, und komme nicht mehr so schnell die Leiter herunter.«

Ich folgte ihr durch einen langen schmalen Flur ins Wohnzimmer, einen großen hellen Raum mit bodentiefen Fenstern, durch die man in einen kahlen Garten hinunterschauen konnte. Von den schwarzen Ästen der Bäume tropfte die Nässe, auf dem Rasen waren noch ein paar Schneereste zu sehen.

»Machen Sie es sich doch bequem«, sagte sie und wies auf ein ausladendes Ledersofa. Ich setzte mich und sah mich um. An einer gewaltigen Schrankwand aus dunklem Holz lehnte eine Leiter, daneben auf dem Parkettboden standen zwei aufgeklappte Umzugskartons. Sie waren halb gefüllt mit Büchern.

»Ah«, sagte ich. »Sie sind gerade dabei umzuziehen? Wie vernünftig von Ihnen! Es ist absolut richtig, sich rechtzeitig um einen Platz im Altersheim zu kümmern.«

»Na, hören Sie mal!«

Frau Wagner von Trottau zu Dannenberg stemmte empört die Hände in die Hüften und zog eine Augenbraue hoch.

»Was soll ich denn bitte schön im Altersheim? Glauben Sie, ich habe Lust, mit irgendwelchen vergreisten Langweilern den ganzen Tag lang Mensch-ärgere-dich-nicht zu spielen? Wo denken Sie hin! Ich räume diese schreckliche Schrankwand aus, damit ich sie bei eBay verkaufen kann. Ich hoffe, der liebe Gott gibt mir noch ein paar Jahre, und ich habe nicht vor, den Rest meines Lebens mit Eiche rustikal zu verbringen. Seit über fünfzig Jahren steht dieses entsetzliche Möbelstück hier herum. Mein lieber Mann hat es damals gekauft, er mochte diesen Stil. Ich fand den Schrank ja immer schon grässlich, aber in einer Ehe muss man bekanntlich Kompromisse eingehen. Nun, vor ein paar Monaten ist er gestorben, und ich sehe nicht ein, weshalb ich es mir in der Zeit, die mir noch bleibt, nicht ein bisschen hübsch machen sollte.«

»Äh, da haben Sie natürlich absolut recht. Tut mir leid zu hören, dass Ihr Mann gestorben ist.«

»Danke, das ist lieb von Ihnen. Allerdings war mein Mann schon lange sehr krank. Ich habe ihn drei Jahre lang gepflegt. Das war nicht immer einfach, glauben Sie mir. Und nun ist es gut, wie es ist. Ach, Frau Faber, damit sind wir ja schon beinahe mitten drin in meiner Lebensgeschichte. Lassen Sie es uns gemütlich machen. Was kann ich Ihnen anbieten? Kaffee? Oder lieber einen Likör?«

»Oh, danke, nein. Ich trinke keinen Alkohol. Ein Glas Wasser vielleicht. Oder einen Pfefferminztee.«

»Pfefferminztee? Haben Sie Bauchschmerzen?« Sie sah mich kopfschüttelnd an. »Ich weiß gar nicht, ob ich noch welchen habe. Ich glaube, den letzten Pfefferminztee habe ich im Jahr 2013 gekocht, als mein Mann eine schwere Magenverstimmung hatte.«

Sie verschwand nebenan in der Küche, und ich hörte, wie sie darin herumhantierte.

»Mit Zucker?«, rief sie durch die geöffnete Tür.

»Nein, danke, lieber ohne.«

Sie murmelte irgendetwas, das so ähnlich klang wie: »Du liebe Zeit, was ist denn das für eine Spaßbremse! Mag keinen Likör, und dann nimmt sie noch nicht mal Zucker in ihren Tee …«

Aber vielleicht hatte ich mich auch verhört, denn während sie mit sich sprach, rauschte Wasser aus dem Hahn, und Geschirr klapperte.

»So«, sagte sie wenig später und stellte ein silbernes Tablett vor mir auf dem Tisch ab, darauf zwei Tassen Tee und zwei Stücke Apfelkuchen auf eckigen Papptellern sowie zwei kleine Gabeln.

»Ich hoffe, Sie sehen es mir nach, dass ich den Kuchen nicht selbst gemacht, sondern gekauft habe. Ich sage Ihnen, der schmeckt garantiert besser, als wenn ich ihn gebacken hätte. Mein Mann sagte immer: ›Nur eines kannst du noch schlechter als Autofahren, und das ist Kuchenbacken.‹ Na ja. Außerdem war ich den ganzen Vormittag lang mit dem Ausräumen der Schrankwand beschäftigt.«

»Kein Problem«, erklärte ich.

Frau Wagner von Trottau zu Dannenberg war definitiv nicht das, was man unter einer gewöhnlichen Oma verstand. Ich trank vorsichtig einen Schluck Tee. Er war sehr heiß und schmeckte ein bisschen staubig. Wahrscheinlich waren die Teebeutel ungefähr so alt wie die Schrankwand.

7

Zwei Stunden später stapelte sich ein halbes Dutzend Fotoalben auf dem Tisch. Auf meinem Notizblock hatte ich mir jede Menge Stichworte notiert: geboren als jüngstes Kind auf einem Gutshof der von Trottau zu Dannenbergs im damaligen Ostpreußen. Wohlhabende Adelsfamilie, Pferdezucht. Nach dem Krieg zu Verwandten in Bayern gekommen. Medizinstudium in München. Heirat mit Viktor Wagner 1959, keine Kinder. Drei Sprachen fließend, neben Deutsch auch Englisch und Spanisch, vor allem Letzteres gut, weil sie und ihr Mann aus beruflichen Gründen ein paar Jahre lang in Spanien gelebt hatten. Ich kam kaum mit dem Schreiben nach, so viel erzählte die alte Dame.

»Sprechen Sie auch Spanisch?«, erkundigte sie sich auf einmal.

Ich sah von meinen Notizen auf.

»Ja, ganz gut. Ich habe während meines Studiums ein paar Jahre lang Spanischkurse belegt. Wieso fragen Sie?«

»Ach, nur so. Ich meinte mich zu erinnern, dass Sie neulich in einem Ihrer Interviews ein paar Worte Spanisch sprachen, als Sie sich mit diesem Künstler aus Barcelona über dessen Ausstellung unterhalten haben.«

»Madrid«, korrigierte ich. »Der Künstler kam aus Madrid.«

»Wie auch immer.« Frau Wagner von Trottau zu Dannenberg lächelte. »Was ich Ihnen eigentlich zeigen wollte, ist das hier.«

Sie zog aus einem der oberen Fotoalben drei aus einer Zeitschrift herausgerissene Seiten hervor und reichte sie mir.

»Diesen Bericht habe ich neulich beim Friseur entdeckt und musste ihn mir natürlich sofort mitnehmen.«

Es war ein buntbebilderter Artikel. Ich las die Überschrift: »Cuba libre – Der kommunistische Karibikstaat flirtet mit dem Kapitalismus.«

»Wieso Kuba?«, entfuhr es mir. Ich drehte die Blätter um, vielleicht war ich ja bei der falschen Reportage gelandet, aber auf der Rückseite stand nur Werbung. »Was hat Kuba mit Ihrer Biografie zu tun?«

Offenbar war die Frau doch ein bisschen wirr im Kopf. Dabei lächelte sie glücklich wie ein kleines Kind, das gerade ansetzt, die Kerzen auf seiner Geburtstagstorte auszupusten. Ich unterdrückte ein Seufzen. Ich hätte definitiv nicht herkommen sollen.

»Hier«, sagte sie und tippte mit dem pink lackierten Nagel ihres Zeigefingers auf das letzte Foto des Berichts. »Der ist es.«

Das Bild füllte fast ein Viertel der Seite aus. Es zeigte einen älteren Herrn mit welligen grauen Haaren, der gut gelaunt am Steuer eines alten, türkisfarbenen Autos saß und durch das offene Wagenfenster grinsend herausschaute. Im Mundwinkel steckte eine halb aufgerauchte Zigarre. Der linke Arm lag lässig auf dem Fensterrahmen, den Ärmel seines weißen Hemdes trug er hochgekrempelt. Bei dem Auto handelte es sich um ein geradezu urzeitliches Modell, einen alten Ford vielleicht oder einen Chevrolet, es schien hier und da schon ein wenig verrostet und verbeult. Auf dem

Dach steckte ein gelbes Taxi-Schild. Der Wagen stand vor einem weiß getünchten Gebäude. Ein paar Treppenstufen führten die Wand entlang hinauf, offenbar zum Eingang eines Lokals. Über der Tür war die Aufschrift *Bar Buena Vista* gerade noch zu erkennen.

Ich las den Text unter dem Foto: »Ein ehemaliger Revolutionär im Reisebusiness: Taxifahrer Julio vor seinem Lieblingslokal.«

»Und was hat es mit diesem Julio für eine Bewandtnis?«

»Der da«, sie zeigte erneut auf das Bild, »der da ist meine große Liebe.«

»Der Mann auf dem Foto? Der kubanische Taxifahrer?«

»Er ist kein Kubaner. Jedenfalls war er keiner, als ich ihn kennenlernte. Er ist Deutscher. Eigentlich heißt er Julius. Julius Wagner, der Mann, der mir vor fast sechzig Jahren das Herz gebrochen hat.«

Ich ließ die Blätter sinken. »Das müssen Sie mir erklären.«

Frau Wagner von Trottau zu Dannenberg legte die Hände ineinander und sprach weiter. Ihre Stimme war jetzt etwas leiser geworden, das verschmitzte Lächeln aus ihrem Gesicht verschwunden.

»Diesen Mann habe ich geliebt, als ich jung war. Wir haben zusammen Medizin studiert, hier in München. Wir waren ein Herz und eine Seele, wie geschaffen füreinander. Er war politisch sehr interessiert, wissen Sie. Fidel Castro und Che Guevara, das waren seine großen Vorbilder. Er engagierte sich schon damals gegen den Kapitalismus und für soziale Gerechtigkeit. Ich habe ihn dafür sehr bewundert. Zum Entsetzen meiner Familie, wie Sie sich vorstellen können. Eine adelige junge Dame, die sich in einen waschechten Sozialisten verliebt – na, das kam bei meinen Eltern gar nicht gut an.« Sie seufzte. »Aber dann, ganz plötzlich, haben sich unsere Wege getrennt. Julius wanderte im Herbst 1958 nach Kuba aus, um sich den Revolutionären anzuschließen, während ich, nun ja, schließlich doch das gutbürgerliche Leben wählte und in Deutschland blieb. Ich habe nie wieder etwas von Julius gehört. Später habe ich seinen Bruder Viktor geheiratet, der mich in der Zeit der Trennung getröstet hatte. Er war ein guter Mann, auch wenn ich ihn nie so sehr geliebt habe wie Julius.«

»1958 war das?«, fragte ich. »Und Sie sind sich ganz sicher, dass der Mann auf dem Foto der richtige ist?«

»Hundertprozentig. Sie glauben ja nicht, wie glücklich ich bin. Ich wusste gar nicht, ob er überhaupt noch lebt. Nachdem ich nie wieder etwas von ihm gehört hatte, dachte ich, er wäre in den Wirren der Revolution umgekommen. Und dann finde ich neulich auf einmal diesen Artikel und dieses Bild ...«

»Sie erkennen ihn noch wieder? Nach fast sechzig Jahren?«

»Es gibt überhaupt keinen Zweifel, dass es mein Julius ist. Sehen Sie die Tätowierung auf seinem Arm?«

Ich sah mir das Foto noch einmal genauer an. Das Tattoo, das knapp unter dem heraufgerollten Hemdsärmel zu sehen war, bedeckte fast den ganzen Unterarm. Es zeigte eine Rose mit zwei Blüten, die Stiele kunstvoll ineinander verschlungen.

»Eine ziemlich große Tätowierung«, stellte ich fest. »Soweit ich weiß, war das in den Fünfzigerjahren noch sehr ungewöhnlich, oder? Eher was für Matrosen oder Sträflinge. Ist dieser Julius denn irgendwann zur See gegangen oder im Gefängnis gelandet?«

»Aber keineswegs. Sehen Sie mal, was da steht!«

Ich blinzelte und entdeckte zwei verschnörkelte Buchstaben, die neben der Rose auf seinen Arm tätowiert waren. Mit Mühe entzifferte ich ein H und ein J.

»Hanna und Julius«, erklärte Frau Wagner von Trottau zu Dannenberg. »Er hat sich das Tattoo damals als Zeichen unserer Liebe stechen lassen. Ich fand das so verwegen und wild romantisch. Es war unser geheimes Symbol. Ich war mir sicher, dass wir niemals auseinandergehen würden.«

»Und dann?«

»Und dann war er plötzlich weg. Hinterließ mir einen Brief, in dem er schrieb, dass er nach Havanna geflogen sei und versuchen würde, mich zu vergessen. Ohne jede Erklärung. Das war das letzte Lebenszeichen von ihm. Julius war wie vom Erdboden verschluckt. Auch seine Familie hat nie wieder etwas von ihm gehört. Ich war so verzweifelt damals. Er hatte mir zwar einmal gesagt, dass er gerne die Revolution unterstützen würde. Es gab ein paar Ausländer, die das taten, aus den verschiedensten Gründen. Julius meinte, als Mediziner könne er so viel Gutes tun, Verwundete versorgen, Kranken helfen. Ach, er war ein so großer Idealist ... Wissen Sie, Frau Faber, schlimme Zeiten waren das in den Fünfzigerjahren in Kuba: Damals herrschte der Diktator Batista. Im ganzen Land wuchsen Armut und Korruption. Er ließ politische Gegner kaltblütig ermorden, während sich in Havanna amerikanische Mafiabanden mit Bordellen und Casinos eine goldene Nase verdienten. Ein paar riesige US-Unternehmen hatten praktisch alle Zuckerrohrfelder des Landes in Beschlag genommen, wo Tausende Kubaner als billige Arbeitskräfte missbraucht wurden. Vor allem deren Lage wollten Fidel Castro und Che Guevara mit ihrer Revolution verbessern. Und dabei erhielten sie immer mehr Zulauf, nicht nur von Arbeitern, sondern auch von Studenten, die diese Ungerechtigkeit nicht länger hinnehmen wollten. Wie oft haben Julius und ich darüber gesprochen. Er hat immer gesagt, wir können doch nicht einfach zuschauen und die Hände in den Schoß legen. Aber ich hätte damals nie geglaubt, dass er wirklich gehen würde. Vor allem nicht ohne mich. Nicht ohne sich wenigstens von mir zu verabschieden. Ach, es war so schrecklich damals. Wir haben alle gedacht, dass er gestorben sei. Aber jetzt weiß ich, dass er noch lebt. Es ist ein Wunder. Julius nennt sich jetzt Julio und arbeitet als Taxifahrer in Kuba. In seinem Alter noch. Das bedeutet, dass er kerngesund ist. Ist das nicht fantastisch?«

Dass er in seinem Alter noch arbeitete, bedeutete meiner Ansicht nach vor allem, dass er ziemlich knapp bei Kasse sein musste und sich einen entspannten Ruhestand nicht leisten konnte. Aber ich schwieg, noch ganz betäubt von dieser unerwarteten Lehrstunde in mittelamerikanischer Geschichte.

Ich überflog den Bericht. Es ging darin ganz allgemein darum, wie sehr sich Kuba seit ein paar Jahren veränderte und dass immer mehr Touristen aus Deutschland die Karibikinsel entdeckten. Dieser Julius wurde nur ganz kurz erwähnt. »Manche haben Kuba schon vor vielen Jahren für sich entdeckt«, stand da. »Taxifahrer Julio zog es in den Fünfzigerjahren aus politischen Gründen von Deutschland nach Kuba, und er ist geblieben, weil er dort eine neue Heimat gefunden hat. Inzwischen hat er sich mit seinem alten Wagen selbstständig gemacht, und durch die vielen Touristen boomt sein Geschäft.«

Als ich aufblickte, sah mich die alte Dame an. Sie lächelte jetzt wieder, als sie fortfuhr.

»Wissen Sie was, Frau Faber, ich möchte ihn wiederfinden. Ich möchte wissen, wie es ihm ergangen ist in all den Jahren. Ich möchte wissen, wieso er mich damals verlassen hat. Weshalb ihm diese vermaledeite Revolution im Dschungel wichtiger war als unsere Liebe. Ich habe es nie begriffen. Wir waren doch so glücklich miteinander!«

Ihr Blick fiel wieder auf das Foto des alten Mannes und blieb für einen Moment darauf liegen. Dann sah sie mit einem Ruck zu mir auf.

»Sie sind doch Journalistin, Frau Faber. Sie können doch recherchieren. Bitte helfen Sie mir, Julius wiederzufinden. Ich bin eine alte Frau. Ich weiß nicht, wie lange der liebe Gott mich noch leben lässt. Ich habe nur noch diesen einen Wunsch: Ich möchte meine große Liebe noch einmal treffen.«

»Aber – wieso ich?«, stammelte ich erschrocken. »Wie sollte ich Ihnen dabei helfen? Fragen Sie doch besser den Journalisten, der diesen Artikel geschrieben und das Foto gemacht hat. Er hat ihn schließlich getroffen und weiß doch bestimmt, wo Sie Julius finden können.«

»Das habe ich bereits versucht. Ich habe in der Redaktion dieser Zeitschrift angerufen, aber man sagte mir, dass der Reporter schon wieder für einen anderen Artikel unterwegs wäre. Der besucht gerade irgendwelche Ureinwohner in ihren Strohhütten auf einer Südseeinsel. Ein Langzeitprojekt, wie ich hörte. Jedenfalls ist der Mann im Moment nicht zu erreichen, kein Telefon, kein Internet, und ich kann nicht monatelang warten, bis er zurückkommt. Julius wird bald achtzig. Ich habe keine Zeit zu verlieren. Am Ende stirbt er, bevor ich ihn gefunden habe. Ach, Gott, stellen Sie sich das mal vor! Nein, das muss jetzt schnell gehen. Wir müssen sofort nach Kuba.«

»Wir müssen *was*?«

»Nach Kuba, liebe Frau Faber. Wäre es vielleicht möglich, dass Sie mich auf der Reise meines Lebens begleiten und mit mir zusammen Julius suchen?«

Jetzt war ich mir endgültig sicher, dass mit der alten Dame etwas nicht stimmte.

»Natürlich nicht. Sie haben mich gebeten, Ihre Biografie zu schreiben, was durchaus interessant sein könnte. Aber ich bin doch Journalistin und keine … keine Reiseleiterin.«

»Die Sache mit Julius ist das wichtigste Kapitel in meinem Leben. Ohne ihn ist meine Biografie nicht vollständig. Wir müssen ihn finden. Bitte helfen Sie mir.«

»Wissen Sie, wie groß Kuba ist? Und Sie haben nichts als dieses eine Foto. Da steht noch nicht mal, wo das aufgenommen wurde. Mit Verlaub, das ist Unsinn.«

Die alte Lady schüttelte energisch den Kopf.

»Keineswegs. Wir haben sein Bild und den Namen seines Lieblingslokals. Hier!« Sie tippte mit dem Zeigefinger erneut auf das Foto. »Die Bar Buena Vista. Wir werden dieses Lokal finden, und dort wird man Julius kennen und uns sagen können, wo er wohnt. Wir fliegen nach Havanna und fragen uns durch. Wo ist das Problem?«

Ich bemühte mich, das empörte Beben in meiner Stimme zu unterdrücken. Diese Frau hatte wirklich einen an der Waffel!

»So einfach ist das nicht. Im Übrigen habe ich gerade eine neue Sendung übernommen. Ich kann jetzt nicht plötzlich ein paar Wochen Urlaub nehmen und wegfahren.«

»Kann nicht eine andere Kollegin zwischendurch mal das ›Kaleidoskop‹ moderieren? Diese komische Blondine vielleicht, die jetzt Ihre Interviewsendung macht?«

Ich schüttelte den Kopf. »Natürlich nicht.«

»Nun ja«, gab Frau Wagner von Trottau zu Dannenberg zu bedenken. »Wenn Sie krank werden, muss es doch auch einen Ersatzmoderator geben ...«

»Ja, das schon, aber ...«

»Wie viel verdienen Sie im Monat?«

»Na, hören Sie mal! Ich wüsste nicht, was Sie das angeht.«

»Ich erstatte Ihnen den Verdienstausfall, wenn Sie sich für mich ein paar Wochen freistellen lassen.«

Ich hielt die Luft an. Dann nannte ich ihr eine absurd hohe Summe. Anders war sie von ihrer irren Idee offenbar nicht abzubringen.

»Oh«, sagte sie. »Bei Hello-TV verdient man ja erstaunlich gut.« Ohne auch nur eine Sekunde zu zögern, fügte sie hinzu: »Ich zahle Ihnen das Doppelte.«

»Das Doppelte? Sind Sie verrückt?« Diese Frage hatte sich eigentlich erübrigt. Die Frau war definitiv verrückt.

»Wissen Sie«, fuhr sie fort. »Ich habe ein bisschen Geld auf der hohen Kante. Es ist mehr, als ich für mein Leben brauche. Ich habe keine Erben. Soll das Geld denn verschimmeln, wenn ich mal gestorben bin? Nein, ich werde es auf den Kopf hauen, um Julius zu finden. Es ist mein größter Wunsch. Ich wüsste nicht, wie ich mein Vermögen besser anlegen könnte, als mit Ihnen nach Kuba zu reisen und mich auf die Suche nach der Liebe meines Lebens zu machen. Sind Sie dabei?«

8

»Oh, grandios! Natürlich bist du dabei!«

Ich hätte es mir denken können: Trixie bewertete die Lage wieder einmal komplett anders als ich. Noch während ich nach meinem Besuch bei der alten Dame mit dem rumpelnden Aufzug wieder nach unten gefahren war, hatte ich sie angerufen und erklärt, dass wir uns sofort treffen müssten.

»Klar, komm zu mir. Ich bin zu Hause.«

Als ich wenig später ihre angelehnte Wohnungstür öffnete, rief sie mir von innen zu: »Hereinspaziert! Ich sitze in der Küche!«

Ich ließ mich ihr gegenüber am Tisch nieder, auf dem ein halb leer getrunkenes Glas Cola und zehn Nagellackfläschchen standen. Trixie hatte ihre Füße auf dem gegenüberliegenden Stuhl abgestellt und war gerade dabei, sich die Fußnägel zu lackieren, jeden in einer anderen Farbe. Ihre Zehen sahen ein bisschen aus wie Smarties.

»Ich konnte mich nicht entscheiden«, erklärte sie auf meinen kritischen Blick hin. »Ich mag alle meine Farben. Nimm dir bitte selbst was zu trinken aus dem Kühlschrank, ich kann gerade nicht aufstehen. Und dann schieß los!«

Ich begann von meinem Gespräch mit der alten Lady zu

berichten. Nur ein paar Stichworte reichten, um Trixie in einen Zustand absoluter Begeisterung zu versetzen.

»Ich hab es doch gleich gesagt!«, rief sie und schwang das Pinselchen, mit dem sie ihrem rechten kleinen Zehennagel gerade einen violetten Anstrich gegeben hatte, wie einen Taktstock durch die Luft. »Die alte Baronin wird dich am Ende tatsächlich adoptieren. Natürlich wirst du mit ihr verreisen, nicht wahr? Wer lässt sich denn nicht gerne ein paar Wochen in die Karibik einladen. Wie lässig! Wahnsinn! Ich sehe das alles schon vor mir, Palmen im heißen Wind, quietschbunte Oldtimer, die in der Sonne blitzen, Salsaklänge in den Straßen, den ganzen Tag lang Rum trinken und Zigarren rauchen ... Hach, was für ein Leben! Du Glückspilz! Du absoluter Oberglückspilz!!«

»Hey, stopp mal, ich habe noch nicht zugesagt. Und ich werde das auch garantiert nicht tun! Ich habe keine Lust, mit einer verrückten alten Frau wochenlang herumzureisen, um nach einem Menschen zu suchen, der sich vor mehr als einem halben Jahrhundert aus ihrem Leben verabschiedet hat. Und das ausgerechnet in einem so schrecklichen Land wie Kuba. Keine Ahnung, weshalb alle Welt immer so von der Karibik schwärmt! Wenn es vier Dinge gibt, die ich verabscheue, dann sind das Salsa, Rum, Zigarren und Temperaturen über fünfundzwanzig Grad.«

Trixie verdrehte ungläubig die Augen. Sie schraubte das letzte Nagellackfläschchen zu und trank einen Schluck Cola. »Hast du ihr das gesagt?«

»Nein, noch nicht so direkt. Ich habe ihr erklärt, dass ich darüber erst noch mal nachdenken müsste. Aber da gibt's nichts nachzudenken. Natürlich werde ich mich nicht auf so eine absurde Expedition einlassen.« Ich tippte mir an die Stirn. »Außerdem würde Oliver toben, wenn ich jetzt so kurzfristig Urlaub beantragen würde. Wer sollte denn in der Zeit meine Sendung moderieren?«

»Ich!«, erklärte Trixie. Sie leerte das Colaglas in einem Schluck und stellte es mit einem »Klock!« zurück auf die Tischplatte neben die Nagellackfläschchen. »Daran soll die Sache nicht scheitern. Hast du vergessen, dass ich drei Jahre lang das Campusmagazin im Studentenfernsehen moderiert habe? Mittelfristig muss Oliver sowieso eine Stellvertreterin für dich finden. Falls du krank werden solltest oder tatsächlich mal richtig Urlaub machst. Ich werde gleich morgen früh mit ihm darüber reden.«

»Bitte nicht, Trixie. Bitte misch dich nicht schon wieder in meine Probleme ein!«

»Oh doch. Und wie ich mich einmischen werde! Ich habe nämlich große Lust, eine Postkarte aus Havanna zu bekommen. Du schreibst mir doch, oder?«

»Natürlich nicht. Ich hasse es, Postkarten zu schreiben. Ich hasse Salsa, ich hasse Zigarrenrauch, ich hasse Bananen, ich hasse dieses ganze blöde Kuba. Und überhaupt. Die irre Alte kann sich jemand anders suchen, um bei dieser idiotischen Reise mitzumachen. Den verschollenen Exlover suchen, so ein sentimentaler Quatsch! Ich werde definitiv nicht dabei sein.«

Davon war ich genau siebenunddreißig Stunden und zwanzig Minuten lang überzeugt. Dann passierte etwas, das meine Meinung grundlegend änderte. Und es war ausgerechnet wieder eine Mail von Oliver.

»Sieh mal hier«, stand in der Betreffzeile und darunter: »Wolltest du dich da nicht längst mal bewerben?«

Im Anhang schickte er mir die Ausschreibung für den diesjährigen Wettbewerb des Goldenen Griffels mit. Vor lauter Ärger über meine berufliche Veränderung hatte ich überhaupt nicht mehr daran gedacht. Ich stöhnte. Eigentlich wollte ich gar nicht wissen, was mir da in diesem Jahr entging. Eher lustlos klickte ich die Einladung an und überflog den Text, bis mir plötzlich der Atem stockte.

»In diesem Jahr sollen die Beiträge zum Wettbewerb um den Goldenen Griffel unter einem bestimmten Thema stehen«, las ich. »Und dieses Thema heißt: Passionen. – Wir suchen die Reportage, das Interview, den Film, der sich mit den ganz großen Leidenschaften des Menschen auseinandersetzt. Was treibt uns an, wofür brennen wir, wann wären wir bereit, alles aufzuopfern für ein einziges großes Ziel? Zeigen Sie uns ein Beispiel, lassen Sie uns mitfiebern ...«

Es folgten noch ein paar organisatorische Details zum Wettbewerb, wie Umfang der Einsendungen und Bewerbungsschluss und dergleichen, aber die restlichen Buchstaben tanzten nur noch vor meinen Augen. Passionen? Natürlich! Genau das war es. Fieber, Feuer, Leidenschaften. Diese verdammte Kubareise bot mir die einzigartige Gelegenheit, meine journalistische Karriere wieder ins Lot zu rücken. Sie geradezu raketenmäßig in die Höhe schnellen zu lassen.

Ich musste nur diesen Julius finden und mit ihm über alte Zeiten reden. Aber natürlich nicht über seine romantische Liebe zu Johanna, nicht über diesen Quatsch wie Rosentattoos und gebrochene Herzen, sondern über die Revolution auf Kuba. Jawohl! Weltgeschichte hautnah. Schließlich war er doch damals dabei gewesen. Er war ausgewandert, um sich den Aufständischen anzuschließen. Gab es eine größere Passion, als seine Geliebte zu verlassen, um in den Krieg zu ziehen? Die Sache war wie bestellt für den diesjährigen Wettbewerb. Ein sensationelles Exklusivinterview mit dem ehemaligen Revolutionär über seine Zusammenarbeit mit Che Guevara und Fidel Castro in ihrem Dschungelversteck wäre ein fantastischer Coup, der mich umgehend wieder in die Schlagzeilen katapultieren würde. Es wäre eine spektakuläre Sache. Mit einem Schlag wäre ich wieder ganz oben. Da konnte sich Ramona so viele Promis aufs Sofa holen, wie sie wollte. Einen echten Revolutionär würde sie nie in ihre Sendung bekommen. Meine düstere Stimmung schlug augenblicklich in ein strahlendes Rosarot um: Dieses Interview würde mir ganz bestimmt den Goldenen Griffel bringen! Ich musste dringend und sofort nach Kuba.

Trixie machte sich ein bisschen lustig über mich, als ich ihr wenig später in der Kantine von meinen Plänen erzählte.

»Ausgerechnet du willst zur Fachfrau für Passionen werden?« Sie kicherte. »Du bist doch sonst immer so schrecklich vernünftig. Unsere Expertin für Logik, Präzision und Coolness.«

»Du hältst mich doch nicht etwa für einen langweiligen, kalten Frosch?!«

»Nein, nein, das nicht. Aber ...« Sie zuckte entschuldigend mit den Schultern.

»Warum denn nicht?«, entgegnete ich leicht beleidigt. »Wenigstens kann ich objektiv über die ganze Angelegenheit berichten.«

Wie durch ein Wunder hatte Oliver keine Einwände gegen meinen kurzfristigen Sonderurlaub, solange uns Zeit genug blieb, Trixie für die Moderation des »Kaleidoskops« einzuarbeiten. Dabei lächelte er, als wäre es immer schon sein größter Wunsch gewesen, Trixie zu meiner Ersatzfrau für die Sendung zu machen. Leider aber genehmigte er mir nur zwei Wochen Freistellung und nicht mindestens drei, wie ich vorgeschlagen hatte. »Anfang März ist die halbe Belegschaft in Urlaub«, sagte er und hielt abwehrend die Hände hoch, als hätte ich gedroht, ihn zu erschießen, wenn er nicht Ja sagte. »Mehr Zeit kann ich dir wirklich nicht geben, sonst bricht unser Laden zusammen. Zwei Wochen, dann musst du das Interview im Kasten haben.«

Na gut. Das war zwar verdammt kurz, aber dann musste ich mich eben ein bisschen damit beeilen, diesen Julius zu finden. Hauptsache, ich kam nach Kuba.

Die alte Lady war überglücklich, als ich sie anrief und sagte, dass ich mitkommen würde.

»Ach, Sie sind ja ein Schatz«, rief sie ins Telefon. »Ich bin ganz erleichtert. Nach Ihrem Besuch hatte ich schon befürchtet, Sie würden meine Einladung ablehnen. Sie klangen so kritisch. Aber nun ist alles wunderbar. Wir machen uns zwei zauberhafte Wochen in der Karibik, nicht wahr? Und am Ende werde ich meinen lieben Julius wieder in die Arme schließen.«

»Ich versichere Ihnen, ich werde alles dafür tun.«

Zum Glück konnte sie mein breites Grinsen nicht sehen.

Um unsere Suche nach dem alten Taxifahrer etwas zu beschleunigen, versuchte ich, im Internet die Adresse dieser Bar herauszufinden. Aber ich wurde nicht fündig. Zwar gab es ungefähr hundertfünfzig Buena-Vista-Bars auf der Welt und ein paar davon auch in Kuba, aber zu keiner davon passte das Foto, das die alte Dame mir gezeigt hatte. Diese Bar schien ein echter Geheimtipp zu sein.

9

Zwei Wochen später landeten wir in Havanna. Hoch oben über dem Atlantik, irgendwo zwischen dem 35. und 45. Längengrad, hatte mir die alte Lady das Du angeboten.

»Ich bin Hanna. Auf Dauer ist es ein bisschen zu umständlich, wenn du mich weiter mit meinem ganzen langen Namen anredest.«

Sie prostete mir mit ihrem Champagnerglas zu, und ich hob nickend meinen Plastikbecher mit Mineralwasser.

»Danke, gerne. Katrin.«

Dabei dachte ich an das funkelnagelneue Smartphone, das in meiner Jackentasche steckte und das ich extra mit einer zusätzlichen Profi-Video-App bestückt hatte, um ohne viel Aufwand und schweres Gepäck ganz unauffällig mein Interview mit Julius aufnehmen zu können. Ich hatte Hanna nichts davon erzählt. Dass ich in Kuba mein eigenes Ding durchziehen wollte, brauchte sie vorläufig nicht zu erfahren. Es hätte ihr womöglich nicht gefallen, dass ich auf ihre Kosten meinen Wettbewerbsbeitrag für den Goldenen Griffel drehte.

Erstaunlicherweise klappte unsere Anreise ohne Probleme. Weder verpassten wir unseren Anschlussflug in Madrid, noch gingen unsere Koffer unterwegs verloren. Auch wurde uns am Flughafen von Havanna nicht die Einreise verwehrt, und bei keiner der vielen Pass-, Visums-, Gepäck- oder sonstigen Kontrollen gab es irgendwelche Schwierigkeiten. Vorsorglich hatte ich nämlich mit dem Schlimmsten gerechnet. Deshalb hatte ich nicht nur eine Zahnbürste und frische Unterwäsche in mein Handgepäck gesteckt (sowie eine dreiundzwanzigteilige Notfallapotheke inklusive Malaria-Medikament), sondern sicherheitshalber auch einen Zettel mit der Telefonnummer eines Berliner Rechtsanwalts, der sich auf mittelamerikanisches Strafrecht spezialisiert hatte. Man konnte ja nie wissen. Ich wollte für alle Situationen gewappnet sein. Schließlich hatte ich noch nie zuvor ein kommunistisches Land besucht und kannte mich mit den örtlichen Gepflogenheiten nicht so gut aus. Am Ende machte man eine unüberlegte Bemerkung, die die sozialistische Obrigkeit empörte, oder tat versehentlich sonst was Verbotenes und fand sich plötzlich in einer kargen Arrestzelle wieder. Im Internet hatte ich nämlich von jemandem gelesen, der in Kuba in einen Autounfall verwickelt war und monatelang nicht nach Hause fliegen durfte, bis die Schuldfrage geklärt war (und er eine horrende Summe für seine Freilassung bezahlt hatte). So etwas sollte mir nicht passieren, jedenfalls nicht ohne fachlichen Beistand aus Deutschland.

Aber, wie gesagt, bei uns lief erst mal alles glatt.

»So«, sagte ich, während wir mit unseren Koffern durch die Ankunftshalle rollten. »Jetzt müssen wir Geld tauschen.«

In dem kahlen Flughafengebäude entdeckten wir nichts, das wie ein Bankschalter oder eine Wechselstube aussah, deshalb folgten wir dem Strom der Menschen nach draußen. Dort empfing uns ein später karibischer Nachmittag. Die Sonne stand schon recht tief am Himmel, aber es war noch geschätzte dreißig Grad heiß. Mir brach augenblicklich der Schweiß aus, während Hanna jubelte: »Hach, ist das nicht fantastisch hier?«

Die Blätter der Palmen am Straßenrand raschelten im Wind. Zumindest nahm ich an, dass sie raschelten, denn hören konnten wir nichts davon, weil zwei antiquiert aussehende Reisebusse mit dröhnenden Motoren vor dem Gebäude standen und dichte schwarze Qualmwolken ausstießen. Ein paar zerbeulte schwarze Taxis fuhren die Straße entlang, ich tippte auf russische Fabrikate aus den Siebzigerjahren. Von den berühmten amerikanischen Oldtimern aus Havanna war nichts zu sehen. Aber das interessierte mich im Moment nicht wirklich. Wir brauchten zuerst einmal Geld, damit wir überhaupt ein Taxi bezahlen konnten. Kuba war so speziell, dass es nicht einmal möglich war, sich vor der Reise zu Hause ein paar Devisen zu besorgen.

»Ich glaube«, sagte Hanna und deutete nach rechts, »da müssen wir hin. Wenn sich Menschen in einem kommunistischen Land irgendwo anstellen, gibt es dort in der Regel etwas sehr Wichtiges, das man auf keinen Fall verpassen darf. Das weiß ich von meiner Cousine, die in der damaligen DDR aufgewachsen ist.«

Eine Menschenschlange wand sich über den Vorplatz des Flughafengebäudes, dazwischen Koffer, Rucksäcke und Taschen aller Art. Ein Stimmengewirr wie in Babylon deutete darauf hin, dass hier keine kubanischen Einwohner in Erwartung ihres monatlichen Sackes Reis anstanden, sondern angereiste Touristen aus aller Welt. Hanna stellte sich mit unserem Gepäck ans Ende der Reihe (»Ich halte schon mal die Stellung!«), und ich marschierte vor, um zu sehen, worauf die Leute warteten. Die Schlange führte zu einem Nebengebäude des Flughafens, wo ich tatsächlich den Eingang zu einer Wechselstube fand. *Cadeca* stand über der Tür, das passte zu dem, was ich im Internet über die kubanische Devisenbeschaffung gelesen hatte. Der Eingang war streng bewacht von zwei grimmig dreinschauenden Uniformierten, die mit energischen Gesten dafür sorgten, dass jeder Kunde einzeln eintrat, wobei man sein Gepäck draußen stehen lassen musste. Es hätte ja womöglich jemand die Bank überfallen wollen. Vor uns warteten ungefähr hundertfünfzig Leute. Das würde noch ein langer Abend werden. Frustriert trottete ich zurück zum Ende der Schlange, wo Hanna mir fröhlich mit einer Hand voll Geldscheine zuwinkte.

»Huhu! Schau mal, was ich hier habe!«, rief sie und strahlte über das ganze Gesicht. »Dreihundert kubanische Pesos.«

»Wieso? Woher hast du das Geld?«

»Gerade kam ein schwedisches Pärchen vorbei. Die beiden fliegen heute Abend zurück nach Stockholm und hatten sich mit ihrer Reisekasse schwer verschätzt. Jedenfalls hatten sie noch reichlich kubanisches Geld übrig. Sie haben gefragt, ob ich ihnen ihre Pesos abkaufen wolle – und da habe ich natürlich sofort Ja gesagt. Ist das nicht wunderbar? Wir brauchen überhaupt nicht anzustehen. Wir können gleich los zum Taxistand. Los geht's, Schätzchen! Havanna wartet auf uns.«

»Sind es auch die richtigen Pesos?«, fragte ich zweifelnd.

»Wieso? Gibt es denn falsche?«

»Ja, es gibt eine unterschiedliche Währung für Touristen und für Einheimische. Wir müssen das Touristengeld haben. Mit dem anderen können wir nicht bezahlen. Außerdem ist es nur einen Bruchteil des anderen Geldes wert.«

Hanna sah mich stirnrunzelnd an. »Das ist ja kompliziert.«

»Es geht. Hast du dich denn überhaupt nicht informiert, bevor du losgefahren bist?«

Hanna lächelte entschuldigend. »Nein, ich habe doch dich dabei.« Sie hielt mir ihre Geldscheine hin. »Und woran erkennt man das eine und das andere Geld?«

»Auf den Scheinen für Einheimische sind berühmte Köpfe, auf dem Touristengeld Statuen.«

Zum Glück hatte Hanna die richtigen Banknoten bekommen, wie ich bei einer schnellen Durchsicht der Scheine feststellte. Auf allen war eine Reiterstatue abgebildet. Allerdings stellte sich heraus, dass sie einen katastrophal schlechten Wechselkurs bezahlt hatte. Ich seufzte leise. Am Schalter hätten wir vermutlich doppelt so viele Pesos bekommen. Aber jetzt konnte ich das auch nicht mehr ändern, und immerhin hatten wir uns durch das halbseidene Tauschgeschäft mindestens eine Stunde Anstellzeit erspart.

Hanna nahm den Griff ihres rot-grün karierten Überseekoffers in die Hand und marschierte los zum Straßenrand, wo sie schon wieder jemand ansprach. Die Leute waren hier ja wirklich sehr kommunikativ. Diesmal war es aber kein schwedisches Pärchen, sondern ein junger Kubaner mit sehr kurzen schwarzen Haaren und eigenwillig vorstehenden Zähnen im Oberkiefer. Er trug eine viel zu weite helle Cordhose und ein weißes T-Shirt, bei dem ich mich fragte, wie es wohl in seinen Besitz gekommen sein mochte: »Spedition Heinemann, täglich Hamburg-Köln-Frankfurt«, stand darauf.

»Taxi?«, fragte er in gebrochenem Englisch. »*Need Taxi? Good price to old city, Ladies.*«

»Aber ja«, rief Hanna. »*Si, claro*. Wir möchten in die Altstadt fahren. Und wenn Sie uns einen guten Preis machen –

umso besser. Wunderbar. Das klappt ja heute alles wie am Schnürchen.«

Ich war mir da nicht so sicher. Der Mann wollte vierzig Pesos für die Tour haben. Das war etwas mehr Geld, als ich nach meinen Internetrecherchen erwartet hatte. Vermutlich hätte ich jetzt Protest einlegen und einen etwas günstigeren Preis aushandeln sollen. Aber ich war zu müde zum Feilschen. Für uns war es mitten in der Nacht, und ich wollte endlich irgendwo ankommen. Also gingen wir mit.

Der Kubaner führte uns keineswegs zu einem der Taxis, die direkt vor dem Flughafen standen, sondern zu einem Wagen, der etwas abseits parkte. Mein Misstrauen wuchs, und ich war überzeugt, einem Betrüger aufgesessen zu sein. Aber Hanna quiekte vor Vergnügen, als sie das Fahrzeug sah. Es war eher ein Schiff als ein Auto, ein riesiger eckiger Wagen in Knallrot, mit glänzenden Chromleisten an allen Seiten und dramatischen weißen Heckflügeln. Er sah aus, als wäre er direkt aus einem James-Dean-Film hierhergebracht worden.

»Fantastisch!«, rief Hanna. »Ist das ein Cadillac Eldorado? Es gibt sie also tatsächlich in Havanna, diese unglaublichen Oldtimer. Und ich hatte schon befürchtet, das wäre bloß ein Gag der kubanischen Tourismusindustrie!« Sie zog einen kleinen Fotoapparat aus ihrer Handtasche und begann, das Auto von allen Seiten zu knipsen.

Währenddessen öffnete der Taxifahrer den Kofferraum, in dem sich neben einer Werkzeugkiste aus grobem Holz ein riesiger schmutziger Ersatzreifen, ein verschmierter Ölkanister und ein abgebrochener Besenstiel befanden. Den Stiel benutzte er, um die geöffnete Kofferraumklappe zu fixieren. Offenbar funktionierte der Feststellmechanismus nicht mehr. Nachdem der Taxifahrer Hannas Gepäck ins Auto gewuchtet hatte, war der Kofferraum voll. Der Mann ließ den Deckel wieder zuschnappen, und als er mein entgeistertes Gesicht sah, meinte er: »*No problem, Lady, todo bien.* Alles gut.«

Mit Schwung hob er meinen Koffer auf das Autodach, zurrte ihn hier und da mit ein paar ausgeleierten Gummigurten an einer wackeligen, selbstmontierten Holzreling fest und öffnete die Türen, damit wir einsteigen konnten. Ich war überzeugt davon, dass ich meinen Koffer nie mehr wiedersehen würde, weil er spätestens nach zehn Metern vom Dach rutschen und auf der Straße zerplatzen würde.

»*No problem*«, wiederholte der Taxifahrer, während ich ihn noch immer zweifelnd anblickte. »*Todo bien.*«

Ich fand ja, dass überhaupt nichts gut war, aber auch Hanna meinte, es würde sicherlich alles bestens funktionieren.

»Dein Koffer ist bestimmt nicht der erste, den der Bursche da oben auf dem Autodach transportiert.«

Ich hoffte vor allem, dass mein Koffer nicht der erste wäre, der bei voller Fahrt auf die Straße knallte. Dann setzte ich mich gottergeben neben Hanna auf die mit weißer Plastikfolie bezogene Rückbank, schwitzte und wünschte, ich hätte ein klitzekleines bisschen von ihrem Optimismus.

Das spätnachmittägliche Havanna zog flott an den Autofenstern vorbei. An den Straßenrändern standen schäbige Plattenbauten mit Leinen voller Wäsche auf den Balkonen, dazwischen flache, pastellfarben gestrichene Häuschen mit vergitterten Fenstern, hin und wieder Bananenstauden und lila blühendes Gebüsch in den Vorgärten. An eine Hauswand hatte jemand mit dicken roten Pinselstrichen *Hasta la victoria siempre* geschrieben. *Bis zum ewigen Sieg.* Als hätte die Revolution erst im vorigen Jahr stattgefunden. Ein paar Meter weiter türmte sich eine wilde Müllkippe. Wir zogen an einem scheppernden grünen Lastwagen vorbei, auf dessen offener Ladefläche sich ungefähr zwei Dutzend Menschen drängten. Kurz darauf überholten wir eine Pferdekutsche.

»Wie im Wilden Westen«, jauchzte Hanna und drückte meinen Arm. »Ich kann einfach nicht glauben, dass ich tatsächlich in Kuba bin.«

Ich kam nicht dazu zu antworten, weil wir gerade ein Schlagloch durchfuhren, wobei es dermaßen rumpelte, dass es mir den Atem nahm. Gut, dass mit meinen Bandscheiben alles in Ordnung war, sonst hätten wir gleich in die Notaufnahme fahren können. Ich drehte mich um, damit ich sehen konnte, wie mein Koffer auf die Straße stürzte. Aber entweder war er schon früher vom Autodach gefallen, oder die Verschnürung hielt besser, als ich erwartet hätte. Jedenfalls waren hinter uns auf der Fahrbahn kein explodierendes Gepäck und keine frei herumflatternden Unterhöschen zu sehen.

»*Que hotel?*«, fragte der Taxifahrer. »Welches Hotel?«

»Hotel Santa Anna«, antwortete Hanna. »Das soll ganz zentral liegen.«

»Oh, oh, nix gut, Hotel Anna«, erklärte der Fahrer und schüttelte den Kopf. »Ist geschlossen. Ist kaputt. Großes Feuer, alles weg.«

»Waas?«, schrien Hanna und ich gleichzeitig. »Das Hotel ist abgebrannt?«

Der Kubaner nickte ernst. »Ist niemand verletzt worden. Aber Hotel ist nix in Betrieb.«

»Das kann doch nicht wahr sein. Wie schrecklich. Wann ist das denn passiert?«

»Gestern. Ist aber nix schlimm für Sie. Ich habe bessere Hotel. Meine Schwester hat ein Haus direkt am Malecón, mit Zimmern für Touristen. Ich werde Sie dorthin fahren. Sie hat bestimmt ein Zimmer frei. Casa Elena.«

»Direkt am Malecón?« Hanna tätschelte aufgeregt mein Knie. »Hast du das gehört, Katrin. An der berühmten Uferstraße.« Und zu dem Taxifahrer gewandt, sagte sie: »Es ist wirklich schade um das schöne Hotel. Eine schlimme Geschichte. Aber ich bin froh, dass Sie gleich einen Ersatz für uns haben.«

»Ja«, antwortete er. »Es ist ein ganz besonders schönes Haus, Sie werden haben Zimmer mit Balkon direkt am Ufer mit Blick auf Meer. Sie werden es lieben.«

»Oh, was für ein Glück, das klingt gut.« Hanna lächelte schon wieder. »Vielen Dank! Das ist eine gute Idee. Dann fahren Sie uns bitte schnell dorthin.«

»Es ist auch viel billiger als im Hotel. Es wird Ihnen viel besser gefallen, und meine Schwester kocht sehr gut.«

Der Taxifahrer lächelte unergründlich. Sein Blick begegnete dem meinen im zersplitterten Rückspiegel. Ich seufzte. War ja klar gewesen, dass es in Kuba Schwierigkeiten geben würde. Hoffentlich war das Haus seiner Schwester wenigstens einigermaßen kakerlakenfrei.

Wir kurvten durch die Stadt, und ich wurde allmählich schläfrig von dem Geschaukel des alten Autos. Der Jetlag machte mir zu schaffen, in Deutschland war es immerhin schon nach Mitternacht. Und die tollen Palmen am Straßenrand konnte ich mir in den nächsten Tagen noch oft genug ansehen.

Ich schreckte auf, als Hanna schon wieder einen begeisterten Schrei ausstieß.

»Das Meer! Siehst du das Meer, Katrin?«

Ich riss die Augen auf.

Wir mussten den Malecón erreicht haben. Während um uns herum die Autos knatterten, erstreckte sich zu unserer Linken der grünblaue Atlantik. Hinter einer kleinen Mauer am Straßenrand schwappten die Wellen im frühen Abendlicht. Ab und zu waren die Wogen besonders hoch, dann krachten sie donnernd gegen die Kaimauer, und weiße Gischt spritzte darüber hinweg. Auf einem Teil der Mauer, der trotz des Wellengangs trocken blieb, saßen ein paar Jungen und angelten. Die andere Straßenseite war gesäumt von hohen alten Häusern, die von der einstigen kolonialen Pracht Havannas zeugten. Jedenfalls wenn man viel Fantasie hatte. Jetzt war es vor allem ein Anblick des Verfalls: Die meisten der Gebäude hatten offensichtlich seit Jahrzehnten keinen Farbanstrich mehr bekommen. Reihenweise bröckelten die grauen Fassaden, viele Balkone waren verwittert, manche wurden nur durch eine aufwendige Konstruktion aus Holz- oder Eisenstangen vor dem Abbruch bewahrt. Hier und da wuchs bereits ein kleiner Baum aus den zersprungenen Mauern. Manche der Laubengänge im Erdgeschoss sahen dermaßen einsturzgefährdet aus, dass ich nicht freiwillig darunter hätte entlangspazieren mögen. Ich konnte kaum glauben, dass diese Häuser noch bewohnt waren, bis tatsächlich auf einem der maroden Balkone ein kleiner Junge auftauchte und zu uns herunterwinkte. Zwischen den Beinahe-Ruinen standen dann aber doch einzelne wunderschöne Bauten in Rosa, Gelb, Orange oder Hellblau, und ich ahnte, wie großartig diese Straße vor vielen Jahrzehnten einmal ausgesehen hatte.

»Du liebe Zeit«, schimpfte ich. »Wie kann man so unverantwortlich mit seiner historischen Bausubstanz umgehen!« Auch darüber würde ich mit Julius sprechen. Die Folgen des Kommunismus für Architektur und Städtebau einer ehemaligen Weltmetropole oder so.

»Ach.« Hanna hatte schon wieder ihren kleinen Fotoapparat vor der Nase und knipste durchs Autofenster. »Mir gefällt's. Das hat doch einen ganz eigenen morbiden Charme hier ...«

Das Taxi hielt vor der Hausnummer 59. Ein schmales gelbes Haus, eines der wenigen an der Uferstraße, das frisch gestrichen war bis oben hin. Vier Etagen, zwei Fenster in jedem Stockwerk, im ersten Obergeschoss zwei winzige Balkone mit spitzen Eisengittern auf beiden Seiten, die offenbar vor ungebetenen Besuchern aus den Nachbarhäusern schützen sollten.

»Da sind wir«, sagte der Taxifahrer mit Stolz in der Stimme. »Casa Elena.«

»Wunderbar!«, sagte Hanna andächtig. »Es ist alles so aufregend!«

Der Taxifahrer trug unser Gepäck zum Hauseingang (erstaunlicherweise war mein Koffer tatsächlich nicht vom Wagendach gerutscht), nahm sein Geld in Empfang und betätigte eine altertümliche Klingel neben der vergitterten Tür. Wenig später wurde erst die Tür, dann das Gitter aufgerissen, und eine schlanke junge Dame begrüßte uns so stürmisch – Küsschen rechts, Küsschen links –, als wären wir lang erwartete Verwandte aus Amerika. Dabei rief sie die ganze Zeit: »*Bienvenidas! Bienvenidas!*« Elena hatte die gleichen vorstehenden Zähne wir ihr Bruder (was man sah, weil sie die ganze Zeit lachte) und lockige schwarze Haare, um die sie ein zusammengerolltes buntes Tuch geschlungen hatte. Sie trug ein ärmelloses rotes Kleid und hohe Korksandalen, dazu riesige rote Kreolen in den Ohrläppchen und um den Hals eine dünne goldene Kette mit Herzanhänger. Sie sah genauso aus, wie ich mir eine typische Kubanerin immer vorgestellt hatte. (Wobei ich mir, ehrlich gesagt, bis vor Kurzem überhaupt noch nie Gedanken darüber gemacht hatte, wie eine typische Kubanerin aussehen könnte.)

Das Zimmer, in das Elena und ich die beiden schweren Koffer schleppten, lag im ersten Stock des Hauses. (Wir konnten den Aufzug nicht benutzen, weil der kurz vor Weihnachten in der zweiten Etage stehen geblieben und bislang noch kein Handwerker aufzutreiben gewesen war, der geeignetes Werkzeug für eine Reparatur besaß, wie Elena erklärte.) Das Treppenhaus war ungewohnt luftig, es war oben offen wie ein Atrium, und man konnte den blauen Himmel sehen. Im Stockwerk über uns baumelten bunte Hemden an Wäscheleinen, die jemand von Geländer zu Geländer quer durch den Luftraum gespannt hatte. Bei Regen würden die Sachen nass werden.

Am Ende eines langen Flurs schloss Elena eine hellgrüne Gittertür auf, dahinter lag ein weiterer Gang und dann endlich unser Zimmer, das wiederum durch zwei Schlösser und einen Riegel gesichert war.

Ich würde mich demnächst mal nach der Kriminalitätsrate von Havanna erkundigen.

»*Bienvenidas*«, sagte Elena noch einmal und ließ uns eintreten.

Unsere Unterkunft war ein Fünfzigerjahre-Albtraum.

Die vergilbten Blümchentapeten, die wahrscheinlich schon da gehangen hatten, bevor Fidel Castro den Sieg der Revolution ausrief, lösten sich an den Ecken von den Wänden. Das Ölgemälde an der Kopfseite des schmalen Raumes, auf dem merkwürdigerweise ein röhrender Hirsch unter Eichenlaub vor einer verschneiten Berglandschaft dargestellt war, machte die Sache auch nicht besser. Das Zimmer war fast ausgefüllt von einem riesigen Doppelbett aus dunkelbraunem geschnitztem Holz, über das eine einzige große Polyacryldecke mit Rosenmuster gebreitet war. Wie es aussah, würde ich die erste Nacht in Havanna Rücken an Rücken mit Hanna verbringen. Hoffentlich schnarchte die alte Lady wenigstens nicht. Aber inzwischen war ich so müde, dass mich vermutlich nicht einmal eine Doppelturbo-Motorsäge im Dauerbetrieb vom Schlafen abgehalten hätte. Es gab noch zwei kleine Polsterstühle und eine Garderobenleiste im Zimmer. Sonst nichts. Durch eine geöffnete Tür sah man in ein schlauchförmiges, moosgrün gekacheltes Badezimmer, an dessen Ende unter einem winzigen schmalen Fenster eine Toilette mit schwarzer Klobrille stand.

Hanna hatte gar keinen Blick für das ganze grässliche Ambiente, sie hatte die Balkontür aufgerissen und war nach draußen getreten. Augenblicklich drangen dröhnender Verkehrslärm und übel riechende Abgasschwaden ins Zimmer.

»Wahnsinn! Katrin! Das musst du dir anschauen. Komm, schnell! Was für ein Panoramablick!«

Ich folgte ihr. Vom Balkon aus sah man direkt auf den Malecón und das Meer dahinter, dessen Wellen inzwischen rötlich im Abendlicht schimmerten. Zur Rechten erhob sich auf einer Landzunge die alte Festung von Havanna, die hellen Mauern leuchteten im Schein der untergehenden

Sonne. Auf der linken Seite der Bucht waren in der Ferne die Hochhäuser der Neustadt zu sehen, in denen mittlerweile die ersten Lichter angingen. Unten auf der Kaimauer hatten sich Grüppchen von Menschen eingefunden, viele Touristen waren darunter, Handys und Kameras vor dem Gesicht, immer wieder zuckte es hell, wenn jemand mit Blitz fotografierte. Etwas abseits saßen zwei Pärchen Arm und Arm und schauten nur.

»Ist das nicht ein fantastischer Sonnenuntergang?« Hanna breitete die Arme aus, als wolle sie die Welt umarmen. »So eine traumhafte Aussicht hätten wir von unserem Hotel nicht gehabt. Ich bin begeistert. Diese Farben! Wie das Meer leuchtet! Wie flüssiges Gold. Und der Himmel! So ein Rot habe ich ja noch nie gesehen. Eine verzauberte Welt, geradezu mystisch ... Hast du schon einmal einen so schönen Sonnenuntergang gesehen? Es ist wunderbar romantisch, nicht wahr?«

Dass die Leute immer so ein Spektakel machen müssen, wenn die Sonne am Horizont verschwindet. Ständig geht irgendwo auf der Welt die Sonne unter. Als ob das was Besonderes wäre.

»Das ist nicht romantisch, das ist Physik«, erklärte ich und ging zurück ins Zimmer, um meinen Koffer aufzuschließen. »Das liegt an den verschiedenen Wellenlängen des Lichtes. Wenn die Sonne am Abend tief steht, müssen ihre Strahlen einen weiteren Weg zu uns zurücklegen als tagsüber. Das Blau und die meisten Farben werden dabei durch Staub und Wassertröpfchen sozusagen aus der Luft gefiltert. Nur das langweilige Rot kommt dann noch bei uns an. Was du da bewunderst, ist im Grunde bloß Luftverschmutzung ...«

»Tatsächlich? Du bist immer so unglaublich klug.« Hanna seufzte. »Na, egal. Vielen Dank für deine naturwissenschaftliche Erklärung. Aber ich finde die Aussicht trotzdem schön.«

Sie stellte einen der Stühle aus unserem Zimmer auf den Balkon und setzte sich vor den Sonnenuntergang. Dabei summte sie »Wenn bei Capri die rote Sonne im Meer versinkt«, bis es dunkel war.

Später bat Elena uns noch in ihre Küche, wo wir uns zusammen mit ihrem Mann und ihrer jugendlichen Tochter an den Tisch setzten und ein Abendessen bekamen. Auf der schmalen Eckbank war kaum Platz für uns alle. Es gab Hühnchen mit schwarzen Bohnen und Reis, was erheblich besser schmeckte, als es aussah. Während des Essens beschallte uns in voller Lautstärke ein Fernseher, der auf einem Regal über der Spüle stand, mit einer fidelen Musikshow. Gelegentlich sang Elenas Mann bei den Liedern mit, wobei er mit der Gabel – nicht immer im Takt der Musik – gegen den Rand seines Tellers schlug. Das klang so laut und so schief, dass seine Frau und seine Tochter verzweifelt die Augen verdrehten, Hanna herzlich lachte – und ich bei dem Trubel ganz vergaß, wie schrecklich müde ich eigentlich war.

10

Am nächsten Morgen schlenderten Hanna und ich durch die Altstadt von Havanna. Ich hatte so tief geschlafen wie ein Braunbär im Polarwinter. Falls Hanna geschnarcht haben sollte, hatte ich davon nichts mitbekommen. Unser Frühstück, das hauptsächlich aus einem gigantischen Omelett und einer großen Schale voller exotischer Früchte bestanden hatte, war unerwartet köstlich gewesen.

Hanna trug heute ein flatterndes Kleid mit rosarotem Blumenmuster, dazu eine schmetterlingsförmige weiße Sonnenbrille und einen Strohhut mit breiter Krempe und einem dicken rosa Seidenband, dessen Enden über ihren Rücken baumelten. Voll motiviert starteten wir die Mission »Julius«.

Weil er gleich um die Ecke lag, gingen wir den Prado entlang, die ehemalige Prachtstraße Havannas, links und rechts jeweils zwei Spuren für den Straßenverkehr, in der Mitte ein breiter, von Bäumen gesäumter Boulevard mit Marmorbänken, bewacht von imposanten Bronzelöwen. Der einst vermutlich glänzende Steinboden war jetzt stumpf und marode, einige der Platten waren schon ganz zerbröckelt. Ein paar Jungen spielten auf dem Platz Fußball mit einem zerschlissenen, schlaffen Basketball. An der Seite stand ein Mann im Trainingsanzug und gab energisch Anweisungen. Offensichtlich handelte es sich um Sportunterricht. Die Klasse ließ sich von den herumflanierenden Leuten nicht stören.

Von den früheren Prachtbauten am Straßenrand war auch hier nicht mehr viel übrig. Mein Blick fiel auf einen verfallenen Eingang und eine über und über mit Graffiti besprühte Hauswand. Auf einem kleinen Balkon saß vor flatternder Bettwäsche eine dunkelhäutige Frau mit einem turbanartig verschlungenen weißen Tuch auf dem Kopf und sah wie aus einer Theaterloge zu uns herunter.

Um auch etwas für unsere Bildung zu tun, hatte Hanna ihren kleinen Reiseführer *Kuba für Kurzentschlossene* aus der Handtasche gezogen und las mir beim Gehen alles Wissenswerte über die städtebaulichen Attraktionen Havannas vor. Über die Festung, von der man angeblich so einen tollen Blick auf die Stadt hatte. Über das Kapitol, das fast genauso aussah wie das in Washington. Über das große Theater mit den Engelsfiguren auf den vier Türmchen. Den Gouverneurspalast, den Platz der Revolution …

»Wenn ich schon mal in Kuba bin, will ich auch wissen, was wir hier alles zu sehen bekommen.«

Ich hörte nur mit halbem Ohr zu. Schließlich waren wir ja nicht aus touristischen Gründen hier, sondern um eine Bar namens *Buena Vista* zu finden, die uns auf die Spur von Hannas Exlover und hin zu meinem preiswürdigen Interview führen sollte. Und das möglichst schnell. Unterwegs ließ ich den Blick schweifen, ob wir vielleicht zufälligerweise daran vorbeikommen würden. Aber das war natürlich nicht der Fall.

Hanna schien es nicht besonders eilig zu haben. Immer wieder blieb sie stehen, um Fotos zu machen. Wir spazierten durch piekfein restaurierte Straßen und über Plätze, an denen sich hochherrschaftliche Häuser aus der Kolonialzeit in atemberaubender Pracht reihten, nur um eine Ecke weiter wieder vor einer dieser abbruchreifen Ruinen zu stehen. Durch die Fenster im obersten Stockwerk sah man den blauen Himmel, weil das Dach eingestürzt war. Erstaunlicherweise störte das die Bewohner nicht besonders. Eine Etage darunter flatterte fröhlich die Wäsche auf dem Balkon. Unten vor dem Haus stand ein aufgeplatzter, überquellender Müllcontainer. Daneben lag reglos ein gelblicher Hund. Es roch streng. Vielleicht war das Tier schon tot, und keiner hatte es gemerkt.

Hanna fand das alles sehr aufregend und sehr romantisch und knipste die ganze Zeit.

»Und irgendwo in einem dieser Häuser wohnt mein Julius«, sagte sie. »Vielleicht ist er gestern noch genau hier entlanggegangen.«

Auf den Straßen fuhren die alten amerikanischen Oldtimer in allen Farben des Regenbogens und gelegentlich auch Pferdekutschen oder dreirädrige Fahrradtaxis. Je näher wir dem *Parque Central* kamen, dem Hauptplatz der Altstadt, desto öfter wurden wir angesprochen. Es waren zumeist junge Männer, die uns fragten, ob wir nicht eine Stadtrundfahrt machen oder eine Tabakfabrik besuchen wollten, ob wir vielleicht Zigarren kaufen wollten oder Rum, heute zu einem ganz besonders günstigen Preis natürlich, oder ob wir ein Restaurant suchten oder ein Hotel, man könne da etwas besonders Gutes empfehlen …

»Nein, danke, wir kommen alleine klar«, schlug ich diese dubiosen Angebote der Reihe nach aus, während Hanna jedes Mal ein freundlich gelächeltes »Aber vielleicht später, junger Mann« dazusetzte. Um die fleißigen Leute nicht zu deprimieren, wie sie mir erklärte. »Man muss ihnen doch ihre Hoffnung auf gute Geschäfte lassen. Sie kennen sich noch nicht so gut aus mit dem Kapitalismus.«

Ich fand, die Leute kannten sich ziemlich gut aus mit dem Kapitalismus. Nach einer halben Stunde hatte ich nicht weniger als ein Dutzend Visitenkärtchen und noch mal so viele Flyer in der Hand, auf denen irgendwelche touristischen Aktivitäten angepriesen wurden, die man auf keinen Fall verpassen dürfe. Ein Tagesausflug zu einer Tabakplantage oder an einen »Traumstrand der Karibik« war auch dabei. Und eine Einladung ins *Cabaret Tropicana*, »*the most spectacular show in the world*«. Auf jeder Karte und auf jedem Flyer stand »*Típico cubano – best price in town*«.

Wir waren fast zwei Stunden planlos herumspaziert – ich wurde langsam ungeduldig, weil ich fand, dass wir endlich mit unserer Recherche anfangen sollten –, da blieb Hanna unvermittelt stehen. Wir hatten einen der vielen schönen alten Plätze Havannas erreicht, der gesäumt war von altehrwürdigen Gebäuden. In der Mitte befand sich ein kleiner grüner Park aus Schatten spendenden Bäumen, unter denen fliegende Händler eine Art Freiluft-Flohmarkt aufgebaut hatten. Auf Tischen und Holzregalen gab es jede Menge alter Bücher, Bilder und Souvenirs zu kaufen.

»Sieh mal da!«, rief Hanna. Ich dachte erst, sie hätte etwas Interessantes in den Auslagen entdeckt, aber sie wies auf das Gebäude gegenüber. Es war einer dieser prächtigen, luxusrenovierten Stadtpaläste aus dem vorvorigen Jahrhundert, makellos, wie frisch herausgeputzt strahlte er in der Vormittagssonne. Das Haus nahm eine ganze Seite des Platzes ein. Der breite Laubengang im Erdgeschoss war geschmückt mit großen Terrakottakübeln, in denen bunte Blumen wuchsen, dazwischen standen kleine, weiß eingedeckte Tische, an denen Leute saßen und ein spätes Frühstück einnahmen. Zwei schwarz befrackte Kellner liefen eifrig umher, silberne Tabletts über den Köpfen der Gäste balancierend. Aus einer der hohen blauen Türen im ersten Stock trat jetzt ein Pärchen auf den Balkon, der sich über die ganze Front der Etage erstreckte. Arm in Arm lehnten sich die beiden an die Brüstung und blickten hinunter auf den Platz. Sie lachten und küssten sich.

»Hey«, rief ich. »Das ist doch ...«

»Hotel Santa Anna«, las Hanna. Der Name des Hotels prangte in deutlich sichtbaren Buchstaben auf der hellen Hauswand. Unser Hotel! Das wäre unser Hotel gewesen! Keine Spur von Ruß, kein zersprungenes Glas, kein verkohlter Fensterrahmen, kein flatterndes Absperrband wegen dringender Einsturzgefahr. Stattdessen emsiger Hotelbetrieb und fröhliche Hausgäste.

»Moment mal!«, rief ich. »Sieht so ein Hotel aus, das wegen Feuers geschlossen ist?«

Ich ließ Hanna stehen, wo sie war, und lief quer über den Platz auf das Hotel zu. Ich riss die gläserne Eingangstür auf und stürzte in die Lobby. Auch hier keine Spur einer Feuerkatastrophe, alles tipptopp: plüschige Sessel, dicke Teppiche, ein antiker Schrank in der Ecke und an den Wänden goldgerahmte Kunstwerke unterschiedlicher Epochen. Es roch frisch und sauber.

»Kann ich Ihnen helfen?«, fragte die Dame an der Rezeption, erst auf Englisch, dann auf Deutsch, und lächelte zuvorkommend.

»Sagen Sie, hat es hier neulich gebrannt? So sehr, dass der Hotelbetrieb eingestellt werden musste?«

Sie riss erstaunt die Augen auf. »Nein. *Dios mio!* Bei uns gab es kein Feuer. Noch nie. Zum Glück. Wieso fragen Sie?«

»Verdammt. Dann hat uns der Taxifahrer gestern belogen!«

»Oh, das tut mir leid.« Sie lächelte milde. »So was machen die manchmal. Ich hoffe, Sie haben für die Nacht eine erträgliche Unterkunft angeboten bekommen?«

Ich zuckte mit den Schultern.

»Es geht so. Jedenfalls würden wir ab heute gern unser Zimmer beziehen.«

Ich nannte ihr unsere Namen, und die Frau sah an einem erstaunlich modernen Computer die Hotelbuchungen durch.

»Oh. Wie ich sehe, ist das Zimmer schon wieder belegt. Mein Kollege hat es heute früh bedauerlicherweise an jemand anders vergeben.« Sie blickte auf. »Wir konnten ja nicht ahnen, dass Sie mit einem Tag Verspätung anreisen. Wenn Sie gestern kurz angerufen hätten ...«

Ich verabschiedete mich schnell. Mit finsterer Miene trabte ich zu Hanna zurück, die sich inzwischen auf einer steinernen Bank im Schatten eines Baumes niedergelassen hatte. Mit ihrem Reiseführer fächerte sie sich Luft zu.

»Wir sind einem Betrüger aufgesessen!«, protestierte ich und ließ mich neben ihr auf die Bank fallen. »Dieser Schurke hat sich das mit dem Feuer bloß ausgedacht, damit wir ein Zimmer im Haus seiner Schwester buchen und sie ordentlich an uns verdient. Wahrscheinlich ist er mit einer satten Provision beteiligt, dieser Mistkerl.«

»Die sind eben sehr gewitzt, diese Kubaner.« Hanna zuckte mit den Schultern. »Im Übrigen bin ich mehr als zufrieden mit unserem Zimmer und dem phänomenalen Ausblick. Unsere Vermieterin ist nett, und ihr Essen schmeckt wirklich ausgezeichnet. Ich wüsste nicht, weshalb wir jetzt noch ins Hotel ziehen sollten.«

»Sie haben das Zimmer sowieso schon weitervermietet.«

»Na, also.«

»Es geht ums Prinzip«, knurrte ich.

»Nun ja. Wir werden uns von diesem kubanischen Schlitzohr doch nicht den Tag verderben lassen – oder?« Hanna stand schon wieder auf. »Komm, wir haben genug Sightseeing gemacht. Jetzt müssen wir die *Bar Buena Vista* suchen.«

Da waren wir endlich mal einer Meinung. Dann aber schlug sie vor, zum nächsten Taxistand zu gehen und sich dort nach der Bar zu erkundigen.

»Taxifahrer wissen doch immer, wo alles ist«, sagte sie. Damit mochte sie ja recht haben, aber von hilfsbereiten Taxifahrern hatte ich im Moment genug.

»Wahrscheinlich behauptet der bloß wieder, die Bar sei gestern abgebrannt, und schickt uns in die Kneipe seiner Verwandtschaft. Nein, danke. Mein Vertrauen zu kubanischen Taxifahrern ist fürs Erste erschüttert.«

»Na gut. Dann klappern wir eben alle Lokale Havannas ab und fragen uns durch.« Hanna hakte sich bei mir unter. »Es ist sowieso höchste Zeit für einen Mojito!«

»Einen Mojito? Hanna, es ist noch nicht mal Mittag!«

»Eben. Der Tag ist schon beinahe halb herum, und wir haben noch keinen einzigen Cocktail getrunken. Und das in Kuba!«

Fünf Minuten später saßen wir auf der Dachterrasse des Hotels Ambos Mundos, in dem Hemingway eine Zeit lang gelebt hatte, in Zimmer Nummer 511, wie auf einem großen Metallschild an der Eingangstür zu lesen war. Wir waren in einem alten vergitterten Fahrstuhl heraufgekommen und hatten im Schatten einer blumengeschmückten Pergola den letzten freien Tisch erwischt, direkt an der Brüstung mit Blick auf die Dächer, Türme und Kuppeln Havannas. Das sah schon beeindruckend aus, das musste ich zugeben. Ein Meer von gelblich-grauen Mauern wie auf einem Wimmelbild, dazwischen ein paar vereinzelte Farbtupfer, eine grüne Wand, ein blauer Wassertank, ein rotes Ziegeldach. Man sah sogar von hier oben, wie sehr die Stadt im Begriff war zu zerbröckeln. Sehr verwirrend und doch auch irgendwie faszinierend, dieses karibische Betonchaos. Trotzdem hoffte ich, dass Hanna hier nicht für den Rest des Tages versumpfen wollte. Wir waren ja nicht zum Spaß hier, wir mussten Julius finden, und zwar bald. Zwei Wochen waren wirklich nicht genug, um sämtliche Kneipen Kubas kennenzulernen. Vor allem nicht, wenn man ständig irgendwo mit einem Cocktail in der Hand gemütlich die Aussicht genoss.

Um uns herum saßen Touristen aus aller Welt, was man an den verschiedensprachigen Reiseführern erkennen konnte, die vor ihnen auf den Tischen lagen – und daran, dass fast alle Leute Fotos von sich machten, wahlweise mit einem Mojito in der Hand oder mit der Stadt im Hintergrund oder mit beidem.

»Ist es nicht fantastisch!«, rief Hanna. »Wir haben den gleichen Ausblick wie Hemingway damals. Auf einem dieser Stühle hat er gesessen, ab und zu hinuntergeschaut und dazwischen seine Romane geschrieben. Es ist so ergreifend!«

Ich allerdings hatte im Moment keinen Sinn für Hemingway. Ich hatte Durst und wollte etwas zu trinken bestellen. Und zwar Wasser. Ganz viel eiskaltes Wasser. Die Außentemperatur hatte vermutlich schon wieder die 30-Grad-Marke überschritten, und ich hatte seit dem Frühstück nichts mehr getrunken. Ich fühlte mich wie ein Kaktus in der Wüste Mexikos.

Ich versuchte, Blickkontakt mit einer der Kellnerinnen aufzunehmen, die dem asiatischen Urlauberpaar am Nachbartisch gerade einen großen Teller mit Tapas brachte. Aber ehe ich auch nur den Finger heben und »*Perdón, Señora!*« sagen konnte, war sie schon weitergelaufen.

»Da hinten sitzt er übrigens«, flüsterte Hanna.

»Wer sitzt wo?«

»Na, Hemingway. Sieh da, direkt neben der Tür, der Mann am Tisch. Er sitzt die ganze Zeit allein herum und dichtet. Ich nehme an, er dichtet. Sicher schreibt er einen Roman. Er wirkt so konzentriert und abwesend. Findest du nicht auch, dass er ein bisschen aussieht wie der junge Hemingway?«

Ich drehte mich um, konnte zwischen den vielen Leuten aber nicht viel mehr von dem Mann sehen als einen rechten Arm mit aufgekrempeltem, blau-weiß gestreiftem Hemdsärmel und eine Hand, die etwas in ein Notizbuch schrieb. Aber da ich sowieso nicht wusste, wie der junge Hemingway ausgesehen hatte (ich kannte nur das Foto des alten, das mit dem weißen Bart), war das auch egal.

»Wahrscheinlich hat das Hotel ein Double engagiert, um den Mythos Hemingway zu befeuern«, meinte ich und ließ den Blick wieder über die Dachterrasse schweifen, um die verschwundene Kellnerin ausfindig zu machen. »Wahrscheinlich sitzt der Typ bloß zur Dekoration hier herum. Zur Belustigung der amerikanischen Touristen. Das eine Lokal beschäftigt ein paar Musiker, das andere einen Hemingway. Hauptsache, die Leute kommen in Stimmung.«

Ich war etwas mürrischer als beabsichtigt. Ich hatte großen Durst, und außerdem ärgerte ich mich immer noch darüber, dass wir uns von dem Taxifahrer gestern Abend so hatten linken lassen. Dass ich als Journalistin jämmerlich versagt hatte. Ich hatte das oberste Prinzip der journalistischen Sorgfaltspflicht sträflich missachtet und auf jede Gegenrecherche verzichtet. Ich hatte ihm das mit dem abgebrannten Hotel einfach geglaubt und war prompt auf die Nase gefallen. Wie dumm von mir! Von nun an würde ich jedem Kubaner mit größtmöglicher Skepsis begegnen. Und diesem Möchtegern-Hemingway sowieso.

Inzwischen fand auch Hanna, dass es allmählich an der Zeit wäre, eine Getränkebestellung aufzugeben. Aber wir bekamen keine Gelegenheit dazu, denn sämtliche Kellner und Kellnerinnen des Lokals hatten sich an der Bar versammelt, wo sie offenbar gerade etwas sehr Wichtiges besprachen. Sie drehten ihren Gästen den Rücken zu, gestikulierten wild und schienen das Bedienen vorübergehend eingestellt zu haben.

»Vielleicht macht der Service hier gerade seine staatlich verordnete zweistündige Mittagspause«, überlegte Hanna laut, nachdem sie eine Weile vergeblich versucht hatte, auf sich aufmerksam zu machen. »Ich könnte mir gut vorstellen, dass der Sozialismus so etwas vorsieht. Oder sie streiken. Darf man in Kuba eigentlich streiken? Vermutlich nicht, oder?«

Ich zuckte mit den Schultern.

Auch vom Tisch schräg gegenüber kam jetzt genervtes Gemurmel. Weiter hinten standen Leute von ihrem leeren Tisch auf und gingen weg. Vermutlich rechneten sie nicht mehr damit, heute noch bedient zu werden, und zogen es vor, das Lokal zu wechseln, um nicht zu verdursten.

»So wird das hier nie was mit dem kubanischen Wirtschaftswunder!« Hanna seufzte. »Ich glaube, ich muss da mal ein ernstes Wörtchen mit den Kollegen reden.«

Sie erhob sich, winkte mit beiden Armen und rief in Richtung Bar: »Könnte es einer der Damen und Herren an der Theke vielleicht einrichten, uns bei Gelegenheit eine Flasche Wasser zu bringen?«

Nichts. Noch immer drehte sich keiner der Kellner nach ihr um. Nur die Asiaten vom Nachbartisch blickten kurz von ihren Tapas auf.

»Vielleicht sollten wir auch besser gehen und versuchen, woanders etwas zu trinken zu bekommen«, schlug ich vor. Aber Hanna schüttelte den Kopf.

»Das kommt gar nicht infrage. Ich möchte diese herrliche Aussicht genießen – und zwar mit einem gepflegten Getränk in der Hand.«

Sie strich ihr Kleid glatt und ging energisch auf die Theke zu. Doch plötzlich begann sie zu schwanken und zu stöhnen. Taumelnd und nach Atem ringend blieb sie stehen. Mit einer Hand stützte sie sich auf der nächsten Stuhllehne ab, die andere legte sie sich auf die Brust. Dabei krächzte sie mit schwacher Stimme: »Wasser! Ich brauche ein Wasser, bitte! Schnell! Zu Hilfe! *Agua! Agua por favor!*«

Mit diesen Worten ließ sie sich auf den nächsten freien Stuhl fallen. Mir blieb vor Schreck fast das Herz stehen.

»Hanna!«, brüllte ich und stürzte auf sie zu. »Was ist passiert? Ist dir nicht gut?«

Wahrscheinlich war sie dehydriert. Das kam ja öfter mal vor bei alten Leuten. Darüber hatte ich vorige Woche erst etwas in der *Apotheken-Umschau* gelesen. Aber ich hatte keine Ahnung gehabt, dass es so schnell gehen konnte. Verdammt, ich hätte besser auf sie aufpassen müssen bei dieser Affenhitze. Hätte sie mich nicht vorwarnen können? Erst war sie noch so fröhlich gewesen, und jetzt klappte sie auf einmal zusammen.

Auch an den umliegenden Tischen waren die Leute aufgesprungen. Binnen Sekunden waren wir umringt von Menschen. Augenblicklich brach ein Tumult los.

»Können wir helfen?« – »Wir brauchen Wasser!« – »Unverantwortlich, dieses Personal hier.« – »Ist hier vielleicht irgendwo ein Arzt?« – »Sollte man nicht besser gleich einen Krankenwagen rufen?«

Auf Spanisch, Englisch, Deutsch und Französisch wurden hektisch Notfallmaßnahmen diskutiert. Jemand legte Hanna ein nasses Tuch auf die Stirn. An allen anderen Tischen hatten die Leute aufgehört zu reden und zu fotografieren und starrten zu uns herüber. Sogar das Hemingway-Double blickte kurz von seinen Notizen auf, wie ich aus den Augenwinkeln wahrnahm, ein schlaksiger dunkelhaariger Typ mit leichten Geheimratsecken.

Ich nahm Hannas Hand, sie war erstaunlicherweise warm und trocken, und ihr Puls pumperte munter.

»Alles okay mit dir?«, fragte ich. Mein eigenes Herz raste vor Panik.

»Es geht schon, es geht schon«, flüsterte Hanna. »Ich brauche keinen Arzt. Ich brauche nur etwas zu trinken.«

Inzwischen waren endlich auch die Kellner da. Gleich zwei von ihnen brachten je ein großes Glas mit Wasser und reichten sie ihr. Hanna trank das eine in tiefen Zügen aus. Dann stellte sie das leere Glas mit Schwung auf den Tisch und sah lächelnd auf.

»Wunderbar. Das hat gutgetan. Vielen Dank. Und jetzt

hätte ich gern einen schönen Mojito und ein Schälchen Oliven.«

Sie erhob sich und spazierte zurück an unseren Tisch, als wäre nichts gewesen. Ich folgte ihr verwirrt. Auch die anderen Leute setzten sich wieder an ihre Plätze, vermutlich sehr erleichtert darüber, dass Hanna nicht vor ihren Augen gestorben war. Vielleicht aber waren sie auch erleichtert darüber, dass endlich wieder ein paar Kellner im Einsatz waren, bei denen sie etwas bestellen konnten.

Hanna schob mir das zweite, volle Wasserglas zu und zwinkerte.

»Klappt doch, der Service, wenn es sein muss.«

»Sag mal ... Was war das denn jetzt? War dir gerade wirklich schlecht, oder war das etwa alles nur Theater?«

Sie zuckte lächelnd mit den Schultern. »Keine Sorge, ich bin quietschfidel.«

»Mensch, Hanna! So was kannst du doch nicht machen! Ich hab mich zu Tode erschreckt. Ich dachte, du stirbst.«

»Tut mir leid, Schätzchen, aber manchmal ist man gezwungen, zum Äußersten zu greifen. Einen Vorteil muss es doch haben, alt und schrumpelig zu sein, nicht wahr? Mir glaubt man sofort, dass ich kurz vor dem Ableben stehe, wenn ich ein bisschen herumkrakeele. Was schaust du denn so entsetzt? Wenn ich hier nicht einen auf sterbender Schwan gemacht hätte, würden wir noch immer auf dem Trockenen sitzen.«

Sie kicherte ein kleines dreckiges Kichern, das ich ihr gar nicht zugetraut hätte. Das Wort Schwindelattacke bekam hier eine ganz neue Bedeutung.

»Mit so was macht man keine Scherze«, schimpfte ich. »Am Ende geht es dir wirklich mal schlecht, und dann hilft dir keiner, weil alle denken, das ist bloß wieder so ein Trick von dir.«

»Entschuldigung. Das kommt nie wieder vor, versprochen. Aber jetzt freuen wir uns, dass wir endlich etwas zu trinken bekommen haben. – Ah, und da ist ja auch schon mein Mojito.« Sie nahm der Kellnerin das Glas ab. »Vielen Dank. *Muchas gracias.* - Möchtest du auch einen, Katrin?«

»Nein, danke. Ich trinke keinen Alkohol. Und schon gar nicht am helllichten Tag.«

»Ach, ich vergaß, du bist ja immer so schrecklich vernünftig. Aber ich bin voller Hoffnung, dass ich dich im Laufe der nächsten zwei Wochen noch von den Freuden der kubanischen Cocktails überzeugen werde. Wollen wir wetten?«

»Nein, bitte nicht. Ich wette nie.«

»Ahhh.« Hanna verdrehte in gespieltem Entsetzen die Augen. »Tust du überhaupt mal irgendetwas, das Spaß macht?«

11

Hannas kleiner Reiseführer listete zwölf Bars in Havanna auf, »die man als Tourist unbedingt erlebt haben muss«. Die Dachterrasse des Hotels Ambos Mundos war eine davon. Hanna hatte die empfohlenen Lokale auf dem kleinen Stadtplan in ihrem Reiseführer mit Kugelschreiberkreuzen markiert und sich in den Kopf gesetzt, auf der Suche nach Informationen über Julius eine nach der anderen abzuklappern. Noch im Aufzug auf dem Weg nach unten strich sie das Ambos Mundos durch. Zwischen den Buchseiten steckte zusammengefaltet der Kubabericht aus der Zeitschrift. Sie hatte das Blatt mit dem Foto von Julius im Lokal auf den Tisch gelegt und sich bei sämtlichen fünf Kellnern erkundigt, ob einer von ihnen diesen Mann oder wenigstens die Bar Buena Vista kannte. Nach ihrem vermeintlichen Schwächeanfall waren die Leute alle sehr freundlich und überaus aufmerksam zu uns gewesen. Zu den Oliven hatten sie uns wenig später noch ein Schälchen mit Nüssen gebracht, dann noch eines mit Bananenchips und weder das eine noch das andere in Rechnung gestellt. Aber auf die Frage nach Julius und der Bar Buena Vista ernteten wir nur ratloses Kopfschütteln.

»Dann fragen wir eben woanders nach. Irgendjemand wird dieses Lokal ja wohl kennen«, gab sich Hanna zuversichtlich, als wir unten wieder auf die Straße traten. Es war inzwischen brüllend heiß geworden. Ich beneidete Hanna um ihr luftiges Kleid und ihren Strohhut und verwünschte meine Jeans, die mir an den Beinen klebten. Allmählich bekam ich eine Vorstellung davon, wie sich ein Vanilleeis in der Sonne fühlen musste.

Hanna blätterte in ihrem Büchlein. »Als Nächstes ist das La Floridita dran«, erklärte sie. »Hier steht: ›Die Bar gilt als die Wiege des Daiquiri.‹ Wunderbar. Das klingt, als könnten sie dort fantastische Cocktails mixen. Und der gute Hemingway soll auch da ein und aus gegangen sein.«

»Ich glaube, der gute Hemingway ist in jeder Bar Havannas ein und aus gegangen.«

»Umso besser. Begeben wir uns auf seine Spuren.«

Wir schlichen im Schatten der Häuser entlang, um uns bloß keiner direkten Sonneneinstrahlung auszusetzen. Jedenfalls schlich ich – Hanna hingegen schlenderte entspannt unter ihrem Sonnenhut die Straße entlang und fotografierte alles, was sie für eine Sehenswürdigkeit hielt. Also etwa bei jedem zweiten Schritt.

Glücklicherweise lag La Floridita, ein flaches, einstöckiges Gebäude in Rosa, an einer der nächsten Straßenecken. Das Beste daran war die Klimaanlage. Im Innern war es erfrischend kalt. Was augenscheinlich alle anderen mitteleuropäischen Touristen in der Gegend angelockt hatte, denn die Bar war brechend voll. Hemingways Lieblingslokal (eines von seinen vielen Lieblingslokalen) war eine echte Touristenfalle geworden, wie mir schien. Die Preise waren astronomisch. Es gab sogar einen eigenen Souvenirstand.

Hanna boxte uns bis zur Bar durch und orderte ihren Daiquiri, ich trank wie immer Mineralwasser. Eine von uns musste ja einen klaren Kopf behalten, damit wir später zurück zu Elenas Casa fanden. Auch hier gab es einen Hemingway. Diesmal war er aus Bronze und stand in einer Ecke an der Theke, direkt neben einem Foto von Fidel Castro und Che Guevara.

»Weißt du, was ich gelesen habe«, sagte Hanna und nippte an ihrem Cocktail. »Hemingway hält hier den Rekord von sechzehn Daiquiri. Ohne Zucker mit doppelt Rum. Ich befürchte, das werde ich nicht toppen.«

Ich war sehr erleichtert, dass sie nicht vorhatte, es zu versuchen.

»Denk daran, dass wir nicht zum Cocktailtesten in Kuba sind, sondern deinen Julius finden wollen«, mahnte ich.

»Aber das weiß ich doch, Schätzchen.«

Das mit dem Schätzchen würde ich ihr noch abgewöhnen müssen.

Hanna zog wieder den ausgeschnittenen Zeitschriftenartikel mit dem Foto von Julius aus ihrem Reiseführer, faltete ihn auseinander, reichte ihn dem Mann hinter der Theke. Dann fragte sie, ob er uns vielleicht sagen könne, wo wir die Bar Buena Vista finden würden. Aber wieder erhielten wir nur ein bedauerndes »*Lo siento, no sé*« zur Antwort. Keine Ahnung.

»Scheint ein echter Geheimtipp zu sein, diese Bar.« Seufzend schob Hanna den Zettel zurück zwischen die Buchseiten. »Niemand kennt sie.«

Aber natürlich gaben wir nicht auf. Kaum hatte Hanna ihren Daiquiri ausgetrunken, machten wir uns schon wieder auf den Weg. Wir besuchten die nächste Lieblingsbar von Hemingway, die Bodeguita del Medio mit ihren über und über bekritzelten Wänden, in der eine Band munteren Salsa spielte und wo es so voll und stickig war, dass wir kaum atmen konnten. Dann das Los Hermanos, was angeblich die älteste Bar Havannas war, wonach sie aber überhaupt nicht mehr aussah, nachdem sie – wie wir erfuhren – vor ein paar Jahren komplett renoviert worden war. Die Sloppy Joe's Bar, wo Clark Gable, Frank Sinatra und alle möglichen anderen Hollywoodstars in den Fünfzigerjahren gesoffen hatten. Und sämtliche anderen Lokale, die Hannas Reiseführer empfahl. Aber niemand kannte die Bar Buena Vista, geschweige denn einen Taxifahrer namens Julius, wen immer wir auch fragten.

Als es Abend wurde, hatte Hanna beim Gehen eine leichte Schlagseite von all den Mojitos, Daiquiris, Piña coladas und Cuba libres, die sie im Laufe des Tages getrunken hatte. Sie tänzelte mit wiegenden Hüften durch die von spärlichem Laternenlicht beleuchteten Gassen, während aus allen Türen und Fenstern Musik in unsere Ohren drang. Glücklicherweise hatte ich die alte Lady davon überzeugen können, zwischendurch auch mal ein Wasser und einen Kaffee zu trinken, sonst hätte dieser Tag vermutlich ein verheerendes Ende genommen. Außerdem hatten wir in einem der vielen Lokale – ich konnte mich nicht mehr erinnern, wo es gewesen war – auch etwas gegessen. »Das kubanische Nationalgericht«, wie Hanna mir aus ihrem Reiseführer vorlas. Nämlich mal wieder Hühnchen mit Reis und schwarzen Bohnen, was allerdings längst nicht so gut geschmeckt hatte wie gestern Abend bei Elena, sondern etwas fade. Vermutlich war dem Koch das Salz ausgegangen. Und alle anderen Gewürze auch.

Hanna aber hatte alles großartig gefunden, jede Sekunde dieses Tages: das aberwitzige, fast zwanzigminütige Trommelsolo einer Salsaband und deren üppige Sängerin, die sich auch von ihren dreißig Kilo Übergewicht nicht davon abhalten ließ, hauchdünne rote Leggings und ein knalloranges hautenges T-Shirt zu tragen, während sie im Rhythmus der Musik die Hüften schwang. Die bunt kostümierten Stelzenläufer mit ihren akrobatischen Tanzschritten, die uns auf dem Alten Platz entgegenkamen. Die beiden lustigen kleinen Hunde in einem Fahrradkorb, die Baseballkappen und Sonnenbrillen trugen. Den dünnen alten Mann im quietschgelben Anzug, mit Spazierstock in der Hand und Zigarre im Mund, der sich für einen Peso vor der Kathedrale fotografieren ließ. Die kleinen Mädchen in Schuluniform, die in ihren weißen Blusen und roten Röcken mitten auf der Straße zusammenstanden und voller Inbrunst das Lied von *Comandante Che Guevara* sangen. Und alles andere, was uns in den vergangenen zehn Stunden begegnet war.

»Wer hätte gedacht, dass ich in meinem Alter noch so viele aufregende Sachen erlebe!«, hatte Hanna immer wieder gerufen und fotografiert, bis an der Kamera das Warnlämpchen des Akkus rot aufleuchtete.

Ich war von Hannas guter Laune meilenweit entfernt. Dieser heiße und anstrengende Tag hatte uns keinen Millimeter näher zu Julius gebracht. Ihn finden zu wollen war vermutlich genauso sinnvoll, wie eine Nadel im Heuhaufen zu suchen. Wer hatte eigentlich gesagt, dass diese blöde Bar Buena Vista in Havanna war? Vielleicht lag das Lokal in irgendeinem kubanischen Kaff am anderen Ende der Insel. Unerreichbar weit weg. Und dann? Ich war müde und frustriert. Den ganzen Tag lang waren wir bei dieser irren Hitze durch das Straßengewirr von Havanna gelaufen – und was hatten wir erreicht? Nichts. Ein Tag für die Tonne. Ich hatte für heute nur noch einen Wunsch: meine Jeans und meine Schuhe auszuziehen, mich auf unserem Rosenbett auszustrecken und zu schlafen. Ich wollte gerade die Hand heben, um ein Taxi zu rufen, als Hanna ihre Tanzeinlage stoppte und mit einem Ruck stehen blieb.

»Moment mal. Wo ist eigentlich mein Strohhut geblieben?«

Sie fuhr sich mit der Hand durch ihre kurzen weißen Haare. »Ich fühle mich irgendwie ... nackt ohne meine Hut!«

»Oje, keine Ahnung«, sagte ich. »Ich habe auch nicht gemerkt, dass er fehlt. Schade. Du wirst ihn in irgendeiner Bar liegen gelassen haben. Wer weiß, wo! Aber wir können ja morgen einen neuen kaufen. Es ist doch bloß ein Strohhut. In Havanna gibt es bestimmt ...«

»Aber nein!«, unterbrach sie mich. »Das ist nicht irgendein Hut. Es ist ein ganz besonderer. Ich ... ich möchte ihn wirklich sehr gerne wiederhaben.«

Sie war mit einem Schlag nüchtern.

»Ich besitze diesen Hut schon sehr lange, weißt du. Es ist so, dass ... Julius hat ihn mir damals geschenkt. An einem heißen Augusttag im Sommer 1958. Es war der Tag, an dem ich ihn zum letzten Mal gesehen habe. Ich möchte keinen anderen Hut haben. Diesen oder keinen. Ich bedaure, Schätzchen, wir müssen zurück.«

Sie war eben eine unverbesserliche Romantikerin. Ich seufzte.

»Na gut. Gehen wir noch mal los.«

Ob ich an acht oder an zehn Zehen eine Blase hatte, war jetzt auch schon egal.

»Erinnerst du dich, wo ich den Hut das letzte Mal aufhatte?«, fragte sie.

Ich schüttelte den Kopf. Ich war den ganzen Tag lang viel zu sehr damit beschäftigt gewesen, sie von einer Alkoholvergiftung abzuhalten, da hatte ich nicht auch noch auf ihren Hut aufpassen können.

Wir klapperten die Bars nun also in der Gegenrichtung ab. Ich machte mir keine großen Hoffnungen, dass wir das gute Stück wiederfinden würden. Bei den vielen Menschen, die in den Lokalen ein und aus gingen, war die Wahrscheinlichkeit hoch, dass irgendjemand ihren Hut gefunden und mitgenommen hatte. Er war ja schon alt und sah nicht besonders kostbar aus.

»Ich glaube, ich weiß es!«, rief Hanna plötzlich. »Im Café Paris! Da habe ich ihn vor der Toilette auf die Fensterbank gelegt. Ich bin mir sicher, dass ich ihn da vergessen habe.« Sie begann zu rennen. Ich kam kaum hinterher.

Das Café Paris war die einzige Bar gewesen, in der wir uns nicht länger aufgehalten hatten. Wir waren dort nur zur Toilette gegangen, hatten uns an der Theke – natürlich vergeblich – nach der Bar Buena Vista erkundigt und waren weitergegangen, weil das Lokal so voll gewesen war, dass wir nirgendwo einen Platz gefunden hatten.

Wir sahen Hannas Strohhut sofort, als wir eintraten. Er hing hinter der Bar, oben an einer Ecke des Regals zwischen Flaschen und Gläsern, gleich neben dem hellblauen Neonschriftzug Café Paris. Der Hut sah so dekorativ aus, als gehöre er zur Einrichtung.

»Das Leben ist schön!«, sagte Hanna glücklich. »Jemand hat ihn gefunden und abgegeben.« Sie schlängelte sich vor bis zur Theke.

Im Lokal ging es hoch her. Das Café Paris war jetzt noch voller als vorhin. Nicht nur sämtliche Tische und Stühle waren besetzt, auch in den Gängen dazwischen und an der Bar drängten sich die Leute. Sogar an den beiden weit geöffneten Türen des Ecklokals standen Besucher mit Gläsern in der Hand und wippten und klatschten zur Musik einer siebenköpfigen Salsaband, die auf der anderen Seite des Raumes gerade zur Höchstform auflief. Das Lokal schien förmlich zu vibrieren von den wirbelnden Rhythmen der Congas, Bongos, Klangstöcke und Rasseln und was die Jungs da sonst noch für Instrumente zum Einsatz brachten. Ein Pärchen begann spontan zu tanzen, sie im schneeweißen Kleid mit weißem Fransenkopftuch, er in Shorts und einem roten T-Shirt mit dem Aufdruck »I am Canadian« über dem runden Bauch. Offenbar waren es Touristen, die das, was sie im Salsakurs für Fortgeschrittene gelernt hatten, einmal in seinem natürlichen Lebensraum ausprobieren wollten. Mit schwingenden Hüften zirkelten die beiden über die einzigen paar Quadratmeter freier Fläche im Raum, direkt vor den Musikern. Das Publikum klatschte, johlte und tobte vor Begeisterung.

Ich war in der karibischen Vorhölle gelandet.

Dicht an der Tür blieb ich stehen, weil ich erwartete, dass Hanna ihren Hut nehmen und gleich wieder zurückkommen würde. Ersteres passierte auch, aber anstatt zu gehen, lehnte sie sich an die Bar und bedeutete mir gestenreich, dass ich doch bitte zu ihr kommen möge. Dabei prostete sie mir schon wieder mit einem Mojito zu. Mein Gott, diese Frau war wirklich nicht kleinzukriegen. Na, vielleicht hatte sie ja etwas über Julius in Erfahrung gebracht. Todesmutig schob ich mich durch die lärmende Menge vor bis zur Bar, wo ich versuchte, einen Platz neben Hanna zu finden, ohne dem massigen rotblonden Mittfünfziger auf der anderen Seite zu nahe zu kommen. Er trug ein Hawaiihemd mit lachsfarbenem Hibiskusblütenmuster und saß breitbeinig auf seinem Barhocker, ein halb geleertes Bierglas in der Hand, mit dem er mir demonstrativ zuprostete, als ich herantrat.

»Gibt es etwas Neues?«, fragte ich Hanna. »Ich dachte, wir wollten nach Hause!«

»Ach, was. Die Nacht ist doch noch jung. Jetzt feiern wir erst mal, dass ich meinen schönen Strohhut wiederbekommen habe. Was möchtest du trinken? Mal was Stärkeres als ein Mineralwasser? Eine – Fanta vielleicht?«

Sie grinste frech. Für eine Sekunde war ich tatsächlich der Versuchung nahe, diesen Abend durch eine Überdosis Zucker erträglicher zu machen. Aber ich trank dann doch lieber wieder Wasser. Es war einfach zu heiß für irgendetwas anderes.

»Eine großartige Stimmung hier, nicht wahr?« Hanna hatte sich auf einen Barhocker gesetzt, der hinter ihr gerade frei geworden war, und wippte im Takt der Musik mit ihrem Fuß. »Da bekommt man richtig Lust zu tanzen! Machst du mit?«

»Ich? Um Himmels willen, nein. Wieso sollte ich tanzen?«

Schließlich war ich keine Hopi-Indianerin. Tanzen – dabei handelte es sich doch um völlig überholte Rituale indigener Urvölker. Ich war ein zivilisierter Mensch, ich hatte weder vor, die Götter um Regen zu bitten, noch, irgendwelche Geister zu vertreiben. Und irgendjemanden anbalzen wollte ich schon gar nicht. Warum also sollte ich mich solchen albernen rhythmischen Verrenkungen hingeben?

So ähnlich erklärte ich es Hanna.

»Na, weil's Spaß macht.«

»Es macht doch keinen Spaß, mit dem Hintern zu wackeln! Und schon gar nicht, wenn alle Leute zugucken.«

»Och, mir würde das schon Spaß machen. Gerade wenn alle Leute zugucken. Und wenn ich dabei ein paar böse Geister vertreibe, ist es mir nur recht.«

Hanna lachte, wippte weiter mit dem Fuß und nuckelte am Strohhalm ihres Mojitos, während sie den Blick unternehmungslustig durch den Raum schweifen ließ. Ich konzentrierte mich auf mein Mineralwasser und versuchte, die beiden jungen Männer zu ignorieren, die sich – wie ich mit wachsender Beunruhigung feststellte – von der anderen Ecke des Cafés aus einen Weg zu uns herüberbahnten. Der eine war etwas älter, der andere etwas jünger als ich, Ende dreißig und Ende zwanzig vielleicht. Beide waren sehr schlank und sehnig und durchaus attraktiv mit ihrer nougatfarbenen Haut und den schwarzen Locken. Sie kamen lächelnd auf uns zu, ohne uns aus dem Blick zu lassen. Ich befürchtete das Schlimmste, und genau das trat ein.

»*Hola, buenas tardes, Señoras.* Ihr seht so aus, als suchtet ihr jemanden zum Tanzen«, sagte der ältere, halb auf Spanisch, halb auf Englisch und machte eine Geste, die vermutlich einladend gemeint war. »Bitte schön.«

Ich verschluckte mich vor Schreck beinahe an meinem Mineralwasser.

»Äh ...«, entfuhr es mir. Aber noch bevor ich »Nein danke, wir tanzen nicht« sagen konnte, war Hanna schon mit einem begeisterten Quieken von ihrem Barhocker gerutscht.

»Nichts lieber als das!« rief sie, setzte sich den Strohhut mit Schwung auf den Kopf, ergriff die Hand des Älteren und machte sich wippend und wogend mit ihm davon auf die kleine Tanzfläche. Dort wirbelte sie herum, als wollte sie die Geister und Götter nicht nur um ein bisschen Regen bitten, sondern gleich um einen tropischen Hurrikan.

Seufzend stand ich neben der Bar. Der andere Mann sah mich aufmunternd an.

»Tanzen?«, fragte er noch einmal und lächelte dabei mit seinen unglaublich strahlend weißen Zähnen.

Niemals. Nur über meine Leiche. Aber mir fiel gerade nicht ein, wie das auf Englisch hieß, und auf Spanisch wusste ich es noch weniger. Deshalb schüttelte ich bloß erschrocken den Kopf.

»Ich bin Matteo«, fügte er noch hinzu, was die Sache nicht besser machte.

»*No*«, sagte ich endlich. »*No, gracias. No quiero bailar. No dancing today.*«

Das Lächeln in seinem Gesicht verflachte etwas. Aber er gab nicht auf.

»Nur ganz kurz«, sagte er beinahe flehend. »Nur ein Tanz, bitte.«

Herrje, ich hasste Tanzen nun mal. Jede Art von Tanzen. Am allermeisten aber diesen dämlichen Salsa. Dieses »Guck-mal-wie-sexy-ich-bin-Hüftschwenken«. Homo sapiens auf der Balz wie ein südaustralischer Leierschwanz. Nein, danke. Einfach nur peinlich. Vor allem wenn man kein karibischer Ureinwohner ist, dem das Tanzen möglicherweise im Blut liegt, sondern eine blasse, stocksteife Mitteleuropäerin, die nicht über dieses spezielle karibische Salsa-Gen verfügt. Entsetzlich. Furchtbar. Indiskutabel.

Ich hatte leider keine Idee, wie ich Matteo das in aller Höflichkeit klarmachen sollte.

»Aber hallo!«, mischte sich plötzlich hinter mir der

Mann im Hawaiihemd ein. »Sie können diesem freundlichen Herrn doch keinen Korb geben!« Er sprach tiefstes Hessisch. »Er guckt schon ganz traurig, der nette Mensch, weil Sie nicht mit ihm tanzen wollen. Oder ist der Ihnen etwa zu schwarz?«

Bei ihm klang das letzte Wort wie »schwatz«.

Ich betete, dass Matteo kein Deutsch verstand. Glücklicherweise schien das nicht der Fall zu sein. Mit unbewegt freundlicher Mine lauschte er dem Gebrabbel des Hawaiihemdmannes, ohne mich aus den Augen zu lassen.

»Das ist sicher ein super Salsa-Tänzer«, fuhr der Hawaiimann fort. »Das seh ich sofort, so drahtig, wie der ist. Das ist doch ein ganz flotter Bursche. Oder wollen Sie vielleicht lieber mit mir tanzen?«

Er rutschte von seinem Barhocker und baute sich vor mir auf, wobei er mich beinahe mit seiner massigen Wampe rammte. Im Ausschnitt seines weit aufgeknöpften Hemdes kringelte sich drahtiger, rötlich blonder Pelz. Schweißperlen liefen ihm über sein hochrotes Gesicht. Wie stark dieser Typ bei einer sportlichen Aktivität transpirierte, das wollte ich mir lieber nicht vorstellen. Er roch schon jetzt ein bisschen, als wäre ihm das Deodorant ausgegangen.

Pest oder Cholera, dachte ich und biss die Zähne zusammen. Da nahm ich dann doch lieber das kubanische Original.

Ich nickte Matteo zu und ergab mich meinem Schicksal.

Sekunden später tanzte ich Salsa. Beziehungsweise was ich dafür hielt. Es war grauenhaft. Matteo war zwar vermutlich ein ausgezeichneter Tänzer (so geschmeidig, wie er sich bewegte, trug er ganz sicher das karibische Salsa-Gen in sich, wenn nicht sogar mehrere), und er versuchte sein

Bestes, damit ich einigermaßen im Rhythmus blieb. Er hatte angenehm warme, trockene Hände und schob mich – erheblich enger an sich gedrückt, als mir lieb war – kreiselnd durch den Raum. Ich versuchte, ihn durch den energischen Einsatz meines Ellbogens auf Abstand zu halten, was mir nur mäßig gelang. Meinen letzten und einzigen Tanzkurs hatte ich vor vielen Jahren absolviert, und das nur auf Drängen meiner Eltern hin (»So was gehört einfach dazu, wenn man fünfzehn ist«). Damals hatte ich allerdings nur Standards wie Walzer und Foxtrott gelernt – und die aufgrund geringen Interesses und mangelnder Praxis längst wieder vergessen. Es nun also spontan mit so etwas Abenteuerlichem wie Salsa zu versuchen war verheerend. Ich stolperte nonstop über meine und Matteos Füße und noch über die einiger anderer Leute, die mir in die Quere kamen. Von der Anmut und Grazie eines balzenden Leierschwanzes war ich weit entfernt. Ich keuchte und schwitzte nach zwei Minuten wie ein genmanipuliertes Hochlandgorillaweibchen. Wahrscheinlich klebte meine Wimperntusche inzwischen überall, nur nicht mehr an den Wimpern, und was heute Morgen noch eine Frisur gewesen war, ähnelte jetzt vermutlich einem ausrangierten Wischmopp. Ich war überzeugt davon, dass mich sämtliche Leute in der Bar anstarrten und sich dabei über mich und mein klägliches Gewackel lustig machten. Außerdem hatte ich keine Ahnung, ob, wie, warum und worüber ich mit Matteo reden sollte. Die Musik war viel zu laut für eine ernsthafte Unterhaltung, sofern man sich nicht anschreien wollte. Ich hörte, wie er Sätze zu mir sagte, in denen mehrmals die Worte »wonderful«, »beautiful« und »I like« vorkamen und die ich weder verstehen noch kommentieren wollte, zumal er mir dabei tief in die

Augen blickte. Offenbar bewertete er die Entwicklung dieses Abends völlig anders als ich. Ich sagte ein paarmal »No« und schüttelte den Kopf. Dann presste ich die Lippen aufeinander und bereute es zutiefst, dass ich Hanna bei der Suche nach ihrem doofen Hut begleitet hatte, anstatt mir einfach ein Taxi zu nehmen und zurück zu Elenas Casa zu fahren, wo ich jetzt schön gemütlich auf dem ausgeleierten Rosenbett liegen und schon mal in aller Ruhe mein Interview mit Julius vorbereiten könnte. Stattdessen war ich die Hauptattraktion im Wettbewerb »Wer ist der peinlichste Mensch von Havanna«.

Immerhin hatte die Band bald ein Einsehen. Wahrscheinlich ertrugen die sieben Jungs den Anblick meines bemitleidenswerten Herumgestampfes nicht mehr und machten nach zwei Musikstücken eine Pause. Es war der schönste Moment des Abends. Matteo begleitete mich zurück zur Bar, wo Hanna mich glücklich lächelnd empfing.

»Herrlich, so ein Salsa, nicht wahr? Hach, im vorigen Sommer habe ich noch eine neue Hüfte bekommen, und heute tanze ich schon wieder wie eine Göttin!«

Ich konnte von mir weder das eine noch das andere behaupten und griff nach meinem Mineralwasserglas wie eine Verdurstende.

Wie ich feststellte, war der Hawaiihemdmann verschwunden. Stattdessen stand jemand anders neben mir. Ich erkannte ihn an seinem blau-weiß gestreiften Hemd (das in Brusthöhe mit dem höchst lächerlichen Motiv eines grinsenden Panzerknackers bedruckt war, wie ich aus der Nähe feststellte) und dem gelben Notizbuch, das zugeklappt vor ihm auf dem Tresen lag. Es war Hemingway. Also natürlich nicht der echte und auch nicht der aus Bronze, sondern der, den wir auf der Dachterrasse des Hotels Ambos Mundos gesehen hatten, als er da in sein Büchlein gekritzelt hatte.

Als sich unsere Blicke trafen, war mir sofort klar, dass er meine grauenvolle Tanzeinlage beobachtet hatte. Er sah mich an mit einer Mischung aus Spott, Belustigung, Bedauern und möglicherweise auch mit einem klitzekleinen bisschen Schadenfreude. Er war mir sofort unsympathisch.

»Na, geht es Ihrer Großmutter wieder besser?«, fragte er grinsend mit einem Nicken in Hannas Richtung.

Damit waren zwei Dinge klar: Hemingway war Deutscher, wie ich seiner Stimme entnahm, und er hatte uns ebenfalls wiedererkannt.

»Ja, danke«, sagte ich kurz angebunden, ohne ihn über das nicht vorhandene Verwandtschaftsverhältnis aufzuklären, und drehte ihm unfreundlich den Rücken zu. Ich hatte genug Stress mit den Männerbekanntschaften, die ich an diesem Abend gemacht hatte. Da brauchte ich wirklich nicht noch eine.

Hanna hatte unsere beiden kubanischen Tänzer inzwischen in ein angeregtes Gespräch verwickelt. Sie zog den vom vielen Auseinander- und Zusammenfalten schon ganz zerknitterten Zeitschriftenartikel aus der Tasche und fragte: »Könnt ihr uns vielleicht weiterhelfen, ihr Burschen? Wir suchen diese Bar. Sie heißt Buena Vista. Wir haben schon überall danach gefragt, aber niemand kennt sie. Wisst ihr vielleicht, wo die ist?«

Matteo und sein Begleiter warfen einen Blick auf das Foto. Sie schüttelten die Köpfe.

»In Havanna gibt es diese Bar definitiv nicht«, sagte der Ältere. »Aber vielleicht könnte euch mein Onkel helfen. Er heißt Felipe und hat sein Leben lang als Koch gearbeitet. Überall in Kuba. Er hat in den vergangenen fünfundachtzig Jahren schon in fast jeder Stadt hier gelebt. Vielleicht weiß er mehr.«

»Oh, das wäre ja wunderbar«, jauchzte Hanna. »Wo finden wir diesen Mann? Lebt er in Havanna?«

»Felipe geht jeden Morgen mit ein paar Freunden zum Malecón und angelt. Auf dem Platz gegenüber der Festung. Da müsstet ihr ihn eigentlich finden. Sagt ihm einen Gruß von mir, von seinem Neffen Rafael. Dann wird er euch gerne weiterhelfen.«

Hanna fiel Rafael um den Hals und gab ihm rechts und links einen glücklichen Schmatz. Matteo sah mich an, als erwarte er, dass ich das Gleiche bei ihm machte. Aber das tat ich natürlich nicht.

»Na dann«, sagte ich stattdessen, sehr erleichtert darüber, dass dieser Abend schließlich doch noch etwas Positives gebracht hatte. »Nun können wir ja endlich gehen.«

Diesmal war sogar Hanna einverstanden. Nicht einmal Rafael und Matteo hatten etwas dagegen aufzubrechen, wobei es ein kleines Problem gab: Als wir auf die Straße traten, hakten sie sich bei uns unter, offenbar in der Erwartung, dass der Höhepunkt des Abends noch vor ihnen lag.

»Moment mal!« Hanna blieb stehen. Lächelnd löste sie Rafaels Arm von ihrem. »Ich weiß nicht, was ihr heute noch vorhabt, Jungs, aber was immer es ist: Das wird ganz sicher ohne mich stattfinden. Es war ein netter Abend, und es hat Spaß gemacht zu tanzen. Jetzt bin ich wirklich müde und möchte schlafen gehen. Vielleicht möchte Katrin ja noch ein bisschen ...«

»Nein, danke! Ich habe auch genug für heute. Außerdem

wollen wir früh raus, damit wir Felipe finden«, fügte ich hinzu und schob Matteos Arm von meinem.

Rafael reichte mir seine Visitenkarte.

»Meldet euch, wenn ihr mal wieder Lust habt zu tanzen«, sagte er. »Oder worauf auch immer.«

Ich schob seine Karte zu den vielen anderen, die sich im Laufe des Tages in meiner Hosentasche angesammelt hatten, und beschloss, sie daheim gleich alle in den Papierkorb zu werfen.

Als wir endlich (es war halb zwei in der Nacht) in unser Rosenbettzimmer zurückkamen, stellte ich fest, dass Trixie mir eine SMS geschickt hatte.

»Na, meine Liebe, seid ihr gut gelandet? Ist die Baronin nett zu dir? Habt ihr Julius schon gefunden? Und wie ist Kuba so?«

Ich schrieb ihr sofort zurück.

»Es ist grässlich. Havanna ist heiß, laut und stinkig. Die alte Lady säuft jeden gestandenen Seebären in Grund und Boden, und es wimmelt hier von tanzwütigen Männern, die Touristinnen jeden Alters abschleppen wollen. Frag nicht weiter. Aber wenn wir Glück haben, dann sind wir Julius immerhin tatsächlich bald auf der Spur.«

12

Wir hatten Glück.

Als ich am nächsten Morgen die Augen aufmachte, stand Hanna schon fix und fertig angekleidet und frisiert im Zimmer.

»Katrin, Schätzchen«, sagte sie. »Wie schön, dass du endlich aufwachst. Beeil dich! Es ist bald Mittag, und wir wollten doch diesen Felipe suchen.«

Hinter ihr brandete der Autolärm des Malecón durch die geöffnete Balkontür. Und nach Abgasqualm stank es auch schon wieder. Ich schielte auf mein Handy. Es war zwanzig nach zehn.

»Gleich Mittag? Du übertreibst maßlos. Wieso bist du überhaupt schon auf? Hast du keinen Kater?«

»Den habe ich längst verscheucht. Ich habe zwei Aspirin genommen und dazu drei Tassen Kaffee getrunken. Jetzt kann ich wieder Bäume ausreißen!«

Das glaubte ich ihr sofort. Ich schälte mich aus dem Bett und tappte ins Bad. Zwanzig Minuten, zwei Tassen Kaffee und ein Omelett später war ich startklar.

Es waren sechs alte dunkelhäutige Männer, die auf dem betonierten Platz gegenüber der Festung auf der flachen Kaimauer zusammensaßen und Zigarren rauchten. Sie waren sehr lässig bis nachlässig gekleidet. Ihre aufgeknöpften

Hemden gaben den Blick frei auf nackte Bäuche; zu bequemen Hosen trugen sie ausgelatschte Turnschuhe oder eingerissene Badeschlappen. Mit ausgeblichenen Kappen und zerfransten Strohhüten auf ihren krausen grauen Haaren beziehungsweise blanken Köpfen hatten sie sich gegen die sengende Sonne gewappnet. Neben einem der Männer lehnte ein schwarzer Gehstock an der Mauer. Nur zwei angelten, die anderen waren vor allem damit beschäftigt, sehr laut miteinander zu reden. Sehr laut deshalb, weil neben ihnen – zwischen Plastikeimern mit streng riechenden Fischabfällen, Blechdosen mit Blinkern, Haken und anderen Angelutensilien – ein gewaltiger Ghettoblaster stand, aus dem ohrenbetäubende Musik dröhnte. Vermutlich waren sie alle nicht nur sehr alt, sondern vor allem auch sehr schwerhörig.

»*Perdon, Señores!*«, brüllte ich gegen den Lärm an. »Verzeihung, ist einer von Ihnen Onkel Felipe?«

Die sechs unterbrachen ihr Gespräch und drehten sich zu uns um. Einer der beiden Angler ergriff das Wort, ein magerer Mann in schlotterndem weißem Leinenhemd, dessen dunkles Gesicht zerfurcht war wie eine Walnuss.

»*Quién quiere saber?*«, nuschelte er, ohne die Zigarre aus dem faltigen Mund zu nehmen, und schob mit einem unwilligen Nicken den Strohhut in den Nacken. »Wer will das wissen?«

»Ihr Neffe Rafael lässt Sie grüßen«, erklärte ich. »Er meinte, Sie könnten uns sicherlich weiterhelfen. Wir beide kommen aus Deutschland und suchen einen alten Freund. Julio alias Julius Wagner.«

Die sechs schüttelten synchron die Köpfe.

»*Lo siento, no sé.*«

Na, das hatten wir wirklich schon öfter gehört.

Hanna zog den Artikel heraus, der inzwischen in zwei Teile zerrissen war. Das Foto mit Julius im Taxi vor der Bar war trotzdem noch gut zu erkennen.

»Vielleicht können Sie uns sagen, wo dieses Lokal ist?«

Sie reichte das Blatt dem Mann, der uns geantwortet hatte und von dem wir annahmen, dass er Rafaels Onkel Felipe war. Er gab die Angel seinem Nachbarn, zog eine gewaltige schwarze Hornbrille aus der Brusttasche seines Hemdes und setzte sie umständlich auf. Dann studierte er ausgiebig den Artikel, vor allem die Fotos. Er betrachtete sogar die Werbeanzeigen auf der Rückseite.

»Bitte«, sagte Hanna so freundlich es eben möglich war, während sie gegen den hämmernden Geräuschpegel von ungefähr 120 Dezibel anschreien musste. »Wir müssen wissen, wo wir diese Bar Buena Vista finden. Kennen Sie die?«

Und ich fügte hinzu: »Ihr Neffe Rafael sagte, dass Sie als Koch schon sehr weit herumgekommen wären in Kuba ...«

Einer der Männer drehte endlich die Musik leiser.

»*El Bar Buena Vista*«, knurrte der magere Alte und schüttelte den Kopf, als könne er nicht glauben, was er da auf dem Foto sah. Jetzt nahm er doch die Zigarre aus dem Mund.

»*Sí*. Ich kenne sie. Die Bar liegt in Santiago de Cuba. Meine Geburtsstadt. Heldenstadt der Republik. *La ciudad héroe de la república de Cuba*. Die schönste Stadt der Welt. Eine schöne Bar. Eine gute Bar und immer die beste Musik.«

»Oh, das ist ja fantastisch! Diese Bar gibt es wirklich? Oh – Sie ahnen nicht, wie glücklich Sie uns machen.«

Ich glaube, Hanna wäre dem alten Mann am liebsten um den Hals gefallen und hätte ihn abgeküsst wie gestern

Abend Rafael. Aber glücklicherweise ließ sie es diesmal bleiben. Mit ihrem Schwung hätte sie den dünnen Felipe bestimmt von der Kaimauer ins Wasser geschubst.

Auch mir fiel ein Felsbrocken vom Herzen. Wie es aussah, würde unsere Reise nun doch nicht umsonst gewesen sein. Allerdings gab es, sofern mich meine geografischen Grundkenntnisse dieser Insel nicht täuschten, ein kleines Problem.

»Wie weit ist dieses Santiago denn von hier entfernt?«, erkundigte ich mich.

»Neunhundert Kilometer vielleicht«, sagte Felipe, worauf unter den Männern ein wildes Gemurmel ausbrach, bis einer der anderen meinte: »Ich würde sagen, eher tausend.«

Ich hatte es ja geahnt, diese doofe Bar lag am Ende der Welt.

»Mit dem Zug fahren Sie ungefähr dreizehn Stunden«, erklärte ein Dritter, ohne dass wir ihn danach gefragt hatten. »*Falls* ein Zug fährt.«

Und noch einer sagte: »Mit dem Auto dauert es genauso lang.« Worauf der mit dem Zug entgegnete: »Falls Sie keine Panne haben, was unwahrscheinlich ist auf unseren schlechten Straßen.«

»Wunderbar.« Hanna klatschte in die Hände. »Wenn wir gleich starten und Gas geben, schaffen wir es bis Mitternacht.«

»Tja«, machte ich. »Mit einem Hubschrauber vielleicht.«

Hanna nahm meinen Einwand gar nicht richtig wahr.

»Vielen Dank, meine Herren. Sie haben uns so sehr geholfen.«

Felipe schob sich die Zigarre wieder zwischen die Zähne und reichte Hanna den Artikel zurück.

»Das ist ja wirklich merkwürdig«, brummelte er kopfschüttelnd. »Noch nie, seit ich vor vielen Jahren aus Santiago weggegangen bin, hat sich irgendjemand für die Bar Buena Vista interessiert. Und heute kommen gleich zweimal Leute vorbei und fragen mich danach.«

»Wie – zweimal?« Ich starrte Felipe an. »Hat denn heute noch jemand danach gefragt? Wer denn?«

Felipe zuckte mit den Schultern. Er nahm die Brille wieder ab, klappte die Bügel ein und schob sie zurück in die Hemdtasche.

»Da war so ein junger Mann heute Morgen. Der wollte auch wissen, wo er die Bar Buena Vista finden kann und ob ich diesen Taxifahrer Julio kenne. Aber an den erinnere ich mich leider nicht.«

»Was für ein junger Mann?« Hanna hatte gerade ihre Geldbörse geöffnet, um den Männern ein paar Pesos Trinkgeld zu geben. Aber jetzt ließ sie irritiert die Arme sinken. »Das ist ja wirklich ein sehr seltsamer Zufall.«

»Das ist kein Zufall, das ist gruselig!«, rief ich.

»Tja, was war das für einer ...« Felipe sah sich in der Runde der alten Männer um und wog nachdenklich den Kopf hin und her. »Ihr wart doch dabei, *compañeros*. Das war auch so ein Deutscher, nicht wahr? Ein langer dünner Typ, braune Haare, hohe Stirn, ja, und er hat alles, was wir erzählt haben, in ein kleines gelbes Buch geschrieben.«

Hemingway. Ich wurde blass.

»In sein gelbes Buch?«, schrie, nein krächzte ich. »Was will denn dieser Hemingway von Julius?«

»Das«, Hanna zog die Augenbrauen hoch, »möchte ich auch gern wissen.«

In dieser Sache konnten uns die sechs Alten allerdings nicht weiterhelfen.

»Los!«, sagte ich. »Wir müssen noch einmal ins Café Paris.«

»Wieso? Mein Strohhut liegt oben im Zimmer, diesmal bin ich mir ganz sicher, dass ich ihn mit heimgebracht habe.«

»Es geht doch nicht um deinen Strohhut. Es geht um diesen Hemingway. Hast du nicht gesehen, dass er gestern Abend neben uns an der Bar gestanden hat? Wahrscheinlich hat er unser Gespräch mit Rafael und Matteo belauscht und ist uns bei Felipe zuvorgekommen. Komm, wir fragen im Café Paris nach. Vielleicht kennt man ihn da, ich habe mitbekommen, wie er sich zwischendurch mit dem Mann an der Bar unterhalten hat. Und wenn wir dort nichts herausfinden, erkundigen wir uns im Ambos Mundos, wo wir ihn zuerst gesehen haben. Ich möchte wirklich wissen, wer das ist und was er in der Bar Buena Vista sucht.«

»Ja, das ist wirklich sehr seltsam. Wahrscheinlich denkt er, da ist irgendwo ein Goldschatz im Schrank versteckt.«

Hanna verteilte endlich ihre Trinkgelder, die die sechs Männer dankend annahmen, dann machten wir uns auf den Weg. Als diesmal eines dieser dreirädrigen Fahrradtaxis neben uns hielt und uns der junge Fahrer seine Dienste anbot, zögerten wir nicht. Wir kletterten auf den Sitz und ließen uns auf direktem Weg zum Café Paris kutschieren. Dabei machte Hanna kein einziges Foto.

»Jetzt geht es also wirklich los«, murmelte sie, die Hände auf dem Schoß zusammengepresst, während wir auf dem holprigen Pflaster durchgeruckelt wurden. »Ich kann es gar nicht richtig fassen. Jahrzehntelang habe ich an Julius gedacht, habe mir ausgemalt, wie es sein würde, ihn wiederzutreffen. Und nun sehe ich ihn womöglich bald wieder. Vielleicht morgen schon. Es fühlt sich merkwürdig an, wenn ein Traum Wirklichkeit zu werden beginnt. Aber nicht weniger merkwürdig ist es, dass sich auf einmal noch jemand anders für Julius interessiert.«

13

Diesmal war es beinahe leer im Lokal. In der Ecke sortierte eine fünfköpfige Band gerade ihre Instrumente. Nur ein Tisch im Raum war besetzt. Daran saßen drei blonde Touristinnen in leichten Kleidchen und mit schwerem Sonnenbrand auf den Schultern und studierten die Speisekarte. Mit einem Blick sah ich, dass Hemingway nicht da war. Natürlich nicht.

Hanna dachte das Gleiche wie ich: »Wahrscheinlich ist er schon unterwegs nach Santiago.«

Ich stapfte vor zur Theke. Mit Erleichterung stellte ich fest, dass der Barkeeper derselbe war wie in der vergangenen Nacht. Der arme Mann hatte ziemlich unorthodoxe Arbeitszeiten, aber mir war es nur recht.

Ich wartete, bis er seine drei Drinks fertiggemixt und der Kellnerin aufs Tablett gestellt hatte. Dann fragte ich: »Können Sie mir vielleicht helfen? Ich suche einen Mann, der gestern Abend hier an der Bar gestanden hat. Ich glaube, neben diesem Barhocker …«

»Hier an der Bar? Señora, da waren so viele Menschen. Es tut mir leid, ich erinnere mich nicht an jeden.«

»Er war groß und dünn, trug ein Hemd mit blauen Streifen und hatte ein gelbes Notizbuch dabei.«

Der Mann zuckte mit den Schultern.

»Sieh mal!« Hanna war herangekommen und hatte ihren Fotoapparat aus der Tasche gezogen. Sie zeigte mir ein Foto auf ihrem Display. Es war das letzte, das sie in der Nacht gemacht hatte, bevor der Akku ihrer Kamera den Geist aufgegeben hatte. Ein Bild des Grauens. Darauf war ich beim Tanzen mit Matteo zu sehen, in einer aberwitzigen Verrenkung und mit einem Gesichtsausdruck, der irgendwo zwischen debil und schwachsinnig lag. Im Vordergrund aber hatte Hanna auch ein paar Leute mitgeknipst, die an der Bar standen. Ein bisschen unscharf, aber trotzdem gut zu erkennen. Hemingway war einer von ihnen. Zwar war er halb verdeckt von den voluminösen Ausmaßen des Hawaiihemdmannes, aber die Hälfte seines Gesichts war auf dem Bild zu sehen und dazu eine Hand, in der er einen Cocktail hielt. Er schien meine zweifelhaften Tanzkünste gerade mit größtem Vergnügen zu beobachten.

»Treffer!«, sagte ich und verzieh Hanna, dass sie mich hinterrücks abgelichtet hatte.

Ich hielt dem Barmann den Fotoapparat hin und tippte auf Hemingway.

»Diesen Mann suchen wir. Können Sie sich an ihn erinnern? Wissen Sie zufällig, wer das ist?«

Der Mann betrachtete das Foto, dann uns, danach wieder das Foto, als überlege er, ob es in Ordnung wäre, etwas zu sagen.

»Bitte, es ist wichtig«, fügte ich hinzu.

»Ich erinnere mich«, nickte der Barkeeper schließlich. »Das ist der Mann, der seinen Cuba libre nicht mit Limette, sondern mit Orange haben wollte.«

Die Orangenscheibe an seinem Glas war auf dem Bild deutlich zu erkennen. Was für ein Glück, dachte ich, dass dieser Typ spezielle Vorlieben bei seinen Drinks hat, sonst hätte sich der Barkeeper vermutlich nicht mehr an ihn erinnert.

»Und?«, fragte ich. »War er schon öfter hier? Wissen Sie, in welchem Hotel er wohnt? Worüber hat er mit Ihnen gesprochen? Hat er Ihnen vielleicht gesagt, weshalb er nach Kuba gereist ist?«

Ich kam mir vor wie die Chefermittlerin im »Tatort«. Leider nicht so erfolgreich. Der Barkeeper schüttelte auf jede meiner Fragen den Kopf.

»*No, lo siento.* Sorry. Ich kann Ihnen nicht helfen. Ich erinnere mich nur noch daran, dass er sehr spät noch etwas zu essen bestellt hat, ein Stück Pizza, das letzte, das es in der Küche gab. Das ist alles, was ich von diesem Mann weiß.«

»Schade«, murmelte ich und starrte das Foto auf dem Display an, krampfhaft überlegend, wie ich diesem mysteriösen Menschen auf die Spur kommen könnte. Ob wir doch im Ambos Mundos nachfragen sollten? Aber dort waren die Kellner so wenig motiviert bei der Arbeit. Dass uns diese Leute freiwillig bei unserer Hemingway-Recherche unterstützen würden, konnte ich mir kaum vorstellen.

»Und er hat mit Kreditkarte bezahlt«, setzte der Barkeeper hinzu. »Aber mehr kann ich Ihnen über diesen Mann wirklich nicht sagen.«

»Mit einer Kreditkarte?« Ich fuhr hoch. »Das ist ja großartig. Sie haben doch sicher noch den Beleg. Da müsste ja sein Name draufstehen. Jedenfalls seine Unterschrift. Bitte, können wir den Beleg sehen?«

Der Barkeeper runzelte die Stirn. Allmählich gingen wir ihm offenbar auf die Nerven. Hanna zog seelenruhig einen

Zehn-Peso-Schein aus ihrer Geldbörse und schob ihn lächelnd über die Theke.

»Es wäre wirklich sehr freundlich von Ihnen, wenn Sie uns den Kreditkartenbeleg dieses Mannes zeigen könnten. Es ist sehr wichtig, dass wir ihn finden.«

Die Augen des Barkeepers blitzten.

»Ich bin mir nicht sicher, ob ich Ihnen da weiterhelfen darf, Señora ...«

Hanna seufzte und schob ihm einen zweiten Schein zu.

»Aber jetzt sind Sie sich sicher – oder sollen wir gehen?«

Er zögerte noch einen Moment, dann griff er nach den beiden Scheinen und steckte sie in seine Hosentasche. Er öffnete eine Schublade, kramte ein wenig darin herum und zog schließlich einen Bon heraus, den er uns reichte.

»Das müsste sein Beleg sein. Zwei Cuba libre Orange und ein Stück Pizza Margherita. Mastercard. Uhrzeit ein Uhr fünf heute früh.«

»Das war ein paar Minuten, nachdem wir aufgebrochen sind«, erinnerte sich Hanna. »Kannst du die Unterschrift entziffern, Katrin?«

Es war einfacher, als ich befürchtet hatte. Hemingways Schrift war glücklicherweise keine Hieroglyphe, sondern einigermaßen lesbar. Ich knabberte vor Aufregung an meiner Unterlippe. Hemingway hieß er natürlich nicht.

»Max Mainberg könnte das heißen. Oder Mark.«

»Und jetzt?«, fragte Hanna.

Noch im Café tippte ich eine SMS an Trixie: »Du musst mir einen Gefallen tun. Bitte google mal einen Mann namens Max oder Mark Mainberg. Geh auch zur Bildersuche. Das ist ein großer dünner Typ mit dunklen Haaren und hoher Stirn. Schätzungsweise Anfang dreißig. Ich erklär dir alles später.«

Dreißig Sekunden danach kam Trixies Antwort auf meinem Handy an: »Katrin, Süße! Was lese ich da? Wer ist denn dieser Mainberg? Hast du dich etwa verliebt?! In Kuba? Und du kennst noch nicht mal seinen richtigen Namen??? Ogottogott!!! Was hast du getrieben? Ich fass es nicht! Aber wenn es sein muss, werde ich jede Internetseite dieser Welt aufrufen, um den Mann deiner Träume zu finden! LOL!!! Yeah! Yeah! Yeah!!« Es folgten noch jede Menge Ausrufezeichen, Smileys, Herzchen, Luftballons, explodierende Überraschungstüten und andere Gimmicks der elektronischen Kommunikationskultur, auf die ich mangels Informationswert gerne verzichtet hätte. Aber Trixie war eben sehr mitteilsam, und die Hauptsache war natürlich, dass sie überhaupt irgendetwas über diesen mysteriösen Mainberg-Hemingway herausfand.

»So«, sagte Hanna und schob ihre Kamera wieder in die Tasche. »Jetzt mieten wir uns ein Auto und fahren nach Santiago de Cuba.«

14

Elena war nicht sehr glücklich, als wir ihr erklärten, dass wir schon heute weiterreisen würden. Aber dann half sie uns doch, die nächste Autovermietung ausfindig zu machen.

»Es ist zu weit, um mit den schweren Koffern zu Fuß zu gehen, und mein Bruder ist gerade wieder unterwegs Richtung Flughafen. Ich rufe euch ein Taxi, ein kubanisches Taxi. Nicht diese Touristentaxis, die sind viel zu teuer, und man wird dauernd übers Ohr gehauen ...«

Na, sie musste es ja wissen bei dieser schlitzohrigen Verwandtschaft!

Hanna und ich begriffen zwar nicht ganz, was es mit den speziellen kubanischen Taxis auf sich hatte, aber wir folgten Elena aus dem Haus, die Koffer hinter uns herziehend. Sie führte uns zielsicher durch eine kleine schmuddelige Gasse zu einer unscheinbaren Parallelstraße des Malecón. Vor einem Haus hatte sich eine Traube von Menschen gebildet, von denen immer wieder einige nach einem nicht nachvollziehbaren System an den Straßenrand traten und ein Auto heranwinkten, das dann auch prompt anhielt und sie mitnahm.

»Hier«, erklärte Elena. »Kubanisches Taxi.«

Wir standen und warteten und wunderten uns. (Jedenfalls wunderte ich mich.) Nach ein paar Minuten waren wir dran. Elena winkte einen Wagen heran und wechselte ein paar schnelle Worte mit dem Fahrer, wobei mehrmals das spanische Wort für Autovermietung vorkam. Wenn der Mann am Steuer nicht wieder behauptete, dass der Laden heute Nacht abgebrannt sei, sollte alles gut gehen. Diesmal passte unser beider Gepäck in den Kofferraum, und nachdem wir uns mit herzlichen Umarmungen und reichlichen Wangenküsschen von Elena verabschiedet hatten (Hanna richtete überflüssigerweise sogar noch liebe Grüße an ihren Bruder aus!), setzten wir uns auf die Rückbank, und das Auto fuhr los. Allerdings nur bis zur nächsten Straßenecke, denn da standen schon wieder ein paar Leute, die mitgenommen werden wollten. Eine kleine, verschrumpelte alte Frau öffnete die Tür auf der Beifahrerseite und stieg umständlich ein. Sie hielt einen Käfig auf dem Schoß, in dem ein kleiner grüner Papagei saß und unverständliches Zeug brabbelte. Eine Straße weiter rutschte Hanna näher zu mir heran, denn erneut hielt das Auto, um einen weiteren Fahrgast mitzunehmen. Genauer gesagt waren es zwei Fahrgäste: eine junge Frau und ihre schätzungsweise dreijährige Tochter, die sich auf ihren Schoß setzte und Hanna und mich mit sehr großen schwarzen Augen anschaute.

»Wenn jetzt noch jemand einsteigt, gehe ich zu Fuß«, murmelte ich Hanna zu in der Hoffnung, dass niemand im Wagen Deutsch verstand. Ich bekam kaum noch Luft bei dem Gedränge, und es roch streng nach Schweiß, Papagei und Knoblauch.

»Aber warum denn? Ich finde es toll, ich fühle mich wie eine echte Kubanerin.«

Dabei winkte Hanna dem kleinen Mädchen mit einem Finger zu, worauf es zu lächeln begann.

Auch wenn es eng, heiß und stickig in unserem original kubanischen Taxi war, erreichten wir schließlich die Autovermietung. Der Fahrer hatte ein paar Umwege genommen, weil er vorher noch die alte Frau mit dem Papagei und die junge Frau mit ihrer Tochter irgendwo abgesetzt hatte, aber dafür verlangte er für die ganze Fahrt auch nur einen Peso von uns. Was für eine verrückte Welt, dieses Kuba: Je nachdem, ob man an der Vorder- oder Hinterseite eines Hauses ins Taxi stieg, unterschied sich der Fahrpreis um ein Zehnfaches. Man musste es nur wissen und bereit sein, mit fremden Leuten (und Tieren) auf Tuchfühlung zu gehen.

Bei der Autovermietung handelte es sich um einen kleinen schäbigen Anbau neben einer Tankstelle. Eine Klimaanlage dröhnte, und es war arktisch kalt in dem karg eingerichteten Büro. Nur ein hoher weißer Schreibtisch und drei Klappstühle standen darin. An der Wand hingen zwei Plakate, die die Vorzüge eines BMW mit Allradantrieb anpriesen, was ich mit großer Erleichterung zur Kenntnis nahm. Wie es aussah, war dieser Autoverleih bestens ausgestattet. Ein vertrautes deutsches Fabrikat, wunderbar! Ich hätte auch wirklich keine Lust gehabt, mich mit einem klapprigen Siebzigerjahre-Lada oder einer anderen lausigen Karre aus russischer oder chinesischer Produktion auf den weiten Weg zu machen.

Wir waren nicht die einzigen Kunden und mussten etwas warten. Zwei französische Paare diskutierten energisch mit den beiden jungen Frauen hinter dem Tisch. Offenbar hatten die vier einen Wagen reserviert und überlegten jetzt, ob sie ihn einen oder zwei Tage länger mieten sollten. Die Verständigung war insofern ein Problem, als die Franzosen weder Spanisch noch Englisch sprachen und die beiden Kubanerinnen kein Französisch. Es dauerte und dauerte. Weil ich Sorge hatte, in diesem tiefgekühlten Raum bald zu Eis zu erstarren, bot ich meine Vermittlung an, was die Geschäftsverhandlungen erheblich beschleunigte, und schließlich marschierten die vier Franzosen glücklich und zufrieden mit ihrem Autoschlüssel und einer Kuba-Straßenkarte aus dem Büro. Eine der beiden Angestellten begleitete sie hinaus zu einem silberglänzenden Wagen, der im Hof stand.

»*Buenas tardes*«, sagte ich, als wir endlich an der Reihe waren. »Wir möchten auch gern ein Auto mieten, mit Allradantrieb.«

Mit einem Nicken wies ich auf den BMW an der Wand.

»*Sí, claro.*« Die Dame hinter dem Tresen tippte lächelnd auf ihrer Computertastatur. »Wie lautet Ihre Reservierungsnummer?«

»Wir haben keine. Wir brauchen den Wagen ganz kurzfristig.«

»Sie haben nicht reserviert?« Sie sah auf.

»Nein, wir haben uns erst vor ein paar Minuten entschieden, mit dem Auto weiterzufahren.«

»Oh, das tut mir leid. Wir haben kein Auto mehr frei.«

»Wie, kein Auto? Sie sind doch eine Autovermietung!«

»Wir haben im Moment alle Autos ausgeliehen. Es ist gerade Hochsaison bei uns. Die sind seit Wochen vorbestellt. Aber, Moment ...« Sie ließ den Blick über den Bildschirm ihres Computers wandern. »Am Samstag können Sie wieder einen Wagen haben.«

»Am Samstag? In drei Tagen? Das ist viel zu spät. Wir brauchen den Wagen sofort. Heute. Es ist dringend. Können Sie nicht in irgendeiner Filiale anrufen? Irgendwo in Havanna muss es doch ein Mietauto geben.«

Die Frau zuckte bedauernd mit den Schultern.

»Es tut mir wirklich leid. Aber sie sind alle schon weg. Wir haben nicht so viele funktionierende Autos, wissen Sie. Am besten ist es, ein halbes Jahr vorher einen Wagen zu reservieren. Dann können Sie ziemlich sicher sein, dass Sie noch einen bekommen.«

Diese Empfehlung half uns jetzt auch nicht mehr weiter. Ich ärgerte mich, dass uns die Franzosen vorhin das letzte Auto weggeschnappt hatten. Und dass ich ihnen auch noch dabei geholfen hatte. Da sollte noch mal einer sagen, Hilfsbereitschaft mache glücklich …

»Oder Sie nehmen ein Motorrad«, fuhr die Frau fort. »Motorräder haben wir noch.«

»Danke, nein. Ich habe keinen Motorradführerschein, und ich wüsste auch nicht, wo wir da unsere Koffer lassen sollten.« Und wie Hanna hinter mir auf dem Sozius säße, das wollte ich mir erst gar nicht vorstellen. Ich überlegte gerade, ob wir eine Zugfahrt nach Santiago in Betracht ziehen sollten, als Hanna rief: »Und was ist mit dem Wagen da hinten?«

Ich sah aus dem Fenster, wo die Franzosen gerade in ihr Mietauto stiegen und davonfuhren. Mein Blick fiel auf ein quietschrosa Cadillac-Cabrio, das im Hof vor einer Mauer stand.

»Den vermieten wir nicht. Der ist zu alt. Der steht nur zum Anschauen da.«

»Aber wieso das denn?«, fragte Hanna. »Das ist doch ein herrlicher Wagen. Ein Traum!«

»Nein, Señora. Den kann ich Ihnen nicht geben. Tut mir leid. Außerdem sind die Reifen auch nicht mehr die besten, soweit ich weiß.«

»Hm. Dabei sieht alles ganz in Ordnung aus. Kein Platten, keine Beule. Rufen Sie doch mal bitte Ihren Chef, ich möchte das gern mit ihm persönlich besprechen.«

»Hanna, sei vernünftig!« Ich fasste ihren Arm, während die Frau hinter dem Tisch sichtlich entnervt zum Telefon griff. »Du hast doch gehört, was sie gesagt hat. Wahrscheinlich klappt die alte Karre zusammen, sobald man nur einen Meter damit fährt. Wir sollten uns lieber erkundigen, wo der Bahnhof von Havanna ist.«

»Ich will aber nicht mit dem Zug fahren!«

Hanna schüttelte mich unwillig ab. Sturheit war leider eine ihrer wesentlichen Charaktereigenschaften.

»Wo ist das Problem, Katrin? Wir brauchen ein Auto, und da draußen steht eines. Und was für eines! Genau diesen Wagen möchte ich haben. Findest du ihn nicht auch großartig? Was für ein Schlitten! Ich werde vermutlich nie wieder die Gelegenheit haben, mit einem Auto passend zur Farbe meines Lippenstifts zu fahren.«

Es war hoffnungslos.

Mir wurde die Sache allmählich unangenehm. Zumal mit dem Chef der Autovermietung – einem rundlichen kleinen Herrn mit kahlem Schädel – eine fünfköpfige italienische Familie hereinkam, die munter plaudernd darauf wartete, bedient zu werden.

»Lieber Antonio«, sagte Hanna mit Blick auf das Namensschildchen, das dem Autovermieter in Brusthöhe am Hemd steckte, und lächelte zuckersüß. »Sie haben da draußen so ein unglaublich schönes Auto stehen. Wissen Sie, dass Rosa meine Lieblingsfarbe ist?«

Während Hanna beharrlich diskutierte, ging ich hinaus in den Hof, wo ich einen besseren Handyempfang hatte, und versuchte, Trixie anzurufen. Ich wollte sie bitten, im Internet nachzusehen, ob es womöglich eine Flugverbindung von Havanna nach Santiago gab. Oder ob heute wenigstens noch ein Zug fahren würde. Aber die Verbindung war noch nicht einmal hergestellt, als hinter mir die Bürotür quietschte. Ich drehte mich um und sah, wie Hanna ins Freie trat. An ihrer hoch erhobenen rechten Hand baumelte ein Autoschlüssel.

»Komm rein, Katrin«, rief sie mit dem breitesten Grinsen im Gesicht. »Du musst auch unterschreiben. Du bist schließlich die Fahrerin.«

Ich erfuhr nie, wie Hanna es geschafft hatte, den Autovermieter davon zu überzeugen, dass er uns das pinkfarbene Cadillac-Cabrio gab. Ob sie auch ihm ein Bündel Pesoscheine zugesteckt oder womöglich ein Jahresabo der *Auto-Motor-Sport* versprochen hatte (oder eines vom *Penthouse*), ob es ihr geballter Charme war, ihr hübscher rosa Lippenstift oder die Verzweiflung des Autovermieters, der diese renitente alte Dame in seinem Büro endlich loswerden wollte – das blieb ihr Geheimnis. Als ich fragte, lächelte sie nur und sagte: »Schätzchen, das Leben ist voller Überraschungen.«

Das Wichtigste aber war: Wir hatten ein Auto, und es fuhr!

15

Dem Autovermieter den pinkfarbenen Oldtimer abzuschwatzen war das eine, damit durch die Straßen von Havanna zu kurven das andere. In den weißen Ledersitzen versank man so tief, dass ich kaum über die riesige Motorhaube schauen konnte. An den Seiten des dünnen weißen Lenkrads ragten Hebel wie die Fühler vom Kopf eines großen Insekts in die Luft. Der eine war für die Blinker, der andere, wie ich herausfand, für die Gangschaltung. Das Auto war dermaßen altmodisch, dass ich genauso gut eine Pferdekutsche hätte steuern können. Die runde analoge Uhr im Armaturenbrett zeigte zehn vor fünf. Irgendwann in ihrem langen Leben war sie wohl stehen geblieben.

Ich drehte den Zündschlüssel, worauf der Wagen fröhlich losblubberte. Und wahrscheinlich schon im Stand zwanzig Liter Sprit verbrauchte.

»Kaum zu glauben«, sagte ich, während ich das Auto vorsichtig aus dem Hof steuerte. »Da hat die Autoindustrie so wunderbare Sachen erfunden wie Bordcomputer, Antiblockiersysteme, Airbags, Navi und Servolenkung – und diese Karre hier hat noch nicht mal Anschnallgurte!«

»Kopfstützen gibt es auch keine«, bemerkte Hanna. »Aber immerhin hat der Wagen schon einen Motor.«

In den flachen Kofferraum hatte nur ein Koffer hineingepasst, der andere – meiner – stand jetzt auf der schmalen Rückbank hinter uns und prallte bei jedem noch so sanften Bremsen gegen meinen Sitz. Hanna hatte das rosa Tuch von ihrem Sonnenhut gelöst und sich um Kopf und Hals geschlungen. Zusammen mit ihrer Schmetterlingssonnenbrille sah sie aus wie eine Hollywooddiva aus alten Zeiten.

Der Weg zur Autobahnauffahrt, den uns der Mann vom Autoverleih beschrieben hatte, klang wie ein kompliziertes Strickmuster: Zweite Straße rechts, erste links, dritte rechts, zweite links – und dann würden wir an der Kreuzung schon das Hinweisschild zur Autobahn sehen. Hanna hatte die Eckpunkte unserer Route auf einem Zettel notiert, und ich folgte ihren Anweisungen, aber schon nach ein paar Minuten hatten wir uns völlig verfahren. Eine der Straßen war wegen Bauarbeiten gesperrt, weshalb wir einen Umweg nehmen mussten. Kurz darauf machte eine Straße, die nach unseren Notizen eine Linkskurve machen sollte, stattdessen eine Rechtskurve, und von den Bahngleisen, die wir eigentlich schon längst hätten überqueren sollen, war auch nichts zu sehen. Ich bedauerte sehr, dass der Wagen kein Navi hatte. Und wir keinen Stadtplan.

»Auf diese Weise lernen wir ganz neue Seiten von Havanna kennen«, sagte Hanna. »Normale Touristen kommen sicher nie hierher.«

Wir kurvten durch einen Vorort, in dem eingeschossige bonbonbunte Häuser an der Straße standen, mit kleinen Palmen und Bananenstauden in den Vorgärten. Es sah beinahe hübsch aus, aber ich konnte mich nicht daran freuen, weil ich nicht die geringste Ahnung hatte, wo wir uns befanden.

»Da hinten ist ein Schild«, rief Hanna. »Bestimmt geht's da zur Autobahn.«

Aber das, was sie auf der anderen Seite der Kreuzung entdeckt hatte, war nur ein Plakat mit der Aufschrift *Socialismo o muerte* – Sozialismus oder Tod. Wenn wir die Autobahn nicht bald fanden, blieb uns vermutlich wirklich keine andere Wahl.

»Vielleicht sollten wir mal jemanden fragen, der sich hier auskennt«, überlegte ich laut.

Nachdem wir noch eine Weile vergeblich herumgekurvt waren, sahen wir einen Obsthändler am Straßenrand. Er war ein kleiner alter Mann, der unter einem Baum auf einem klapprigen, hölzernen zweirädrigen Anhänger saß; vor ihm stand in eine Deichsel eingespannt ein mageres, schmutzig weißes Pferd. Sein Angebot bestand – wie ich beim Aussteigen feststellte – ausschließlich aus grünen Bananen.

»*Hola*«, rief ich ihm zu. »Können Sie mir bitte sagen, wie wir zur Autobahn Richtung Santiago kommen?«

Der Mann antwortete lebhaft gestikulierend, aber was er sagte, konnte ich nicht verstehen. Was vor allem daran lag, dass er bis auf drei große gelbe Eckzähne kein Gebiss mehr im Mund hatte. Als ich fragend mit den Schultern zuckte, zeigte er immer wieder auf die nächste Straßenecke. Dann reichte er mir ein Bündel Bananen, die ich dankend annahm. Womöglich würde es noch länger dauern, bis wir den Weg nach Santiago gefunden hatten. Da konnte es nicht schaden, etwas Essbares dabeizuhaben. (Und bis wir in Santiago ankamen, waren die Bananen vermutlich auch reif.) Ich gab ihm einen Geldschein und winkte ab, als er mir ein paar Münzen zurückgeben wollte. Weder er noch sein Pferd sahen so aus, als liefen die Geschäfte besonders gut.

Weil sonst niemand auf der Straße zu sehen war, fuhren wir weiter. Vielleicht fanden wir ja an der nächsten Kreuzung tatsächlich einen Hinweis auf die Autobahn. Und das war auch in gewisser Weise der Fall, wie wir beim Näherkommen feststellten, denn da war immerhin eine kleine Tankstelle. Zwar war unser Tank noch voll (sofern die Anzeige nicht genauso kaputt war wie die Uhr), aber hier würden wir sicherlich jemanden finden, der uns weiterhelfen konnte.

Zwei junge Frauen saßen neben der Zapfsäule auf einem Mäuerchen, eine hatte ein Handy auf dem Schoß, jede von ihnen einen verkabelten Stöpsel in einem Ohr. Sie hatten die Beine übereinandergeschlagen und wippten mit ihren Flipflops im Takt der Musik, die sie offenbar hörten, trugen enge kurze Röcke, knappe bauchfreie T-Shirts, jede Menge bunte Ketten um den Hals und machten insgesamt den Eindruck, als hätten sie mehr als drei Zähne im Mund. Als wir in die Tankstelle einfuhren, winkten sie und sprangen auf.

»*A dónde van?* Wohin fahrt ihr?«, rief die eine. »Könnt ihr uns mitnehmen?«

»Tramperinnen! Die schickt der Himmel!« Hanna klatschte vor Erleichterung in die Hände und sagte zu den beiden: »Wir haben uns völlig verfahren. Wir wollen nach Santiago de Cuba. Ist das eure Richtung?«

Die Mädchen sahen sich kurz an, murmelten einander ein paar Worte zu, dann nickten sie.

»*Sí. Muy bien.* Das passt wunderbar. Wir zeigen euch den Weg.«

Hanna und ich stiegen aus, um die Mädchen auf die Rückbank klettern zu lassen. Was schwierig war, weil da ja mein Koffer stand. Aber die beiden nahmen den Koffer einfach auf den Schoß und meinten, das sei so in Ordnung, sie hätten schon wesentlich unbequemer gesessen.

Manche Menschen in Kuba waren ja wirklich sehr anständig und hilfsbereit. Ich beschloss, meine schlechte Meinung über die schlitzohrigen Kubaner noch einmal zu überdenken, zumal sich die beiden sehr freundlich als Amanda und Cristina vorstellten.

Wir fuhren los – und nachdem Amanda ein paarmal »Jetzt links, jetzt rechts, jetzt geradeaus« gesagt hatte, tauchte tatsächlich ein Schild mit der Aufschrift »*Autopista*« vor uns auf. Es stand zwar nichts von Santiago darauf. Aber diese Stadt war ja auch sehr weit weg, und unsere Mitfahrerinnen würden sich schon auskennen.

Bei der *Autopista* handelte es sich nur im weitesten Sinne um eine Autobahn nach unserem Verständnis. Der Begriff »Piste« beschrieb die Sache einigermaßen treffend. Das Einzige, was sie mit einer herkömmlichen Autobahn gemein hatte, waren die beiden Fahrspuren auf jeder Seite. Ansonsten gab es wie auf jeder anderen kubanischen Straße Krater im Asphalt (sofern überhaupt Asphalt zum Einsatz gekommen war) und allerlei Verkehrsteilnehmer, die man hier nicht erwartet hätte: Spaziergänger, Hunde, Fahrradfahrer, Pferdegespanne, Ochsenkarren. Gelegentlich kam uns eines dieser Fahrzeuge sogar auf derselben Seite entgegen. Beim ersten Mal schrie ich noch entsetzt auf und schwenkte erschrocken nach rechts, beim zweiten Mal erschrak ich nur noch ein kleines bisschen, danach zuckte ich nicht einmal mehr mit der Wimper. Zum Glück waren außer uns nur vereinzelt andere Autos unterwegs, und wegen der vielen Schlaglöcher konnte man sowieso kaum schneller als sechzig Stundenkilometer fahren. Ab und zu gab es auch Wendestellen auf der Autobahn, an denen man bequem über den Grünstreifen links abbiegen konnte, wenn man wollte.

Im Schatten von Brücken warteten öfter mal Gruppen von Menschen auf eine Mitfahrgelegenheit. Manchmal sprangen sie direkt vor uns auf die Fahrbahn und winkten, worauf ich erschrocken bremste. Aber ich hielt nicht an, wir hatten ja schon zwei davon an Bord.

Einmal überquerten wir sogar einen Zebrastreifen. Auf der Autobahn!

»Die Kubaner haben ja die Ruhe weg.« Hanna lachte und hielt sich schon wieder die Kamera vors Gesicht. »Das muss ich fotografieren. Das ist wirklich zu lustig ...«

Ich fand es ja eher lebensgefährlich. Aber ich sagte nichts, um ihre gute Laune nicht zu stören.

Unterdessen hielten mich unsere beiden Anhalterinnen in munterem Spanisch auf Trab. Woher wir denn kämen. Ob es in Deutschland auch Palmen gebe. Wie lange unsere Reise nach Kuba gedauert habe. Ob es wahr sei, dass man auf den Autobahnen in Deutschland so schnell fahren dürfe, wie man wolle. Wie uns Kuba gefalle. Ich konnte gar nicht so schnell antworten, wie Amanda und Cristina ihre Fragen stellten. Aber sie erzählten auch von sich. Sie waren gerade unterwegs zu einer Tabakfarm, wo sie in dieser Woche arbeiteten. Leider hatte der Bus, mit dem sie sonst fuhren, eine Motorpanne gehabt, ein Ersatzfahrzeug gab es nicht, und deshalb hatten sie sich nach einer alternativen Mitfahrgelegenheit umgesehen.

»Möchtet ihr euch die Tabakfarm ansehen?«, fragte Cristina. »Wir können euch einen Besuch organisieren. Ihr könnt zuschauen, wie Zigarren gemacht werden. Es ist sehr interessant.«

Ich wäre ja lieber sofort nach Santiago weitergefahren, aber Hanna fand das natürlich wieder eine großartige Idee.

»Aber gern, wenn die Farm schon auf unserer Route liegt. Ich möchte so viel wie möglich von Kuba kennenlernen, damit ich verstehe, was das für ein Land ist, für das Julius seine Heimat verlassen hat. Und wann in meinem Leben werde ich wieder die Gelegenheit haben, eine Tabakfarm zu besuchen!«

Weil es offenbar kein großer Umweg war, hatte ich keine Einwände.

Wir fuhren und fuhren, und nirgendwo tauchte ein Schild nach Santiago auf. Havanna hatten wir längst hinter uns gelassen. Rechts und links der Autobahn wuchsen Palmen und wildes Gestrüpp. Als mein Blick auf den Schatten einer langen Palme fiel, wurde ich stutzig. Von Havanna aus gesehen lag Santiago im Osten. Wenn wir in diese Richtung fuhren, musste die frühe Nachmittagssonne von rechts hinten kommen. Die Sonne kam aber direkt von vorne. Wir fuhren nicht nach Osten, sondern nach Südwesten. Ich wartete eine Weile, ob die Autobahn vielleicht gerade einen großen Bogen machte, aber der Schatten blieb, wo er war: auf der falschen Seite.

»Seid ihr euch sicher, dass wir auf dem Weg nach Santiago sind?«, rief ich. »Wir fahren ja in die völlig falsche Richtung! Hier geht's eher nach Süden und nicht nach Osten.«

»Ja, ja«, sagte Amanda und lächelte mich über den Rückspiegel an. »*Sí, claro.* Santiago de Cuba. Bald. Wir fahren nur einen ganz kleinen Umweg. Ist kein Problem. Ihr wolltet doch die Tabakfarm besuchen.«

»*Ihr* wollt die Tabakfarm besuchen«, schimpfte ich. »Wir wollen vor allem nach Santiago. Wo sind wir hier eigentlich?«

»Auf dem Weg nach Viñales«, erklärte Hanna, die inzwischen ihren Reiseführer aus der Tasche gezogen und die kleine Übersichtskarte von Kuba aufgeschlagen hatte. »Auf der Autobahn, die von Havanna Richtung Süden fährt, geht es in die Region Kubas, in der der beste Tabak der Welt angebaut wird. Nach Santiago hätten wir eine andere Autobahn nehmen müssen. Die *Carretera Central*.«

Am liebsten hätte ich die beiden Mädchen sofort aus dem Wagen geworfen. Ohne anzuhalten. Bei voller Fahrt, mitten auf der Autobahn. Was für eine Frechheit, sich von uns einfach ganz woandershin fahren zu lassen! Wie unverschämt! Als wäre ich ihr persönlicher Bringdienst. Ich war so sauer. Ich konnte es nicht fassen, dass uns auch diese beiden netten Kubanerinnen an der Nase herumgeführt hatten. Schon wieder! Ab jetzt würde ich wirklich niemandem auf dieser bescheuerten Insel auch nur ein Wort glauben.

Aber weil Amanda und Cristina versicherten, dass wir jetzt bald am Ziel seien (an ihrem Ziel!), fuhr ich weiter. Außerdem sagte Hanna: »Jetzt sind wir schon so weit gefahren, da möchte ich mir die Tabakfarm unbedingt ansehen. Im Übrigen steht hier im Reiseführer: ›Das Tal von Viñales ist ein Muss für jeden Kuba-Besucher. Die Landschaft ist paradiesisch.‹ Das klingt doch wundervoll. Ich würde sehr gerne das Paradies sehen, wenn ich schon so nah dran bin. Du etwa nicht, Katrin?«

»Das Paradies?«, entgegnete ich grimmig. »Pass auf, was du sagst, Hanna. Vergiss nicht, dass du unbedingt deinen Julius noch mal treffen möchtest, bevor du ins Paradies kommst…«

Hanna lächelte.

»Ach du liebe Zeit. So habe ich das natürlich nicht gemeint. Auch wenn ich schon eine alte Schachtel bin: Das echte Paradies kann gern noch ein paar Jahre warten.«

An der nächsten Ausfahrt fuhren wir von der Autobahn ab, und die Straße schlängelte sich tatsächlich durch eine ziemlich schöne Landschaft. Nach einer Weile tauchten erste Tabakfelder auf. In leuchtend roter Erde standen großblättrige dunkelgrüne Pflanzen in langen Reihen, dazwischen kleine Schuppen aus Holz und immer wieder hohe Palmen vor knallblauem Himmel. Am Horizont wölbten sich halbrunde sattgrün bewaldete Hügel. Hanna jauchzte vor Begeisterung.

»Genauso stelle ich mir den Garten Eden vor. Himmlisch! Ich bin so froh, dass wir diesen kleinen Umweg genommen haben. Was für eine traumhafte Landschaft.«

»Im Grunde sind es auch nur Blätter, Baumstämme, Gras und Erde, was wir hier sehen«, erklärte ich bockig, weil ich mich immer noch über die Frechheit unserer Mitfahrerinnen ärgerte. »Auch wenn ich zugeben muss, dass die Farbzusammenstellung und die Anordnung der botanischen und geologischen Einzelteile hier ziemlich gut gelungen sind.«

»Komm mir jetzt bloß nicht wieder mit Physik!«, sagte Hanna lachend, die natürlich schon längst wieder fotografierte.

Ab und zu tauchten schuhschachtelförmige bunte Häuschen am Straßenrand auf, verbunden durch Stromleitungen, die von Mast zu Mast hoch oben in der Luft schaukelten. Auf einem roten Acker stapfte ein Bauer mit riesigem Strohhut auf dem Kopf hinter einem hölzernen Pflug her, der von zwei knochigen weißen Ochsen gezogen wurde. Vielleicht hätte es mir hier tatsächlich gefallen, wenn wir uns nicht am völlig falschen Ende von Kuba befunden hätten.

Schließlich erreichten wir ein kleines Dorf. Unsere Mitfahrerinnen lotsen uns durch die wenigen Straßen des Ortes und wieder hinaus auf einen unbefestigten, holprigen Weg. Ich fragte mich gerade, wie lange die Stoßdämpfer unseres alten Autos auf dieser Straße noch mitmachen würden, als wir das breite Tor einer Finca erreichten. Darüber baumelte an einer rostigen Kette ein Holzschild: *Plantación de Tabaco*. Wir waren angekommen. Vielmehr: Die beiden Kubanerinnen waren angekommen. Hanna und ich waren von unserem eigentlichen Ziel weiter weg denn je …

16

Die Plantage bestand aus einem flachen, zitronengelb gestrichenen Haus und einigen hölzernen Schuppen, die inmitten großer Tabakfelder lagen. Hier und da waren zwischen den Pflanzen hüfthohe, quadratische Holzgestelle zu sehen. Darauf lagen nebeneinander mehrere Meter lange Holzstangen. Von der Sonne tiefbraun gebrannte Männer waren damit beschäftigt, büschelweise frisch gepflückte Tabakblätter über die Stangen zu hängen. Offenbar hatte die Ernte begonnen.

»Und wo können wir jetzt sehen, wie die Zigarren gerollt werden?«, fragte Hanna. Sie half den Mädchen beim Aussteigen und folgte ihnen zu dem gelben Haus. Ich blieb unschlüssig neben dem Auto stehen, als mein Handy einen Ton von sich gab. Es war eine SMS von Trixie.

»Ich hab dir eine Mail geschrieben«, stand da. Mehr nicht. Nicht mal ein Punkt dahinter. Ich ärgerte mich, dass Trixie sich ausgerechnet diesmal so kurz fasste, wo ich doch wirklich gern ein paar ausführliche Informationen über Max Mainberg gelesen hätte. Ich versuchte, mit meinem Handy meinen E-Mail-Account aufzurufen, aber es kam keine Internetverbindung zustande. Dieses Kuba konnte einen ja wirklich manchmal fuchsteufelswild machen.

»Möchtest du nicht mitkommen?«, fragte Hanna und blieb neben den beiden Mädchen an der Tür stehen, während ich auf mein Telefon starrte in der Hoffnung, dass doch noch irgendwann ein winziges Symbol auf dem Display auftauchte, das mir eine Kontaktaufnahme mit dem Rest der Welt ermöglichte. Aber da kam nichts. Nichts, bis auf den Hinweis: *Connection not possible*. Keine Verbindung.

»Nein, ich möchte lieber meine E-Mails lesen«, rief ich. »Komme ich hier irgendwie ins Internet?«

»Am Hauptplatz im Ort«, erklärte Amanda zu meiner Verblüffung. »Da ist WLAN.«

»WLAN?«, schrie ich begeistert. »Hier im Ort? Ich kann hier ins Internet?«

Ich klang ungefähr so wie eine Verdurstende, die nach einer sechswöchigen Wüstenwanderung endlich eine Wasserquelle entdeckt hatte.

Amanda kam auf mich zu und reichte mir eine kleine Karte aus Pappe. In großen Buchstaben stand ETECSA darauf, darunter war eine vielstellige Zahlen- und Ziffernkombination aufgedruckt.

»Hier«, sagte sie. »Die schenke ich Ihnen, zum Dank dafür, dass Sie uns mitgenommen haben. *Muchas gracias.* Es war so überaus freundlich von Ihnen, diesen kleinen Umweg zu fahren. Sehen Sie: Mit dieser Nummer können Sie sich ins WLAN einwählen. Dann haben Sie eine Stunde lang Internet.«

»Das ist ja großartig.« Für diese Information verzieh ich ihr beinahe, dass sie uns auf solch betrügerische Weise ans Ende der Welt gelotst hatte. Aber nur beinahe. »Und wo finde ich diesen Hauptplatz?«

»Einfach die Straße zurück, es ist der Platz neben der Kirche. Sie erkennen ihn an den Leuten, die da mit ihren Handys auf den Bänken sitzen.«

Das klang wie das Paradies.

»Sieh du dir in Ruhe die Tabakfarm an«, rief ich Hanna zu und stieg schon wieder ins Auto. »Ich fahr noch mal los und schau nach meinen E-Mails. Ich glaube, ich habe ein paar Informationen über diesen Max Mainberg bekommen.«

»Deine Mails kannst du auch später noch ansehen. Lass dir doch diese einmalige Gelegenheit hier in dieser wunderbaren ...«

Aber was Hanna sonst noch sagte, hörte ich nicht mehr. Denn da war ich schon wieder unterwegs. Etwas zügiger als bei der Hinfahrt fuhr ich die holprige Straße zurück. Der Koffer auf der Rückbank polterte bei jeder Bodenwelle gegen die Rücklehne meines Sitzes. Also ständig.

Ich fand das Ziel meiner Sehnsucht sofort. Neben der kleinen Kirche mit dem grün bedachten Glockenturm standen weiße, verschnörkelte Metallbänke im Karree, hier und da beschattet von einer Palme. Es war kein einziger Sitzplatz mehr frei. Auf allen Bänken, auch auf den Stufen zu einem kleinen Denkmal und zur Eingangstür der Kirche, saßen Menschen dicht an dicht. Zumeist waren es Touristen, zu erkennen an ihren kurzen Hosen und den praktischen Rucksäcken auf der Seite, aber auch ein paar Einheimische, die in gebeugter Körperhaltung reglos auf die Smartphones in ihren Händen starrten und ab und zu mit dem Finger über den Bildschirm wischten. Das Einzige, was sich auf dem Platz wirklich bewegte und Geräusche machte, war ein brauner Gockel, der mit bunt schillerndem Schwanzgefieder über die Betonplatten stolzierte und gelegentlich krähte.

Ich stellte den Wagen ab, lief in zwei Schritten eine kleine Treppe hinauf auf den Platz und blickte mich um. Weil sonst kein Sitzplatz frei war, setzte ich mich neben dem Stamm einer Palme auf den Boden. Dort zog ich mein Handy aus der Tasche und tippte so schnell ich konnte das Kennwort der Karte ein.

Connection not possible.

Wieso das denn? Ich fluchte leise. Hatte mich Amanda etwa schon wieder angeschwindelt? Wahrscheinlich war der Code auf der Karte längst abgelaufen! Ich versuchte es noch einmal, tippte etwas langsamer diesmal – und das Wunder geschah: Ganz allmählich erschienen drei Balken auf meinem Display. Verbunden! Ich hatte Internet! Am liebsten hätte ich geschrien vor Freude. Ich rief meinen E-Mail-Account auf, aber es dauerte, bis sich die Seite aufgebaut hatte. Ich verwünschte jeden Newsletter, den ich abonniert hatte, denn mein Postfach war zugemüllt mit Werbung. Ich musste eine Weile scrollen, bis ich zu Trixies Mail kam. Es dauerte und dauerte. Die Verbindung war schneckenlangsam, und ich hatte doch nur eine Stunde ...

Dann las ich endlich, was sie geschrieben hatte.

Liebe Katrin,
ich habe mehrere Mainbergs gefunden. Einen Mark und drei Maxe. Der eine Max Mainberg wohnt aber offenbar in Neuseeland, ist Schafzüchter und 67 Jahre alt. Das ist vermutlich nicht der Richtige. Ich habe dir die Infos, die ich von den übrigen drei Mainbergs im Internet gefunden habe, als Links angehängt. Fotos sind auch dabei. Schau doch mal, ob du den Deinen wiedererkennst. (Der eine ist ja ein hübsches Kerlchen ...) Liebe Grüße, viel Spaß weiterhin, und zank dich nicht mit der Baronin! Vergiss nicht, dass sie dich vielleicht adoptieren möchte. Dann wohnst

du bald in einem schicken Schloss, und ich komme dich jedes Wochenende besuchen.
Deine Trixie

Ich beschloss, mich bei Trixie später per SMS zu bedanken, um meine kostbare Internetzeit zu sparen. Ich klickte den ersten Link in ihrer Mail an und wartete darauf, dass sich die Seite aufbaute. Währenddessen spazierte der Gockel zu mir herüber und pickte ein paar Brotkrumen auf, die neben der Palme auf dem Boden lagen. Es waren ziemlich viele Krumen. Als er fertig war mit Essen, war die Seite komplett, und ich konnte sie endlich lesen.

Mark Mainberg war zweiundfünfzig Jahre alt, Bauingenieur aus Recklinghausen und suchte gerade eine neue Herausforderung im »Projektmanagement Hochbau«, wie ich seinem Stellengesuch entnahm, das er bei einer Internetjobbörse eingestellt hatte. Praktischerweise hatte er auch gleich ein Foto dazugestellt. Das war definitiv nicht Hemingway.

Ich schloss die Seite sofort und rief den nächsten Link auf. Max Mainberg der Erste. Seinem Facebookprofil nach war er siebzehn Jahre alt, Hobbybodybuilder mit einer Vorliebe für Bräunungsöl und Badehosenstrandfotos, auf denen er mit wechselnden Bikinimädchen zu sehen war. Auch dies war ganz sicher nicht der Mann, den ich suchte. Ich klickte die Seite weg und öffnete den nächsten Link. Es dauerte ein paar Minuten, weil so viele Fotos dabei waren.

Während ich wartete, kam der Gockel ein paarmal vorbei, um zu schauen, ob ich neue Brotkrumen für ihn hätte, was natürlich nicht der Fall war. Aber dann hatte ich keinen Blick mehr für den hungrigen Hahn, weil ich endlich sehen konnte, was Trixie mir über den zweiten Max Mainberg geschickt hatte. Ich schaute und las, und als ich fertig war, wusste ich, dass ich ein Problem hatte.

Es war ein Blog, ein Reiseblog, und das Porträtfoto, das ganz oben neben dem schwungvollen Schriftzug »Reisemax« auf der Seite prangte, ließ keinen Zweifel. Dieser Max Mainberg war der Mann, den ich suchte. Das Bild zeigte ihn mit breitem Grinsen an Bord eines Schiffes, die Sonnenbrille hoch auf den Kopf geschoben, das gelbe Notizbuch in der Hand. Hemingway.

Er war nach eigenen Angaben Journalist und Autor und reiste herum unter dem Motto »Mein Feld ist die Welt«, was in großen Lettern auf der Seite zu lesen war. Angeber, dachte ich. Nur weil du einen Reiseblog im Internet betreibst, bist du noch lange kein Journalist.

Mir stockte der Atem, als ich sah, was in kleineren Buchstaben unter der Titelzeile stand: »Im vorigen Jahr mit meiner Reportage aus Kambodscha nominiert für den Journalistenpreis Goldener Griffel.« Ich spürte, wie ich blass wurde. Nominiert für den Goldenen Griffel?! So gut war der? Hemingway, dieser dauergrinsende Typ mit dem schwindenden Haaransatz und dem abgegriffenen Notizbuch war ein ernsthafter Kollege – und sollte erfolgreicher sein als ich? Ich schluckte. Mit seiner Nominierung war er mir jedenfalls einen Schritt voraus. Mindestens. Gott sei Dank, dachte ich und unterdrückte einen Anfall mittelschweren Neides, hat er den Preis noch nicht gewonnen.

Mit einem flauen Gefühl im Magen sah ich mir seine Webseite näher an. Seinen Berichten nach war er tatsächlich schon weit herumgekommen in der Welt. Außer Kambodscha hatte er Namibia, Mexiko, Thailand, Kanada,

Brasilien und fast alle europäischen Staaten bereist, und zu jedem Land gab es eine ausführliche Dokumentation seiner Erlebnisse. Mich interessierte vor allem sein aktueller Reisebericht: Kuba. Er hatte sogar schon angefangen, über seine Kubareise zu bloggen! Verdammt, wie war der Mann so schnell ins Internet gekommen?

Der letzte Eintrag war erst ein paar Stunden alt. Das dazugehörige Foto zeigte ihn neben einer Reihe bunter Oldtimer vor dem Gouverneurspalast in Havanna. Als ich den dazugehörigen Text las, setzte bei mir umgehend ein ungesundes Herzrasen ein.

Heute verlasse ich das schöne Havanna Richtung Osten. Es geht nach Santiago de Cuba. Dank eines freundlichen alten Herrn habe ich einen Tipp erhalten, wo und wie ich den Taxifahrer Julio finden kann. Nun brauche ich nur noch einen Wagen, und schon geht sie los, meine Fahrt quer durch dieses bezaubernde Land auf der Suche nach dem Mann, der das Ziel meiner Reise ist. Ich werde berichten!

Ich fluchte innerlich. Den Tipp des freundlichen alten Herrn hatte dieser Max Mainberg eindeutig Hanna und mir zu verdanken. Weil er uns im *Café Paris* belauscht hatte. Aber was um Himmels willen wollte er von Julius? Ich scrollte über die Seite, klickte den ersten Eintrag seiner Kubareise an – und erstarrte.

28. Februar. Morgen geht es nach Kuba! Ein einzigartiges, ein spannendes Land, in dem derzeit viel passiert. Wie erleben die Menschen dort den Umbruch und die Wiederan-

näherung an den Westen? Was denken sie nach fast sechzig Jahren über die Revolution? All das werde ich in den kommenden Wochen herausfinden. Ich werde historische Städte besuchen und mit den Menschen reden. Dabei interessiert mich ein Mensch ganz besonders: der Taxifahrer Julio aus Deutschland, dessen Foto ich vor einigen Wochen in einer Zeitschrift entdeckt habe und der mich sofort fasziniert hat – ein ehemaliger Revolutionskämpfer, der jetzt Touristen durchs Land kutschiert. Ich möchte wissen, was für ein Mensch er ist. Was hat er alles erlebt, wie ist er nach Kuba gekommen? Welche Träume hatte er in seiner Jugend? Welche Leidenschaft hat ihn damals angetrieben, und was wünscht er sich jetzt als alter Mann? Ich bin mir sicher, Julio hatte ein unglaublich spannendes Leben – und ich werde ihn kennenlernen. Jedenfalls werde ich alles dafür tun.

Mein Rucksack ist gepackt, das Flugticket liegt bereit. Begleiten Sie mich auf der wichtigsten Reise meines Lebens. Am Ende wird sie mir – hoffentlich – das ganz große Los bringen. Diesmal klappt es bestimmt wirklich. Drücken Sie mir die Daumen! Sie hören von mir!

Ich schaltete mein Handy aus, obwohl ich noch mindestens zwanzig Minuten Internetzeit hatte. So schockiert war ich. Das Blut rauschte in meinen Ohren wie die Niagarafälle bei Hochwasser. *Welche Leidenschaft hat ihn damals angetrieben?* Das konnte ja wohl nicht wahr sein! Dieser Max Mainberg wollte auch eine Reportage über Julius schreiben und sich damit um den Goldenen Griffel bewerben. Diesmal war er sich ganz sicher, dass er gewinnen würde. Ich schluckte. Ich hatte einen Konkurrenten. Und was für einen! Einen, der immerhin schon mal für den Preis nominiert gewesen war. Und weil Hanna und ich von den beiden frechen Mädchen auf diese vermaledeite Tabakplantage ans Ende der Welt verschleppt worden waren, hatte er einen riesigen Vorsprung auf dem Weg nach Santiago. Vermutlich würde er diesen Julio-Julius vor uns finden und mit ihm reden und ihm einschärfen, mit niemandem sonst auf der Welt ein Interview zu führen, damit er ungestört seine exklusive Reportage für die Bewerbung fertig machen konnte ...

Ich stöhnte leise und steckte das Handy in die Tasche.

17

Als ich zurück zur Tabakplantage kam, fand ich Hanna mit einem Mojito in der einen und einer qualmenden Zigarre in der anderen Hand in einem Korbstuhl auf der Terrasse hinter dem zitronengelben Haus.

»Es ist himmlisch hier«, begrüßte sie mich, »so still und friedlich. Die Leute sind unglaublich nett. Und ich weiß jetzt alles über Zigarren. Es war eine hochinteressante Führung. Ich durfte sogar selbst versuchen, eine Zigarre zu drehen. Aber ich habe nicht mehr als eine unförmige Blätterwurst zustande gebracht. Gar nicht so einfach, das Ganze. Wusstest du übrigens, dass es bis zu sieben Monate dauert von der Aussaat bis zum fertigen Tabakblatt, das verarbeitet werden kann? Und dass es fünfundsiebzig Arten von Tabak gibt, aber nur zwei davon für die Zigarrenproduktion geeignet sind?«

»Nein, ich hatte noch keine Gelegenheit, bei Wikipedia nachzusehen«, knurrte ich schlecht gelaunt. »Aber was ich weiß, ist, dass Raucher besonders gefährdet sind, an Lungenkrebs zu erkranken!«

Hanna verzog das Gesicht.

»Nun sei doch bitte keine Spaßverderberin, liebe Katrin. Ich werde bald achtzig. Vermutlich habe ich sowieso nicht mehr viele Jahre zu leben, da darf ich mir ja wohl noch mal in Ruhe eine Zigarre gönnen. Im Übrigen rauche ich nicht, ich genieße sie. Das ist ein himmelweiter Unterschied.« Sie ließ ein Stück Asche in einen Aschenbecher fallen, der vor ihr auf dem Tisch stand, und rollte die Zigarre zwischen ihren Fingern. »Das hier ist eine Cohiba. Es soll die beste Zigarre der Welt sein. Ich habe noch nicht viele Vergleichsmöglichkeiten, aber es macht wirklich Spaß, dieses Ding hier ...«

»Wieso machst du es dir hier eigentlich so gemütlich?« Ich ließ mich ermattet auf den anderen Korbstuhl fallen. »Wir wollen nach Santiago. Wir müssen uns beeilen. Du ahnst nicht, was ich über Max Mainberg herausgefunden habe!«

Hanna zuckte mit den Schultern und nippte seelenruhig an ihrem Glas.

»Was interessierst du dich denn so sehr für diesen Max Mainberg? Nach Santiago schaffen wir es heute sowieso nicht mehr. Das ist viel zu weit.«

»Ja, aber ...«

»Wir können hier übernachten. Ich habe das schon geklärt. Sie haben Gästezimmer auf der Plantage, und Abendessen gibt es auch. Was hältst du davon: Wir machen uns einen schönen Abend hier und starten gleich morgen früh Richtung Santiago. Und wir nehmen auch garantiert keine Anhalter mit. Dann besteht nicht wieder die Gefahr, dass wir irgendwo landen, wo wir gar nicht hinwollen. Obwohl es hier wunderschön ist, findest du nicht auch? – Ach, Katrin!« Sie plauderte weiter, ohne meine Antwort abzuwarten. »Ich bin so lange nicht mehr verreist. Früher, als Viktor und ich noch jünger waren, da war das anders. Wir sind viel unterwegs gewesen. Als Ingenieur hat er öfter im Ausland gearbeitet, und ich habe ihn gern begleitet. Ich liebte das – fremde Kulturen und fremde Menschen kennenzulernen. Wir hatten eine schöne Zeit. Aber irgendwann wurde es Viktor zu viel, er mochte nicht mehr so weit fliegen. Er war ja einiges älter als ich. Und seit er vor ein paar Jahren krank wurde, bin ich gar nicht mehr von zu Hause weggekommen. Nicht mal mehr für einen Wochenendausflug in die Berge. Jetzt, wo ich hier bin, fällt mir erst auf, wie sehr ich das Reisen vermisst habe. Ich genieße es, dass jeden Tag etwas Neues passiert, dass wir mit so vielen netten Leuten ins Gespräch kommen und diese großartige Natur erleben dürfen. Wir hätten wirklich einen fantastischen Teil von Kuba verpasst, wenn wir hier nicht hingefahren wären.«

Sie ließ den Blick über die Landschaft wandern, die sich vor unseren Augen ausbreitete. Ein kleiner Plattenweg führte von der Terrasse hinunter über ein Stück Wiese an einem der strohgedeckten Häuser vorbei bis hin zu den Tabakfeldern. Die Sonne schien, der Himmel war blau und wolkenlos. Ein geierartiger Vogel drehte weit oben seine Runden.

»Ja, es ist wunderschön hier, aber wir wollen doch kein Sightseeing machen in Kuba. Wir müssen diesen Julius finden, und zwar schnell. Dieser Max Mainberg will nämlich auch …«

Ich unterbrach mich. Dass dieser Mann mein direkter Konkurrent im Kampf um die beste Kuba-Geschichte war, brauchte Hanna nicht zu erfahren. Denn sie wusste ja gar nicht, dass ich sie eigentlich nur aus dem einen Grund begleitete: um endlich den Goldenen Griffel zu gewinnen und allen zu zeigen, dass ich die tollste Journalistin der Welt war.

»Genieß doch einfach mal für einen Moment diese Aussicht!« Hanna reichte mir die halb aufgerauchte Zigarre. »Und diese Cohiba. Probier mal! Danach bist du bestimmt etwas entspannter. Wenn wir Julius heute nicht mehr treffen, dann treffen wir ihn eben morgen. Auf einen Tag kommt es mir jetzt auch nicht mehr an, wo ich ihn fast sechzig Jahre lang nicht gesehen habe. Vorfreude ist bekanntlich die schönste Freude, nicht wahr?« Sie zögerte kurz. »Wer weiß, womöglich sitzt er ja gerade mit seiner netten kubanischen Frau, seinen sieben Kindern und fünfzehn Enkeln am Abendbrottisch und hat alle Erinnerungen an mich aus seinen Gedanken verbannt ... Aber nein. Das kann nicht sein. Dann hätte er sich doch sicher das Tattoo entfernen lassen. Meinst du nicht auch?«

Ich nickte. In einem Anfall von Erschöpfung nahm ich Hanna die Zigarre ab.

»So ist es gut!«, sagte sie noch, während ich einen tiefen Zug nahm – und mich augenblicklich ein heftiger Hustenanfall schüttelte. Als hätte mir jemand eine Schaufel glühende Grillkohle in die Lunge gesteckt.

»Wie furchtbar ist das denn?«, krächzte ich, als ich wieder Luft bekam. »Wie kann man diese Dinger freiwillig ...«

»Du darfst doch den Qualm nicht inhalieren!« Hanna nahm mir die Zigarre wieder ab. Sie schüttelte tadelnd den Kopf. »Nur ganz gemütlich paffen. Ein bisschen rauchigen Geschmack im Mund haben ... So ...«

Sie zog an der Zigarre und pustete ein paar schiefe Qualmringe in die Luft.

»Teufelszeug«, murrte ich. »Ich glaube, mir wird schlecht.«

»Von einem einzigen Zug an der Cohiba?« Hanna lachte und nippte wieder an ihrem Mojito. »Das liegt nur daran, dass du nicht gewohnt bist, etwas zu genießen, meine Liebe.«

Warte es nur ab, dachte ich, wie sehr ich es genießen

werde, wenn ich demnächst den Goldenen Griffel in der Hand halte.

Ich musste nur diesem Max Mainberg zuvorkommen.

Aber leider war ich erst einmal dazu verdammt, meine kostbare Zeit zu vertrödeln, indem ich sinnlos und unproduktiv in einem Schaukelstuhl herumwippte und einen kubanischen Nachmittag betrachtete, der sich allmählich in einen frühen Abend verwandelte.

»Bist du nervös?«, fragte Hanna.

»Wieso?«

»Du zappelst die ganze Zeit mit dem Fuß.«

»Tatsächlich? Habe ich gar nicht bemerkt. Ich befürchte, ich kann es nicht leiden, untätig irgendwo herumzusitzen.«

»Wir sitzen gar nicht untätig herum.«

»Nicht? Aber wir machen doch gar nichts.«

»Oh doch. Ich mache ganz viel. Ich bin damit beschäftigt, mir die schöne Landschaft anzusehen. Siehst du diesen zauberhaften goldenen Schimmer auf den Tabakfeldern und auf den Bergen am Horizont? Und die Stromleitungen da hinten, wie silbrig die glänzen, wie Spinnweben. Ich liebe dieses milde Licht, kurz bevor die Sonne untergeht. Genau dafür wurde das Wort ›Naturschauspiel‹ erfunden! Ich komme mir vor wie in einem Theater. Ich sitze auf einem Logenplatz, und auf der Bühne wird das Stück ›Abendstimmung im Tal von Viñales‹ gegeben. Der erste Akt gefällt mir schon mal ausgezeichnet. Ich würde nachher gerne applaudieren, damit wir eine Zugabe bekommen.«

Ich seufzte leise. Da war sie wieder, Hannas Meise. Aber ich hatte ja schon öfter bemerkt, dass sie bisweilen zu übertriebener Euphorie neigte. Besonders wenn Sonnenuntergänge im Spiel waren.

»Ich weiß, dass es für alles, was da gerade am Himmel passiert, eine naturwissenschaftliche Erklärung gibt«, fuhr sie fort, als ahnte sie, welche Bemerkung mir auf der Zunge lag. »Aber das hält mich nicht davon ab, den Zauber dieses Abends zu genießen.«

Am stahlblauen Himmel waren ein paar Wolkenbänder aufgezogen, die sich mit sinkendem Sonnenstand in ein Farbenmeer aus allen erdenklichen Rot-, Rosa-, Orange- und Lilatönen verwandelten, als wäre irgendwo hinter den kugeligen Hügeln in der Ferne ein gewaltiges Feuer ausgebrochen, das sich immer weiter ausbreitete. Schließlich verschwand die Sonne wie in einem jähen Sturz hinter Palmen, Gebüsch und Bergen, am Horizont einen leuchtenden Streifen hinterlassend.

Ich zwang mich dazu, mit dem Fußwippen aufzuhören, und stellte mir vor, wie es wäre, wenn ich es nicht eilig hätte. Wenn ich eine normale Touristin wäre, die eine zweiwöchige Kubarundreise gebucht hätte und heute den Programmpunkt »Gemütlicher Abend auf einer kubanischen Tabakfarm« erleben würde. Vielleicht würde ich dieses flammende Himmelsspektakel dann wirklich genießen können. Vielleicht würde ich es auch schön finden, einfach so herumzusitzen, in meinem Stuhl zu schaukeln und nur zu gucken und zu träumen und den honigschweren Duft der großen weißen Blüten des Trompetenbaums einzuatmen, der vor dem Haus stand. Vielleicht. Aber ich war nun mal keine Pauschaltouristin. Ich hatte einen Job zu erledigen. Ich musste meinen guten Ruf bei Hello-TV wiederherstellen.

Die Erinnerung an meinen Rauswurf beim »Spaziergang« erfasste mich plötzlich mit unerwartet heftiger Traurigkeit.

Früher hatte ich im Urlaub immer gerne an meine Arbeit gedacht und mich jeden Tag darauf gefreut, zurück ins Büro zu gehen oder zu meinen Interviews zu fahren, an welchem tollen Strand oder schicken Hotelpool ich mich auch befand. Meine Arbeit war mein Leben gewesen. Und jetzt? Sosehr mich Trixie auch dabei unterstützte, halbwegs spannende Themen für das »Kaleidoskop« auszugraben: Ich verspürte nicht das geringste Verlangen, mich in Studio fünf auf den großen roten Ohrensessel zu setzen und meine wohlsortierten Moderationskärtchen abzulesen. Auf einmal vermisste ich all das, was ich am »Spaziergang« geliebt hatte, so sehr, dass es mir beinahe Bauchschmerzen machte.

Ich würde alles tun, um meine Sendung wiederzubekommen. Ich würde dafür kämpfen. Und die erste Schlacht bestand darin, mein Interview mit dem ehemaligen Revolutionär zu führen und damit – jawohl, verdammt noch mal – besser zu sein als Max Mainberg und den Goldenen Griffel zu gewinnen. Am liebsten wäre ich sofort aufgesprungen und zu Fuß nach Santiago gelaufen. Aber das war natürlich Unsinn. Ich konnte nichts tun. Ich musste bis morgen früh warten, untätig in meinem quietschenden Korbstuhl sitzen und zuschauen, wie der Sonnenstreifen am Horizont schmaler und schmaler wurde.

»Wenn es dir sehr langweilig ist, kannst du gern ein paar Fotos machen.«

Hanna reichte mir ihre Kamera. Ich nahm sie ihr ab. Ich war sehr erleichtert, endlich mit dem Nichtstun aufhören zu können, und knipste, bis der Himmel stockschwarz war.

Wir brachen am nächsten Morgen in aller Frühe und nach einem schnellen, bitteren Kaffee auf. Ich hätte die beiden

Mädchen, denen wir diesen überflüssigen Abstecher hierher zu verdanken hatten, gerne noch einmal getroffen, um ihnen gehörig meine Meinung zu sagen, aber sie tauchten nicht mehr auf. Sie waren in den Schuppen der Zigarrenblattroller verschwunden und nicht mehr herausgekommen. Offenbar hatten sie Arbeitszeiten, die mit der Genfer Menschenrechtskonvention nur unzureichend vereinbar waren. Oder es gab in dem Schuppen auch Schlafkojen.

Stattdessen stand ein Reisebus im Hof, dem eine Gruppe munter plaudernder deutscher Urlauber entstieg. Begleitet von vielen Ahs und Ohs und den Klickgeräuschen etlicher Kameras begannen sie ihre Führung durch die Tabakplantage, wobei auch unser pinkfarbener Cadillac ein beliebtes Fotomotiv war, mit und ohne Hanna und ihrer überdimensionalen Schmetterlingssonnenbrille, die am Wagen lehnte, als wäre sie Audrey Hepburn persönlich, die auf Cary Grant wartet. (Audrey Hepburn in einer stark gealterten, weißhaarigen Version.) Während die Leute fotografierten und lachten (»Hier sieht es ja aus wie in Hollywood«, »Bekomme ich ein Autogramm von Ihnen? Hahaha!«), verhandelte ich mit dem Fahrer, damit er seinen Bus etwas zur Seite setzte und wir genug Platz hatten, um vom Hof zu fahren. Und dann konnten wir endlich los.

Am Abend zuvor hatte ich mir von unserem Gastgeber eine Straßenkarte von Kuba besorgt, die Hanna jetzt auf ihrem Schoß ausbreitete.

»Wir müssen den ganzen Weg nach Havanna zurück«, stellte sie fest. »Und von da auf die Autobahn Richtung Osten.«

»Ich weiß«, knurrte ich. »Wir haben einen kompletten Tag vergeudet durch diesen doofen Ausflug zur Tabakplantage.«

»Nein, Schätzchen, der Tag war nicht vergeudet. Wir haben eine bezaubernde Landschaft gesehen, und ich habe eine Menge über Tabak gelernt.«

»Und ich eine Menge über die Hinterlistigkeit von kubanischen Tramperinnen.«

»Nun sei doch nicht so nachtragend.«

»Doch.«

Ich hatte dieses Wort kaum ausgesprochen, als am Armaturenbrett ein rotes Lämpchen aufleuchtete.

»Mist. Der Tank ist leer.«

»Jetzt schon?«, staunte Hanna.

Ich nickte. »Vermutlich war er gar nicht voll. Ich schätze, die Anzeige hat überhaupt nichts mit der Füllhöhe des Tanks zu tun. Würde mich nicht wundern, bei diesem klapprigen alten Auto.«

»Oder das Ding hat ein Loch.«

Fest stand, dass wir tanken mussten. Ich hatte keine Ahnung, für wie viele Kilometer das Benzin noch ausreichte, und wollte es wirklich nicht riskieren, irgendwo im Niemandsland liegen zu bleiben. Glücklicherweise entdeckten wir am Ortseingang gleich eine Tankstelle, die ich erleichtert ansteuerte. Es gab sogar eine Zapfsäule für die Sorte *Especial*, die wir für unseren Cadillac brauchten. Das hatte uns der Autovermieter noch eingeschärft. Sonst ginge der Motor kaputt.

Ich hatte den Wagen gerade vor die Zapfsäule gerollt, als ein Mann aus dem Kassenhäuschen trat und den Kopf schüttelte.

»*No especial!*«, rief er uns zu, hob die Arme und wedelte ablehnend mit beiden Zeigefingern. »*No hoy!*«

»Heute kein *Especial*?«, fragte ich. »Wieso das denn nicht?«

Der Mann zuckte mit den Schultern. Der Tankwagen sei in dieser Woche nicht gekommen. Er warte schon seit ein paar Tagen darauf. Vielleicht gebe es in der nächsten Woche wieder Benzin. Aber er habe heute früh ein paar Kartons mit wunderbar duftender Seife geliefert bekommen, in Blumenform und in verschiedenen Farben. Wirklich etwas ganz Besonderes. »*Jabón de aroma delicioso* ...« Ob wir nicht hereinkommen und ein paar Stücke Seife kaufen wollten?

Nein, wollten wir nicht. Stöhnend legte ich den ersten Gang ein und fuhr los.

»Obwohl ...«, überlegte Hanna. »Vielleicht als Mitbringsel für Julius? Ich glaube, gute Seife ist nicht leicht zu bekommen auf Kuba.«

Aber da war ich schon längst wieder auf der Straße. Was sollte ich mit Seife, wenn ich Benzin brauchte! Kuba war ja wirklich komisch.

Am Ortsausgang fanden wir eine weitere Tankstelle. Wo wir allerdings auch kein *Especial* bekamen, weil die Benzinpumpe kaputt war, wie auf einem selbst geschriebenen Pappschild an der geschlossenen Tür des Kassenhäuschens zu lesen war. Daneben saß ein junges Pärchen auf den Stufen. Sie schrieb auf ihren Knien Postkarten, er schaute zu. Die beiden kamen ebenfalls aus Deutschland, wie sich herausstellte.

»Wir bleiben hier, bis jemand kommt, der die Benzinpumpe repariert«, erklärte die Frau, nachdem ich mich erkundigt hatte, was los war. »Wir können nicht weiterfahren. Wir haben keinen einzigen Tropfen Benzin mehr im Tank.«

Mit einem Nicken wies sie auf einen weißen Kleinwagen, der mit geöffneten Türen vor einer der Zapfsäulen stand.

»Angeblich ist schon jemand vom Service unterwegs«,

fügte ihr Begleiter hinzu. »Spätestens heute Nachmittag soll die Tankstelle wieder funktionieren, hat man uns gesagt ...«

»Oder allerspätestens morgen.«

»Können wir irgendetwas für Sie tun?«, fragte Hanna mitfühlend.

»Nein, danke«, antwortete die Frau und lächelte. »Das ist nett von Ihnen, aber wir haben etwas zum Lesen dabei.«

»Notfalls übernachten wir noch mal in unserer Casa. Die Leute waren sehr nett da.«

Die beiden waren vermutlich schon etwas länger in Kuba unterwegs und hatten sich an die hiesigen Gepflogenheiten gewöhnt. Eine kaputte Benzinpumpe und ein damit verbundener längerer Aufenthalt auf den Stufen eines Tankstellenkassenhäuschens konnten sie offenbar nicht aus der Ruhe bringen. Ich beneidete sie ein bisschen um ihre Gelassenheit. Aber sie befanden sich ja auch nicht im Wettrennen um die beste Kuba-Geschichte, sondern machten hier nur Ferien.

Wir wünschten ihnen noch einen schönen Urlaub und fuhren weiter, auf der Suche nach der nächsten Tankstelle. Endlich fanden wir eine im nächsten größeren Ort. Ich hatte schon Sorgen gehabt, dass wir liegen bleiben würden, weil wir nicht rechtzeitig *Especial* bekämen. Aber wir rollten glücklich an die Zapfsäule, die nicht nur das richtige Benzin vorrätig hatte, sondern auch eine funktionierende Pumpe – und wo es einen freundlichen Kubaner gab, der uns erklären konnte, wie wir den Verschluss der unerfreulich klemmenden Tankklappe aufbekamen. Ich war schweißnass, als wir endlich mit vollem Tank weiterfahren konnten.

»Nur noch eintausendfünfundvierzig Kilometer bis Santiago«, sagte Hanna, die sich wieder über unsere Straßenkarte gebeugt hatte. Ich hätte am liebsten vor Zorn ins Lenkrad gebissen. So weit weg war Santiago noch! Aber stattdessen trat ich das Gaspedal durch, dass hinter uns der Straßenschotter aufspritzte, und der Esel, den wir mitsamt seinem Karren gerade überholten, erschrocken einen kleinen Hopser einlegte.

»Entspann dich«, rief Hanna. »Wenn wir keinen Stau haben, schaffen wir es vielleicht bis morgen.«

»Bis morgen? Ich will die tausend Kilometer noch heute schaffen.«

Wir hatten keinen Stau. Wir hatten eine Reifenpanne.

Zwar kamen wir zunächst relativ gut voran und fanden die richtige Autobahnabzweigung Richtung Osten in Havanna nach nur wenigen Fehlversuchen, aber dann geschah es. Laut Tacho waren wir etwa dreihundert Kilometer gefahren, seit wir getankt hatten, als das Lenkrad unter meinen Händen plötzlich wie wild zu ruckeln begann. Gleichzeitig polterte hinten links etwas mit ohrenbetäubendem Krach gegen die Karosserie.

»Hilfe!«, schrie Hanna. »Was ist los?«

Ich konnte nicht antworten, denn ich war damit beschäftigt, unser Leben zu retten. Ich trat reflexartig die Bremse durch, worauf das Auto schaukelte und eierte und quietschte, und schließlich brachte ich es am Straßenrand zum Stehen.

»Herrschaftszeiten«, flüsterte Hanna und fasste sich mit der Hand an die Brust. »Ich dachte schon, ich sehe meinen Julius nie wieder.«

Erst jetzt begann mein Herz zu galoppieren. Ich bekam kaum noch Luft. Auf einmal war ich sehr froh, dass man auf den kubanischen Autobahnen nicht besonders schnell fahren konnte. Und dass so wenig andere Leute unterwegs waren.

Ich stieg aus dem Wagen und sah gleich, was das Problem war: Der linke hintere Reifen war nicht nur platt, sondern regelrecht zerfetzt. Ein Stück vom Gummi hatte sich gelöst und sah aus wie ein großer schwarzer Vogel, der unters Rad geraten war.

»Oje«, machte Hanna, die ebenfalls ausgestiegen war.

»Hatte uns die Frau vom Autoverleih nicht gewarnt, dass die Reifen des Wagens nicht mehr die besten seien?«, erinnerte ich mich laut. Im Grunde hieß das: Wie konnte ich Vollidiot es nur zulassen, dass wir uns mit dieser Schrottkarre auf den Weg gemacht hatten!

»Aber die anderen drei haben gehalten«, bemerkte Hanna.

Das war zwar korrekt, brachte uns jedoch nicht weiter. Ich holte Hannas Koffer aus dem Kofferraum und hob die Abdeckplatte auf, um den Ersatzreifen herauszuholen. Doch es lagen nur eine leere Bierflasche und ein dreckiger Putzlumpen darunter. Der Ersatzreifen hatte offenbar anderweitig Verwendung gefunden. Und einen Wagenheber gab es auch nicht.

»Mist!«, schimpfte ich. »Verdammter Mist! Was ist denn das hier für eine schlampige Ausstattung.«

Ich ließ die Platte fallen und stellte den Koffer wieder hinein. Dann zog ich mein Handy aus der Tasche.

»Hanna, schau mal bitte in den Unterlagen des Autovermieters nach. Da muss es doch irgendwo eine Telefonnummer für Notfälle geben.«

Aber noch bevor Hanna den Zettel aus ihrer Handtasche

gekramt und das richtige Blatt auseinandergefaltet hatte, wusste ich, dass Telefonieren keine Option war. Es gab keine Handyverbindung in diesem Teil Kubas. Ich lief vor und hinter dem Auto fünfzig Meter die Fahrbahn entlang, aber wohin ich mich auch bewegte, wie hoch ich mein Handy auch in die Luft reckte, der Hinweis auf dem Display blieb unverändert: Kein Netz. Natürlich nicht.

»Verdammt!«, schimpfte ich schon wieder. »So kommen wir nie mehr nach Santiago.«

Ich sah mich auf der Autobahn um, zwei menschenleere Fahrbahnen, asphaltgrau und schnurgerade bis zum Horizont, dazwischen und daneben kniehohes giftgrünes Gras, in dem ein paar Palmen wuchsen. Irgendwo in der Ferne machte ich ein paar Holzbaracken aus. Über uns wölbte sich der Himmel in makellosem Blau ohne das kleinste Fetzchen Wolke. Dass da oben gleich fünf Geier herumkurvten, hätte einen Menschen, der etwas furchtsamer war als ich, vermutlich beunruhigt. Aber ich wusste ja: Geier fraßen Aas – und von diesem Zustand waren Hanna und ich noch weit entfernt. Obwohl ... Ich runzelte unwillkürlich die Stirn. Die Temperatur betrug schätzungsweise fünfunddreißig Grad, und wir hatten nur noch eine halbe Flasche lauwarmes Wasser. Vielleicht waren diese kubanischen Geier einfach nur sehr schlau und vorausschauend.

»Unglaublich, wie leer so eine Autobahn sein kann«, stellte Hanna fest, während ich die Geier im Blick behielt. »Ich werde mich daran erinnern, wenn ich das nächste Mal bei Schneegestöber auf der A9 im Stau stehe ... Aber es wäre schön, wenn wir jetzt den ADAC rufen könnten. Oder sonst jemanden, der uns abschleppt.«

Das fand ich auch. Doch das Einzige, was sich auf der

Autobahn bewegte, war ein Radfahrer, der uns auf der falschen Fahrbahnseite gemütlich entgegenstrampelte. Er trug nichts als eine kurze rote Hose und einen breiten Strohhut, nicht einmal Sandalen. Auf seinem Gepäckträger transportierte er etwa einen Kubikmeter Reisig, das er mit groben Stricken zusammengeschnürt hatte.

»*Necesita ayuda?*«, fragte er und bremste. »Brauchen Sie Hilfe?«

Ich nickte. Er betrachtete das Auto vom Fahrrad aus.

»Der Reifen ist kaputt«, sagte er.

Ach was.

Ich erklärte ihm, dass der Ersatzreifen im Auto fehlte. Der Mann stellte sein Rad ab, lief einmal um den Cadillac herum und besah ihn von allen Seiten. Dann zog er eine Visitenkarte aus der Hosentasche.

Restaurante el perro colorido, stand darauf. *Der bunte Hund.* Nun ja, hoffentlich gab's den nicht auf der Speisekarte.

»Falls Sie hungrig werden«, erklärte der Mann und stieg wieder auf sein Rad. »Oder durstig. Das ist das Lokal meiner Familie. Es liegt gar nicht weit von hier. Gleich im nächsten Ort.«

Er sagte noch etwas, das ich nicht verstand (vermutlich den Namen eines zentralkubanischen Dorfes), dabei machte er eine ausholende Armbewegung und wies irgendwohin, jenseits der endlosen Weite auf der anderen Seite der Autobahn. »Die Wegbeschreibung zum Restaurant steht auf der Rückseite der Karte. Rufen Sie an. Dann schiebt meine Frau ein Hühnchen in den Ofen. Sie kocht wunderbar.«

Mit diesen Worten fuhr er wieder los. Sein heller Strohhut leuchtete noch lange im Sonnenschein, während er sich weiter und weiter entfernte.

»Hühnchen aus dem Ofen wäre jetzt toll.« Hanna ließ sich mit angewinkelten Beinen seitwärts auf dem Beifahrersitz nieder, die Füße auf der Karosserie des Wagens abgestellt. »Oder einfach nur eiskaltes Wasser.«

Ich reichte ihr die halb leere Mineralwasserflasche, aber nachdem sie einen Schluck getrunken hatte, schüttelte sie sich und sagte ganz unadelig: »Bäh. Das ist ja pisswarm.«

Ich starrte weiter auf die Autobahn, Ausschau haltend, ob von irgendwoher Hilfe in Sicht war. Ein alter Lastwagen kam auf der Gegenfahrbahn angezockelt. Er schepperte laut, und der Fahrer hupte und winkte aus dem offenen Fenster, während er an uns vorbeifuhr. Es folgten in beiden Fahrtrichtungen gelegentlich noch ein paar klapprige Autos, vereinzelt etwas besser in Schuss gehaltene Mietwagen (erkennbar an dem Buchstaben T wie Tourist auf den Nummernschildern), zwei Pferdekarren, ein paar knatternde Mopeds und ein schicker blau-weiß-roter Reisebus, deren Insassen uns alle mit großem Interesse betrachteten – aber niemand hielt an, um uns mit einem Ersatzreifen oder einem Abschleppwagen auszuhelfen, beziehungsweise mit kaltem Mineralwasser. Oder wenigstens mit ein paar tröstenden Worten.

»Vielleicht sollten wir doch versuchen, uns zum Bunten Hund durchzuschlagen«, schlug ich vor und betrachtete den diffusen Miniaturstraßenplan auf der Rückseite der Visitenkarte. »Bevor wir verdursten oder einen Hitzschlag bekommen.«

»Ich bekomme eher einen Hitzschlag, wenn ich mich vom Auto entferne«, erklärte Hanna und wedelte sich mit ihrem Reiseführer etwas Luft zu. »Hier haben wir wenigstens ein bisschen Schutz vor Schlangen. Und Schatten, wenn wir das Verdeck schließen. Irgendwann wird ja wohl jemand vorbeikommen, der uns helfen kann.«

»Vielleicht sollten wir mal winken«, fügte sie nach einer Weile hinzu. »Sonst hilft uns niemand. Die Leute auf der Autobahn denken wahrscheinlich, dass wir hier ein Picknick machen.«

»Gute Idee! Mit Trampern kennen sich die Kubaner ja aus.«

Dass Hannas »Wir sollten winken« im Grunde »Wink *du* doch bitte« heißen sollte, war mir natürlich klar. So kam es, dass ich mich zum ersten Mal in meinem Leben mit hoch gerecktem Daumen an den Straßenrand stellte und wildfremde Autofahrer angrinste.

Wir mussten gar nicht lange warten.

Ich sah das Auto schon aus der Ferne. Es war ein dunkelgrüner, zerbeulter Pick-up, der röhrend und rumpelnd näher kam und dabei schwarze Abgaswolken ausstieß. Auf seiner offenen Ladefläche transportierte er eine Schar fröhlich gackernder Hühner, nur spärlich gesichert durch ein Netz, das mehr oder weniger in Fetzen hing. Der Wagen fuhr erst an uns vorbei, verlangsamte dann sein Tempo, stoppte, rollte langsam zurück und – »Hanna, ich glaube, wir haben Glück« – hielt auf der Fahrbahn direkt neben dem Cadillac an. Alles mitten auf der Autobahn. Niemand hupte, niemand geriet in Panik, niemand alarmierte die Verkehrspolizei. Wer auch, es war ja sonst kaum jemand unterwegs, und die eine freie Fahrspur reichte für das bisschen Verkehr völlig aus.

Ein Mann, der ein wenig wie Antonio Banderas aussah, nachdem er seine verspiegelte Sonnenbrille hochgeschoben hatte, beugte sich vor und schaute durch das geöffnete Seitenfenster zu uns heraus.

»Tienen un problema?«, rief er uns zu, um dann selbst zu antworten: »Ah, ich sehe, der Reifen ist hin.«

Ich erklärte auch ihm das mit dem fehlenden Ersatzrad und dass wir eigentlich dringend nach Santiago müssten beziehungsweise vor allem erst einmal riesengroßen Durst, aber nur noch ein paar Schlucke pisswarmes Mineralwasser hätten. (Wobei ich nicht wusste, was »pisswarm« auf Spanisch heißt, und deshalb die etwas vornehmere Variante wählte: *muy calido.* Sehr warm.)

Antonio Banderas stieg aus dem Pick-up und betrachtete den Reifenschaden aus der Nähe. Er trug eine eingerissene Jeans zu ausgelatschten Turnschuhen und ein ausgeblichenes, ehemals vermutlich dunkelblaues T-Shirt mit tiefem V-Ausschnitt, der einen nicht unmuskulösen Oberkörper erahnen ließ. Er ging in die Knie, beklopfte den ruinierten Reifen von allen Seiten und erhob sich kopfschüttelnd.

Ohne Worte nahm er meinen Koffer von der Rückbank des Cadillacs, trug ihn zu seinem Wagen, schob das Netz zur Seite und hob ihn auf die Ladefläche, wo er ihn zwischen den erschrocken aufgackernden Hühnern abstellte.

»Hey!«, schrie ich. »Was machen Sie da? Was haben Sie mit meinem Koffer vor?« Dass die Leute hier einen ständig übers Ohr hauen wollten, hatte ich ja schon durch unseren Taxifahrer und die beiden Tramperinnen erfahren, aber dass dieser Kerl am helllichten Tag so einfach meinen Koffer klauen wollte, das schlug dem Fass ja wohl den Boden aus.

»Sind Sie denn überhaupt kein Gentleman?«, empörte sich jetzt auch Hanna, die – aller Angst vor Schlagen zum Trotz – vom Beifahrersitz aufgestanden und um das Auto zu uns herumgekommen war. »Sie werden doch zwei in Not geratene Ladys nicht bestehlen, junger Mann!«

»Geben Sie mir sofort meinen Koffer zurück!«, brüllte ich unter Missachtung jedweder Höflichkeitsfloskeln. »Aber schnell. Oder ich rufe die Polizei.«

Allerdings hatte ich nicht die geringste Ahnung, wie ich Letzteres anstellen sollte. Und bis hier in dieser verdammten Einöde zufälligerweise mal irgendwann ein Streifenwagen auftauchte, würde Antonio-»der-Dieb«-Banderas schon längst am Horizont verschwunden sein.

Der Mann hatte es mit seiner Flucht nicht besonders eilig. Er sah mich mit sehr großen, sehr dunklen Augen an, erst verwirrt, dann begann er zu grinsen.

»*No robar*«, sagte er. »Nicht stehlen. Ich bringe Sie in Sicherheit. Ich fahre Sie zu meiner Mutter, da bekommen Sie etwas zu trinken und zu essen. Dann hole ich Ihr Auto ab und lasse den Wagen reparieren. Sie können solange in unserer Casa wohnen. Wir haben ein schönes Gästezimmer mit wunderbarem Blick aufs Meer. Casa Caribe. Es wird Ihnen gefallen. Und wenn der Reifen repariert ist, dann fahren Sie mit Ihrem schönen rosaroten Auto weiter nach Santiago.«

»Oh«, jubelte Hanna, die natürlich sofort wieder versöhnt war mit der Welt – und mit diesem Mann im Besonderen. Sie schlug lachend die Hände zusammen. »Da haben wir Sie ja gründlich missverstanden, Señor. Was für eine großartige Idee. Vielen Dank! Ach, ihr Kubaner, ihr seid immer so herrlich spontan und hilfsbereit. Und ihr habt so einen fantastischen Familiensinn. Ich bin ganz verliebt in euch …«

Wie immer übertrieb Hanna maßlos. Wahrscheinlich wäre sie Antonio Banderas am liebsten um den Hals gefallen, wenn er nicht diesen leichten Hühnergeruch an sich gehabt hätte. Gut, er war ein Held und überaus hilfsbereit, er rettete uns aus großer Not und sah dabei auch noch ganz gut aus, aber deshalb musste man ihn doch nicht gleich wie den Messias behandeln.

Im Übrigen war ich mir nicht sicher, ob dieser Typ wirklich einen fantastischen Familiensinn hatte oder nicht doch eher einen fantastischen Geschäftssinn. Schon wieder verfrachtete uns einer ins Gästehaus einer nahen Verwandten, auf dass dort die Kassen klingeln mochten! Das hatte in diesem Land offenbar System. Aber diesmal hatten wir wirklich keine andere Wahl. Unser Auto war definitiv fahruntüchtig.

»Und wie lange wird das dauern«, fragte ich, »bis der Reifen repariert ist?«

»Nicht lange. Einen Tag vielleicht. Oder zwei. Je nachdem, wie schnell ich einen Ersatz besorgen kann. Das ist ein altes Auto. Es ist nicht einfach, den passenden Reifen zu finden. Aber machen Sie sich keine Sorgen, normalerweise klappt das immer in ein paar Tagen. Ich habe gute Kontakte.«

In ein paar Tagen?! Ich bereute es zutiefst, dass wir nicht mit dem Zug nach Santiago gefahren waren. Oder geflogen. Oder mit einem Segelboot um die Insel herumgeschippert waren. Oder uns Fahrräder ausgeliehen hatten. Wie auch immer. Jedes Fahrzeug hätte uns schneller zu Julius gebracht als dieses verdammte pinke Monstrum, das uns erst die beiden frechen Mädchen und jetzt die Reifenpanne eingebrockt hatte. Ich überschlug kurz unsere bisherige Verzögerung und kam zu dem Schluss, dass Max Mainberg inzwischen locker vierundzwanzig Stunden Vorsprung haben musste. Und sein Vorsprung würde in den nächsten vierundzwanzig Stunden weiter ins Unermessliche anwachsen.

Mein einziger Trost war, dass er vielleicht auch mal zwischendurch eine Autopanne gehabt oder keine funktionierende Tankstelle gefunden oder ein paar Anhalter mitgenommen hatte, die ihn in die Irre geführt hatten. Aber es war doch sehr unwahrscheinlich, dass er so viel Pech hatte wie wir. Womöglich saß er längst neben Julius unter einem Sonnenschirm und plauderte *exklusiv* über alte Zeiten und große Passionen. Ich biss die Zähne zusammen. Daran wollte ich jetzt nicht denken. Noch war der Goldene Griffel nicht verloren. Notfalls würde ich ... Nun, notfalls würde mir schon irgendetwas einfallen.

»Ich heiße übrigens Ernesto«, sagte Antonio Banderas, während er mir half, das Verdeck über den Cadillac zu spannen. Er meinte zwar, das sei eigentlich nicht nötig, es habe hier seit drei Monaten nicht mehr geregnet und sei sehr unwahrscheinlich, dass es das in den nächsten Stunden tun werde. Aber ich wollte den Wagen nicht völlig ungeschützt in der Pampa stehen lassen. Am Ende klaute jemand den Cadillac, oder ein paar wilde Tiere trieben auf den weißen Ledersitzen Unfug. Affen vielleicht. Wobei ich mir nicht sicher war, ob es Affen in Kuba gab. Wie auch immer: Ich betete stumm, dass ich das Auto bald heil wiedersehen würde.

Nachdem auch Hanna und ich uns vorgestellt hatten, kletterten wir hinter unserem Retter in das Führerhäuschen des Pick-ups, dann schlug er die Tür zu und fuhr los.

»Halt!«, schrie Hanna, nachdem wir schon fast einen Kilometer gefahren waren. »Mein Koffer ist ja noch im Kofferraum!«

Ernesto trat auf die Bremse, dass es quietschte, und wendete in zwei Zügen. Dann düste er, ohne mit der Wimper zu zucken, auf derselben Fahrbahn zurück. Ich hielt die Luft an.

»So ist das also, wenn man als Geisterfahrer über die Autobahn fährt«, flüsterte Hanna kichernd. Mir verging das Lachen, als uns ein schlingernder Lastwagen entgegenkam. Aber Ernesto grüßte den anderen Fahrer nur freundlich, fuhr rechts an ihm vorbei, wendete erneut und stoppte dann wieder neben dem Cadillac. Er hob Hannas Gepäck aus dem Kofferraum, lud es ebenfalls zu den Hühnern auf die Ladefläche, und dann fuhren wir endgültig los zu seiner Mutter.

Ernesto hielt sich nicht lange damit auf, die nächste Autobahnausfahrt zu suchen. Er bog einfach nach rechts ab, als dort ein unbefestigter Feldweg auftauchte. Aber vielleicht handelte es sich dabei ja auch um die Autobahnausfahrt. In Kuba waren die Verkehrswege meist etwas schlichter gehalten. Es rumpelte, als der Pick-up über die holprige, ungeteerte Straße rollte, mehr im Slalom als geradeaus, um den vielen Schlaglöchern auszuweichen, aber immerhin hielten die Reifen, und wir kamen voran.

»Wie weit ist es denn bis zum Haus Ihrer Mutter?«, fragte Hanna, als wir nach ein paar Minuten ein Dörfchen durchquerten, das nur aus ein paar Holzhäusern und Wellblechhütten bestand. Als Zäune fungierten grob zusammengezimmerte Holzlatten unterschiedlichster Herkunft oder hohe dünne Kakteen, die in dichten Reihen am Straßenrand standen.

»Oh, nicht weit. Nur zwanzig Kilometer. Wir sind gleich da.«

»Aha«, sagte Hanna, und ich dachte: Zwanzig Kilometer? So weit?! Das war mit Abstand die bescheuertste Reise, die ich je gemacht hatte.

Ernesto bremste und hupte, weil mitten auf der Straße

ein schwarzes Schwein im Staub lag. Aber das Tier befand sich offenbar in einem Zustand tiefster Entspannung, es blieb einfach liegen, ohne auch nur aufzuschauen. Es zuckte kurz mit dem Ringelschwanz, als wolle es lässig grüßen. Oder beweisen, dass es noch lebte. Ernesto fuhr vorsichtig in einem Bogen um das Schwein herum, wobei er beinahe einen stattlichen Truthahn gestreift hätte, der am Straßenrand in Begleitung einiger Hennen im Gras herumpickte.

»Wirklich bezaubernd, dieses unverfälschte Landleben!«, rief Hanna und knipste aus dem offenen Autofenster. »Es ist alles so fotogen hier.«

Die Ortschaften in dieser Region Kubas waren nicht so hübsch, bunt und gepflegt wie die bei den Tabakbauern in Viñales, sondern eher rustikal. Um nicht zu sagen, morsch bis baufällig. Offenbar waren der Tourismus und das damit einhergehende kleine kubanische Wirtschaftswunder noch nicht bis hierhin vorgedrungen. Es war ein bisschen so, als wäre man plötzlich im neunzehnten Jahrhundert gelandet. Vor einer Holzhütte saß ein etwa fünfjähriges Mädchen in einem weißen Kleid und mit schmutzigen nackten Füßen auf den Stufen und sah uns an, während es hingebungsvoll am Ende seines langen schwarzen Haarzopfes nuckelte.

»Das Haus meiner Mutter steht direkt an der Schweinebucht«, fügte Ernesto hinzu. »Haben Sie davon schon einmal gehört? Da gab es ein paar Jahre nach der Revolution schwere Kämpfe. Washington hatte feindliche Kämpfer, Panzer und Raketenwerfer übers Meer geschickt. Aber unsere Genossen haben tapfer gegen die Konterrevolutionäre gekämpft. Der Angriff wurde ein Fiasko für die Amerikaner, nach nur drei Tagen war alles vorbei.« Letzteres sagte er voller Stolz in der Stimme.

»Wie interessant«, sagte Hanna. »Hast du das gewusst, Katrin?«

Ich nickte und murmelte: »Davon habe ich schon mal was gelesen.«

Selbstverständlich kannte ich die Sache mit dem gescheiterten Militäreinsatz in der Schweinebucht. Ich hatte schließlich recherchiert für mein Interview mit dem ehemaligen Revolutionär und in den vergangenen zwei Wochen jede Menge darüber gelesen. Dass Fidel und seine Leute den Diktator Batista gestürzt hatten, hatten die Amerikaner noch beinahe schulterzuckend hingenommen. Dass die Kubaner schließlich aber sämtliche amerikanischen Banken, Ölkonzerne und anderen US-Unternehmen in Kuba enteigneten, nachdem sie die Macht übernommen hatten, kam in Washington natürlich nicht gut an. Mit allen Mitteln versuchten die Amerikaner, Fidel Castro in die Knie zu zwingen, und als alles nichts nützte, holten sie zum großen Schlag aus. Eine Brigade von Washington-freundlichen Exilkubanern sollte an Land gehen und eine Gegenrevolution starten. Allerdings hatte sich offenbar auf Kuba schon herumgesprochen, dass die USA eine Invasion planten. Jedenfalls war das Militär gewappnet und empfing die Eindringlinge, kaum dass sie das Land betreten hatten.

»Und unser Gästezimmer hat eine schöne Dachterrasse mit Blick aufs Meer«, riss Ernesto mich aus meinen Gedanken.

»Eine Dachterrasse? Wie luxuriös!«

Hanna tippte mir vergnügt gegen den Oberarm. »Findest du nicht auch, dass wir unverschämtes Glück haben, Katrin? Erst das fantastische Zimmer mit Aussicht auf den

Malecón und jetzt wieder direkten Meerblick ... Wir sind wirklich Glückspilze!«

Ich verstand ja unter Glück etwas anderes. Zum Beispiel, dass wir zur richtigen Zeit am richtigen Ort waren und nicht dauernd kilometerlange Umwege fahren und außerplanmäßige Übernachtungen einlegen mussten. Aber ich war zu erschöpft, um schon wieder zu protestieren.

Hanna dagegen befand sich im Plaudermodus.

»Sind Sie Bauer?«, erkundigte sie sich bei Ernesto und wies mit dem Daumen hinter sich, wo man durch ein kleines Fenster in der Fahrerkabine auf die Ladefläche des Pickups sehen konnte. »Wo sie doch so viele Hühner transportieren.«

»Nein, nein.« Ernesto lachte. »Ich bringe die Hühner zu meinem Bruder. Er hat kürzlich ein Restaurant eröffnet.«

»Ah«, machte Hanna und schwieg einen Moment. Dann raunte sie mir zu: »Vielleicht sollte ich doch Vegetarierin werden. Ein knuspriges ›Hühnchen aus dem Ofen‹ klingt gar nicht mehr so verlockend, wenn man die lieben Tierchen so vergnügt und lebensfroh vor sich hingackern sieht, nicht wahr?«

18

»Komm schnell raus, Katrin! Sieh dir das an! Wir sind mitten in einer Fototapete!«

Hanna hatte mit ihrem begeisterten Aufschrei nicht ganz unrecht. Die Casa Caribe, zu der Ernesto uns brachte, war ein zweistöckiges mintgrün gestrichenes Haus, das direkt am Strand stand. Im Erdgeschoss gab es einen winzigen, schmucklosen Garten, von dem man durch ein Törchen im Maschendrahtzaun und über drei kleine Stufen direkt in den Sand spazieren konnte. Im ersten Stock – vor unserem Zimmer – befand sich ein großer, überdachter Balkon mit Aussicht auf das, was Hanna als Fototapete bezeichnete. Ernesto hatte gerade unsere beiden Koffer über eine enge Wendeltreppe hinauf ins Zimmer geschleppt und sich dann wieder verabschiedet, um die Hühner ihrer Bestimmung zu übergeben. Hanna und ich standen oben an der mintgrünen Balkonbrüstung und blickten hinunter.

»Das nenn ich Karibik pur«, fügte sie hinzu und war dermaßen beeindruckt, dass sie fürs Erste vergaß zu fotografieren.

Das Panorama, das sich uns bot, war der Inbegriff des karibischen Klischees: Endloses türkisfarbenes Meer, zum Horizont hin in ein sattes Dunkelblau übergehend, ein wolkenloser Himmel, ein schneeweißer Sandstrand, an den leise die Wellen schwappten, und zu allem Überfluss stand auch noch eine schlanke hohe Palme neben dem Haus, deren lange Blätter sich leise raschelnd im Wind bewegten. Zu sehen war niemand.

»Wahnsinn. Könntest du mich bitte mal kneifen?« Hanna schüttelte den Kopf, als könne sie nicht glauben, was sie da betrachtete. »Hier sieht es aus wie in der Bounty-Werbung. Aber das ist kein Fernsehspot. Das ist echt. Wir sind mittendrin. – Ach, Katrin, ein Tag ist schöner als der andere. Was haben wir doch für ein Glück, dass uns der Reifen geplatzt ist, nicht wahr?«

Sie blickte mich unternehmungslustig an. Ich nickte halbherzig. Okay, die Aussicht war spektakulär. Bilderbuchkaribik. Aber alles andere war eine Katastrophe. Schlimm war nicht nur, dass wir schon wieder Stunden, wenn nicht gar Tage auf der Suche nach Julius vergeudeten. Besonders schlimm war, dass ich dabei nicht mal ins Internet gehen konnte, um zu überprüfen, wie weit Max Mainberg mit seiner Recherche inzwischen gekommen war. Denn in der Casa Caribe gab es kein Internet. Ich hatte Ernestos Mutter sofort nach unserer Ankunft danach gefragt, aber sie hatte mich nur entgeistert angesehen und den Kopf geschüttelt. Wahrscheinlich wusste sie noch nicht mal, was das Internet war! Die Frau – sie hieß Mercedes – wirkte sowieso ein wenig wie aus der Zeit gefallen, mit ihrem ärmellosen zartlila Kittelkleid und dem weißen luftigen Häkelhütchen auf dem Kopf, unter dem ein paar ihrer schwarzgrauen Haarsträhnen hervorschauten. Über ihrer gewaltigen Brust baumelten mehrere lange Halsketten, an denen sich bunte Holzperlen, Plastikschmetterlinge und Stoffblüten aneinanderreihten. Sie hatte mir lächelnd das graue Wählscheibentelefon an der Wand gezeigt und den Hörer in die Hand gedrückt, als wäre das die neueste technische Errungenschaft. Aber ich hatte ihn nur seufzend wieder aufgelegt.

»Ich gehe jetzt schwimmen.« Hanna richtete sich auf. »Du auch?«

Sie verschwand durch die Balkontür in unserem Zimmer. Ich hörte, wie sie darin rumorte und dabei »Guantanamera« sang. Drei Minuten später sah ich sie in einem knallroten Badeanzug, Gummilatschen an den Füßen und ein buntes Handtuch über dem Arm, unten das Gärtchen durchqueren und die drei kleinen Stufen hinunter zum Strand laufen. Dort ließ sie die Schlappen fallen, warf das Handtuch in den Sand und stakste mit ihren dünnen Storchenbeinen in die Wellen, wo sie sich nach fünf Schritten fallen ließ.

»Komm!«, rief sie lachend und winkte prustend zu mir herauf. »Es ist herrlich. Das Wasser ist so warm wie in einer Badewanne.«

»Pass auf, dass dich die Haie nicht beißen!«, gab ich zurück. Hanna ging mir auf die Nerven mit ihrer permanent guten Laune.

»Ach, was. Hier ist es viel zu flach für Haie. Und wenn, dann sehe ich ihre Flossen rechtzeitig, bevor sie zuschnappen.«

Mit diesen Worten verschwand sie kopfüber im Wasser. So flach war es wohl doch nicht. Ein paar Sekunden lang sah ich nur ihre Füße durch die Wellen strampeln. Dann tauchte sie wieder auf und rief: »Da unten gibt es Fische. Ich habe einen ganzen Schwarm leuchtend blaue Fische gesehen. Und ein paar gelbe. Es ist wie in einem Aquarium. Hast du vielleicht eine Taucherbrille und einen Schnorchel dabei?«

Hatte ich natürlich nicht. Beim Packen hatte ich ja nicht geahnt, dass das hier ein fröhlicher Badeurlaub werden würde. Ich hatte mich auf eine ernsthafte journalistische Recherchereise eingestellt.

»Aber wenigstens einen Bikini hast du doch eingepackt – oder?«, hakte Hanna nach, als meine Antwort ausblieb. Sie schwamm jetzt ein paar Züge auf dem Rücken und ruderte mit den Armen. »Sag mir nicht, dass du in die Karibik geflogen bist, ohne Badesachen dabeizuhaben!«

»Ein Abstecher zum Meer hatte doch gar nicht auf unserem Programm gestanden. Warum hätte ich da einen Badeanzug mitnehmen sollen?«

»Es wäre ein Frevel, hier nicht zu baden.« Hanna plantschte gut gelaunt weiter. »Sieh mal in meinem Koffer nach! Ich habe noch einen zweiten Badeanzug eingepackt. Rechts hinten bei der Unterwäsche. Er ist nicht ganz so hübsch wie dieser hier. Aber für den Fall, dass du nicht nackt baden möchtest, kannst du ihn dir gerne ausleihen.«

Es gab viele Dinge auf dieser Welt, die für mich indiskutabel waren. Nackt baden zum Beispiel. Oder einen Bikini zu tragen. Am allerindiskutabelsten aber war es für mich, Badeanzüge von fremden Leuten anzuziehen.

»Keine Angst, er ist ganz neu!«, rief Hanna zu mir herauf, als könne sie die Missbilligung in meinem Gesicht vom Wasser aus sehen. »Ich habe ihn erst vor zwei Wochen gekauft und noch nie angehabt. Es war ein Superschnäppchen, ich habe ihn mitgenommen, ohne ihn anzuprobieren. Ich denke, er könnte dir in etwa passen.«

Ich zögerte, aber dann ging ich doch in unser Zimmer und klappte Hannas Koffer auf, der auf zwei nebeneinandergeschobenen Stühlen vor dem Fenster stand. Da ich ohnehin zum Nichtstun verdammt war, solange unser Cadillac mit einem Platten an der Autobahn stand, konnte ich eigentlich auch schwimmen gehen. Es war noch immer unfassbar heiß, und wann würde ich je wieder die Gelegenheit haben, in die Karibik einzutauchen? Trixie, da war ich mir sicher, wäre ins Wasser gesprungen, noch bevor Ernestos Pick-up vor dem Haus zum Stehen gekommen war. Und ein bisschen Bewegung war bekanntlich gesund, wenn man stundenlang im Auto gesessen hatte.

Ich begann vorsichtig in Hannas Klamotten zu kramen, hob einen Stapel sorgsam gefaltete bunte Blusen hoch, schob ein paar hautfarbene Spitzenbüstenhalter zur Seite und versuchte, die großen weißen Baumwollunterhosen nicht anzusehen, die zusammengerollt in einer Ecke des Koffers lagen. Ich tastete mit den Fingern, ob darunter etwas lag, das sich wie ein Badeanzug anfühlte, und als ich etwas Derartiges fand, zog ich daran. Das Teil leistete mehr Widerstand als erwartet, und schließlich fischte ich nicht nur einen Badeanzug, sondern auch einen kleinen silbernen Bilderrahmen aus den Tiefen des Koffers hervor. Ein Träger hatte sich an einem der Metallaufhänger des Rahmens verhakt. Erst wollte ich den Rahmen gleich wieder zurück in den Koffer schieben, doch dann sah ich, was darin steckte: ein verblasstes Schwarz-Weiß-Foto. Zwei Menschen schauten mich an, ein junger Mann und eine junge Frau, Hand in Hand und glücklich in die Kamera lächelnd. Sie saßen auf einem sonnigen Steg an einem See, der Gardasee vielleicht. Im Hintergrund erkannte ich – undeutlich und verschwommen – Berge und Zypressen. Neben dem Steg stand eine Vespa. Ich erkannte Julius an der Tätowierung auf seinem Arm. Hanna trug ein ärmelloses, blau-weiß gepunktetes Kleid mit schlanker Taille und Tellerrock, die damals noch langen dunklen Haare auf dem Kopf zu einem großen Dutt zusammengezwirbelt, sodass sie wirklich aussah wie eine Zwillingsschwester von Audrey Hepburn. Es war ein Bild reinster Seligkeit. Vielleicht war es auf ihrem ersten gemeinsamen Urlaub entstanden. Vielleicht hatte Julius ihr gerade einen Heiratsantrag gemacht. Ich konnte mir diesen fröhlichen jungen Mann auf dem Foto nicht im Geringsten als skrupellosen Revolutionär vorstellen, der mit einer Maschinenpistole bewaffnet durch den kubanischen Dschungel robbte. Die beiden wirkten, als könne nichts und niemand ihr Glück trüben.

In diesem Moment war meine Neugier geweckt. Meine journalistische Neugier, versteht sich. Da die eine Klammer auf der Rückseite des Bilderrahmens sowieso schon geöffnet war, bog ich auch die anderen zurück und klappte den Rahmen auf. Vorsichtig nahm ich die Fotografie heraus und drehte sie um. *August 1958, Riva del Garda, für meine allerliebste Hanna, in ewiger Liebe, Dein Julius*, stand darauf.

In ewiger Liebe ... Tja. Das mit der Ewigkeit hatte wohl nicht geklappt. Ich ließ den Blick noch einmal über das Foto wandern. Kurz nachdem das Bild gemacht worden war, musste er nach Kuba ausgewandert sein. Ohne Hanna. Was mochte damals passiert sein? Warum hatte er sie verlassen? Und wie hatten sie sich aus den Augen verlieren können? Ich betrachtete Julius' lächelndes Gesicht. Das war also der Mann, der Hanna dermaßen den Kopf verdreht hatte, sodass sie ihn ihr ganzes Leben lang nicht vergessen konnte. Ihre Liebe zu diesem Mann hatte sogar ihre jahrzehntelange Ehe mit Viktor überlebt. Und dann war sie ans andere Ende der Welt aufgebrochen, um ihn zu finden. Mit achtundsiebzig. In einem Alter, in dem meiner eigenen Oma schon ein Ausflug in einen anderen Stadtteil zu viel gewesen wäre ...

Auf einmal bewunderte ich Hanna für ihren Mut und ihre Energie. Beneidete sie um diese große Liebe, um ihre unerschütterlichen Gefühle, um ihre Gewissheit, den Mann ihrer Sehnsucht noch einmal wiederzusehen. Um ihre Vorfreude, ihre Heiterkeit, die Leichtigkeit, mit der sie ihr Leben meisterte. Und ich? Wonach sehnte ich mich eigentlich?

»Na?«, hörte ich Hannas Stimme von draußen aus weiter Ferne. »Passt er?«

Schnell legte ich das Foto wieder in den Rahmen, schloss die Klammern und schob ihn zurück unter die Baumwollunterhosen. Da gehörte das Bild hin. Tief vergraben in einem Koffer. Was für ein Unfug, mit einem Mal gefühlsduselig zu werden. Sehnsucht wird überbewertet, sagte ich mir. Ich hatte nun wirklich keine Zeit für Rührseligkeiten. Ich hatte einen Job zu erledigen. Und zwar schnell. Mir blieben noch genau zehn Tage, um Julius zu finden und mein spektakuläres Interview mit ihm zu machen, damit ich den Goldenen Griffel gewann. Alles andere war unwichtig.

Ich zog meine Kleider aus und schlüpfte in Hannas Ersatzbadeanzug. Er war unfassbar hässlich, wie ich beim Blick in den Spiegel feststellte: Er war quietschbunt geblümt, im Brustbereich panzerartig gepolstert, hatte figurformende Raffungen am Bauch und den Ansatz eines neckischen Röckchens in Hüfthöhe. Ich konnte mich nicht erinnern, jemals ein dermaßen bescheuertes Kleidungsstück getragen zu haben. Aber da mich außer Hanna niemand zu Gesicht bekommen würde, zog ich ihn an. Er passte einigermaßen, und kurz darauf pflügte ich neben Hanna durch die karibischen Wellen.

Als wir eine Stunde später frisch geduscht und umgekleidet aus unserem Zimmer in den Garten der Casa Caribe hinuntergingen, empfingen uns Stimmengewirr und Gelächter. Um den Tisch auf der Veranda saßen ungefähr ein Dutzend Leute, die sich in lebhaftestem Spanisch unterhielten. Die Tischplatte schien sich zu biegen vor lauter Schüsseln, Platten und Tellern, auf denen Ernestos Mutter ein üppiges Mahl angerichtet hatte. Es gab sogar Hummer!

»Den hat mein Cousin erst heute früh aus dem Meer geholt«, sagte Ernesto.

Wie sich herausstellte, hatte seine Mutter Hanna und mir zu Ehren die komplette nähere Verwandtschaft eingeladen. Ihre sämtlichen Geschwister, Neffen, Nichten und Enkel aus der Umgebung waren gekommen, um die Gäste aus Deutschland kennenzulernen. Hanna ließ sich auf dem freien Stuhl neben Mercedes nieder und war schon nach wenigen Minuten in ein angeregtes Gespräch mit ihr vertieft. Dabei schien es um den Austausch von Kochrezepten zu gehen. Ich hörte, wie Hanna etwas von Königsberger Klopsen erzählte. Die Worte klangen fremd und komisch hier, so mitten in der Karibik zwischen Strand und Palmen.

»*Una cerveza?*«, fragte mich Ernesto, der mit einer Bierdose in jeder Hand an den Tisch kam. Dass meine Antwort Ja sein würde, stand für ihn außer Frage, denn er öffnete eine Dose, ohne meine Reaktion abzuwarten, und füllte mein Glas.

Ich konnte nicht einmal »Äh« sagen.

»Du lässt es ja krachen heute!« Hanna sah lachend zu mir herüber. Spöttisch zwinkerte sie und prostete mir mit ihrem Mojito zu. »Heute kannst du ruhig auch mal ein Bier trinken. Du brauchst schließlich nicht mehr Auto zu fahren.«

Das erinnerte mich daran, dass der Cadillac bis auf Weiteres kaputt war und wir zum Warten verdammt waren – wer wusste, wie lange –, und meine gerade noch halbwegs gute Laune erhielt prompt wieder einen Dämpfer.

»Von einem Bier wird ein doofer Tag auch nicht besser«, knurrte ich.

»Da hast du recht«, antwortete Hanna sanft. »Aber ein wunderbarer Tag wird durch ein schönes kühles Bier noch etwas wunderbarer. Komm schon, sieh dich doch bitte mal um! Ich meine: Meer, Sonne, Sand, Palmen – und so nette Menschen am Tisch ... Was, bitte schön, möchtest du noch? Das hier ist einer der hinreißendsten Orte, an denen ich je in meinem Leben gewesen bin. Und außerdem sind wir Julius heute wieder ein paar Kilometer näher gekommen. Wenn das kein Grund zum Feiern ist!«

Ich fand ja vor allem, dass wir Julius viel zu wenige Kilometer näher gekommen waren und schon wieder einen Tag weniger Zeit hatten, um nach ihm zu suchen. Aber da es niemandem helfen würde, wenn ich hier weiter so miesepetrig herumsäße und Hannas gute Stimmung trübte, antwortete ich nicht und trank stattdessen einen Schluck Bier. Wenigstens war es herrlich kalt und schmeckte auch ansonsten weit weniger unangenehm, als ich es in Erinnerung hatte. Trotzdem konnte ich einen kleinen Seufzer nicht unterdrücken.

»Alles in Ordnung?«, fragte Ernesto. »*Todo bien?*«

Ich nickte stumm.

»Morgen ist euer Auto fertig«, sagte er, als könnte er meine Gedanken lesen. »Ein Freund von mir meint, dass er die richtigen Reifen besorgen kann. Ich habe ihm gesagt, er soll gleich alle vier erneuern.«

»Alle vier? Aber wieso das denn? Es ist doch nur einer kaputt!«

Warum hatte ich ständig das Gefühl, ausgetrickst zu werden?! Bitte jemanden um einen neuen Reifen, und er stellt dir vier in Rechnung. Na ja, vermutlich würde sowieso Hanna bezahlen. Aber trotzdem. Es ging ums Prinzip.

Ernesto machte eine beruhigende Handbewegung.

»Die anderen drei sind auch nicht mehr gut. Es ist besser, wenn ihr vier schöne neue Reifen habt. Dann braucht ihr keine Angst zu haben, nach ein paar Kilometern mit der nächsten Panne liegen zu bleiben.«

»Okay«, sagte ich schwach. Vermutlich hatte er ja sogar recht.

Ernesto sah mich forschend an mit seinen dunklen Antonio-Banderas-Augen.

»Du siehst so ernst aus, Katrin. Hast du Kummer? Was fehlt dir denn? Oh, ich weiß es: Musik! Wir haben gar keine Musik angemacht. Musik macht immer fröhlich. Warte, ich stelle gleich den CD-Spieler raus, einen Moment ...«

Das war so rührend und so absurd, dass ich beinahe lachen musste. Ernesto sprang auf, aber ich hielt ihn zurück.

»Nein, danke, lass nur. Ich mag keine Musik hören beim Essen. Ich ...«

Ernesto umfasste meine Hand und drückte sie gegen seinen Brustkorb. Ich spürte sein Herz schlagen.

»Ich möchte, dass du glücklich bist«, sagte er ernst. »Du bist mein Gast. Mein Gast aus Deutschland. Ich möchte dir eine Freude machen. Was ist dein größter Wunsch? Ich werde ihn dir erfüllen. Möchtest du mit einem Boot hinaus aufs Meer fahren? Möchtest du schnorcheln? Oder tauchen? Oder zur Vogelbeobachtung in die Lagune fahren? Es gibt dort wunderschöne Flamingos. Oder möchtest du reiten, am Strand entlang auf einem weißen Schimmel?«

Ich schüttelte auf jede Frage den Kopf.

»Vielleicht lieber tanzen?« Ernesto gab nicht auf. »Oh ja, bestimmt möchtest du Salsa tanzen. Alle Touristinnen wollen Salsa tanzen. Sag mir, was du am liebsten magst – ich kümmere mich darum.«

Ich zögerte einen Moment, dann antwortete ich ihm: »Ach, Ernesto, ja, ich habe tatsächlich einen riesengroßen Wunsch. Es wäre fantastisch, wenn du mir den erfüllen könntest.«

»Ja?« Seine Augen leuchteten auf. »Was ist es denn?«

»Am allerliebsten möchte ich – ins Internet.«

Der Blick, den er mir jetzt zuwarf, lag irgendwo zwischen Ratlosigkeit und Bestürzung. Als wäre er erstaunt darüber, wie wenig er noch immer über das Mysterium Frau wusste. Vor allem über das Mysterium einer deutschen Touristin. Was für ein reizvolles karibisches Unterhaltungsprogramm er mir vorgeschlagen hatte, was für aufregende Vergnügungen! Und all das hatte ich abgelehnt, nur um so etwas Profanes zu tun, wie online gehen zu wollen. Wahrscheinlich hielt er mich für verrückt.

»Okay«, sagte Ernesto und legte meine Hand ganz vorsichtig zurück auf die Tischplatte, als litte ich an einer ansteckenden Krankheit, mit der er sich keinesfalls infizieren wollte. »Kein Problem. Im Hotel Playa Coco Club gibt's Internet. Soll ich dich nachher hinfahren?«

In diesem Moment wäre ich ihm beinahe um den Hals gefallen.

»Oh ja, bitte!«

Ich strahlte ihn an. Mein Leben erschien mir gleich wieder ein bisschen schöner.

19

Das Hotel Playa Coco Club lag am anderen Ende der Bucht, vielleicht zwei Kilometer von der Casa Caribe entfernt. Innerhalb weniger Minuten hatte Ernesto mich mit seinem Wagen hingebracht. Das Hotel sah bei Weitem nicht so hübsch aus, wie es sich anhörte: Es war ein dreistöckiger rostbrauner Kasten, der den herben Charme des Sozialismus verströmte. An der Außenwand mit den kleinen weißen Balkonen bröckelte hier und da der Putz ab. Ein paar struppige Palmen standen neben der schlecht betonierten Hotelauffahrt, und die Wiese vor dem Haus hatte schon lange nicht mehr die pflegende Hand eines Gärtners gesehen. Sie war löchrig und strohgelb vor Trockenheit. Auf dem Parkplatz standen ein paar Autos und drei Reisebusse.

Ernesto fuhr mich direkt vor die Hoteltür, wo ein Page in einem bordeauxroten Anzug mit goldenen Knöpfen stand und den verbeulten, staubigen Pick-up missbilligend betrachtete.

»Ich warte auf dich, Katrin, okay? Wie lange wirst du brauchen?«

Er war eben ein echter kubanischer Gentleman alter Schule.

»Ich weiß es noch nicht. Vielleicht dauert es länger. Du

brauchst nicht zu warten. Fahr ruhig zurück. Es ist ja nicht weit, ich kann mir nachher ein Taxi rufen. Oder einen kleinen Spaziergang machen.«

»Bist du dir sicher?«

Ich nickte.

»Ganz sicher. Was soll denn schon passieren!«

Ernesto zuckte mit den Schultern. Ich stieg aus und sah ihm nach, wie er die Hotelauffahrt hinunterrollte und zurückfuhr.

Als ich die Lobby betrat, wummerten dröhnende Bässe und karibische Rhythmen durch die Halle. Die riesigen Flügeltüren auf der gegenüberliegenden Seite des Raumes waren geöffnet und gaben den Blick frei auf den palmenbestandenen Hotelgarten und einen Teil des geschwungenen Swimmingpools, an dem gerade eine lärmende Party stattfand. Um das Bassin herum tanzten und tobten Touristen mittleren bis späten Alters in leichter Bekleidung, deren zumeist wohlbeleibte Körper die unterschiedlichsten Stufen eines Sonnenbrandes aufwiesen. Die Musik wechselte abrupt. Jemand hatte draußen offenbar zu einer Polonaise aufgerufen, jedenfalls zogen die Leute jetzt in einer langen Reihe grölend um den Pool herum, die Hände mit den Plastikgetränkebechern hoch über die Köpfe gereckt. Dem Refrain nach – »Hier fliegen gleich die Löcher aus dem Käse ...« – waren es deutsche Urlauber. Dann hörte ich ein lautes Platschen und augenblickliches hysterisches Gequieke und Gelächter. Was passiert war, konnte ich nicht sehen, aber wie es schien, war bei der Tanzeinlage etwas Großes ins Wasser gefallen. Vermutlich ein Partygast. Ich war sehr froh, dass wir unser stilles, friedliches Zimmer in der Casa Caribe hatten, wandte mich vom Getöse der Party ab und marschierte über einen langen rot gemusterten Teppich auf die Dame an der Rezeption zu.

Es klappte tatsächlich mit dem Internet. Ich konnte es kaum glauben. Für zehn Pesos durfte ich eine halbe Stunde lang das WLAN des Hotels nutzen, und dazu gab es ein Glas Mineralwasser inklusive. Es kam mir ein kleines bisschen dekadent vor, als ich den Geldschein auf die Theke legte. Für viele Kubaner war das ein halber Monatslohn! Aber es würde den Leuten nicht helfen, wenn ich deshalb ein schlechtes Gewissen hätte. Deshalb schüttelte ich sämtliche moralischen Bedenken ab und nahm das Wasserglas und das Zettelchen mit meinem WLAN-Code entgegen.

Erfreulicherweise musste ich hier nicht umständlich auf meinem kleinen Handy herumtippen, sondern konnte einen vorsintflutlichen, aber immerhin funktionierenden Laptop benutzen, der in einer Ecke der Lobby auf einem Tischchen stand. Er war mit einer kleinen Metallkette an einer Öse in der Wand fixiert, damit ihn niemand stehlen konnte. Vermutlich hatten die Verantwortlichen des Hotels schon schlechte Erfahrungen mit Leuten gemacht, die den Begriff »drahtloses Netzwerk« als eine Einladung zur Selbstbedienung interpretiert hatten. Ich ließ mich auf einem der Sessel vor dem Tisch nieder und loggte mich zufrieden lächelnd ein.

Diesmal hielt ich mich nicht lange damit auf, meine E-Mails zu lesen, sondern rief sofort den Blog Reisemax auf. Ich wollte unbedingt wissen, ob es Neues von Max Mainberg gab.

Es dauerte natürlich wieder. Ungeduldig betrachtete ich die kleine Eieruhr auf dem Bildschirm, die mir anzeigte, dass der Computer arbeitete. Sehr langsam arbeitete. Während die Partytruppe draußen am Pool lautstark bei »Oooo

Macarena« mitgrölte und dann sämtliche Strophen von »Livin' la vida loca« sang, nippte ich an meinem Wasser und wartete darauf, dass die Seite fertig lud.

Und dann das! Wie ich sah, hatte dieser Max Mainberg doch tatsächlich schon wieder einen neuen Blogbeitrag eingestellt. Wie machte der das bloß? Wieso hatte er ständig und überall Internet?

Auf geht's in den wilden Osten Kubas, stand in der Überschrift. Das dazugehörige Foto zeigte ihn in eine schwarze Lederjacke gekleidet neben einem Motorrad. Eine uralte Harley-Davidson. In Lila! Dass es so was überhaupt gab in Kuba! Ich erinnerte mich daran, wie die Frau von der Autovermietung vorgeschlagen hatte, ein Motorrad auszuleihen, weil sie kein Auto mehr für uns habe. Max Mainberg hatte genau das offenbar getan, und mit diesem Gefährt kam er definitiv schneller voran als wir mit unserer rosaroten Schrottkarre. Ich seufzte. Auf dem Bild grinste er mich mit angehobenem Arm an (offenbar machte er gerade ein Selfie mit seiner Handykamera) – mir kam es so vor, als würde er mich geradezu auslachen. Am Lenker seines Motorrads hing ein Helm, seine Reisetasche hatte er hinten auf den kleinen Gepäckträger geschnallt. Im Hintergrund sah man Palmen, blauen Himmel und ein Stück Straße. Schwer zu sagen, in welchem Teil Kubas er dieses Foto aufgenommen hatte. Wahrscheinlich war er schon längst kurz vor Santiago.

Ich las seinen Text.

Es geht mit 76 PS über die Insel. Wer hätte gedacht, dass es in diesem Land so einen fantastischen Flitzer gibt! Ein uramerikanisches Produkt in Kuba, unterwegs mit dem Klassenfeind ... Aber mir kann es nur recht sein. Ich hatte

Glück, diese Harley zu bekommen. Denn ansonsten war beim Autoverleih in Havanna Ebbe. Komplett ausgebucht. Es ist Hochsaison in Kuba, alle Autos vergeben. Wohl dem, der einen Motorradführerschein hat. :) Nun bin ich also mit dieser tollen Maschine unterwegs Richtung Santiago. Ich lasse es langsam angehen. Es bleibt mir auch nichts anderes übrig. Beim Zustand der kubanischen Straßen ist Rasen nun wirklich nicht angesagt. Immer schön gemütlich durch die Gegend cruisen und den Schlaglöchern ausweichen ...

»Guten Abend«, sagte plötzlich eine Stimme hinter mir. Der Mann sprach Deutsch, aber ich fühlte mich gar nicht angesprochen. Vermutlich hatte sich einer der betrunkenen Poolpartygäste in die Lobby verirrt. Ich beschloss, ihn zu ignorieren, und scrollte weiter durch Max Mainbergs Reisebericht, ohne den Mann hinter mir eines Blickes zu würdigen.

Auf diese Weise kann man auch die großartige Landschaft richtig genießen, las ich gerade, als der Mensch hinter mir weitersprach.

»Das ist ja ein unglaublicher Zufall, dass wir uns hier wiedersehen.«

Nun gut. Die Stimme klang nicht betrunken. Vielleicht war es doch keiner von den Poolpartyleuten. Egal, ich kannte hier niemanden. Und schließlich drehte ich mich prinzipiell nicht nach jedem um, der hinter mir anfing zu reden. Auch wenn mich der Klang seiner Stimme an irgendetwas erinnerte. Aber ich wusste nicht, woran.

Erst als er »Finde ich toll, dass Sie sich für meinen Blog interessieren« sagte, fuhr ich herum. Und erstarrte augenblicklich.

Hinter der Lehne meines Sessels stand – Max Mainberg persönlich und leibhaftig! Für einen Moment glaubte ich, Halluzinationen zu haben. Einen Sonnenstich vielleicht. Oder das Bier war mir nicht bekommen. Oder der Hummer. Aber er war es wirklich. Unser Hemingway aus Havanna. Der Reisemax, dessen Blog ich gerade hoch interessiert studierte. Krachend warf ich den Deckel des Laptops zu, was natürlich völlig sinnlos war, denn er hatte ja schon längst gesehen, was ich mir da gerade so eingehend angeschaut hatte. Max Mainberg trug knielange rote Badeshorts und ein zerknittertes T-Shirt mit Donald-Duck-Motiv, dazu ziemlich ausgelatschte Turnschuhe. Diesmal hatte er nicht sein gelbes Notizbuch, sondern ein zusammengerolltes buntes Badelaken in der Hand und sah mich mit breitestem Grinsen an.

»Wo – wo kommen Sie denn auf einmal her?!«, stammelte ich.

In Gedanken überschlug ich kurz, wie viele deutsche Urlauber derzeit für durchschnittlich wie lange in Kuba unterwegs sein mochten, setzte die geschätzte Anzahl der Hotels, die es in diesem Land gab, ins Verhältnis zu den einschlägigen touristischen Sehenswürdigkeiten zwischen Havanna und Santiago und kam zu dem Schluss: Die Wahrscheinlichkeit, dass Max Mainberg und ich uns hier in diesem abgelegenen, zweitklassigen Hotel über den Weg liefen, lag nach den Gesetzen der Mathematik praktisch bei null.

Seltsamerweise war es trotzdem passiert.

Sengende Hitze kroch mir den Nacken hoch. Was tat dieser Mann hier? Und vor allem: Wie lange mochte er schon hinter mir gestanden und mich beobachtet haben? War es tatsächlich Zufall, dass er seine Reise ausgerechnet hier unterbrochen hatte, oder hatte er Hanna und mich heimlich verfolgt? Es war mir äußerst unangenehm, dass er mich beim Betrachten seines Blogs erwischt hatte. Am Ende dachte er noch, ich würde mich für ihn interessieren.

»Ich übernachte hier im Hotel.« Max Mainberg setzte sich ungefragt neben mich auf die Armlehne des zweiten Sessels. »Sie etwa auch?«

Ich schüttelte den Kopf.

»Nein, ich ... Wir wohnen in einer kleinen Casa auf der anderen Seite der Bucht. Wir mussten hier in der Gegend einen Stopp einlegen, weil wir eine Autopanne hatten. Ich bin ins Hotel gekommen, um mal kurz ins Internet zu gehen. Wegen ... äh ... wegen des Wetterberichts«, fügte ich schnell hinzu.

»Ah.« Ich war mir nicht sicher, ob er mir das mit dem Wetterbericht abnahm. »Es tut mir leid, dass ihr eine Autopanne hattet. Aber ich glaube, in Kuba muss man sich ständig auf spontane Änderungen bei der Reiseplanung einstellen. Bei mir stand der Abstecher hierher eigentlich auch nicht auf dem Programm. Aber dann habe ich einen Anhalter mitgenommen, einen jungen Mann, der in der Hotelküche arbeitet und eine Mitfahrgelegenheit suchte – na ja, so bin ich hier gelandet. Und weil das Meer so traumhaft ist, habe ich gleich noch einen Tag drangehängt.«

Ich nickte. Das mit den Anhaltern, den Umwegen und den ungeplanten Übernachtungsstopps kannte ich ja selbst nur zu gut. Bloß für den freiwilligen Badeurlaub hatte ich kein Verständnis.

Max Mainberg rutschte von der Armlehne in den Sessel hinunter und betrachtete mich aufmerksam. Dann sagte er: »Wir kennen uns von irgendwoher, nicht wahr? Ich meine nicht Havanna. Ich meine, irgendwann früher. Seit wir uns das erste Mal auf der Dachterrasse des *Ambos Mundos* gesehen haben, zerbreche ich mir den Kopf darüber, wo es gewesen sein könnte. Auf einer Party? Oder sind wir uns beruflich mal über den Weg gelaufen? Ich komme ja ziemlich viel herum ...« Er strich sich mit einer kleinen, verlegenen Geste durch die Haare. »Es ist mir wirklich peinlich, aber ich komme nicht drauf, wo wir uns begegnet sein können. Es lässt mir einfach keine Ruhe.«

So etwas hörte ich öfter. Die Leute kannten mein Gesicht von Hello-TV, aber wenn sie mir auf der Straße oder sonst wo begegneten, hielten sie mich für eine entfernte Bekannte. Ich wurde oft gegrüßt, wenn ich unterwegs war. Ich nickte dann immer freundlich zurück, obwohl das für mich meist wildfremde Menschen waren. So ist das, wenn man auf der Skala der beliebtesten Moderatoren Deutschlands auf Platz 20 ff. liegt. Die Leute kennen zwar das Gesicht, aber nicht den dazugehörigen Namen. Man ist eben nur semiprominent.

»Tut mir leid«, sagte ich kühl. »Das muss ein Irrtum sein, ich kenne Sie jedenfalls nicht.«

»Nicht?« Es gefiel mir irgendwie, als ich sah, wie seine Kinnlade enttäuscht nach unten fiel. Sein überhebliches Grinsen war mir schon seit unserem ersten kurzen Gespräch im Café Paris auf die Nerven gegangen. Er hatte mich ausgelacht, als ich Salsa getanzt hatte. Es schadete gar nichts, wenn dieser Mensch mal einen kleinen Dämpfer bekam.

»Und ich war mir so sicher. Entschuldigung. Dann habe ich da wohl irgendwen verwechselt. Nun ja. Ich habe mich noch gar nicht vorgestellt. Ich heiße Max. Max Mainberg.

Aber ...«, fügte er mit einem Nicken in Richtung des Laptops hinzu, »... ich nehme an, das weißt du ja schon von meinem Blog. Es ist doch okay, wenn wir Du zueinander sagen – oder?«

Er reichte mir seine Hand, sie war warm und kräftig und gar nicht so unangenehm, wie ich es erwartet hatte.

»Und ich bin Katrin. Katrin Faber.«

Jetzt fiel bei ihm endlich der Groschen.

»Die Katrin Faber? Die aus dem Fernsehen?«

Ich nickte. Er lachte.

»Also daher kenne ich dich. Ja, natürlich! Von den ›Spaziergängen‹ bei Hello-TV. Wusste ich's doch, dass mir dein Gesicht vertraut vorkam. Du machst tolle Interviews. Aber ich hab deine Sendung schon länger nicht mehr gesehen. Kommt die neuerdings an einem anderen Tag? Jetzt sitzt da am Montagabend immer so eine durchgeknallte Blondine auf einem Sofa und stellt ihren Studiogästen peinliche Fragen. Wer hat sich denn diesen Quatsch ausgedacht?«

Auf einmal war mir Max gar nicht mehr ganz so unsympathisch.

Ich zuckte mit den Schultern.

»Ab und zu braucht es eben ein paar Veränderungen im Programm«, gab ich mich diplomatisch.

»Und wann läuft deine Sendung jetzt?«

»Ich, äh ... Ich habe mich verändert. Ich moderiere jetzt das ›Kaleidoskop‹ am Freitag.«

»Tatsächlich? Die Sendung kenne ich gar nicht.«

»Und das ist auch gut so«, hätte ich am liebsten gesagt. Doch ich schwieg lieber, während Max munter weiterplauderte.

»Das ist wirklich verrückt – oder? Da sind zwei Münchner Journalisten unterwegs in Kuba und laufen sich ständig über den Weg. Macht ihr hier Urlaub? Es ist ein fantastisches Land – oder? Ich habe ja wirklich schon viele Länder bereist, aber Kuba gehört zu meinen absoluten Highlights. Von Havanna war ich total begeistert, und das Meer hier an der Bucht ist ein Traum. – Sag mal ...« Sein Blick fiel wieder auf den Laptop, der hinter mir auf dem Tisch stand. »Woher kennst du eigentlich meinen Blog? Verfolgst du meine Berichte schon länger? Die Seite läuft fantastisch. Wie gefällt sie dir?«

Da war sie wieder, seine absolut nervende Selbstüberschätzung. Ich beschloss, in die Offensive zu gehen.

»Ehrlich gesagt habe ich deinen Blog erst gestern entdeckt. Ich hab dich gegoogelt, um herauszufinden, weshalb du diesen Taxifahrer Julio in Santiago treffen möchtest.«

Max schwieg für einen Moment verdutzt. Dann fragte er: »Wenn du meinen Blog vorher nicht kanntest – woher wusstest du dann, dass ich unterwegs nach Santiago bin? Wir haben darüber nie geredet.«

»Ich habe eins und eins zusammengezählt«, erklärte ich. »Ich weiß, dass du uns neulich im Café Paris belauscht hast. Du hast gehört, welchen Tipp uns die beiden Kubaner gegeben haben, und dann hast du dich gleich früh am nächsten Morgen bei dem alten Fischer am Malecón nach der *Bar Buena Vista* erkundigt. Du bist uns zuvorgekommen, wie wir von den Männern erfahren haben. Ich habe mir dann deinen Kreditkartenbeleg vom Café Paris angesehen, und so habe ich deinen Namen herausgefunden. Dich im Internet zu finden war nicht sehr schwer.«

»Wow.« Das war alles, was Max sagte. Er klang durchaus beeindruckt.

»Kleine journalistische Recherche«, entgegnete ich mit einer wegwerfenden Handbewegung. »Eine meiner leichtesten Übungen. Aber jetzt sag mir bitte, was willst du von Julius?«

Max zögerte mit der Antwort, während von draußen weiter das Getöse der Poolparty hereindröhnte. Wir sahen zur Tür, wo soeben einer der Feiernden herantappte. Nach ein paar Schritten blieb er mitten in der Hotelhalle stehen. Er war ein nicht mehr ganz junger, massiger Typ mit blankem, glänzendem Schädel, der locker hundertfünfzig Kilo auf die Waage brachte. Mit glasigen Augen und schwitzendem hochrotem Gesicht blickte er sich in der Lobby um, als hätte er diesen Teil des Hotels noch nie gesehen. Er trug ein weißes T-Shirt, das er bis zu den Achseln hochgerollt hatte, sein nackter, speckiger Bauch hing unansehnlich über den Gürtel seiner Jeans. In jeder Hand hielt er einen Plastikbecher, gefüllt mit Bier, aus denen er abwechselnd trank.

»Superparty hier«, brüllte er zu uns herüber, um dann hinzuzufügen: »Kommt mal raus, ihr zwei Hübschen. Warum feiert ihr nicht mit? Alkohol *is all inclusive*.«

Er lallte schon ein bisschen bei den vielen »l«.

»Danke, heute nicht«, antwortete Max, worauf der Dicke mit schwankenden Schritten zurück in den Hotelgarten taumelte, während das Bier aus seinen Bechern auf den roten Teppich schwappte.

»Oder würdest du gerne mitfeiern?«, fragte Max. Ich schüttelte schnell den Kopf.

»Bloß nicht.«

»Alles andere hätte mich auch gewundert. Partys scheinen nicht gerade dein Element zu sein. Bei deiner kleinen Tanzeinlage im Café Paris sahst du jedenfalls nicht sehr glücklich aus. Schade eigentlich. Wenn du mit mir getanzt hättest, dann hättest du garantiert mehr Spaß gehabt.«

Er zwinkerte mir zu, aber ich beschloss, seinen kleinen Flirtversuch zu ignorieren. Wir hatten wirklich Wichtigeres zu besprechen.

»Also«, nahm ich das Gespräch deshalb schnell wieder auf. »Weshalb verfolgst du uns? Was suchst du in Santiago?«

»Ich verfolge euch nicht«, sagte Max. »Ich bin lediglich auf der Suche nach diesem Taxifahrer, das stimmt. Genau wie ihr. Das ist doch nicht schlimm, oder? Ich gebe zu, ich war mehr als erstaunt, als ich mitbekam, wie ihr euch nach dem Mann erkundigt habt, und dann habe ich mich sehr gefreut, dass ich über euch einen Hinweis bekommen habe, wo ich ihn vielleicht finden kann.«

Für einen Moment schien das Grinsen in seinem Gesicht zu verlöschen, doch dann lächelte er wieder. »Ich habe vor einiger Zeit diesen Bericht über den alten Mann aus Deutschland in einem Magazin gelesen, es war derselbe Artikel, der euch offenbar auch neugierig gemacht hat. Jedenfalls habe ich gedacht, das ist doch sicherlich ein interessanter Mensch, den ich gerne kennenlernen möchte.«

»Einfach so mal kennenlernen ...«

»Ja.«

»Du hast keine Ahnung, wer dieser Mann ist und wo genau er lebt, und fährst nach Kuba, um ihn zu suchen?«

Max zögerte, dann sagte er, wobei er meinem Blick auswich: »Ja.«

Ich glaubte ihm kein Wort.

»Kein Mensch fährt einfach so nach Kuba, nur weil er das Foto eines alten Mannes in einem Zeitschriftenartikel gesehen hat«, rief ich.

Kein Mensch außer Hanna. Aber Hanna und Julius hatten sich ja mal gekannt vor langer Zeit. Sie wusste, wen sie suchte. Und warum sie ihn suchte. Das war etwas ganz anderes.

»Ich dachte, das könnte eine spannende Reportage für meinen Blog werden«, erklärte Max. »Es ist mein Job, durch die Welt zu reisen und interessante Leute kennenzulernen. Ich bin Reisejournalist. Ich bringe den Leuten in Deutschland die weite Welt ins Wohnzimmer. Im vorigen Jahr war ich mit meiner Reportage über einen Tuk-Tuk-Fahrer aus Kambodscha in der Endausscheidung um einen superwichtigen Journalistenpreis. Den Goldenen Griffel. Diesen Preis mal zu gewinnen, das wäre fantastisch. Den kennst du bestimmt, oder?«

»Äh, ja ... Ich glaub, ich hab schon mal davon gehört.« Verlegen pustete ich mir eine Locke aus der Stirn.

»Na ja, bei mir hat das am Ende leider nicht geklappt. Aber egal. So ein Journalistenpreis ist ja nun nicht das Wichtigste im Leben.« Max sah zu Boden, als studiere er das Muster des Teppichs neben seinem Sessel. Dann blickte er wieder auf. »Und ihr? Weshalb sucht ihr die Bar Buena Vista?«

»Nun ...« Ich zögerte eine Sekunde. Ganz sicher würde ich diesem Max nicht anvertrauen, was ich tatsächlich in Kuba zu tun hatte. Ich war mir ganz sicher, dass auch er mir etwas verheimlichte. Wie er meinem Blick ausgewichen war, als er gesagt hatte, der Goldene Griffel sei nicht so wichtig! Was für ein Unfug! Natürlich war der Goldene Griffel das Wichtigste im Leben. Jedenfalls im Leben eines Journalisten. Das war ihm ebenso klar wie mir.

Max brauchte nicht zu wissen, dass ich genauso scharf auf das Interview mit dem ehemaligen Revolutionär war wie er.

Dass wir beide mit derselben Geschichte um den Goldenen Griffel konkurrierten. Deshalb sagte ich: »Ich schreibe einen – äh ... einen Reiseführer über Kuba. Und da muss ich natürlich auch die schönsten Bars, die coolsten Kneipen, die angesagtesten Lokale vorstellen. Die Bar Buena Vista gehört unbedingt dazu. Da soll es übrigens einen fantastischen Cuba libre geben.« Das behauptete ich jetzt einfach mal so.

»Okay, verstehe.« Max grinste schon wieder. »Aber das finde ich ulkig, weil du überall immer nur Mineralwasser trinkst, wenn ich dich sehe.«

Da hatte er leider recht. Wie eine professionelle Cocktailtesterin wirkte ich vermutlich nicht gerade.

»Nun, es ist ... es ist – ein Reiseführer für Senioren. ›Kuba 60 plus‹ lautet der Arbeitstitel.« Ich schwindelte, ohne rot zu werden. »Deshalb begleitet mich die alte Dame. Sie ist fürs Probetrinken zuständig.«

Wenigstens das konnte ich guten Gewissens sagen.

»Interessant. Das ist ganz bestimmt eine Marktlücke, so ein Kuba-Reiseführer für Senioren.«

Ich nickte.

»Toll, dass deine Oma da mitmacht«, fügte er hinzu. »Sie scheint eine ziemlich coole Frau zu sein.«

»Oh nein. Hanna ist nicht meine Oma. Sie ist ...«

In diesem Moment klingelte mein Handy. Ich zog es aus der Tasche und sah auf dem Display: Es war Trixie. Einen Augenblick lang überlegte ich, die Mailbox einzuschalten, um mein Gespräch mit Max nicht zu unterbrechen. Aber dann dachte ich, dass es etwas Wichtiges sein könnte. Womöglich hatte sie eine Frage wegen ihrer Sendung. Und die Telefonverbindungen nach Deutschland waren hier ja nicht besonders stabil. Wer wusste schon, wann wieder ein Anruf von ihr durchkommen würde. Deshalb nahm ich das Gespräch an.

»Hallo, Trixie!«

»Hey, Katrin. Gut, dass ich dich endlich erreiche. Ich versuche es schon seit Stunden.«

Ich presste das Handy ans Ohr, das andere deckte ich mit der Hand zu, um Trixie besser verstehen zu können. Denn von der Poolparty lärmte es unvermindert in die Hotelhalle.

»Warte mal, der Empfang ist hier miserabel. Ich gehe mal eben vor die Tür.«

Ich signalisierte Max mit einer entschuldigenden Geste, dass ich mich für das Telefongespräch kurz zurückziehen würde, und stand auf. Die Drehtür spülte mich nach draußen vor den Hoteleingang, wo es inzwischen dunkel geworden war. Kein Mond schien, nicht ein einziger Stern blinkte. Der Himmel war finster bewölkt. Nur ein paar gelblich leuchtende Laternen spendeten etwas Licht. Zu sehen war niemand. Die drei Busse standen stumm und schwarz auf dem Parkplatz. Es war angenehm still.

»So«, sagte ich ins Telefon. »Jetzt verstehe ich dich besser. Bist du noch da, Trixie? Wieso rufst du so spät an? Bei euch ist es doch schon mitten in der Nacht.«

»Ich war heute ein bisschen unterwegs, und da ist es später geworden, und jetzt kann ich nicht schlafen, weil mir so viele Sachen durch den Kopf gehen.«

»Was gibt es denn? Mit wem warst du denn unterwegs?«

»Ach ... ist egal. Was ich eigentlich sagen wollte, war: Hast du das mit Ramona schon mitbekommen?«

»Was soll ich da mitbekommen haben? Ich kriege hier gar nichts mit. Es grenzt schon an ein technisches Wunder, dass ich deinen Anruf mitbekommen habe. Was ist los?«

»Ramona will sich auch um den Goldenen Griffel bewerben.«

»Ramona? Was für ein Blödsinn. Der Goldene Griffel ist ein ernsthafter Journalistenpreis und keine Zirkustrophäe.«

»Sie meint es ernst. Sie sagt, beim diesjährigen Thema sei sie genau die Richtige dafür. Keiner kenne sich mit Liebe, Lust und Leidenschaften so gut aus wie sie.«

»Pff«, machte ich. »Das ist ja lächerlich.«

»Na ja, pass auf: Sie hat in der nächsten Woche spektakuläre Studiogäste, sagt sie. Stell dir das mal vor: Sie hat Prinz William und Herzogin Kate eingeladen, um mit ihnen über die Liebe zu reden.«

»So ein Quatsch!«, rief ich. »Die kommen doch nie im Leben zu ihr ins Studio. Sicher will sich Ramona nur wichtigmachen.«

»Angeblich haben die beiden wirklich zugesagt. Auch Oliver ist schon ganz aus dem Häuschen. William und Kate machen einen Staatsbesuch in Deutschland. Dabei kommen sie auch nach München, und Ramona wird in ihrer Show ein exklusives Interview mit ihnen machen. Damit will sie sich dann um den Preis bewerben.«

Mir wurde unangenehm warm, als Trixie das sagte. Wenn Ramona tatsächlich mit Prinz William und Herzogin Kate auf ihrem Sofa saß, dann war das fast so spektakulär wie mein Interview mit meinem ehemaligen Revolutionär. Es würde ein verdammt harter Wettbewerb werden.

»Du musst dich ganz besonders anstrengen mit deinem kubanischen Taxifahrer«, fuhr Trixie fort, während ich ins Telefon schwieg. »Es muss das beste Interview deines Lebens werden. Hast du ihn schon gefunden?«

»Nicht direkt. Wir sind gerade unterwegs ans andere

Ende von Kuba, wo er angeblich lebt. Aber ich habe jemanden getroffen, der ihm ebenfalls auf der Spur ist. Diesen Max Mainberg, den du für mich gegoogelt hast. Er hat einen Reiseblog, mit dem er ziemlich erfolgreich ist, und kommt mir dauernd in die Quere.«

Ich hörte, wie Trixie kicherte.

»Ach, schade. Bloß ein Blogger. Und ich hatte tatsächlich gedacht, du hättest dich verliebt in diesen Mann!«

»Nein, ganz sicher nicht.«

»Was nicht ist, kann ja noch werden«, erwiderte Trixie. »Dem Foto nach sah der Typ doch ganz sympathisch aus.«

»Der Typ ist ein eingebildeter Kerl mit großer Klappe, der sich für den tollsten Journalisten unter der Sonne hält.«

Ich unterbrach mich, weil ich hörte, wie hinter mir jemand aus dem Hotel stolperte und einen lauten Rülpser ausstieß. Ich drehte mich um. Auf der Treppe vor der Eingangstür stand der Hundertfünfzig-Kilo-Mann von der Poolparty, der mit dem hochgerollten T-Shirt. Jetzt trug er gar kein T-Shirt mehr, sondern ein rosa-weiß geblümtes Bikinioberteil. Seine schwitzende Bauchschwarte schimmerte bleich im Laternenlicht.

»Hallo, schöne Frau!«, rief er mir mit schwerer Zunge zu. »Wie wär's mit uns beiden heute Nacht, *Señorita*?«

Das war nun wirklich keine Frage, auf die ich etwas antworten wollte, deshalb tat ich so, als hätte ich nichts gehört, drehte mich weg und marschierte ein paar Meter die Hotelauffahrt hinunter zum Parkplatz.

»Bist du noch dran?«, hörte ich Trixies Stimme im Telefon.

Aber ich kam nicht dazu zu antworten.

»Hey«, brüllte der Bikinimann mir nach. »Lauf nicht weg, *Señorita*. Nur eine Nacht, *Señorita*!«

Ich hörte, wie er schnaufend hinter mir herlief, und beschleunigte meine Schritte, das Handy noch immer in der Hand. Ich wünschte jetzt, ich wäre in der Hotellobby geblieben zum Telefonieren. Es war verdammt dunkel auf dem Parkplatz. Und verdammt einsam.

»Hab doch keine Angst vor mir«, rief der Bikinimann. »Ich tu dir doch nichts. Nur ein bisschen kuscheln.«

»Hallo?«, rief Trixie in mein Ohr. »Was ist da los bei dir?«

»Moment mal«, sagte ich. »Ich kann gerade nicht ...«

In diesem Moment stolperte ich, und das Telefon fiel mir im hohen Bogen aus der Hand. Ich fluchte leise und blieb stehen, um zu sehen, wo es gelandet war, konnte es aber nicht gleich finden, weil es so dunkel war. Ich entdeckte es in einem Blumenbeet. In der Sekunde, in der ich es aufgehoben hatte, war der Mann bei mir.

»Hab ich dich endlich, du freche Biene.« Er packte mich an den Schultern und hielt mich fest. Er roch nach einer unappetitlichen Mischung aus Bier und Schweiß. Ich blickte hastig auf das Display meines Handys. Es war zum Glück nicht zersplittert, aber die Verbindung zu Trixie war abgebrochen. Ich schrie: »Lass mich in Frieden, du Mistkerl!« und versuchte, ihn abzuschütteln. Aber er lachte nur.

»Das macht mich richtig scharf, wenn du dich wehrst, du kleine Wildkatze, weißt du das? Komm schon, gib mir einen Kuss! Sei nicht so schüchtern. Du willst es doch auch, *Señorita* ...«

»Ganz sicher nicht!«

Der Mann umklammerte mich wie ein Schraubstock und presste seinen Unterleib gegen meine Jeans, was sich widerlich anfühlte. Ich wollte um Hilfe schreien, aber ich brachte kein Wort mehr heraus, so entsetzt war ich. Ich hätte dem fetten Kerl gerne mein Knie in den Schritt gerammt, aber er hielt mich mit seinen ganzen hundertfünfzig Kilo umfangen, sodass mir kaum Luft zum Atmen blieb, geschweige denn zu einem Tritt. Ich wand mich in seinen feisten Armen. Ich versuchte, ihn mit der Hand, in der ich mein Handy umklammerte, zu boxen, ich bohrte die Fingernägel der anderen Hand in seinen schwitzenden Speck, ihn zu beißen wagte ich nicht, dazu war er zu ekelhaft. Ich beschimpfte ihn mit allen Schimpfwörtern und den ordinärsten Flüchen, die mir einfielen, aber das machte keinen Eindruck auf ihn. Ganz im Gegenteil, es schien ihm eher zu gefallen. Seine Hände waren überall, sein grässlicher Körpergeruch auch, er schnaufte und keuchte, und als er dann noch versuchte, mein Gesicht zu küssen, mit diesem labbrigen, stinkenden Mund, da hätte ich mich fast übergeben. Aber nicht mal das schaffte ich.

Plötzlich ging alles ganz schnell. Es wurde es laut an der Hoteltür, und jemand brüllte: »Lass die Frau los. Und zwar sofort!«

Der Jemand stürzte auf uns zu und riss den Mann von mir weg, sodass der über die Hotelauffahrt taumelte. Ich sah jetzt, wie noch mehr Leute aus dem Hotel kamen und den Kerl fortzogen. Aufgeregte Stimmen schwirrten auf Deutsch und Spanisch durch die Nacht. Ich hörte noch, wie der Mann rief: »Hey, was regt ihr euch denn so auf? Was soll denn das, die Kleine wollte bloß mit mir knutschen ...«

Dann verschwanden die anderen im Hotel, und ich war allein. Allein mit Max.

»Wo ... wo kommst du denn her?«, fragte ich ihn zum zweiten Mal an diesem Tag. Ich spürte, dass ich am ganzen Körper bebte.

»Alles okay mit dir?«, fragte er statt einer Antwort. »Hat er dir wehgetan, dieser Widerling?«

Ich schüttelte den Kopf.

»Nein, nein, es geht schon.«

Dabei klapperten meine Zähne wie Kastagnetten. Ich konnte nichts dagegen tun. Ganz langsam ließ ich mich auf den Betonrand eines Blumenkübels nieder. Mein Handy hielt ich noch immer in der Hand. Alles an mir zitterte.

Max setzte sich neben mich.

»Danke fürs Retten«, flüsterte ich.

Das Zähneklappern ließ jetzt etwas nach.

»Dieser Dreckskerl«, sagte er. Und das war noch untertrieben.

Ich war froh, dass Max mich nicht berührte, nicht etwa meine Hand nehmen oder tröstend den Arm um mich legen wollte. Ich hatte genug Umarmungen gehabt an diesem Abend. Auch wenn mir Max natürlich weit weniger unangenehm war als der feiste Bikinimann. Im Moment war er mir sogar fast ein bisschen angenehm.

»Woher wusstest du ...?« Mehr brauchte ich nicht zu fragen.

»Ich hab durch die Fenster im Foyer gesehen, wie der Typ dir nachrannte. Ich dachte, das sieht mir aber gar nicht nach einem romantischen Tête-à-tête aus.«

»Nein. Wirklich nicht. Er war furchtbar. Gut, dass du gekommen bist.«

»Ja, ich bin auch froh. Gern geschehen.«

Wir schwiegen. Ich sah, dass Trixie versucht hatte, mich noch einmal anzurufen, und mir dann eine SMS geschrieben hatte: »Du warst plötzlich weg. Alles o.k.? Ist das blöde kubanische Telefonnetz zusammengebrochen?«

»Alles in Ordnung«, tippte ich mit bebenden Fingern. »Lass uns morgen telefonieren.«

Ich schickte die SMS ab und schob mein Handy in die Hosentasche. Ich fühlte mich schmutzig und wollte nur noch duschen und frische Klamotten anziehen.

»Na ja«, sagte ich schließlich. »Ich muss jetzt nach Hause.«

Ich sagte »nach Hause«, obwohl ich natürlich die Casa Caribe meinte. Am liebsten hätte ich einen Zauberknopf gedrückt, um beim nächsten Wimpernschlag in meinem richtigen Zuhause zu sitzen. Auf dem Sofa in meiner Wohnung zwischen all den dicken bunten Kissen mit einer schönen Tasse Pfefferminztee vor mir auf dem Tisch. Weit, weit weg von Kuba, von diesem billigen Hotel und dem widerlichen Bikinimann. Ich wünschte, ich hätte das alles hier nur geträumt. Aber natürlich gab es keinen Zauberknopf. Deshalb musste ich vorerst mit der Casa Caribe vorliebnehmen.

»Wie kommst du zurück?«, fragte Max.

»Es sind nur zwei Kilometer. Die laufe ich.«

Ich wollte auf keinen Fall zurück in die Hotellobby gehen und mir dort ein Taxi rufen. Womöglich wäre ich dem Typen da noch einmal begegnet, und darauf hatte ich definitiv keine Lust.

»Zwei Kilometer ganz allein im Stockfinstern? Das halte ich für keinen guten Plan. Da sind mehr als genug andere besoffene Kerle am Pool. Ich möchte nicht, dass die womöglich auch noch auf die Idee kommen, hinter dir herzuspazieren.«

Das wollte ich auch nicht.

»Ich fahr dich mit dem Motorrad«, erklärte Max und stand auf. »Komm.«

Jetzt nahm er doch meine Hand und half mir hoch. Ich folgte ihm über den Parkplatz, wo die Harley-Davidson neben einem Oleanderbusch stand, und fragte mich, weshalb ich das Motorrad vorhin nicht bemerkt hatte. Er zog den Schlüssel aus seiner Hosentasche und steckte ihn ins Schloss.

»Warte hier einen Moment. Ich hole schnell den Helm aus meinem Zimmer. Falls irgendjemand kommt, der dich schief ansieht, drück auf die Hupe hier.«

Er zeigte auf einen verchromten Totenkopf am Lenker.

Ich nickte. Aber trotzdem hatte ich ein mulmiges Gefühl, auf dem dunklen Parkplatz allein zu bleiben. Meine Zähne fingen gleich wieder ein bisschen an zu klappern. Es war nicht zu überhören. Vielleicht hatte ich vorhin tatsächlich einen klitzekleinen Schock erlitten.

Max legte eine Hand auf meine Schulter, sah mich an und sagte: »In zwei Minuten bin ich wieder da. Versprochen.«

Mit diesen Worten sprintete er zurück zum Hotel. Ich sah ihm nach, und um mich zu beruhigen, begann ich, leise zu zählen: »Eins, zwei, drei, vier ...« Bei hundertneunzehn hatte ich schon den Helm auf.

»Und du?«, fragte ich, während Max am Kinnriemen herumnestelte und den Verschluss einschnappen ließ.

»Ich muss es leider riskieren, ohne Helm zu fahren. Ich hab nur einen. Wird schon nichts passieren. Ich fahre ganz vorsichtig. Wo wohnst du überhaupt?«

Ich erklärte ihm den Weg zu Mercedes' Casa, zum Glück war er ziemlich einfach. Max stieg auf. Ich kletterte hinter ihm auf den Sitz.

»Halt dich an mir fest«, sagte er, und ich legte meine

Arme um seine Hüfte. Er trug jetzt eine schwarze Lederjacke mit Fransen über seinem T-Shirt. Es kam mir komisch vor, einen fremden Mann zu umarmen. Lieber hätte ich mich hinten am Gepäckträger festgehalten. Aber die Harley hatte da nichts zum Festhalten. Immerhin fühlte sich Max' schlanker Körper wesentlich angenehmer an als der schwitzende nackte Betrunkene von vorhin.

Max ließ die Maschine an, die ein tiefes Blubbern von sich gab. Dann rollten wir los.

20

Als wir vor der Casa Caribe anhielten, hatte ich Max eigentlich gleich wieder zurück zum Hotel schicken wollen. Doch nachdem ich vom Motorrad gestiegen war und ihm den Helm zurückgegeben hatte, wäre ich mir schäbig vorgekommen, wenn ich einfach Danke und Lebwohl gesagt hätte. Ich zögerte kurz, dann gewann meine gute Erziehung die Oberhand.

»Möchtest du noch kurz mitkommen, was trinken?«, fragte ich in der Hoffnung, dass er »Nein, danke, ich fahre lieber gleich zurück« sagen würde. Denn eigentlich kannten wir uns ja gar nicht. Und es gab keinen Grund, weshalb sich das heute ändern sollte.

Aber Max sagte zu meinem großen Erstaunen: »Klar, das wäre toll.«

Die Familienfeier in der Casa Caribe war schon ein bisschen geschrumpft, als wir in den Garten kamen. Nur noch Hanna, Mercedes und Ernesto saßen am Tisch auf der Veranda, auf dem sich eine stattliche Anzahl von Flaschen und Gläsern angesammelt hatte. Eine Lichterkette baumelte unter dem Balkon, außerdem sorgten eine Laterne an der Hauswand und ein paar Kerzen auf dem Tisch für etwas Helligkeit. Irgendwo jenseits des Zauns rauschten die Wellen an den Strand.

»Na, das ist ja eine Überraschung!« Hanna entdeckte uns als Erste. »Wen hast du denn da mitgebracht?«

»Hallo, ich bin Max«, sagte Max.

Erst als er näher an das Licht trat, erkannte sie ihn.

»Ja, das ist doch unser Mann aus Havanna! Was machen Sie denn hier?«

Max und ich erklärten, wie wir uns im Hotel zufälligerweise wiedergetroffen hatten und warum er mich hergefahren hatte, was damit endete, dass Max wie ein Held gefeiert wurde. Als hätte er mich unter Einsatz seines Lebens aus den blutigen Pranken eines Feuer speienden Drachen gerettet. Na ja, so ähnlich war es ja auch gewesen.

Mercedes ging in die Küche und mixte noch ein paar Cocktails für alle. »Cuba libre zur Feier des Tages«, rief sie, während sie wieder herauskam und das runde Tablett mit den Gläsern auf den Tisch stellte. Max reichte mir eines.

»Hier, probier mal, für deine Reiseführerrecherche«, sagte er und sprach weiter, als würde er einen Text vorlesen: »Mercedes und Ernesto von der herrlich gelegenen Casa Caribe sind nicht nur sehr freundliche Gastgeber, sie mixen außerdem ganz vorzügliche Cocktails ... So in etwa wirst du es in dein Buch schreiben, oder? Ich werde mir den Reiseführer auf jeden Fall kaufen. Wann wird er denn erscheinen?«

Ich biss mir auf die Lippen und nahm ihm das Glas ab. Dabei schielte ich zu Hanna hinüber, aber sie schien Max' Bemerkung nicht gehört zu haben, denn sie erkundigte sich bei Mercedes gerade nach dem besten Mischungsverhältnis von Cola und Rum für einen Cuba libre.

»Das steht noch nicht genau fest«, murmelte ich ausweichend.

Um als Autorin eines Kuba-Reiseführers mit Schwerpunkt Bars/Gastronomie etwas glaubwürdiger zu wirken, verzichtete ich darauf, wie üblich um ein Glas Mineralwasser zu bitten, und nippte an meinem Cocktail. Er schmeckte stark und kalt, und ich hatte den Eindruck, dass der Rum durch mein Gehirn flutete, kaum dass ich den ersten Schluck getrunken hatte. Es war nicht das schlechteste Gefühl an einem Tag wie diesem.

»Prosit!«, rief Hanna mir von der anderen Seite des Tisches zu. »Auf das Leben! Auf die Freunde! Auf die Liebe!«

Ich hätte am liebsten »Und auf die Karriere!« hinzugefügt, hatte aber den Eindruck, dass dieser Trinkspruch gerade nicht passend war. Deshalb nickte ich nur.

»Auf Kuba!«, rief Max. »Auf dieses spektakuläre Land und auf das große Wunder unseres Wiedertreffens!«

Es wurde eine lange Nacht. Max erzählte von den vielen Reisen, die er schon gemacht hatte, und was für unglaubliche Dinge er dabei erlebt hatte. (Eine Notlandung mit einem kleinen Flugzeug in der Wüste Gobi zum Beispiel und einen Vulkanausbruch auf Hawaii.) Mercedes berichtete von ihrem Leben in Kuba und wie sich gerade alles veränderte, weil so viele Touristen ins Land kamen. Ernesto war relativ schweigsam und sah mal mich, mal Max an, als fragte er sich, ob es nicht vielleicht besser gewesen wäre, mit mir zu den Flamingos zu fahren anstatt zum Hotel Playa Coco Club. Hanna schwärmte von Havanna und schilderte, wie uns der Taxifahrer vom Flughafen die Geschichte vom abgebrannten Hotel aufgetischt hatte und die beiden Mädchen von der Tankstelle dafür gesorgt hatten, dass wir bis nach Viñales fuhren. Ich war froh, dass sie den Grund unserer Reise nicht erwähnte.

Auf einmal zuckte ein Blitz über den schwarzen Himmel. Er tauchte die Palme neben dem Haus für einen Moment in grelles weißes Licht. Eine Sekunde später krachte ein Donnerschlag durch die Nacht, und dann begann es wie auf Knopfdruck zu regnen. Es war, als hätte jemand einen Vorhang heruntergelassen. Es tropfte nicht, es strömte, als wenn jemand hoch oben in den Wolken eine gigantische Dusche aufgedreht hätte. Augenblicklich stand der kleine Garten unter Wasser, und der schmale sandige Weg und das Fleckchen Gras verwandelten sich innerhalb weniger Sekunden in eine Matschlandschaft.

»Gut, dass wir das Verdeck über unser Cabrio gespannt haben«, sagte ich. »Hoffentlich hat es keine Löcher.«

Ernesto nickte. »Aber der Wagen steht schon längst bei meinem Kumpel in der Scheune. Da ist er sicher. Morgen früh ist er übrigens schon fertig.«

Es beruhigte mich sehr zu wissen, dass das Auto bei diesem Wetter nicht verlassen und allein an der Autobahn stand. Und dass die neuen Reifen schon bald drauf sein würden, freute mich noch mehr.

Wir saßen auf der Veranda im Trockenen und betrachteten schweigend und staunend das tropische Gewitter. Der Sturm zauste an den langen Blättern der Palme, er sauste heulend um den Giebel des Hauses, und ich hörte, wie das Meer tobte. In immer schnellerer Folge erhellten Blitze den Himmel und krachten Donner durch die Nacht.

»Lieber Max«, sagte Hanna nach einer Weile. »Ich befürchte, Sie werden heute nicht mehr zurück ins Hotel kommen.«

Sie hatte recht. Es regnete weiter wie aus Kübeln. Selbst wenn es Max nicht gestört hätte, unterwegs nass zu werden, so war eine Motorradfahrt bei diesem Wetter unmöglich: Vermutlich standen alle Straßen unter Wasser, und mit ihren tiefen Schlaglöchern waren sie vorerst nicht zu befahren, falls man nicht lebensmüde war.

»*No hay problema*«, erklärte Mercedes. »Kein Problem. Sie schlafen hier, Max. Wir haben noch ein bequemes Sofa im Wohnzimmer frei.«

Jedes Mal wenn ich später an diese Nacht zurückdachte, kam ich zu dem Schluss, dass es am Cuba libre gelegen haben musste. Ich war es schließlich nicht gewohnt, Alkohol zu trinken. Und schon gar nicht diesen kräftigen kubanischen Rum. Ich war es ja nicht einmal gewohnt, Cola zu trinken. Allein die Cola hätte vermutlich schon gereicht, um mich auf merkwürdige Ideen zu bringen. Kein Wunder also, dass ich Dinge tat, die ich normalerweise und mit klarem Verstand bestimmt nie im Leben getan hätte – aber der Reihe nach:

Max nahm Mercedes' Angebot gerne an. Es war weit nach Mitternacht, als wir die Veranda verließen und ins Haus gingen. Mercedes holte eine Decke und ein Kissen aus einem geräumigen Wandschrank und zeigte Max seinen Schlafplatz im Wohnzimmer. Er machte es sich gleich auf dem großen, knarzenden roten Sofa bequem. Hanna und ich verzogen uns nach oben in unser Gästezimmer.

»Was für ein wunderschöner Abend!«, sagte sie, während wir hintereinander die schmale Wendeltreppe hinaufstiegen. »Aber eines verstehe ich nicht. Da sitzen gleich zwei so nette junge Männer am Tisch, und du zeigst beiden die kalte Schulter.«

Ich hatte den Eindruck, sie war ein bisschen beschwipst von den Mojitos und Cuba libres, die sie getrunken hatte. Deshalb nahm ich an, dass sie keine Antwort erwartete.

»Das ist wirklich ein fescher Kubaner, dieser Ernesto«, fuhr Hanna fort und hielt auf dem obersten Treppenabsatz einen Moment inne, um sich zu mir umzudrehen. »So attraktiv ... und so charmant. Also, wenn ich in deinem Alter wäre, oh, oh, ich hätte mein Herz ganz sicher an diesen Burschen verloren ...«

»Aber du bist nicht in meinem Alter«, unterbrach ich sie. »Und außerdem habe ich keine Lust, mein Herz an jemanden zu verlieren, der mehr als achttausend Kilometer von mir entfernt wohnt.«

»Da hast du leider recht, das ist auf die Dauer etwas unpraktisch.« Hanna öffnete die Tür zu unserem Zimmer und trat ein. »Und wie wäre es mit diesem Max? Der scheint mir auch ein ganz bezaubernder Mann zu sein.«

»Bitte! Hanna!«

»Ach, Schätzchen, was ist denn daran so abwegig? Ich verstehe gar nicht, weshalb du dich Max gegenüber so schroff verhältst. Er hat dich den ganzen Abend angelächelt. Und er hat uns so reizend mit seinen Reisegeschichten unterhalten.«

»Schon möglich. Ich bin ihm ja auch dankbar, dass er mich vor diesem grässlichen betrunkenen Typen gerettet hat. Aber das ist auch alles. Ich traue ihm nicht ganz. Er verheimlicht uns etwas. Er will nicht verraten, weshalb er auch nach Julius sucht.«

Hanna zuckte mit den Schultern und ließ sich auf der Bettkante nieder.

»Na und? Jeder Mensch hat seine Geheimnisse. Er wird schon seine Gründe haben. Ich finde ihn nett, und er scheint dich auch zu mögen.« Sie blickte mich kopfschüttelnd an. »Du solltest nicht immer so streng mit dir sein, Katrin. Lass es doch mal ein bisschen lockerer angehen. Es würde dir guttun, dich mal wieder zu verlieben.«

»Tut mir leid, Hanna, ich bin nicht nach Kuba gekommen, um mich zu verlieben. Sondern um Julius zu suchen. Im Übrigen habe ich genaue Vorstellungen von dem Mann, in den ich mich verlieben möchte, und Max entspricht diesen Vorstellungen leider überhaupt nicht.«

Hanna seufzte.

»Mein Julius war nun auch nicht gerade der Typ Mann, von dem ich als Mädchen immer geträumt hatte. Aber es ist passiert. Liebe lässt sich nicht planen. Liebe macht, was sie will.«

»Genau das werde ich verhindern«, erklärte ich. »Du hast doch am eigenen Leib erfahren, wie das ist, wenn man sich in den falschen Mann verliebt. Auf einmal war er weg. Und ich habe auch meine schlechten Erfahrungen gemacht. Ich habe vor, künftig auf Nummer sicher zu gehen. Ich will den perfekten Mann oder gar keinen.«

»Ach, Katrin. Perfekt ist wie der Horizont: Man erreicht ihn nie.« Hanna schleuderte ihre Pantoletten von den Füßen. »Außerdem verpasst man so viel, wenn man sich nur stur auf ein Ziel konzentriert. Schau dich um, das Leben hat so viel Schönes zu bieten. Du musst ihm nur die Chance geben, dich zu finden.« Hanna sah mich einen Moment lang nachdenklich an, dann fuhr sie fort: »Weißt du, früher hat es eine Zeit gegeben, in der auch ich immer sehr vernünftig war. Kurz nachdem Julius mich verlassen hatte und in den vielen Jahren meiner Ehe mit Viktor. Oh ja, ich war eine funktionierende, bestens organisierte Frau. Ich habe keinen Vorsorgetermin beim Arzt verpasst. Ich habe regelmäßig unseren Gefrierschrank abgetaut. Ich bin niemals ohne Fieberthermometer, Wärmflasche und Regenmantel verreist. Ein Wunder, dass ich nicht noch einen Fallschirm dabeihatte. Aber irgendwann habe ich festgestellt, dass mich dieses Leben nicht glücklich gemacht hat, und nach Viktors Tod habe ich beschlossen, mich zu ändern. Ich versuche jetzt nicht mehr, perfekt zu sein. Ich mache verrückte Sachen und denke weniger nach. Ich riskiere mehr. Ich lasse mich treiben. Ich nehme nicht mehr alles so ernst. Ich besuche fremde Länder und fremde Menschen. Ich betrachte mehr Sonnenuntergänge und weniger Versicherungspolicen. Ich esse mehr Eiscreme und weniger Spinat. Ich tanze mehr Salsa und lese weniger Zeitung. Ich habe mein Leben nicht im Griff. Ich nehme alles, wie es kommt, und manchmal geht was schief. Aber ich genieße jede Sekunde Glück, denn ich weiß ja nicht, wie viele ich davon noch haben werde.«

Eine Weile war es still im Zimmer, nur draußen rauschte der Regen.

»War das jetzt eine Predigt?«, fragte ich.

»Nein.« Hanna lachte. »Das war eine Liebeserklärung.«

Sie drückte mich kurz an sich, ein Hauch von Mojito umwehte mich, dann stand sie auf und verschwand im Badezimmer.

Wenig später lag ich neben ihr und lauschte ihren gleichmäßigen Atemzügen. Hanna war eingeschlafen, kaum dass sie sich ihr Nachthemd angezogen und im Bett ausgestreckt hatte. Ich aber war hellwach. Mir schwirrten noch alle Erlebnisse des Tages durch den Kopf. Die Autopanne, der grässliche betrunkene Typ vom Hotel, der Abend mit Max, vor allem Hannas kleine Ansprache gerade eben.

Hanna hat gut reden, dachte ich. Sie ist eine reiche alte

Frau, was riskiert sie schon. Ich versuchte, mir eine vernünftige Hanna vorzustellen, eine, die weniger albern war und weniger lachte. Es gelang mir nicht.

Ich dachte an Max, der mir tatsächlich nicht mehr ganz so unsympathisch war wie neulich noch. Und das nicht nur wegen seiner Heldentat vor dem Hotel. Er konnte ziemlich witzig erzählen. Aber da war trotzdem noch etwas an ihm, das mich misstrauisch machte. Irgendetwas stimmte nicht, da war ich mir ganz sicher. Außerdem hatte er mich bei meinem peinlichen Salsa-Tanz ausgelacht. Und dieses Donald-Duck-T-Shirt ... unmöglich. Nein, Hanna lag völlig falsch. Max war ganz sicher nicht der Richtige für mich.

Ich dachte an Julius, ich dachte an mein Interview und an den Goldenen Griffel. Ich stellte mir vor, wie es wäre, wenn wir Julius endlich finden würden, wie er reagieren würde, wenn ich ihn um ein Interview bat. Plötzlich tauchte eine albtraumhafte Szene vor meinem inneren Auge auf: Ich sah Julius vor mir, wie er den Kopf schüttelte. »Schon wieder ein Interview? Bitte nicht. Da war gestern schon so ein junger Mann da, der mich ausgequetscht hat. Was wollte er nicht alles wissen über die Revolution damals. Über meine Zeit mit Che Guevara und Fidel Castro. Ich bin noch ganz erschöpft von den vielen Fragen und Antworten, bin schließlich nicht mehr der Jüngste. Bitte haben Sie Verständnis, liebe Katrin, aber ich möchte wirklich nicht noch einmal darüber reden. Vielleicht in zwei Wochen, wenn ich mich ein bisschen erholt habe. Oder besser in zwei Monaten ... Aber nicht jetzt.«

In zwei Wochen oder in zwei Monaten wäre alles zu spät. Ich war jetzt in Kuba, und ich musste jetzt mit Julius reden, sonst war die ganze Reise vergeblich. Da konnte Hanna so viel von Entspannung und Sich-treiben-Lassen reden wie sie wollte!

Mit einem Ruck saß ich kerzengerade im Bett. Es durfte auf keinen Fall passieren, dass Max diesen Julius vor uns fand. Er musste aufgehalten werden. Ich musste unbedingt verhindern, dass er weiterfahren konnte. Koste es, was es wolle.

Eine TV-Dokumentation über ungelöste Kriminalfälle kam mir in den Sinn, die ich neulich gesehen hatte und in der jemand mit einem Messer die Reifen eines Motorrads zerstochen hatte. Aber so etwas Gemeines kam für mich natürlich nicht infrage. Ich wollte seine Weiterreise nur ein wenig verzögern, ohne mich einer Sachbeschädigung schuldig zu machen, und ich wusste auch schon wie.

Sehr leise, um Hanna nicht zu wecken, stieg ich aus dem Bett. Die Matratze quietschte ein bisschen, und Hanna gab ein schmatzendes Geräusch von sich. Ich verharrte eine Sekunde abwartend, doch sie drehte sich nur auf die andere Seite und schlief weiter. Mit bloßen Füßen schlich ich durchs Zimmer. Als ich die Tür vorsichtig öffnete, knarrte sie ein wenig. Ich blieb noch einmal einen Moment zögernd stehen, aber im Zimmer rührte sich nichts.

Stufe für Stufe stieg ich die Treppe hinunter. Auch unten im Haus war alles still. Die Tür zum Wohnzimmer war nur angelehnt. Ich blinzelte hinein. Die Vorhänge am Fenster waren nicht ganz zugezogen, und ein schmaler Streifen Laternenlicht fiel von draußen auf das Sofa. Ich erkannte Max' dunklen Haarschopf auf einem Kissen und einen nackten Fuß, der am anderen Ende des Sofas unter der Decke hervorschaute. Auch Max schien tief und fest zu schlafen.

Inzwischen hatte das Gewitter nachgelassen. Es tröpfelte nur noch ein wenig vor den Fenstern. Ich tappte leise in die Küche und drückte die Klinke der Verandatür herunter. Tatsächlich, sie war nicht abgesperrt. Ein frischer Wind fegte ins Haus, als ich die Tür leise aufmachte und hinaus auf die Veranda schaute.

Da sah ich, was ich gesucht hatte. Max' Motorradjacke hing noch immer an der Lehne des Stuhls, auf dem er vorhin gesessen hatte. Und in einer seiner Jackentaschen steckte – wie ich wusste – sein Motorradschlüssel! Ich musste ihn nur herausholen und ihn irgendwo verstecken, in dem schlammigen Stück Rasen neben dem kleinen Gartenweg vielleicht, sodass es aussah, als wäre er ihm dort aus der Tasche gefallen. Bis er den Schlüssel finden würde, bis die Schlaglöcher auf den Straßen so weit getrocknet waren, dass er losfahren konnte, bis er dann ins Hotel Playa Coco Club zurückkäme, seine Sachen geholt hätte und aufbrechen konnte – tja, bis dahin würden Hanna und ich hoffentlich einen hübschen Vorsprung haben.

Wie gesagt, hätte ich nicht diesen Cuba libre getrunken, wäre ich so nüchtern und vernünftig gewesen wie immer, und dann wäre mir diese Idee bestimmt nicht so überaus genial erschienen, wie es nun der Fall war.

Vor allem aber wäre ich dann sicher nicht über die Türschwelle gestolpert, als ich aus der Küche auf die Veranda trat. So aber geriet ich beim ersten Schritt nach draußen ins Straucheln. Ich ruderte mit den Armen durch die Luft, doch das Einzige, was ich zu fassen bekam, war einer der Schaukelstühle, der aber keineswegs nur schaukelte, als ich danach griff, sondern mit unüberhörbarem Poltern auf den hölzernen Boden der Veranda kippte. Dabei stieß er leider auch noch gegen den Tisch, auf dem ein paar vergessene leere Gläser standen. Allerdings nicht mehr lange, denn durch den Schubs gegen den Tisch stürzten mehrere Gläser um, rollten hinunter und zersprangen klirrend auf den Holzplanken. Das Allerschlimmste aber war, dass ich selbst zu Boden ging, nachdem ich den Schaukelstuhl umgestoßen hatte. Dabei knickte ich so unglücklich mit dem rechten Fuß um, dass ich ein leises Wimmern ausstieß. Ich schloss für einen Moment die Augen und presste die Hand gegen den schmerzenden Knöchel.

Aus dem Haus kam ein Geräusch. Ich hielt den Atem an und hoffte sehr, dass es nur ein Luftzug war, der drinnen eine Tür zum Klappern gebracht hatte. Aber es war kein Luftzug. Es war Max. Erst quietschte eine Holzdiele, dann stand er hinter mir in der Verandatür.

»Was machst du denn hier draußen?«, fragte er. »Kannst du nicht schlafen? Wieso sitzt du da unten?«

»Ich glaube«, jaulte ich, »heute habe ich meinen Pechtag.«

»Oje. Du Arme. Aber vielleicht ist es auch dein Glückstag, weil ich immer in der Nähe bin, wenn dir etwas zustößt. Was ist passiert? Bist du gestürzt?«

Ich nickte und schämte mich und fand auf einmal, dass es eine ziemlich bescheuerte Idee gewesen war, seinen Motorradschlüssel aus der Jackentasche holen zu wollen.

»Ich konnte nicht schlafen und wollte nur ein bisschen frische Luft schnappen«, behauptete ich. »Dann bin ich gestolpert. Und jetzt habe ich Schmerzen im Knöchel.«

Max kniete sich neben mich.

»Zeig mal, wo tut's denn weh?«

Er nahm meinen angeknacksten, nackten Fuß in die Hände, worauf ich leise »Aua« rief.

»Oh, Entschuldigung.« Er legte meinen Fuß vorsichtig wieder ab. »Vielleicht hast du dir was verstaucht. Ich werde dir den Knöchel bandagieren.«

»Nein, nein, lass nur! Das ist doch gar nicht ...«

Noch bevor ich »nötig« gesagt hatte, war Max aufgestanden. Er ging in die Küche und kam mit einem Geschirrhandtuch und einer Tasse voller Eiswürfel zurück.

»So was muss gekühlt werden. Ich hoffe, Mercedes kann eines von ihren Tüchern entbehren.« Er legte die Eiswürfel in das Tuch, rollte es zusammen und wickelte es vorsichtig um meinen Fuß.

»Es sieht nicht besonders fachmännisch aus, ist aber mit Liebe gemacht. Hilft es schon ein bisschen?«

»Ich ... ich weiß nicht. Vor allem ist es kalt.«

Max holte die Motorradjacke von der Stuhllehne und legte sie mir über die Beine.

»Besser?«

Ich nickte.

»Okay.«

Dabei war gar nichts okay. Ich spürte nämlich ein merkwürdiges Kribbeln, das sich über meinen ganzen Körper auszubreiten schien, und einen beschleunigten Pulsschlag. Es beunruhigte mich sehr. Ich versuchte, mich an alles zu erinnern, was ich je über Komplikationen einer Fußknöchelverstauchung gehört oder gelesen hatte. Aber ich war mir sicher, dass von Herzrasen und Atemnot dabei nie die Rede gewesen war. Vermutlich war ich ein medizinischer Sonderfall.

Max setzte sich neben mich auf den Holzboden der Veranda, was den Galopp meines Herzens noch ein wenig beschleunigte.

»Willst du nicht schlafen gehen?«, fragte ich. »Ich brauche keinen Aufpasser.«

»Ich bin auch noch nicht müde. Und vielleicht ist es ja doch besser, wenn jemand auf dich aufpasst, damit dir nicht noch was passiert heute Nacht.«

Ich hörte das Lächeln in seiner Stimme. Es brachte ein Organ in mir zum Schwingen, von dem ich bislang nicht gewusst hatte, dass es existierte. Von dem ich nicht einmal wusste, wie es hieß und wo es lag. Irgendwo zwischen Milz und Kleinhirn. Es war etwas, das dafür sorgte, dass mir warm wurde, trotz des Eisverbandes, und mein Herz schneller schlagen ließ.

Wir schauten schweigend in die Nacht. Die schwarzen Wolken am Himmel rissen jetzt auf, und über uns kamen ein paar Sterne durch.

»Das Gewitter ist vorbei«, stellte ich fest, um etwas zu sagen, während ich mir weiter Sorgen um meinen Blutdruck machte. Vielleicht wurde ich ja gerade krank. Irgendetwas stimmte nicht mit mir. Ob ich Fieber hatte!? Spürte ich bereits grippeartige Symptome? Hoffentlich bekam ich nicht noch Schüttelfrost. Ich horchte in mich hinein, aber abgesehen von dem stürmischen Herzklopfen ging es mir eigentlich gut.

Wir hörten das sanfte Geräusch der Wellen, die ein paar Meter vor uns über den Strand rollten, und einen Nachtvogel, der im Gebüsch neben dem Haus zu trällern begann. Ein paar dicke Nachtfalter flatterten um die Laterne, die unter dem Balkon baumelte. Und dann tauchte wie bestellt aus einer Wolke ein dicker runder Mond auf. Sein Licht spiegelte sich hell auf den Wellen des Meeres.

»Sieh mal«, sagte Max, »der Vollmond, wie riesig der ist.

Kein Wunder, dass wir nicht schlafen können. Ich glaube, so einen gigantischen Vollmond habe ich noch nie gesehen. Der ist irgendwie besonders heute, findest du nicht auch?«

»Ja«, hörte ich mich sagen. Obwohl der Vollmond im Grunde genauso aussah wie alle anderen Vollmonde, die ich in den vergangenen dreiunddreißig Jahren erlebt hatte: rund, gelb und leuchtend, wie Vollmonde eben so aussehen. Trotzdem, ich musste zugeben, heute war irgendetwas anders. Der Mond kam mir schöner vor als sonst, runder, gelber, leuchtender. Irgendwie geheimnisvoller ...

Was physikalisch gesehen natürlich völliger Quatsch war.

»Findest du nicht auch, dass er aussieht wie ein lachendes Gesicht?«, fragte Max. »Oder – nein, wie ein frisches, glänzendes Omelett! Auf jeden Fall: magisch!«

»Ein Mond ist ein Mond«, erklärte ich energisch, »egal ob man auf einer Veranda in der Karibik oder auf seinem Balkon in München-Giesing sitzt. Es handelt sich um einen umfassend erforschten Himmelskörper. Die Details sind bekannt: Er hat einen Durchmesser von knapp dreitausendfünfhundert Kilometern, ist mehr als dreihundertachtzigtausend Kilometer von der Erde entfernt und reflektiert das Sonnenlicht. Und das, was dir wie ein lachendes Gesicht vorkommt, sind Krater auf der Mondoberfläche. Daran ist nun wirklich ganz und gar nichts Magisches.«

Max lachte leise. »Besonders romantisch veranlagt bist du nicht, oder?«

Ich zuckte mit den Schultern. »Romantik ist nur eine kulturgeschichtliche Epoche.«

Es gab überhaupt keinen vernünftigen Grund, in diesen Himmelskörper da oben irgendetwas Sentimentales hineinzuinterpretieren. Romantik? Magie? Das war doch lächerlich. Vermutlich hatte ich Bewusstseinsstörungen, weil ich zu viel Cuba libre getrunken hatte.

Und Max offenbar auch, denn er sagte: »Ich könnte die ganze Nacht mit dir hier sitzen.«

Das Schlimme war: Mir ging es genauso. Es war wirklich völlig unsinnig. Gerade noch hatte ich seinen Motorradschlüssel verstecken wollen, damit wir ihn auf dem Weg nach Santiago abhängen konnten, und jetzt? Jetzt wünschte ich, ich könnte die Zeit anhalten. Genau jetzt. Damit dieser Moment nie mehr aufhörte. Dieser Moment mit dem Mondlicht und den Sternen, dem Wellenrauschen und Max an meiner Seite. Ich kam mir vor wie die Heldin eines kitschigen Hollywoodfilms, ganz am Schluss, bevor das Wort »Ende« auf der Leinwand erscheint. Es war dämlich, es war albern, es war irrational, aber es fühlte sich wunderbar an.

Himmel, was hatte Mercedes mir bloß in die Cola gegossen!

Ich war ziemlich verwirrt, denn ich konnte mir meine Gefühlslage nicht erklären. In Gedanken versuchte ich, die vergangenen Minuten systematisch zu rekapitulieren. Ich war aus dem Haus getreten, um den Motorradschlüssel aus der Jackentasche zu holen, und dabei war ich gestolpert und gestürzt. Meine emotionalen Irritationen hatten in dem Moment angefangen, als Max sich um meinen angeknacksten Fuß gekümmert hatte. Seine Berührung beim Bandagieren hatte sich überraschenderweise gut angefühlt. Genau genommen hatte sie sich sogar sehr gut angefühlt. Und noch besser hatte sich angefühlt, was er zu mir gesagt hatte.

Aber das war doch alles völlig unlogisch! Wieso überhaupt war dieser Mensch auf einmal so nett zu mir? Ich hatte ihm nun wirklich keine Veranlassung dazu gegeben. Weshalb auch. Ich konnte Max doch eigentlich gar nicht leiden. Er war überhaupt nicht mein Typ, weder charakterlich noch optisch. Er war ein überheblicher Kerl mit einer großen Klappe, der mich beim Tanzen ausgelacht und uns belauscht hatte, um sich im Wettbewerb um den Goldenen Griffel einen Vorteil zu verschaffen. Und der außerdem einen sehr schlechten Geschmack hatte, was Klamotten anging. Wie sollte man einen erwachsenen Mann ernst nehmen, wenn er so etwas Albernes wie ein Donald-Duck-Shirt trug! Als wäre er sieben. Und eine Lederjacke mit Fransen, als gehörte er zu den Hells Angels oder so was. Nein, danke. Ich mochte keine Männer mit Donald-Duck-Shirts, und ich mochte keine Männer in Fransenlederjacken. Und schon gar nicht mochte ich Männer, die beim Anblick eines Vollmondes ihren Verstand verloren und lauter unvernünftiges Zeug redeten über Omeletts und lachende Mondgesichter. Es war einfach nur lächerlich.

Wie aber konnte es sein, dass sich die Nähe eines Menschen, den ich doch gar nicht mochte, so angenehm anfühlte? Das war eine der großen ungeklärten Fragen der Wissenschaft.

Vor allem aber war ich irritiert, weil Max das mit der Liebe gesagt hatte. Ich war diese Vokabel einfach nicht mehr gewohnt. Abgesehen von Hannas Bemerkung heute Abend hatte ich das Wort »Liebe«, soweit ich mich erinnerte, zum letzten Mal vor ein paar Wochen in einer TV-Dokumentation über das Paarungsverhalten von Präriewühlmäusen gehört. Da war es vor allem um Hormone gegangen. Nach diesem fatalen Missverständnis bei meinem Date mit Oliver hatte ich den Begriff »Liebe« aus meinem aktiven Wortschatz verbannt. Noch einmal wollte ich mich diesbezüglich nicht blamieren. Und in dieser Nacht auf dieser Veranda in Anwesenheit dieses Menschen hatte das Wort Liebe aber auch wirklich gar nichts zu suchen.

Max hatte meinen verletzten Knöchel bandagiert, nun gut. Aber wieso sagte er dabei so etwas absolut Unpassendes wie »mit Liebe gemacht«? Ich dachte nach. Vermutlich war es eine rein verhaltensbiologische Reaktion seinerseits. Meine Verletzung und das Bandagieren mussten bei Max einen archaischen Reflex ausgelöst haben. Irgendwas Hormonelles, tief drin im vegetativen Nervensystem. Es ist ja bekannt, dass die Hormonausschüttung bei Männern im Grunde genauso funktioniert wie bei anderen Wirbeltieren. Der Anblick eines verletzten Weibchens löst einen Beschützerinstinkt aus. Ja, so musste es gewesen sein. Reiz-Reaktions-Mechanismus. Soziobiologie. In gewisser Hinsicht sind Männer ja auch bloß Mäuse auf zwei Beinen.

Als ich das diagnostiziert hatte, ging es mir etwas besser.

Weshalb ich so glücklich war, hatte ich aber noch immer nicht geklärt.

»Tut der Knöchel noch weh?«, unterbrach Max meine Gedanken. »Oder soll ich dir einen neuen Wickel machen?«

Ich schüttelte den Kopf.

»Nein, lass nur. Es ist alles in Ordnung.«

Ich fragte mich, weshalb ich jetzt eigentlich nicht aufstand und hinauf in mein Zimmer humpelte. Schließlich war mein Bein nicht gebrochen, und ich musste dringend schlafen gehen, weil wir morgen in aller Frühe Richtung Santiago aufbrechen wollten.

Aber ich blieb sitzen und schaute den Vollmond an, als würde ich nie wieder einen zu sehen bekommen. Und als Max seinen Arm um mich legte, ließ ich ihn gewähren, denn es fühlte sich gut an. Trotz des Donald-Duck-T-Shirts, trotz der Soziobiologie und trotz allem anderen.

Und obwohl er wirklich ziemlichen Unsinn redete.

»Sieh mal, die Palme da. Findest du nicht auch, dass sie aussieht wie ein Dinosaurier? Ein Dinosaurierkopf mit Zacken obendrauf.«

Der Mann hatte ja wirklich eine blühende Fantasie. Was wir sahen, war die schwarze Silhouette der Palmblätter im Mondlicht, zackig, ja, aber es gab keine Dinosaurier mehr, warum also sollte ich mir einbilden, Dinosaurier zu sehen? Eine Palme war eine Palme, bei dieser hier handelte es sich vermutlich um eine Königspalme, die verbreitetste Art in der Karibik. Ihre Fachbezeichnung war Roystonea regia, aus der Familie der Palmengewächse, Arecaceae, sie konnte bis zu dreißig Meter hoch werden, und viele Kubaner nutzten die langen Blätter zum Dachdecken. So weit die Fakten. Was, bitte schön, hatte eine Palme mit Urzeitechsen zu tun?

Aber Max fand alles faszinierend: das Mondlicht auf dem Wasser (»wie flüssiges Silber«), das Geräusch der Wellen (»als würde das Meer schnarchen«) und das Flöten des Nachtvogels (»Meinst du, der hat Liebeskummer?«).

Du liebe Zeit, der Mann war wirklich sehr kitschig. Dabei gab es für alles eine vernünftige Erklärung. Dass gewisse Oberflächen Licht reflektieren, gehörte ja wohl zum physikalischen Grundwissen. Was sollte daran besonders faszinierend sein? Das Rauschen der Wellen entstand durch die Luftbläschen, die sich im Wasser bewegten. Und der Vogel tat einfach, was alle Vögel tun. Er gab Geräusche von sich, um sein Revier zu markieren. Menschen schlugen einen Zaunpfahl in den Boden, und Vögel sangen eben. Daran war überhaupt nichts Geheimnisvolles. Ein Luftstrom, der Stimmbänder zum Schwingen brachte: So funktionierte das Vogelgeflöte. Details regelte die Anatomie der Tiere.

»Das meiste im Leben ist Physik«, fügte ich hinzu, nachdem ich Max das alles erklärt hatte.

Er lachte leise: »Hilfe, ich wollte keine naturwissenschaftliche Vorlesung hören, sondern nur diese wunderbare Nacht hier draußen mit dir genießen.«

Was ich nicht sagte, war, dass sich die Physik heute anders anfühlte als sonst. Als wäre das Universum explodiert und hätte auf einmal eine Dimension mehr. Ich fand keine Worte dafür.

»Glaubst du, dass es da oben etwas gibt, das irgendwo hinter dem Mond im großen, weiten All ein paar winzige Schräubchen dreht, damit sich die Dinge so fügen, wie sie es tun?«, fragte Max. »Was euch einen Reifenplatten und mir diesen Anhalter beschert hat, damit sich unsere Wege auf der langen Reise durch Kuba noch einmal kreuzen?«

»Man nennt es Zufall.«

»Hm, vielleicht. Aber was ist das, Zufall? Hast du nicht manchmal das Gefühl, dass es zwischen Himmel und Erde Sachen gibt, die sich mit dem Verstand allein nicht erklären lassen?«

»Nein, es gibt für alles eine wissenschaftliche Erklärung«, hätte ich gern behauptet. Aber das stimmte nicht. Es gab keine wissenschaftliche Erklärung für mein Herzklopfen.

Und auch nicht für die angenehme Wärme, die mich durchrieselte, seit ich mich an Max' Schulter gelehnt hatte. Es gab keine Erklärung für die Tatsache, dass ich mich so leicht und glücklich fühlte wie vielleicht noch nie in meinem Leben. Dass ich nirgendwo anders auf der Welt lieber sitzen wollte als hier auf der Veranda am Strand von Kuba, während das Mondlicht auf den Wellen schaukelte und der Nachtvogel zwischen den Blättern einer Palme trällerte.

Und am allerwenigsten gab es eine Erklärung dafür, dass Max genau diesen Satz jetzt laut aussprach: »Ich möchte nirgendwo auf der Welt lieber sein als hier, mit dir auf dieser Veranda am Strand von Kuba, während das Mondlicht auf den Wellen schaukelt und der Nachtvogel zwischen den Blättern einer Palme trällert.«

Ich war so verblüfft über diese Koinzidenz, dass ich nicht einmal etwas dagegen hatte, als er mich küsste.

Jedenfalls in den ersten fünf Sekunden hatte ich nichts dagegen. Dann tauchte plötzlich und unvermittelt Dannys grinsendes Gesicht vor meinem inneren Auge auf. Ich meinte, seine Stimme zu hören, wie er sagte: »Na, du bist ja eine ganz Süße ...« Und dann endlich kam ich zur Besinnung. Meine Güte, was tat ich hier eigentlich? Hatte ich nicht schon mal den falschen Mann geküsst, und es wäre beinahe eine Katastrophe daraus geworden? Hatte ich denn gar nichts gelernt aus dieser Sache damals? Hatte ich mir nicht geschworen, nie wieder denselben Fehler zu begehen, mich nie wieder aus einer spontanen, gedankenlosen, völlig unvernünftigen Gefühlsregung heraus auf einen Mann einzulassen? Mein gesunder Menschenverstand bahnte sich mit einem Rumms seinen Weg durch all das Silberlicht auf dem Meer, das Trällern des Vogels und das

Rauschen der Wellen, bis ich endlich wieder bei klarem Bewusstsein war: Hallo?! Wieso knutschte ich hier mit diesem Max herum wie ein verknallter Teenager? Ich musste ja einen völligen Blackout haben. Ich schob Max von mir weg und sprang so schnell auf, dass mir der Schmerz wie ein Messer in den verknacksten Knöchel fuhr. Ich warf ihm die Motorradjacke zu.

»Hey«, sagte er und fing sie erschrocken auf. »Was ist los?«

»Was hier los ist? Du hast mich geküsst!«

»Ja.« Er lächelte. »Du mich auch. Das war toll.«

»Toll? Das war nicht toll. Das war unmöglich. Sag mal, du kannst hier doch nicht einfach anfangen rumzuknutschen.«

»Oh, nein?« Das Lächeln aus seinem Gesicht verschwand. »Entschuldige. Ich dachte, dass du auch ... Es war ... äh ... gerade so schön. Ach, vergiss es. Da hab ich wohl was falsch verstanden.«

Ich starrte ihn an.

»Da hast du ganz sicher was falsch verstanden.«

»Ja ... nein ... sorry. Tut mir leid. Ich hätte das nicht tun sollen. Ich hab ganz vergessen, dass du vorhin diese schlimme Sache mit dem besoffenen Typen vom Hotel erlebt hast. Ich wollte dich nicht überrumpeln. Denk bitte nicht schlecht von mir. Es ist nur so, ich bin ... also, ich habe mich ... Na ja, ich dachte, dass wir beide, du und ich ...«

Er sprach nicht weiter.

»Du brauchst nicht zu glauben, dass ich mich in dich verliebt habe, nur weil da ein bisschen Mondlicht aufs Meer scheint«, stellte ich klar.

Mit diesen Worten ließ ich ihn allein auf der Veranda zurück und humpelte ins Haus. Unterwegs schleuderte ich die Bandage von meinem Fuß. Das Eis war sowieso längst geschmolzen und das Geschirrtuch nur noch nass und warm. Oben kroch ich ins Bett, zog mir die Decke über die Ohren und wünschte einmal mehr, es gäbe einen Reset-Knopf in meinem Leben. Max und ich? Ich hatte ja wohl eine Meise. Nie wieder Cuba libre, schwor ich mir. Keinen Tropfen.

21

Am nächsten Morgen erwachte ich von Kaffeeduft. Ich schlug die Augen auf und sah Hanna, wie sie eine große Tasse und etwas Obst auf das kleine Tischchen neben meinem Bett stellte. Die helle Sonne schien durch alle vier Fenster ins Zimmer.

»Guten Morgen, Katrin! Du hast ja heute so tief geschlafen wie die Prinzessin auf der Erbse. Natürlich nachdem die Erbse nicht mehr unter der Matratze lag.«

»Wieso?« Ich fuhr hoch. »Wie spät ist es?«

»Gleich halb elf.«

»Halb elf? Oh nein, Hanna. Warum hast du mich nicht geweckt? Ernesto hatte doch gesagt, der Wagen wäre heute früh schon fertig, und wir wollten gleich losfahren.«

»Ich hab es nicht übers Herz gebracht, dich aus deinen Träumen zu reißen. Du hast so süß geschlafen.«

Ich nahm die Tasse und trank einen Schluck Kaffee. Er schmeckte so stark und bitter wie immer in Kuba.

»Max lässt dich grüßen«, fuhr Hanna fort und ließ sich auf der Kante meines Bettes nieder. »Er ist schon vor zwei Stunden wieder abgefahren.«

»Max – Max ist schon weg?«, krächzte ich. Die Erinnerung an unser nächtliches Zusammensein auf der Veranda tauchte in meinem Kopf auf. Es war viel Mondlicht dabei,

Vogelträllern und ein Kuss. Ich schüttelte meine Gedanken rasch ab. »Dann müssen wir auch los. Schnell. Hast du deine Sachen schon gepackt?«

»Wir haben es nicht eilig, Katrin. Wir fahren heute nicht sehr weit. Nur nach Trinidad.«

»Nach Trinidad?«, wiederholte ich matt. »Was sollen wir denn in Trinidad? Wir müssen nach Santiago.«

»Nach Santiago fahren wir morgen. Mercedes hat mich gebeten, einen Brief bei ihrer Schwester abzugeben. Es ist ein wichtiger Brief, und die kubanische Post ist wohl nicht sehr vertrauenswürdig. Sonia wohnt in Trinidad. Das ist nicht weit von hier, auf dem Weg nach Santiago kommen wir praktisch sowieso daran vorbei.«

Ich stöhnte leise. Auf dem Weg nach Santiago kam man praktisch an jeder anderen kubanischen Stadt vorbei, hatte ich den Eindruck. Jedenfalls wenn es galt, für irgendwen etwas zu erledigen. Und das musste man ständig in Kuba.

»Ich habe mir schon die Route auf der Karte angesehen, während du ausgeschlafen hast«, fuhr Hanna fort. »Es gibt da eine Straße, die direkt an der Küste entlangführt. Bestimmt ist dieser Weg wunderschön. Was hältst du davon, wenn wir den nehmen?«

Ich nickte schwach und trank noch einen Schluck Kaffee.

»Ernesto hat uns den Wagen vorhin vorbeigebracht. Er hat vier funkelnagelneue Reifen und sieht wunderbar aus.«

Wenigstens das war ein Trost.

Eine halbe Stunde später packten wir mit Ernestos Hilfe unsere Koffer in den Cadillac. Mercedes umarmte uns zum Abschied, als wären wir enge Verwandte, die nach Miami auswandern wollten.

Ernesto drückte meine Hand. »Wenn ihr das nächste Mal zu uns kommt, bleibt ihr ein paar Tage länger, okay?«

Ich nickte.

»Vielleicht haben wir dann ja auch schon einen Internetanschluss im Haus«, fügte er grinsend hinzu.

Ich lächelte schief. »Wenn wir das nächste Mal kommen, dann machen wir einen Ausflug. Oder wir gehen schnorcheln.«

Dabei wussten wir ja beide, wie unwahrscheinlich es war, einander noch einmal wiederzusehen. Ernesto gab mir einen Kuss auf die Wange, und ich stieg ins Auto.

Er und Mercedes standen vor dem Haus und winkten uns nach, als wir losfuhren. Hanna nahm das rosa Tuch in die Hand und ließ es in der Luft flattern, bis wir um die Straßenecke bogen und die beiden nicht mehr zu sehen waren.

»Und wieder ist ein Abschnitt unserer Reise zu Ende«, sagte Hanna seufzend. »Wirklich schade, dass du dich nicht von Max verabschieden konntest. Ich weiß gar nicht, weshalb er es heute früh so eilig hatte wegzufahren. Ich habe ihn gebeten zu bleiben, bis du wach bist, aber er wollte einfach nicht auf mich hören. Er ist wirklich ein sehr sympathischer Mensch. Vielleicht hätten wir zusammen weiterfahren können. Es ist doch immer hilfreich, einen Mann an der Seite zu haben. Jedenfalls wenn man in einem Auto unterwegs ist, dessen Technik nicht besonders stabil zu sein scheint.«

»Ich brauche keinen Mann«, erklärte ich. »Wenn ich gestern ein Ersatzrad und einen Wagenheber gehabt hätte, dann hätte ich den Reifen selbst wechseln können.«

»Aber es ist angenehmer, wenn man sich die Hände nicht so schmutzig machen muss.«

Ich dachte, lieber mache ich mir die Hände schmutzig, als den falschen Mann an meiner Seite zu haben. Dann verbannte ich das Kapitel Max endgültig aus meinen Gedanken und konzentrierte mich aufs Fahren. Damit war ich beschäftigt genug.

Ein paar Hundert Meter hinter der Ortschaft ignorierten wir das Schild, demzufolge wir zur Autobahn Richtung Trinidad links abbiegen sollten. Wir wollten ja die schöne Küstenstraße nehmen und fuhren weiter geradeaus, wo sich die Straße rasch in eine helle Schotterpiste verwandelte, die schnurgerade durch eine karge Gebüschlandschaft führte.

»Es ist doch sehr erstaunlich«, sagte Hanna, »wie trocken die Fahrbahn schon wieder ist, obwohl es heute Nacht so heftig geregnet hat.«

»Du hast recht. Aber bei einer Außentemperatur von fünfunddreißig Grad ist das eigentlich kein Wunder.«

Ich schwitzte schon wieder.

Unser Auto rumpelte so heftig über die bucklige Straße, dass wir kaum schneller als mit zwanzig Stundenkilometern vorankamen. Aber diese Geschwindigkeit reichte uns völlig aus, denn der Anblick zu unserer Rechten war durchaus beeindruckend. Zwischen grasgrünen Büschen und Bäumen schimmerte immer wieder in allen erdenklichen Blautönen das Meer durch. Schmale Trampelpfade führten durch das Gestrüpp zum Wasser. Ab und zu tauchten kleine versteckte Buchten auf, mit nichts als weißem Sand und ein paar Palmen, dann sahen wir wieder flache schwarze Felsplateaus, rau und zerklüftet wie erstarrte Lava, an denen sich gurgelnd und schäumend sanfte Wellen brachen. Wir hielten alle paar Minuten an, ließen den Wagen an der Straße stehen und spazierten vor, um zu schauen und zu staunen. Im flachen, kristallklaren Wasser tummelten sich Schwärme von regenbogenbunten Fischen. Hanna fotografierte, als sähe sie das Meer und die Palmen und den Himmel zum ersten Mal.

»Ich fühle mich ein bisschen wie Robinson Crusoe«, rief sie. »Es ist herrlich.«

Außer uns war niemand hier. Nur einmal, als wir für einen weiteren Fotostopp am Straßenrand anhielten, überholte uns ein scheppernder Lastwagen, eine helle Staubwolke hinter sich herziehend. Auf der Ladefläche saßen ein paar Männer, die uns mit sonderbaren Blicken bedachten. Wahrscheinlich verirrte sich selten ein pinkfarbener Cadillac mit zwei deutschen Touristinnen auf diese einsame Piste.

Wir fuhren weiter, und nach einer Weile wurde der Grünstreifen zwischen Straße und Meer immer dichter und breiter, bis wir kaum mehr das Wasser sehen konnten. Nach ein paar Kilometern gabelte sich die Fahrbahn unvermittelt.

»Oh«, sagte Hanna mit Blick auf die Karte, die sie auf ihrem Schoß ausgebreitet hatte. »Eigentlich müsste es die ganze Zeit geradeaus gehen.«

Ich stoppte den Wagen und beugte mich ebenfalls über die Karte.

»Meinem Gefühl nach müssten wir jetzt ungefähr hier sein.« Hanna tippte mit dem Finger auf einen Punkt neben einer kleinen gestrichelten Linie am Südrand Kubas.

»Gefühle helfen uns nicht weiter«, entgegnete ich. »Gibt es hier nicht irgendeinen Wegweiser?«

Ich sah mich um, aber ich entdeckte kein Schild oder sonst irgendetwas, das uns die Richtung nach Trinidad oder überhaupt irgendwohin anzeigte. Das Einzige, was ich sah, waren Schotter, Gestrüpp und ein wolkenloser kubanischer Himmel. Es war jetzt Mittag und ziemlich heiß.

»Da rechts geht es bestimmt nur runter zum Wasser«, sagte Hanna mit einem Nicken in diese Richtung. »Und sieh mal, da wächst ja schon Gras mitten auf der Fahrbahn. Da scheint selten jemand unterwegs zu sein. Das ist bestimmt nicht der Weg Richtung Trinidad. Ich denke, wir sollten links fahren.«

Ich versuchte, irgendwelche Reifenspuren des Lastwagens zu finden, der uns vor einer halben Stunde überholt hatte, aber auf dem Schotter war nichts zu erkennen.

»Okay, links ist das neue Geradeaus«, sagte ich und bog ab.

Die Straße wurde schnell sehr schmal und wand sich bald durch eine immer dichter werdende dschungelartige Landschaft. Dabei ging es leicht bergauf.

»Hübsch hier«, meinte Hanna, während rechts und links das Gestrüpp gegen unseren Wagen peitschte.

»Der Lastwagen ist diesen Weg hier jedenfalls nicht entlanggefahren. Dazu ist es hier viel zu eng.« Im Grunde war es überhaupt kein Weg mehr. Es waren nur noch zwei Fahrrinnen im Geröll. Wir konnten jetzt kaum mehr Schrittgeschwindigkeit fahren.

»Meinst du«, fragte Hanna, »wir haben die richtige Abzweigung verpasst, weil wir die ganze Zeit auf den schönen Meerblick geachtet haben?«

»Ich dachte, laut Plan gab es keine Abzweigung.«

Hanna zuckte mit den Schultern und wandte sich wieder der Straßenkarte zu.

»Wie auch immer. Wenn wir vom Meer Richtung Landesinnere fahren, müssten wir nach ein paar Kilometern auf jeden Fall auf eine Hauptstraße stoßen, die parallel zur Küste weiter Richtung Trinidad führt.«

»Ich hoffe, die kubanischen Straßenkartenmacher wussten, was sie taten«, seufzte ich und trat auf die Bremse, weil sich vor uns gerade ein Krater auftat. Es fehlten ein paar Meter Fahrbahn.

»Hoppla«, rief Hanna. »Das nenn ich mal ein Schlagloch.«

»Ich glaube, es war doch keine gute Idee, die Küstenstraße zu nehmen.«

»Aber wir haben so wunderschöne Buchten entdeckt.«

Im Zeitlupentempo ließ ich das Auto über Fels und Stein hinunterrollen, es gab ein hässliches kratzendes Geräusch, als der Unterboden kurz über einen Stein schrammte, aber wir kamen durch und auf der anderen Seite auch wieder heraus.

»Vielleicht hätten wir an der Weggabelung einfach umkehren und am Ortsende die richtige Straße Richtung Autobahn nehmen sollen.«

»Dazu ist es jetzt zu spät«, bemerkte Hanna, womit sie leider recht hatte. Der Weg zwischen den Bäumen war viel zu schmal, um auch nur daran zu denken, den Cadillac zu wenden. Und die ganze Strecke im Rückwärtsgang zu fahren erschien mir nicht sehr praktikabel.

»Ich frage mich, was wir machen sollen, wenn uns jemand entgegenkommt«, murmelte ich.

Doch meine Sorge war unbegründet. Es kam uns niemand entgegen. Wir rollten fernab jeder Zivilisation einsam und verlassen durch das kubanische Niemandsland. Mit jedem Meter, den wir vorankamen, veränderte sich der Untergrund. Die Fahrbahn war jetzt nicht mehr straubtrocken und sandig, wie unten an der sonnigen Küstenstraße, sondern wurde immer sumpfiger. Bald tauchte das erste Matschloch auf.

»Oh nein, unser schönes rosa Auto!«, rief Hanna, als ich

durch die rotbraune Pfütze pflügte. Der Schlamm spritzte zu beiden Seiten des Wagens auf. »Gut, dass wir unser Verdeck noch geschlossen haben. So bekommen wir weder einen Sonnenstich noch eine Ladung Matsch auf die Frisur.«

Kurz darauf lag ein Baumstamm quer über dem Weg.

»Ich glaube, hier ist heute noch niemand langgefahren«, sagte Hanna.

Wir stiegen aus und betrachteten den Baumstamm. Er war zwar ungefähr fünf Meter lang, aber nur armdick. Ich hob ihn an und zerrte ihn zur Seite. Hanna half mit. Die Äste des Baumes hatten sich auf der einen Straßenseite im Gestrüpp verfangen. Es war anstrengender als erwartet, aber schließlich wuchteten wir den Stamm so weit zur Seite, dass genug Platz war, um mit dem Auto vorbeizufahren. Von der Anstrengung tat gleich mein Knöchel wieder ein bisschen weh.

»Allmählich glaube ich auch, dass es besser gewesen wäre, auf direktem Weg nach Trinidad zu fahren.« Hanna wischte sich mit dem Handrücken den Schweiß von der Stirn, als wir wieder im Auto saßen. »Andererseits habe ich an der Küste so wunderschöne Fotos gemacht, und jetzt müssten wir ja eigentlich bald die Hauptstraße erreichen.«

Aber wir erreichten nicht die Hauptstraße, sondern zu unserer großen Überraschung ein kleines Dorf, das auf einem lichten Hochplateau in der Sonne lag.

»Wow«, machte ich. »Hier gibt es Menschen. Hier lebt jemand. Wir sind doch nicht allein auf der Welt.«

Das Dorf bestand aus einem knappen Dutzend wackelig aussehender Holzhütten, die vereinzelt rechts und links der Straße im Gelände herumstanden. Die Dächer bestanden teils aus Wellblech, teils aus Stroh oder trockenen Palmblättern. Die Grundstücke waren eingefasst mit allem, was sich nur irgendwie dafür eignete, als Zaun verwendet zu werden: rohe Holzplanken, Baumstämme, Kakteen, abgesägte Metallrohre. Ein paar Hühner und Enten liefen gackernd und schnatternd über die Straße, eine rosa-schwarz gefleckte Sau suhlte sich mit ihren Frischlingen am Fahrbahnrand im Matsch.

»Ein kubanisches Freiluftmuseum«, fand Hanna und fotografierte die Schweinefamilie. »Unverfälschte Bauernhofidylle. Wie ich das liebe!«

Wir fuhren langsam zwischen den Tieren durch, als aus einem der Häuser ein Mann trat. Er trug schmutzige Jeans und ein zerschlissenes kariertes Hemd und starrte uns mit unverhohlener Neugier an. Doch dann lächelte er und winkte uns zu. Hanna winkte zurück.

»Und wie freundlich die Leute hier sind.«

Der Mann lief zum Nachbarhaus und rief etwas durch die geöffnete Haustür. Zwei, drei Menschen kamen jetzt ebenfalls heraus, auch aus der gegenüberliegenden Hütte traten Leute an den Straßenrand, eine Frau trug ein Baby auf dem Arm, eine andere hatte zwei kleine Kinder an der Hand. Die Leute blieben stehen und beobachteten uns, wie wir da im Zeitlupentempo durchs Dorf fuhren. Die Kinder lachten und winkten.

»Ich komme mir ein bisschen so vor wie die Royals auf Staatsbesuch.« Hanna nickte den Leuten durchs Autofenster zu und lächelte. »Oder wie beim Einzug der Oktoberfestwirte ...«

Mir war es sehr unangenehm, so begafft zu werden, aber bei dem miserablen Straßenbelag konnte ich einfach nicht schneller vorbeifahren.

»Himmel, was glotzen die denn so?«, knurrte ich. »Als

wären wir Außerirdische, die gerade mit ihrem UFO gelandet sind. Wahrscheinlich haben diese Leute noch nie in ihrem Leben ein Auto gesehen. Hallo?! Wie rückständig sind die hier denn? Haben die eigentlich keinen Fernseher, wo sie was Spannendes gucken können?«

»Vermutlich nicht. Oder siehst du hier irgendwelche Stromkabel?«

Es fühlte sich an wie eine Zeitreise, mit unserem auffallenden rosaroten Wagen durch diese gottverlassene, heruntergekommene Ortschaft zu fahren. Als wären wir unversehens im frühen Mittelalter gelandet.

Hanna stieß mich an.

»Aber sehr einfallsreich sind die Leute hier. Schau mal.«

Der Hof einer windschiefen Hütte war umgeben von einem aus krummen, mannshohen Stöcken zusammengebauten Zaun. Statt eines Gartentores stand mittendrin, überdimensional und unwirklich: eine Flugzeugtür. Sie war verbeult und verrostet, ihre ehemals gelbe Farbe größtenteils verblichen und abgesprungen. Aber der breite Riegel und das runde Guckloch ließen eindeutig erkennen, was dieses Tor ursprünglich mal gewesen war. Der Eingang zu einer Boeing 747 – oder was für eine Maschine es gewesen sein mochte.

»Ich frage mich, wie die Leute hier an eine Flugzeugtür gekommen sind.« Hanna schüttelte lachend den Kopf.

»Wahrscheinlich ist hier in der Nähe irgendwann mal eine Maschine abgestürzt, und die Leute haben sich geholt, was sie brauchen konnten«, überlegte ich laut. »Wir wissen doch, wie pfiffig die Menschen hier sind – und dass sie für alles Verwendung finden. Wahrscheinlich stehen ein paar Flugzeugsitze als Sessel bei denen im Wohnzimmer.«

»Vielleicht haben die Rebellen im Bürgerkrieg das Flugzeug abgeschossen.«

Das erinnerte mich daran, was ich eigentlich in Kuba machen wollte, und dass ich überhaupt keine Zeit hatte für absurdes Sightseeing.

Am Ende des Ortes kam uns ein Mann auf einem zweirädrigen Eselskarren entgegen. In flottem Trab zockelte das Tier über die rumpelige Piste. Der kleine Karren hopste über die Schlaglöcher.

»Entschuldigung, Señor!«, rief ich, hielt an und lehnte mich aus dem Autofenster, als der Mann auf unserer Höhe war. Er stoppte seinen Karren ebenfalls und sah uns an. Er war schätzungsweise hundert Jahre alt. Sein rechtes Auge war weiß und vermutlich blind, das andere klein und schwarz wie eine Korinthe. Er hatte tiefschwarze, zerknitterte Haut und beinahe weiße krause Haare, die unter seinem halb zerfetzten Strohhut hervorlugten, und rauchte den letzten Stummel einer Zigarre.

»Kommen wir hier zu der Straße nach Trinidad?«, fragte ich und wies in die Richtung, aus der er gekommen war. »Können wir den Weg da mit unserem Auto langfahren? *Es posible?*«

Der Mann sah mich mit dem einen Auge an, dann ließ er den Blick schweigend über den Cadillac wandern. Schließlich nickte er und sagte, ohne die Zigarre aus dem Mund zu nehmen: »*Sí, sí*. Ja, ja, da kann man fahren. Es ist keine gute Straße, aber man kann fahren.«

Er schnalzte mit der Zunge, und der Esel trabte wieder los. Polternd rollte der Karren an uns vorbei ins Dorf.

»Na, also«, meinte Hanna. »Wenn er sagt, es geht, dann geht es. Der Mann kennt sich hier schließlich aus.«

Ich legte den ersten Gang ein und betete, dass der Alte und Hanna recht hatten.

Hinter der letzten Hütte des Dorfes tauchte der Weg wieder in einen schattigen Dschungelwald ein. Wobei der Begriff »Weg« nicht ganz zutreffend war. Das, was vor uns lag, war mehr ein schlammiger Pfad, eine rotbraune, morastige Buckelpiste, die sich – jetzt wieder leicht bergab – durch wild wucherndes Gestrüpp wand.

»Es wird sicher gleich besser«, gab sich Hanna zuversichtlich. »Der Mann hat gesagt, dass wir da durchfahren können, und er muss es wissen.«

Es klang wie ein Mantra. Und ich wollte ihr nur zu gern glauben. Ein paar Meter rollten wir tatsächlich einigermaßen gut voran, doch je weiter wir in den Wald kamen, desto sumpfiger wurde der Untergrund. Hoch oben über dem Weg stießen die dicht belaubten Baumkronen zusammen, sodass kaum Sonnenlicht durchkam. Wir durchfuhren einen grünen, dämmerigen Tunnel. Das Auto rumpelte auf und ab über die Bodenwellen wie ein bockiges Kamel. Die Straße war so schmal, dass Zweige und Gestrüpp an beiden Seiten mit hässlichem Quietschen über den Wagen kratzten.

»Verdammt«, zischte ich. »Wir werden riesigen Ärger mit dem Autoverleih bekommen, weil wir den Lack ruinieren.«

»Sind wir nicht gegen Schäden versichert?«, fragte Hanna.

»Keine Ahnung. Ich habe das Kleingedruckte nicht gelesen.«

Ich hatte keine Zeit, mir über Details unseres Mietvertrages Gedanken zu machen, denn ich musste mich voll und ganz aufs Autofahren konzentrieren. Der Weg bestand jetzt nur noch aus einer einzigen tiefen, matschigen Fahrrinne, die der Eselskarren vermutlich durch sein jahre-, wenn nicht jahrzehntelanges Hin- und Hertraben in den Boden gegraben hatte. Rechts und links davon wölbte sich der Lehm zu zwei etwa kniehohen, aber festen Wällen. Leider war der Radstand unseres Autos zu breit für die Spur des Eselskarrens, aber nicht breit genug, um bequem – zwei Räder rechts, zwei Räder links – über den Damm zu rollen.

»Verdammt noch mal!«

Ich stieg aus, um mir die Sache näher anzusehen. Hanna folgte mir. Wir betrachteten den Abstand der Räder und den Abstand der beiden Lehmwälle. Und den Schlamm dazwischen. Und die dicken Felsbrocken, die hier und da aus dem Boden ragten.

»Ich denke, es könnte klappen«, meinte Hanna. »Fahr vorsichtig los. Ich schau mir an, ob es reicht.«

Ich setzte mich wieder auf den Fahrersitz und kurbelte das Fenster herunter, damit ich Hannas Kommandos hören konnte. Mir zitterten die Füße vor Aufregung, als ich ganz langsam Gas gab und anfuhr, die beiden rechten Räder auf dem einen, die beiden linken Räder auf dem anderen Erdwall.

»Mehr nach rechts!«, rief sie. »Sonst landest du im Matsch!«

Ich schlug das Lenkrad ein.

»Nicht so viel! Nicht so viel! Gleich rutschst du ab. Mehr nach links!«

Ich tat, was sie sagte, und spürte, wie meine Hände schweißnass wurden.

»So ist es gut!«, kam es von hinten. »Bleib so. Der linke Reifen steht mitten auf dem Damm, der rechte ist zu einem Drittel drauf. Das müsste reichen.«

Ich balancierte den Wagen über die Lehmwälle.

»Wieso hat der Mann gesagt, hier könne man mit unserem Auto durchfahren!«, zischte ich durch meine zusammengepressten Zähne, nachdem Hanna wieder zu mir ins Auto gestiegen war.

»Du siehst doch, dass es geht. Es geht schlecht, aber es geht. Mehr hat er nicht behauptet.«

Ich fuhr, ich schwitzte, ich betete, dass ich nicht abrutschte. Zentimeter für Zentimeter arbeitete ich mich voran.

»Du machst das ausgezeichnet«, sagte Hanna.

In diesem Moment passierte es. Die Fahrrinne unter uns war ganz unmerklich breiter geworden, damit wuchs auch der Abstand zwischen den Lehmwällen und wurde irgendwann zu groß für unser Auto. Die eine Seite der Reifen fand keinen Halt mehr, und der Wagen geriet ins Rutschen.

»Nein! Bitte nicht!«, brüllte ich und trat auf die Bremse. Ich versuchte zu stoppen und zu lenken, aber ich konnte den Wagen nicht mehr steuern. Er glitt langsam in eine unerfreuliche Schräglage. Wir hörten ein sehr hässliches kratzendes Geräusch, und dann rührte sich nichts mehr. Ich gab Gas, aber das Auto blieb stecken, wo es war.

»Tja«, machte ich. »Das war es wohl.«

Wir stiegen wieder aus. Der Cadillac stand mit den beiden linken Rädern auf dem Lehmdamm, auf der anderen Seite war er ein Stück abgerutscht. Ich kniete mich neben den Wagen und sah gleich, was los war. Wir waren auf einen der Felsbrocken aufgefahren, die aus dem Matsch ragten, und der hatte sich unter dem Auto verkeilt. Am liebsten hätte ich geheult.

»Scheiße«, sagte Hanna.

»Ganz große Scheiße.«

Wir saßen fest. Wir saßen verdammt fest, und es war weit und breit niemand da, der uns hätte retten können. Ich stieß ein paar nicht jugendfreie Flüche aus und schlug mit der flachen Hand auf den Kofferraum. Wie sollten wir hier je wieder wegkommen?

»Soll ich den Wagen anschieben?«, fragte Hanna.

Ich zuckte mit den Schultern. »Wir können es ja mal versuchen.«

Während Hanna sich hinten gegen den Wagen stemmte, gab ich vorsichtig Gas. Aber das Auto rührte sich trotzdem nicht, es gab nur wieder dieses grässliche metallische Kratzgeräusch von sich.

»Der Stein wird uns den Tank aufschlitzen«, schrie ich. »Oder die Ölwanne abreißen. Oder die Bremskabel zerfetzen. Oder was weiß ich. Verdammt, wir kommen hier nicht weg, ohne das Auto kaputt zu machen.«

»Wenn man nur irgendjemanden zu Hilfe holen könnte.« Hanna seufzte. »Aber ich befürchte, der Mann mit dem kleinen Eselskarren kann uns hier auch nicht herausziehen.«

Ich holte mein Handy aus der Tasche. Vielleicht würde Ernesto irgendetwas einfallen. Vielleicht gab es ja eine Art kubanischen ADAC. Ich würde sofort eintreten, den Vereinsbeitrag für zwanzig Jahre im Voraus bezahlen – wenn uns nur jemand helfen könnte. Aber natürlich: kein Netz. Kein Telefon. Nichts. Niemand. Wir saßen fest, irgendwo im kubanischen Dschungel mit einem rosaroten Cadillac auf einem Stein. Ich biss die Zähne zusammen, um die Tränen zu unterdrücken, die mir in die Augen treten wollten.

»Hör zu, Katrin.« Hannas Stimme klang energisch. »Wir haben die Wahl: Entweder bleiben wir mit einem intakten Auto hier bis zum Ende unseres Lebens stecken, oder wir versuchen es und fahren notfalls mit einem kaputten Auto weiter. Und weißt du was: Da entscheide ich mich lieber für Letzteres. Dann müssen wir den Wagen eben reparieren lassen, wenn der Tank kaputtgeht oder was auch immer. Los, gib Gas, koste es, was es wolle. Wenn wir auf diesen Stein raufgefahren sind, können wir ihn auch wieder runterfahren. Ich bin hier die Chefin, und ich sage dir: Mach, dass wir hier wegkommen!«

»Okay, wie du willst!«

Ich schob das Handy zurück in die Tasche und trat abwechselnd aufs Gaspedal und ließ los, immer wieder, Gas, kein Gas, Gas, kein Gas, bis der Wagen allmählich zu schaukeln begann. Auf – ab, auf – ab ... Währenddessen schob Hanna von hinten an, und plötzlich – das Geräusch, als der Unterboden endgültig über den Felsen rutschte, war grauenhaft – rollte der Wagen wieder. Hanna sprang hinein und schlug die Tür hinter sich zu.

»Du bist eine Heldin!«, rief sie. »Ich hab doch gewusst, dass du uns da rausbringen wirst.«

In leichter Schräglage fuhren wir weiter. Ich war heilfroh, dass wir wieder rollten, und auf einmal war es mir auch völlig egal, ob der Tank oder die Ölwanne oder sonst irgendwas am Auto ein Loch hatten. Hauptsache, wir kamen aus diesem verdammten Dreckswald heraus.

Nach einer Weile wurde die Fahrrinne wieder flacher, aber der Weg blieb eine morastige Buckelpiste, die allerdings immer öfter von Felsbrocken durchsetzt war. Unser Wagen hopste und holperte geradeaus, so lange, bis ich sah, dass mitten auf der Strecke vor uns ein riesiger Stein aus dem Boden ragte. Ich stoppte. Rechts und links führten Rad- und Hufspuren vorbei. Für einen Eselskarren mochte es reichen, aber für unser Auto war definitiv zu wenig Platz zum Durchkommen. Es sei denn, wir hätten eine Kettensäge dabeigehabt, um ein paar Bäume neben der Fahrbahn zu fällen.

»Der Stein muss weg«, entschied Hanna und stieg aus. Ich folgte ihr. Gemeinsam zogen, schoben und drückten wir an dem Felsbrocken herum, was allerdings nicht sehr viel bewirkte.

»Das geht nicht«, schimpfte ich. »Der Stein sitzt zu fest.«

»Aber nein, auf meiner Seite hat er sich gerade einen Millimeter bewegt.«

Wir machten weiter, und schließlich gab der weiche Boden tatsächlich immer mehr nach. Es gelang uns, den Felsbrocken aus dem Matsch zu bugsieren und auf die Seite zu rollen. Anschließend hatten wir dreckverkrustete Hände, abgebrochene Fingernägel, und unsere Klamotten waren so schmutzig, als hätten wir uns im Schlammcatchen versucht. Außerdem tat mein Knöchel jetzt wieder richtig weh. Aber die Bahn war frei, und das war das Einzige, was zählte.

Ich sah auf die Uhr. Mittlerweile waren unfassbare fünf Stunden vergangen, seit wir am Vormittag von der Casa Caribe aufgebrochen waren. Mercedes' Haus am Meer erschien mir so fern wie aus einer anderen Welt. Dabei waren wir noch gar nicht sehr weit gekommen: Höchstens zwanzig Kilometer hatten wir geschafft seit unserem Aufbruch. Zu Fuß wäre es schneller gegangen. Ich stöhnte. Jetzt war mir klar, weshalb uns die Leute oben im Dorf so merkwürdig angeschaut hatten. Vermutlich hatten sie wirklich noch nie ein Auto gesehen. Jedenfalls nicht bei sich im Dorf. Weil es völlig unmöglich war, diese Strecke mit einem Auto zu befahren. Vermutlich waren wir die ersten Menschen, die auf die wahnwitzige Idee gekommen waren, das zu tun.

Aber es gab kein Zurück mehr. Wir mussten weiter, um irgendwann – hoffentlich noch heute – eine Straße zu erreichen, die besser zu befahren war als dieser Weg hier. Ich wollte nur noch eins: dass diese Höllenfahrt zu Ende war.

Wir säuberten unsere Hände, so gut es ging, mit Taschentüchern und stiegen wieder in den Wagen. Als ich den Motor startete, zitterten mir vor Erschöpfung die Knie. Wir hatten seit dem Frühstück nichts mehr gegessen oder getrunken. Aber das war unser kleinstes Problem.

Noch ein paarmal mussten wir anhalten und Felsbrocken und Äste aus dem Weg räumen. Manchmal stieg Hanna aus und dirigierte mich um irgendwelche Hindernisse herum. Ab und zu setzte der Wagen wieder auf, während wir über Stock und Stein und durch schlammige Schlaglöcher fuhren, aber ich trat ohne Rücksicht auf Verluste das Gaspedal durch, und es gelang mir jedes Mal, den Wagen wieder zum Rollen zu bringen. Wir würden eine neue Lackierung bezahlen, einen neuen Tank, eine neue Ölwanne, eine neue Auspuffanlage, was auch immer. Aber wir würden das hier überleben.

»Du bist eine hervorragende Autofahrerin«, sagte Hanna nach einer weiteren halben Stunde Horrorfahrt. »Ich bin sehr stolz auf dich.«

Sie hatte kaum das letzte Wort gesprochen, als wir schon wieder stecken blieben. Diesmal war es eine gigantische Pfütze aus Matsch. Ich trat aufs Gaspedal, aber die Räder fanden in dem schlammigen Grund keinen Halt und drehten durch.

»Verflucht!«, brüllte ich und schlug mit beiden Fäusten

gegen das Steuerrad. »Das kann ja wohl nicht wahr sein! Es lief doch gerade so gut!«

Ich trat erneut aufs Gaspedal, so fest ich konnte. Ich hätte das Bodenblech durchgetreten, wenn es etwas geholfen hätte. Aber der Cadillac blieb stehen, wo er war, nur der Motor brüllte auf wie ein angeschossenes Nashorn, und Fontänen von Matsch spritzten hoch.

»Mist«, sagte Hanna. »Was machen wir denn jetzt?«

Ich zuckte verzweifelt mit den Schultern. Ich war so müde. Aber wir hatten keine Zeit, uns auszuruhen, wenn wir noch irgendwo ankommen wollten, bevor es dunkel wurde. Ich sah zu ihr hinüber.

»Anschieben?«

Hanna zog sich die weißen Sandalen aus.

»Okay, ich werde noch mal schieben. Bitte leg nicht den Rückwärtsgang ein. Sonst überfährst du mich noch. Wenn ich irgendwo sterben möchte, dann nicht hier!«

Mit nackten Füßen stieg sie aus dem Auto, watete durch den wadenhohen Schlamm und stemmte sich hinten gegen den Wagen.

»Los!«, rief sie. »Gib Gas!«

Vorsichtig betätigte ich das Pedal, um Hanna nicht vollends mit Lehmpampe zu besudeln, aber das Einzige, was ich erreichte, war ein neuerliches sinnloses Aufjaulen des Motors.

»Vielleicht sollten wir ein paar Äste unterlegen, um etwas Widerstand zu schaffen«, schlug ich vor.

Wir rissen von den Bäumen, was wir an Zweigen zusammenbekommen konnten, und versenkten sie vor allen vier Rädern. Ich versuchte, erneut anzufahren, und auf einmal klappte es tatsächlich. Zentimeter für Zentimeter arbeiteten sich die Räder durch den Morast, bis sie wieder richtig griffen. Als Hanna sich zurück in den Wagen setzte, waren ihre Beine bis zu den Knien rotbraun vom Matsch und ihr Gesicht besprenkelt mit Schlammspritzern. Ihr Kleid war ja schon vom Steineschieben dreckig gewesen.

»Gut, dass wir dem Wagen vier neuen Reifen spendiert haben«, stieß sie hervor. »Diese Anschaffung hat sich definitiv gelohnt.«

Sie japste ein bisschen vor Anstrengung.

»Bist du okay?«, fragte ich.

Sie nickte. »Weiter!«, und ich fuhr los.

Nach der nächsten Biegung führte der Weg ein paar Meter durch eine Senke. Das hätte mich nicht groß beunruhigt, wäre diese Senke nicht komplett mit Wasser gefüllt gewesen. Es war ein schlammiger, rotbrauner See, der sich vor uns auftat. Das Wasser stand etwa auf einer Länge von zehn Metern auf der Fahrbahn, und ich hatte keine Ahnung, wie tief es war.

»Mein Gott«, flüsterte ich nur. »Wie sollen wir denn da durchkommen?« Jetzt gab sogar Hanna ein leises wimmerndes Geräusch von sich.

Ich bereute drei Dinge, wie ich noch nie in meinem Leben etwas bereut hatte:

1. Dass wir heute früh am Ortsausgang nicht sofort dem Straßenschild Richtung Autobahn gefolgt waren.

2. Dass wir an der Abzweigung von der Küstenstraße nicht nach rechts, sondern nach links gefahren waren. (Beziehungsweise: dass wir nicht gleich umgekehrt waren!)

Vor allem aber 3.: dass wir in dem kleinen Dorf, wo wir das Auto noch hätten wenden können, dem Mann auf dem Eselskarren vertraut hatten und weitergefahren waren.

Aber so leid mir all unsere Fehlentscheidungen jetzt taten: Es war zu spät. Wir hatten keine Chance mehr umzukehren.

»Hanna«, sagte ich. »Wir müssen da durch.«

Es wäre alles kein Problem gewesen, wenn wir einen allradbetriebenen Jeep gehabt hätten oder sonst ein Fahrzeug, mit dem man durch unwegsames Gelände kurven konnte, so wie ich es vor ein paar Wochen erst in einer Fernsehdokumentation bestaunt hatte (»Off-Road-Touren durch die Serengeti«). Aber wir saßen ja leider in unserem schicken rosaroten Cadillac-Cabriolet mit den ehemals hübschen, blitzenden Chromfelgen ...

»Der Eselskarren muss ja auch da durchgefahren sein«, sagte Hanna.

»Das schon, aber der Karren hatte auch keinen Motor, der im Wasser absaufen kann.«

»Wir haben nur eine Chance, oder?«

»Ja. Entweder kommen wir durch, oder wir kommen nicht durch.«

»Und wenn nicht?«

»Keine Ahnung. Dann steigen wir aus und gehen zu Fuß weiter.«

»Also gut. Darüber machen wir uns Gedanken, wenn es so weit ist. Gib Gas, Katrin.«

»Okay, Chefin.«

Mir schlug das Herz bis zum Hals, als ich das Pedal durchtrat. Der Motor jaulte auf, und der Wagen schoss den holprigen Weg hinunter. Ich nahm kaum wahr, wie Hanna neben mir »Jesusmariahilf« murmelte und die Hände faltete. Dann pflügte der Cadillac durchs Wasser. In hohen Fontänen schoss die schlammige Brühe auf allen Seiten des

Autos hoch. Augenblicklich waren sämtliche Fenster mit trüben Spritzern bedeckt. Aber ich hatte keine Hand frei, um nach dem Hebel für die Scheibenwischer zu tasten. Ich krallte mich ans Lenkrad. Von unten dröhnte es ohrenbetäubend, als das Wasser gegen die Radkästen donnerte, und ich spürte, wie das Auto gegen den Widerstand des Wassers langsamer wurde.

»Fahr! Fahr! Bitte fahr weiter!«, flehte ich stumm den Motor an und presste meinen Fuß aufs Gaspedal. Die Räder tauchten tiefer und tiefer ins Wasser, aber noch fuhr der Wagen. Aus den Ritzen der Motorhaube stieg weißer Wasserdampf auf. Ich hielt die Luft an.

Plötzlich gab der Motor ein merkwürdiges Geräusch von sich. Ich schrie auf, in der sicheren Gewissheit, dass er jetzt ausgehen und der Wagen bald hilflos in dem Pfuhl schwimmen würde. Doch da ... bildete ich mir das nur ein, oder ging es tatsächlich ganz allmählich wieder aufwärts?

»Es klappt!«, brüllte Hanna. »Sieh doch nur! Es klappt! Wir haben es geschafft! Herrgottsakrament, wir sind durch!«

Meter für Meter arbeitete sich der Wagen aus dem Wasserloch. Der Schweiß lief mir in Strömen über den Nacken. Meine Hände bebten.

Hanna strich mit beiden Händen liebevoll über das Armaturenbrett, wie eine alte Tante einem braven kleinen Kind über den Kopf streicht.

»Gutes Auto. Braves Auto. Die alten Autos sind doch die besten. Das ist noch richtig anständige Handwerksarbeit. Hoch leben die Fünfzigerjahre! Ich wette, wenn wir ein modernes Leihauto gehabt hätten, so wie man sie heute hat, tiefergelegt und mit diesem ganzen Bordelektronik-Schnickschnack und so, da wäre bestimmt längst was kaputtgegangen. Da wären wir in dem Schlammpfuhl stecken geblieben und hätten nicht gewusst, was wir tun sollen.«

Ich fuhr langsam weiter, sehr langsam.

»Hörst du das auch, Hanna?«

Sie lauschte. Irgendetwas schepperte und polterte von unten gegen die Karosserie. Schneller, wenn ich schneller fuhr, und langsamer, wenn ich langsamer fuhr. Es klang gar nicht gut.

»Meinst du ... meinst du, da ist doch was kaputtgegangen?«

Ich zuckte mit den Schultern. »Hört sich so an. Vor dem Wasserloch hat der Wagen jedenfalls noch nicht diesen Krach gemacht.«

Ich hielt an und schloss die Augen. Eigentlich wollte ich gar nicht wissen, was da los war. Aber dann stieg ich doch aus. Ich hockte mich neben den Cadillac in der Erwartung, ein paar verbogene Metallteile oder abgerissene Kabel dort herumhängen zu sehen. Aber es war nur ein dünner, langer Ast, der sich im Unterboden verhakt hatte.

»Gott sei Dank«, entwich es mir. Ich zog ihn heraus und warf ihn ins Gebüsch. Dann fuhren wir weiter, und ich genoss das Geräusch des funktionierenden Motors. Dieses Auto war wirklich ein Wunder. Ich liebte es auf einmal sehr.

Plötzlich schrie Hanna auf.

»Da! Sieh doch mal, da vorn!«

»Wahnsinn! Ich glaub es nicht!«

Vor uns lichtete sich der Wald. Der Weg wurde jetzt ebener und trockener, er führte hinaus in eine weite, sonnige Landschaft. Wiesen, Weiden und Felder erstreckten sich flach bis zum Horizont unter wolkenlosem Himmel. Pferde und Kühe grasten in der Ferne in großen Herden, dazwischen lagen mehrere rote Ziegelsteingebäude. Vor dem einen Haus stand ein grüner Traktor, an dessen Anhänger sich zwei Männer in Arbeitskleidung zu schaffen machten.

»Das ist das Paradies«, flüsterte Hanna andächtig. »Wir sind im Garten Eden. Wir sind aus dem schrecklichen Urwald raus. Sieh nur, wie die Sonne scheint und wie grün das Gras ist. Und dieser weite Blick! So einen schönen Flecken Erde habe ich noch nie gesehen. Und da sind ... andere Leute!«

Das klang theatralisch, aber ich war mindestens so erleichtert wie sie. Hanna legte ihre Hand auf meinen Oberschenkel. »Ich verstehe jetzt, wie sich Hänsel und Gretel gefühlt haben, als sie dem schrecklichen Hexenwald entkommen sind ...«

»Du hast recht. Am Schönsten finde ich den Traktor. Falls wir jetzt noch mal stecken bleiben, ist auf jeden Fall jemand da, der uns rausziehen kann.«

»Und der uns das Gatter öffnet!«

Denn das Einzige, was uns von der Bauernhofidylle noch trennte, war ein verwittertes Zauntor, dessen Riegel aber nur mit einem Stückchen Holz versperrt war. Einer der Männer am Traktor sah auf, als er unseren Wagen unter den Bäumen entdeckte, schlurfte auf das Gatter zu und öffnete es für uns, damit wir durchfahren konnten.

»*Muchas gracias, Señor!*«, rief ich ihm im Vorbeirollen zu, als wäre er der Pförtner an der Tiefgarage von Hello-TV, während der Mann uns wortlos und mit offen stehendem Mund anstarrte. Anders als bei den Leuten vorhin im Dorf verstand ich jetzt, weshalb er beim Anblick unseres Autos seinen Augen nicht trauen wollte.

»Ich wünschte, auf der anderen Seite wäre auch ein

Gatter gewesen«, murmelte Hanna. »Dann wären wir da sicher nicht durchgefahren.«

»Ich hoffe nur, dass der Weg an der Farm nicht zu Ende ist.« Noch immer ein wenig skeptisch blickte ich mich um. »Was machen wir bloß, wenn das hier nicht weitergeht? Wenn das nur die Anfahrt zu Onkel Toms Hütte war? Ich will nicht zurück. Ich will auf keinen Fall zurück.«

Hanna faltete die Hände. »Lieber Gott, bitte lass das hier keine Sackgasse sein!«

Der Weg war noch ein wenig holprig, machte schließlich eine Biegung um die Mauer des Gehöftes herum, und dann sah ich etwas, das mir beinahe die Freudentränen in die Augen trieb: Asphalt! Die Straße war hier asphaltiert. Es war eine richtige, echte, breite, vernünftige Straße, die man ganz normal befahren konnte, ohne Angst haben zu müssen, stecken zu bleiben. Am liebsten hätte ich angehalten, um den Boden zu küssen wie der Papst, wenn er in einem fremden Land aus dem Flugzeug steigt. Ich war so glücklich. Nie im Leben hätte ich gedacht, dass mich der Anblick von Asphalt einmal so euphorisch machen könnte.

Als uns dann auch noch ein anderes Auto auf der Straße entgegenkam – und direkt vor uns in eine Hofeinfahrt einbog, in der noch andere Wagen standen –, da quiekten Hanna und ich vor Begeisterung! Hier waren Menschen, die mit anderen Autos von irgendwoher angefahren kamen. Jetzt hatten wir es wirklich geschafft.

»Die Welt hat uns wieder!«, sagte Hanna. »Wir sind zurück in der Zivilisation. Halleluja!«

Ich stoppte den Wagen, und dann fielen wie einander überglücklich in die Arme, bis sich mir der Handbremsenhebel in die Rippen bohrte. Und ich schwor mir, nie wieder auf einer Straße zu fahren, die in unserem Kubaplan als gestrichelte Linie eingezeichnet war. Nie, nie wieder.

Viele Stunden später, als ich neben Hanna in einem viel zu weichen, viel zu schmalen, quietschenden Doppelbett lag, sah ich die lehmrote, schlammige Buckelpiste noch immer vor mir und die Äste und Wurzeln der Bäume, die in den Weg hineinragten. Ich meinte, noch immer das heftige Rumpeln des Wagens zu spüren, wenn wir eine Bodenwelle überquerten, und das Kratzen und Knirschen, wenn der Unterboden wieder mal über einen Felsbrocken schrammte, klangen in meinen Ohren nach. Aber wir hatten alles überstanden – und erstaunlicherweise war auch der Cadillac ohne größere Blessuren davongekommen. Er war zwar so dreckig, als hätte jemand eine sechswöchige Offroadtour durch den Dschungel von Borneo mit ihm unternommen. Sein pinkfarbener Lack war kaum mehr zu erkennen vor lauter Schlammspritzern, und ich befürchtete, dass er sich an den Seiten ein paar unansehnliche Kratzer zugezogen hatte. Aber das Entscheidende war: Das Auto hatte gehalten. Motor, Ölwanne, Bremsschläuche, alles war intakt geblieben. Noch kilometerlang hatte ich beim Weiterfahren immer wieder in den Rückspiegel geblickt, um mich zu vergewissern, dass wir tatsächlich keine Öl- oder Benzinspur hinterließen, weil womöglich doch irgendetwas kaputtgegangen war. Aber nichts tropfte, nichts klapperte. Der Wagen fuhr, als wäre nichts gewesen. Es war ein physikalisches Mysterium.

Erst ganz kurz vor dem Einschlafen fiel mir auf, dass ich den ganzen Weg über nicht eine Sekunde lang an Max gedacht hatte und auch nicht an den Goldenen Griffel.

22

»Schon wieder eine Dachterrasse mit Meerblick«, kommentierte Hanna am nächsten Morgen, während sie mit dem dicken Strohhalm in ihrem Glas Papayasaft rührte. »So lasse ich mir das Leben gefallen.«

Wir saßen gerade beim Frühstück, das so reichhaltig war wie an jedem Tag unserer Reise: dicke fettige Omeletts, Brot, Früchte, Kaffee und frisch gepresster Obstsaft in einer großen bauchigen Glaskaraffe. Das Beste aber war tatsächlich die Aussicht.

Ich ließ den Blick über das Gewirr von zimtfarbenen Ziegeldächern, Antennen, Stromkabeln, Wäscheleinen, Mauern und Kaminen schweifen, an dessen Ende ein Streifen glitzerndes Meer zu erkennen war. Die flachen, zumeist einstöckigen Häuser in diesem Viertel Trinidads waren dicht an dicht gebaut, sie standen zusammen wie die Zellen einer Bienenwabe. Zwischen den Häusern lagen kleine, ummauerte Innenhöfe, kaum größer als zwei oder drei Tischtennisplatten. Von allen Seiten gackerte, grunzte, maunzte oder bellte es herauf. Kein Hof war zu klein, als dass man dort nicht hätte ein paar Nutztiere unterbringen können. Von manchen Innenhöfen, wie dem unseren, führte eine steile Leiter hinauf auf das flache Betondach. Und hier saßen wir jetzt an einem verschnörkelten weißen Eisentisch, auf dem Sonia vor ein paar Minuten unser Frühstück abgeladen hatte.

Dank Ernestos handgekritzeltem Stadtplan von Trinidad hatten wir Sonias Haus am Abend relativ bald gefunden. Besonders schnell ging es, nachdem ich einen jungen Mann am Straßenrand angesprochen hatte, der sich mit großer Begeisterung in unseren Cadillac setzte und uns zu der angegebenen Adresse dirigierte. Er fand es so toll, in unserem Auto mitfahren zu dürfen, dass er noch nicht mal ein Trinkgeld annehmen wollte! Es gab also auch solche Kubaner.

Dankbar hatte Sonia Mercedes' Kuvert entgegengenommen und uns dann zu unserer Unterkunft gebracht. Es war ein schuhschachtelförmiges Häuschen, das in einer engen, kopfsteingepflasterten Straße lag. Es war kaum drei Meter breit und bestand nur aus einem schmalen Wohnzimmer, einer kleinen Küche, einem winzigen Duschbad und einer Schlafkammer mit Doppelbett, wobei alle Räume hintereinander angeordnet waren. Da die Straße zu eng war, um den Cadillac dort zu parken, fuhr ich ihn auf Sonias Anweisung hin ein paar Ecken weiter, wo ein Verwandter von ihr wohnte, ein älterer Herr mit üppiger schlohweißer Mähne. Er versprach, auf unser Auto aufzupassen, was ich nett fand. Und dass er den Wagen für ein paar Pesos extra auch noch waschen wollte, fand ich noch besser.

»Weißt du, was sehr traurig ist?« Hanna stellte ihr Papayasaftglas auf dem Tisch ab und schlug bedauernd die Hände zusammen. »Ich habe gestern nicht ein einziges Foto von unserer Urwaldtour gemacht!«

»Nein, da hatten wir auch wirklich keine Zeit und keinen Nerv zum Fotografieren. Da waren wir vollends damit beschäftigt, Mensch und Material ohne bleibende Schäden rauszubekommen.«

»Das schon, ja, aber jetzt hätte ich doch gerne ein paar Beweisbilder. Ich weiß gar nicht mehr richtig, wie es im Dschungel ausgesehen hat. Gab es Orchideen im Gebüsch am Wegesrand? Oder exotische Vögel? Ich erinnere mich nur noch an die rote Schlammbahn.«

Mir ging es genauso, aber ob uns ein paar Kolibris dabei zugesehen hatten, wie wir uns fluchend durch den Matsch kämpften, oder nicht – das war mir nun wirklich egal. Ich zuckte mit den Schultern und trank einen Schluck Kaffee.

»Vielleicht sollten wir noch mal …«, setzte Hanna an, aber ich schüttelte heftig den Kopf.

»Vergiss es! Wir fahren nicht noch mal zurück.«

»Schade eigentlich. Aber du hast recht. Heute ruhen wir uns einfach mal aus nach dem ganzen Stress gestern.«

Hanna lehnte sich in ihrem Stuhl zurück.

»Ausruhen geht gar nicht, Hanna. Wir sind schon sechs Tage unterwegs und haben Julius noch lange nicht gefunden. In einer guten Woche ist mein Urlaub zu Ende, und wir müssen zurück. Wir haben keine Zeit für Pausen, wir sollten gleich nach dem Frühstück wieder aufbrechen. Sonia hat ihre Post bekommen, Mission erfüllt, wir fahren weiter. Los geht's!«

Am liebsten wäre ich sofort aufgestanden.

Ich sah, wie Hanna die Augen verdrehte.

»Mach mal langsam, Katrin. Nur die Ruhe! Eine alte Frau ist kein D-Zug. Wir haben noch reichlich Zeit bis zu unserem Rückflug. Wir werden Julius schon finden. Heute möchte ich einen Gang zurückschalten und mir unbedingt noch Trinidad ansehen.«

Sie zog den kleinen Reiseführer heran, der auf dem Tisch neben dem Teller mit ihrem halb aufgegessenen Omelett lag, und schlug ihn auf. »Hier, hör mal, was mein schlaues Büchlein dazu schreibt: ›Trinidad ist eine wahre Perle an der kubanischen Karibikküste. Eine alte spanische Kolonialstadt, in der das Leben stehen geblieben zu sein scheint. Flanieren Sie auf den Kopfsteinpflasterstraßen zwischen den hübschen bunten Häusern entlang und genießen Sie die kubanische Musik, die Ihnen von jeder Ecke entgegenschallt ...‹« Na, klingt das nicht großartig? Genau das werden wir heute tun, Katrin, wir werden diesen Tag in aller Ruhe genießen und ganz gemütlich durch die Straßen von Trinidad spazieren. Wir werden Musik hören und unter einer schattigen Palme sitzen, und ich werde jede Menge Fotos machen. Vielleicht können wir ein paar Souvenirs kaufen. Nach dem gestrigen Horrortrip haben wir uns wirklich mal eine Pause verdient!«

»Nein, Hanna, das geht nicht.« Ich sprang auf. »Wir hinken unserem Zeitplan sowieso schon mindestens drei Tage hinterher. Erst der unfreiwillige Ausflug nach Viñales, dann die Reifenpanne und unser Stopp bei Ernesto und Mercedes und jetzt dieser Abstecher hierher nach Trinidad. Wir könnten schon lange in Santiago sein ...«

»Setz dich doch bitte wieder, Katrin! Warum bist du denn immer so ungeduldig? Du machst mich ganz nervös mit deiner Hektik.«

»Ich bin nicht hektisch, ich bin zielorientiert. Und unser Ziel heißt Julius Wagner in Santiago und nicht kubanische Straßenmusikanten in Trinidad.«

»Ich weiß, Katrin, ich weiß.« Hanna lächelte. »Wenn man dich so hört, kann man kaum glauben, dass du zuerst gar nicht mitfahren wolltest, als ich dich bei unserem ersten Treffen bat, mich auf der Suche nach Julius zu begleiten.«

»Wenn ich etwas mache, dann mache ich es ganz und gar.«

»Oh ja, das merke ich! Und ich will Julius auch bald treffen, aber das schließt doch nicht aus, dass wir es uns auf dem Weg dorthin gut gehen lassen.«

»Doch, Hanna, das schließt sich aus! Wenn wir weiterhin so herumtrödeln, haben wir am Ende nicht mehr genug Zeit, um ihn zu finden. Oder denkst du, er sitzt den ganzen Tag in der Bar Buena Vista und wartet dort auf uns? Wer weiß, wie lange wir uns in Santiago noch durchschlagen müssen, um ihn ausfindig zu machen.«

»Entspann dich, Katrin!«

»Ich bin total entspannt.« Grimmig ließ ich mich zurück auf meinen Stuhl fallen. »Manchmal habe ich das Gefühl, als wolltest du ihn gar nicht wirklich finden«, knurrte ich. »Als wolltest du die Begegnung mit Julius so lange wie möglich hinausschieben. Als trautest du dich nicht. Warum sind wir denn den ganzen Weg hergekommen, wenn du am Ende kneifst?«

»Ich kneife doch gar nicht. Ich gehe die Sache nur etwas lässiger an als du. Jetzt genieß dein Frühstück, der Papayasaft ist köstlich.«

»Ich will keinen Papayasaft, ich will nach Santiago!«

»Ach, Katrin! Was ist bloß mit dir los? Dir kann es doch eigentlich völlig egal sein, ob wir rechtzeitig nach Santiago kommen oder nicht. Ich habe dich engagiert, um mich zu begleiten. Den Rest lass meine Sorge sein. Und heute brauche ich eine Pause, also machen wir eine Pause. So einfach ist das. Wir sind doch nicht auf der Flucht.«

Ich war wütend, weil sie mich wie ein kleines, ungezogenes Kind behandelte. Obwohl ich mich möglicherweise auch wie eines benommen hatte.

»Das sagst du nur, weil du Angst hast, ihn wiederzusehen«, gab ich patzig zurück. »Wenn es dir so wichtig wäre, Julius zu finden, würdest du alles stehen und liegen lassen. Ich glaube, du hast kalte Füße bekommen. Du hast Angst vor deinen Gefühlen.«

»Ich? Ich habe Angst vor meinen Gefühlen? Das sagst ausgerechnet du?«

»Ja. Je näher du ihm kommst, desto mehr verlässt dich der Mut. Jawohl, so ist es. Ich hab dich durchschaut.«

Vermutlich war es ungerecht, Hanna all das an den Kopf zu werfen. Aber ich war so frustriert, weil wir bislang so wenig erreicht hatten. Und weil Hanna mir meine Position so unmissverständlich klargemacht hatte: Ich war hier, um sie durch dieses verrückte Land zu kutschieren, und mehr nicht. Dass ich meine eigenen Ziele dabei verfolgte, interessierte Hanna nicht. Natürlich nicht. Sie wusste ja auch nichts davon. Und es hätte die Sache vermutlich nicht besser gemacht, wenn ich ihr jetzt davon erzählt hätte.

»Deine ganze Fröhlichkeit ist doch nur Ablenkung«, fuhr ich fort, »weil du dich insgeheim vor der Begegnung fürchtest. Vor dem, wie er reagieren wird. Was weißt du denn von ihm? Wie sehr kann er sich in den vergangenen sechzig Jahren verändert haben. Vielleicht erkennt er dich gar nicht mehr. Vielleicht erinnert er sich gar nicht mehr an dich. Das Leben ist kein Hollywoodfilm. Wahrscheinlich hat er damals in Kuba eine andere Frau kennengelernt und möchte gar nichts mehr mit dir zu tun haben. Ist es nicht so?«

Hanna bedachte mich mit einem langen, traurigen Blick.

»Ja«, sagte sie leise. »All das ist möglich. Daran habe ich auch schon gedacht. Aber ich will es wissen, verstehst du, Katrin. Bevor ich irgendwann sterbe, will ich wissen, was mit ihm damals passiert ist. Vielleicht wird mich die Wahrheit unglücklich machen. Aber mit dieser Ungewissheit weiterzuleben, das möchte ich auch nicht. Nimm es als meinen letzten Wunsch: zu erfahren, warum wir nicht unser Leben miteinander verbringen konnten, Julius und ich.«

Ich schwieg und schämte mich, dass ich sie so angefahren hatte.

»Vergiss bitte nicht, dass ich schon ein paar Jahre mehr als du auf dem Buckel habe«, fuhr Hanna fort. »Die Fahrt durch den Dschungel gestern hat mich ziemlich angestrengt. Das kannst du mir glauben. Ich kann mich nicht daran erinnern, wann ich das letzte Mal ein Auto angeschoben oder einen Felsbrocken aus dem Weg gerollt habe. Tut mir leid, meine Liebe, auch wenn du es eilig hast und diesen lästigen Job mit der alten Frau hier möglichst schnell hinter dich bringen möchtest: Heute machen wir eine Pause, da kannst du dich auf den Kopf stellen und mit den Füßen wackeln, heute fahre ich keinen Meter. So – und jetzt möchte ich nicht mehr mit dir streiten.«

»Es tut mir leid, Hanna«, murmelte ich. »Ich glaube, ich habe einen Lagerkoller.«

»Das kann gut sein«, sagte sie sanft. »Ich bin es auch nicht mehr gewohnt, tagein, tagaus mit einem Menschen zusammen zu sein.«

Wir schwiegen einen Moment. Dann fragte Hanna: »Wäre es dir lieber, wenn wir für einen Tag mal getrennte Wege gehen?«

Ich zuckte mit den Schultern. »Möglicherweise«, murmelte ich. »Bevor wir uns wirklich in die Haare geraten ... Wir haben ja noch ein paar Kilometer vor uns.«

»Mach dir ruhig mal eine schöne Zeit, Katrin, hier in Trinidad. Es macht dir doch sicher keinen Spaß, immer auf diese alte Tante aufpassen zu müssen. Keine Sorge, ich komme zwischendurch auch allein ganz gut klar.«

Ich verstand das als Aufforderung zu gehen. Deshalb stand ich auf und ließ sie allein am Tisch sitzen. Ich stieg die Leiter vom Dach hinunter, ging ins Schlafzimmer und machte die Tür hinter mir zu. Dann streifte ich die Flipflops von den Füßen und legte mich aufs Bett. Ich starrte an die Zimmerdecke, wo ein hölzerner Ventilator in der heißen, stickigen Luft quirlte und ein bisschen lauwarmen Wind machte. Bei jeder Runde gab er ein regelmäßiges kleines Knarzen von sich. Durch die Ritzen der geschlossenen Fensterläden drangen ein paar schmale Streifen Licht. Ich war so müde, ich war so erschöpft. Mein Knöchel puckerte ein wenig. Ich wünschte, jemand wäre da, um mir eine kalte Bandage umzulegen. Ich wollte nicht an Max denken, aber es ließ sich nicht verhindern, dass sein grinsendes Gesicht vor meinem inneren Auge auftauchte. Es war mir, als spürte ich seine Arme um meine Schultern und seinen Kuss. Wo mochte er sein? Ob er sein Interview mit Julius schon im Kasten hatte? Und was wäre wohl passiert, wenn ich vorgestern Abend nicht weggelaufen wäre?

Es klopfte an der Tür.

»Schläfst du?«, fragte Hanna von draußen.

»Nein.«

»Sonia hat mir vorhin erzählt, dass man hier in Trinidad auch ins Internet kommt«, sagte Hanna durch die geschlossene Tür. »Am Hauptplatz im Zentrum gibt es einen staatlichen Telekommunikationsladen, da kannst du dir die Zugangsdaten kaufen. Das wollte ich dir nur sagen für den Fall, dass dir heute langweilig sein sollte. Ich gehe jetzt mal los und schaue mir ein paar Sehenswürdigkeiten in der Stadt an.«

Ich hörte, wie sie durch die Wohnung ging. Ihre Schritte entfernten sich immer weiter, dann klapperte die Haustür. Ich blieb noch einen Moment unschlüssig auf dem Bett liegen und betrachtete den Ventilator. Schließlich stand ich auf.

Das Kopfsteinpflaster schien zu glühen vor Hitze, als ich wenig später durch die schmalen Gassen von Trinidad schlenderte. Zum ersten Mal betrachtete ich Kuba ohne Eile. Ohne das Gefühl, hier fehl am Platz zu sein und ganz schnell weiter zu müssen. Ich ließ mich treiben ohne Ziel, ohne Plan und ohne Hast, und ich stellte fest, dass Trinidad wirklich hübsch war. Nichts zu sehen von der maroden Pracht Havannas oder dem dörflichen Charme von Viñales. Hier schien mir alles frisch renoviert und herausgeputzt. Pastellfarbene Häuser säumten die kopfsteingepflasterten Straßen, in Rosa, Zartgelb, Blassblau, Hellgrün. Die hohen Fenster waren mit kunstvoll geschmiedeten, weiß lackierten Gittern versehen. Zwischen windschiefen Masten pendelte ein Gewirr von Kabeln über meinem Kopf. Hin und wieder zockelte ein Pferdekarren vorbei. Vor einem Haus hatten vier alte Männer einen kleinen Tisch und Stühle aufgebaut. Sie hockten da und spielten Domino, die Steine klackerten über das Holz. Zwei Straßen weiter saßen fünf Männer aufgereiht vor einer Hausmauer auf weißen Plastikstühlen und machten Musik, in ihren Händen Gitarre, Congas, Kontrabass, was man eben so brauchte für kubanische Rhythmen.

Der eine sang dazu mit tiefer melodischer Stimme. Alle trugen weiße Cowboyhüte, eine rostige Blechdose stand vor ihnen auf dem Pflaster. Es steckten schon ein paar Scheine darin. Ein paar Leute waren stehen geblieben und wippten gut gelaunt mit den Füßen oder schnippten mit den Fingern. Jemand filmte mit seiner Handykamera. Ich machte auch ein paar Fotos mit meinem Handy. Vielleicht würde sich Hanna ja darüber freuen.

Im Zentrum von Trinidad entdeckte ich einen hübschen begrünten Platz und ließ mich auf einer der alten weißen Bänke nieder. Von hier aus betrachtete ich die prächtigen farbenfrohen Paläste, die das Geviert säumten. Ich bedauerte jetzt, dass Hanna nicht da war, um mir aus ihrem kleinen Reiseführer vorzulesen, was es mit den vornehmen bunten Häusern auf sich hatte. Als sich auf der Bank neben mir eine junge Frau mit einem Baby niederließ, ging ich zu ihr und fragte sie, ob sie sich hier in Trinidad auskenne.

»*Si, claro*«, sagte sie und lächelte mich mit ihren strahlend weißen Zähnen an, während sie das Baby an ihre große schwarze Brust legte, wo es schmatzend zu trinken begann. Die Frau war hier geboren und aufgewachsen, wie sich herausstellte, und schien sich ehrlich zu freuen, dass ich mich für die Geschichte ihrer Stadt interessierte.

»Das waren früher die Wohnhäuser der reichen Zuckerbarone«, erklärte sie mir. »Während die armen Sklaven draußen auf den Plantagen in Hitze und Sonne schufteten, haben sich die reichen Leute in ihren Palästen ein schönes Leben gemacht. Schöne Häuser, aber schlechte Menschen«, schloss sie grinsend. Dann erkundigte sie sich, woher ich kam und was ich in Kuba machte. Ich erzählte ihr, dass ich mit Hanna unterwegs war, um in Santiago ihre alte Jugendliebe zu suchen, und dass ich mit diesem Mann darüber reden wollte, wie es ihm damals bei der kubanischen Revolution ergangen war.

»Dazu braucht ihr doch nicht nach Santiago zu fahren«, erklärte die Frau lachend. »Da könnt ihr einfach meinen Großvater sprechen. Der gehörte damals auch zu Fidel Castros Leuten.«

Aber das war natürlich nicht dasselbe. Es ging schließlich um Julius.

»*Sí, el amor* ...«, sagte die Frau und legte sich das Baby an die andere Brust. »Ja, ja, die Liebe. Sie ist die stärkste Kraft von allen.«

Weil ich nicht über das Thema Liebe nachdenken wollte und es mir außerdem etwas unangenehm war, ihr noch länger beim Stillen zuzusehen, verabschiedete ich mich und ging weiter.

»*Buena suerte!*«, rief sie mir nach. »Viel Glück!«

Ein Kirchturm machte mich neugierig, ich ging hin, um mir das alte Gotteshaus näher anzusehen. An der Eingangstür saß ein Mann an einem Tisch und verkaufte Eintrittskarten.

Ich fragte, ob meine Garderobe in Ordnung sei für einen Kirchenbesuch. Ich trug heute Shorts und ein ärmelloses Hemd. In Spanien war mir deshalb vor ein paar Jahren mal der Eintritt in eine Kirche verwehrt worden. Der Mann sah mich an und nickte, und ich trat ein. Aber es war überhaupt keine Kirche mehr, wie ich feststellte. Es war ein Museum. Ein Revolutionsmuseum! Und ich hatte mir Sorgen wegen meiner leichten Kleidung gemacht ...

Statt Altar und Gebetsgestühl gab es jede Menge Waffen, Andenken, Briefe und Fotos zu sehen, präsentiert in maroden Vitrinen. Hier und da war das Glas schon gesprungen und notdürftig mit Klebestreifen geflickt. Dass jede Menge tote Insekten neben den verstaubten Medaillen und vergilbten Papieren lagen, schien niemanden zu stören. Ich entdeckte Teile eines abgeschossenen Militärflugzeugs, und im Innenhof standen alte Kanonen, ein Armeelastwagen und ein antiquiert aussehendes Kriegsschiff. Eine sehr bizarre Einrichtung für ein Gebäude, bei dem es sich, wie ich erfuhr, um ein ehemaliges Franziskanerkloster handelte.

Als ich den Turm besteigen wollte, hielt mich ein Aufseher zurück. »*Cerrado*«, sagte er, »gesperrt.« Er wies auf zwei Klappstühle, die nebeneinander vor der untersten Stufe standen. »*Peligroso.*«

Offenbar sollte das ein Hinweis darauf sein, dass der Aufstieg wegen Einsturzgefahr verboten war.

»Dann gehen wir eben ins Stadtmuseum«, sagte neben mir in fröhlichstem Schwyzerdütsch eine Touristin zu ihrer Begleiterin, nachdem sie ebenfalls an der Stuhlbarriere zurückgewiesen worden waren. »Da soll es eh viel schöner sein.«

Ich folgte ihnen unauffällig.

Das Stadtmuseum Trinidads befand sich ganz in der Nähe in einem der bonbonbunten Paläste der früheren Zuckerbarone. Entsprechend bombastisch war es ausgestattet, mit einer kunstvoll verzierten hohen Eingangshalle, einem reich bepflanzten und geschmückten Innenhof und etlichen herrschaftlichen Räumen, in denen wunderschöne alte Kolonialmöbel, aufwendige Wandmalereien, luxuriöse Glas- und Porzellangefäße und andere Kostbarkeiten aus Kubas Vergangenheit ausgestellt waren.

Doch das Beste an diesem Museum war der Ausblick von

oben. Durch ein immer enger werdendes hölzernes Treppenhaus gelangte ich auf das Dach des Gebäudes, wo sich mir ein atemberaubendes Rundumpanorama bot: Über das Meer der ockerfarbenen Dächer von Trinidad hinweg, zwischen denen Palmen und der hohe gelbe Glockenturm des alten Franziskanerklosters aufragten, bis hin zu den bewaldeten Bergen am Horizont ging mein Blick. Diese Ansicht kam mir bekannt vor, und ich wusste auch, woher: Das Foto auf der Rückseite von Hannas Reiseführer war hier entstanden. Ich machte ein paar Bilder mit meinem Handy, damit ich sie Hanna später zeigen konnte. Vielleicht war es ihr ja zu anstrengend gewesen, bei der großen Hitze heute auf den Turm zu steigen – und diese Aussicht hier sollte sie unbedingt auch sehen.

Als ich wenig später wieder durch die Gassen Trinidads spazierte, fiel mir im Laubengang eines alten Hauses eine Puppe auf, die ein langes weißes Spitzenkleid trug und auf einem Holzstuhl saß. Sie sah ein bisschen aus wie eine kleine Braut. Etwas merkwürdig wirkten nur ihr weißer Turban und die vielen roten Perlenketten, die man ihr umgelegt hatte, vor allem aber die vielen Federn, die auf dem Schoß der Puppe und um den Stuhl herum verteilt lagen.

Ich dachte, vielleicht gibt es hier eine echte kubanische Hochzeit zu sehen, und trat näher heran. Dieses ganze Heiratstamtam war zwar normalerweise nicht so mein Ding, aber unter kulturgeschichtlichen Aspekten konnte man sich so was ja mal anschauen, wenn man schon mal da war.

Tatsächlich entdeckte ich hinter dem Stuhl mit der Puppe einen Durchgang in einen Hinterhof. Ungefähr zwanzig Leute saßen da auf schlichten Holzstühlen und schauten gebannt auf eine kleine provisorische Bühne. Es waren vor allem Touristen, viele von ihnen hatten ihre Handys gezückt, um Fotos zu machen oder zu filmen. Ich stellte mich dazu. Das, was hier geboten wurde, war das ungewöhnlichste Hochzeitsritual, das ich jemals zu Gesicht bekommen hatte. Falls es ein Hochzeitsritual war.

Zwei Menschen waren auf der Bühne zu sehen. Ein schlanker, dunkelhäutiger Mann saß mit nacktem Oberkörper auf dem Boden und schlug mit flachen Händen rhythmisch auf eine große Trommel, die er zwischen seinen Knien hielt, erst langsam, dann schneller und schneller. Auf der Mitte der Bühne tanzte ein anderer Schwarzer, auch er groß und schlank, allerdings hatte er das Gesicht weiß gekalkt, was ihm ein gespenstisches Aussehen gab. Er trug ein schimmerndes gelbes Gewand, eine Mischung aus Schlafanzug und buddhistischer Mönchsrobe. Mit nackten Füßen und verrenkten Gliedern drehte und wand er sich im Takt der Trommelschläge über die Bühne. Dazu sang er in einer Sprache, die ich nicht verstand, erst leise und kehlig, dann – mit zunehmender Geschwindigkeit seines Tanzes – wurde sein Gesang immer lauter, schließlich beinahe ekstatisch. Dabei wirbelte er herum, während der andere in einem irren Tempo die Trommel bearbeitete.

»Entschuldigung, was ist das?«, flüsterte ich einer jungen Frau zu, die nahe am Eingang saß. Ich sprach Englisch, weil ich sah, dass sie einen englischen Kuba-Reiseführer in Händen hielt. Sie fuhr herum und sah dabei so erschrocken aus, als hätte ich sie gerade aus dem Tiefschlaf gerissen.

»Ist das eine Hochzeit?«, fragte ich mit einem Kopfnicken in Richtung der Bühne. »Warten die da auf die Braut?«

Die Frau schüttelte den Kopf.

»Oh Gott, nein, das ist eine Santería-Vorführung.«

»Sante... was?«

»Santería«, wiederholte sie und schlug ihren Reiseführer auf, damit ich sehen konnte, wie das Wort geschrieben wurde. »Das ist so eine Art Voodoo-Kult, ein halb katholischer, halb heidnischer Brauch, der vor Hunderten Jahren mit dem Sklavenhandel nach Kuba gekommen ist. Aber das hier ist nur eine Show für Touristen. Die echte schwarze Magie der Santeros kriegst du als Außenstehender nicht zu sehen, die passiert nachts in irgendwelchen finsteren Hinterzimmern, wenn jemand Rat oder Hilfe braucht. Dann bringen sie ihren Göttern ein grausiges Blutopfer, vollziehen eine rituelle Schlachtung, irgendetwas Gruseliges mit viel Blut und vielen Federn. Oh, schau – ich glaube, jetzt geht's hier auch gleich dem Hahn an den Kragen!«

Ich sah wieder zur Bühne, wo der Tänzer jetzt einen zappelnden schwarzen Hahn in einer Hand hielt. Er hatte ihn an den Flügeln gepackt, die langen grün glänzenden Schwanzfedern des Tieres berührten den Boden, auf dem eine große weiße Schüssel stand. Ich hörte, wie jemand im Publikum erschrocken aufschrie – aber da hatte ich mich schon umgedreht und war zurück auf die Straße gelaufen. Es gab Dinge in Kuba, die ich besser nicht miterleben wollte. Und dieser Santería-Kult mit Blut und toten Hähnen gehörte ganz sicher dazu.

Es war höchste Zeit, ins einundzwanzigste Jahrhundert zurückzukehren. Ich trank den letzten Schluck aus der Mineralwasserflasche, die ich mitgenommen hatte, und machte mich auf die Suche nach einem Internetzugang.

Die Verkaufsstelle für den WLAN-Code erkannte ich an dem riesigen Pulk von Menschen vor der Eingangstür. Mindestens dreißig Leute standen an, in praller Mittagshitze, bei circa fünfunddreißig Grad im Schatten. Allerdings gab es vor der Tür keinen Schatten. Auf den Bänken, die einen gepflasterten Platz vor dem Gebäude säumten, saßen Dutzende Leute dicht an dicht und starrten auf ihre Handys, wie ich es schon in Viñales gesehen hatte. Hier war ich richtig.

»Verzeihung, bekomme ich hier den Zugangscode fürs Internet?«, erkundigte ich mich sicherheitshalber noch einmal bei den Leuten vor der Eingangstür. Allgemeines Nicken und Gebrummel war die Antwort.

»Ich bin die Letzte«, erklärte eine hochgewachsene Dunkelhäutige, ohne von ihrem mit Strasssteinchen besetzten Handy aufzusehen, auf dem sie mit sehr langen dunkelroten Fingernägeln herumtippte. Sie hatte ihre dichten schwarzen Haare oben auf dem Kopf zu einem strammen Knoten zusammengezwirbelt und trug ein enges kurzes Kleid mit Blumenmuster, dazu rote Sandalen mit dermaßen hohen dünnen Absätzen, dass ich mich fragte, wie sie es schaffte, damit unfallfrei über das Kopfsteinpflaster von Trinidad zu laufen.

Ich stellte mich neben sie, noch immer das Trommeln des Santería-Tanzes im Kopf, und wunderte mich, wie nah in Kuba die Gegenwart und ein mittelalterlich anmutendes Leben beieinanderlagen.

Durch die abgedunkelte Scheibe der geschlossenen Glastür fing ich den strengen Blick einer Frau auf, die im Gebäude stand. Sie hatte ein dunkelblaues Kostüm an, schwarze Nylonstrümpfe und halbhohe Pumps und schien die Hüterin der Tür zu sein. Nach einem undurchschaubaren System schloss sie gelegentlich die Glastür auf und öffnete sie, um einen der Wartenden einzulassen. Jedes Mal wenn die Tür aufging, kam ein Schwall kühle Luft nach draußen. Offenbar gab es in dem Gebäude eine Klimaanlage, die auf »antarktische Kälte« eingestellt war. Es erschien mir beneidenswert angesichts der Tatsache, dass ich mir hier draußen auf den Stufen vor dem Gebäude vorkam wie ein Schmorhühnchen, kurz bevor es gar ist.

Die Frau im Inneren des Gebäudes stand da, ohne eine Miene zu verziehen, und betrachtete uns Wartende hier draußen in der Hitze mit einem Gesichtsausdruck, der irgendwo zwischen Häme und Sadismus lag. Sie sah aus, als dächte sie: »Ich bin die Herrscherin dieser Tür. Ich entscheide, wer wann hier eintreten darf und wie lange ihr warten müsst, um Zugang zu diesem abscheulichen und verwerflichen Internet zu erhalten. Und wenn ihr dabei einen Hitzschlag erleidet, seid ihr selbst schuld, weil ihr euch bei eurer Suche nach Information nicht mit der kubanischen Parteizeitung und eurem grauen Wählscheibentelefon zufriedengebt.« Genau so stellte ich mir eine stramme Polizeisoldatin im real existierenden Sozialismus vor. Bestimmt würde sie noch eine große politische Karriere in Kuba machen.

Als die Tür einmal mehr als eine Viertelstunde lang geschlossen blieb, obwohl schon mehrere Leute mit glücklichem Lächeln und einem kleinen Pappkärtchen in der Hand herausgekommen waren, klopfte ein Mann in der ersten Reihe verärgert gegen die Scheibe. Aber die Frau drinnen reagierte nur mit einer empörten Geste und ließ weitere geschlagene zehn Minuten vergehen, bevor sie wieder jemanden eintreten ließ. »Wagt es nicht, mich zu kritisieren«, sollte das wohl heißen. »Je ungeduldiger ihr werdet, desto länger werde ich euch warten lassen.«

Ich liebte den westlichen Kapitalismus in diesem Moment sehr.

Es war heiß, ich hatte Durst, und noch immer warteten fast zwanzig Leute vor mir darauf, eintreten zu dürfen. Inzwischen stand ich schon über eine Stunde hier. Hinter mir hatten sich mehr als ein Dutzend weiterer Leute angestellt. Unter ihnen war ein junger Bursche, ein Amerikaner, schätzte ich, blondbezopft mit rötlichem Bartflaum am Kinn. Er war vielleicht Anfang zwanzig, trug kurze Jeans, ein ärmelloses T-Shirt und wippte unruhig mit seinen Flipflops.

»Kann das da nicht ein bisschen schneller gehen?«, rief er auf Englisch, halb zu sich selbst, halb zu den anderen Wartenden. »Was machen die Leute da drin eigentlich die ganze Zeit? Es kann doch nicht wahr sein, dass ich hier zwei Stunden warten muss, um so einen blöden WLAN-Zugang zu kaufen.« Seine Stimme wurde lauter. »Ich muss da jetzt rein, verdammt noch mal. Ich muss ins Internet. Ich muss meinen Flug umbuchen. Verdammt, ich hasse Kuba. Kuba ist ein total beschissenes Land.« Er schrie jetzt. »*A shit land*. Die kriegen nichts auf die Reihe hier. Die Menschen sind schlecht. Das Essen ist schlecht. Die Straßen sind schlecht. Ich hasse Kuba! Kuba ist das blödeste Land, in dem ich je gewesen bin.«

»Aber«, versuchte ich ihn zu beruhigen, »nicht alles ist schlecht hier. Es gibt auch sehr freundliche Menschen – und die Landschaft ist wunderschön.«

Ich wunderte mich selbst ein wenig, dass ich so etwas Nettes über Kuba sagte.

»Pah!« Er machte eine wegwerfende Handbewegung. »Die Landschaft in Kuba ist nicht schön. Kanada ist schön. Waren Sie schon mal in Kanada? Wenn Sie ein schönes

Land sehen wollen, fahren Sie nach Kanada. Das ist mein Zuhause, und da muss ich jetzt hin. Sofort. Mein bester Freund hatte einen Motorradunfall, und ich muss zu ihm ins Krankenhaus. Seine Mutter hat mich gerade angerufen. Ich weiß nicht, ob er überlebt. Es sieht schlecht aus. Ich muss sofort meinen Flug umbuchen, und dazu muss ich ins Internet. Aber ich komme nicht ins Internet, weil diese idiotische Frau da die Tür nicht aufmacht ...«

Er weinte jetzt. Er tat mir furchtbar leid. Aber ich konnte ihm nicht helfen. Das Wort Motorradunfall versetzte mir einen Stich ins Herz, ich wusste nicht, weshalb.

Ich legte eine Hand auf seinen Arm und sagte: »Es ist bestimmt nicht so schlimm, wie du denkst. Meinetwegen kannst du dich vor mich stellen, vielleicht lassen dich ein paar andere Leute auch vor. Bestimmt schaffst du es noch, rechtzeitig einen Flug zu buchen.«

Er zuckte resigniert mit den Schultern.

Die große dunkle Frau mit den langen Fingernägeln drehte sich zu uns um.

»*Hey, boy*«, sagte sie in rauchigem Englisch und reichte ihm ihr Glitzerhandy. »Hier ist noch eine halbe Stunde Internet drauf. Buch deinen Flug und gib mir das Telefon zurück, wenn du fertig bist.«

Der Kanadier zögerte ungläubig, dann nahm er das Handy entgegen.

»*Thank you, gracias*«, flüsterte er, ließ sich da, wo er war, auf die Stufen vor dem Haus nieder und begann zu tippen.

Ich war mir sicher, dass er seine Meinung über die Schlechtigkeit aller Kubaner in diesem Moment geändert hatte. Ich hatte es schon längst getan.

Es dauerte noch fast eine Dreiviertelstunde, bis sich die

Glastür endlich auch für mich öffnete. Drinnen am Schalter ging dann alles einigermaßen schnell, was auch gut war, weil ich mich – verschwitzt, wie ich war – in dem eiskalten Raum bestimmt erkältet hätte, wenn ich länger als fünf Minuten dringeblieben wäre. Allerdings musste ich zunächst ein Formular ausfüllen, in dem ich erklärte, wer ich war, was ich in Kuba zu tun hatte und weshalb ich ins Internet wollte. Die Dame am Schalter kopierte sogar meinen Reisepass und schrieb die Nummer auf – jeder deutsche Datenschützer wäre auf die Barrikaden gegangen! Es war erstaunlich, dass sie nicht noch meine Geburtsurkunde in doppelter Ausführung und amtlicher Beglaubigung sehen wollte. Aber dann endlich, endlich erhielt ich den Zugangscode zum Eintritt in die große weite Welt des Internets. Ich kaufte gleich drei Karten, damit ich mich nach einer Stunde online surfen nicht wieder zwei Stunden lang anstellen musste. Die Frau am Schalter betrachtete mich misstrauisch. Wahrscheinlich hatte ich mich damit konterrevolutionärer Umtriebe verdächtig gemacht.

Wie auch immer: Es war geschafft. Ich setzte mich auf eine der Bänke auf dem großen Platz, die zumindest teilweise im Schatten einer Palme stand, und war erstaunt, dass der Zugang zum WLAN diesmal erstaunlich flott und problemlos klappte. Ich öffnete meinen Mailaccount und sah, dass Trixie mir gestern geschrieben hatte. In der Betreffzeile stand »Ganz große Katastrophe«, dahinter zehn Ausrufezeichen. Rasch las ich den Text.

Liebe Katrin, du glaubst nicht, was heute passiert ist. Ramona hat gekündigt. Von einem Tag auf den anderen. Dabei kommen doch demnächst Prinz William und

Herzogin Kate in ihre Sendung. Es ist ein Drama. Oliver ist kurz vor dem Explodieren. Er sitzt gerade mit den Kollegen von der juristischen Abteilung zusammen, um zu besprechen, was man tun kann. Das Ganze kam so: Ramona hatte neulich einen feschen kalifornischen Surferboy in ihrer Show. Der Knabe war wirklich eine Augenweide, das muss ich zugeben, so ein blondes, braun gebranntes Sahneschnittchen von Anfang zwanzig. Er kommt aus San Diego und scheint in den USA eine Riesennummer zu sein. Jedenfalls war er in Deutschland auf Promotour, um Werbung für seine neue Surfbrettkollektion zu machen, und dabei hat er eben auch Station auf Ramonas Sofa gemacht. Und wie. Du weißt ja, dass sie keinen großen Unterschied macht zwischen Flirten und Journalismus, aber was da in ihrer Sendung mit diesem Sunnyboy ablief, das war beinahe nicht mehr jugendfrei. So viele Protestbriefe haben wir für ihre Sendung noch nie bekommen. Na ja, wie auch immer, Ramona scheint es mit dem Typen aber wirklich ernst zu sein. Sie hat hier alles hingeschmissen und ist tatsächlich mit ihm nach Kalifornien geflogen. Sie hat geschrieben, dass er ihr dort zu einer großen Karriere als Model verhelfen wird. Da bin ich ja mal gespannt. Jedenfalls war es das mit ihrer Karriere bei Hello-TV. Wir haben keine Ahnung, wer jetzt so kurzfristig mit den blaublütigen Briten plaudern wird. Man kann die Royals ja schlecht wieder ausladen! Die Stimmung im Haus ist zum Zerreißen gespannt. Es geht das Gerücht um, dass es der Chef selbst machen wird. Ich werde berichten. Für dich ist das ja eigentlich eine gute Nachricht. Da hast du eine Konkurrentin weniger im Rennen um den Goldenen Griffel. Go for it!

*Herzliche Grüße aus dem verregneten München, aber
immerhin blühen hier schon die Krokusse.
Genieß die karibische Sonne, tausend Bussis,
deine Trixie*

Ich schüttelte seufzend den Kopf.

Eigentlich sollten wir alle froh sein, dass wir Ramona los sind, tippte ich in die Antwortmail. *Dann kann sie wenigstens keinen Ärger mehr machen. Bin gespannt, wer die Sendung übernehmen wird. Halt mich unbedingt auf dem Laufenden! Liebe Grüße, Katrin.*

Ich schickte die Mail ab und sah nach, was ich sonst noch für elektronische Post bekommen hatte. Es war aber nichts Interessanteres mehr dabei. Ich schickte noch einen Lagebericht an meine Eltern und eine kurze Botschaft an Oliver. Dann wagte ich endlich, Max' Blog aufzurufen.

Ein neuer Beitrag war online. Was auf dem dazugehörigen Foto zu sehen war, kam mir bekannt vor: Es war ein Vollmond, der silbern durch nächtliche Wolken schimmerte, das Licht spiegelte sich in einem langen Streifen auf dem Meer. Max musste das Bild aufgenommen haben, kurz nachdem ich die Veranda verlassen hatte.

Der Text dieses Eintrags war anders als alle anderen.

Magische Nacht in Kuba, stand neben dem Foto.

Ich bin mir ganz sicher, dass es unerklärliche Energien im Universum gibt, die unser Leben beeinflussen. Leider nicht immer so, wie wir uns das erhoffen. Du liebe, wunderbare, verrückte Frau, falls Du das hier liest: Es war nicht bös gemeint. Ich finde Dich halt einfach toll. Aber es hat nicht sollen sein. Vielleicht begegnen wir uns unter einer günsti-

geren Sternenkonstellation wieder. Ich hoffe, deinem Knöchel geht es besser und du hast noch eine glückliche Reise. Für dein Buchprojekt wünsche ich dir von Herzen viel Erfolg.

Ich starrte auf die Buchstaben und wusste nicht, was ich denken sollte. Ich spürte schon wieder, wie mein Herz völlig unkontrolliert zu galoppieren begann. Zum ersten Mal fragte ich mich, ob es vielleicht ein Fehler gewesen sein könnte, mich auf meine Vernunft verlassen zu haben.

Ich blickte auf, weil ich bemerkte, dass jemand vor mir stehen geblieben war.

»Wusste ich doch, dass ich dich hier finde«, sagte Hanna lächelnd und reichte mir eine Flasche Mineralwasser, als wären wir nie aneinandergeraten. »Ich hab uns was zum Trinken besorgt. Es ist schrecklich heiß heute – nicht wahr?«

Ich nickte. Ich war sehr froh, sie wiederzusehen. Auch wenn ich ihr gar nicht richtig zugehört hatte.

»Sieh mal«, fuhr Hanna fort, »wen ich mitgebracht habe.«

Erst da bemerkte ich den Mann an ihrer Seite.

23

Wir verließen Trinidad am nächsten Morgen in aller Frühe in einem blank geputzten Auto. Wir fanden sowohl eine funktionierende Tankstelle als auch den Weg zur Autobahn Richtung Santiago und nach nur zwei vergeblichen Versuchen sogar einen Laden, in dem es Mineralwasser zu kaufen gab. (In den beiden anderen Geschäften hatte es zwar jede Menge Rum, Sojaöl und Babywindeln gegeben, aber das Regal mit den Mineralwasserflaschen war komplett leer gewesen. Offenbar gab es gerade Probleme mit dem Nachschub von alkoholfreien Getränken im Raum Trinidad.) Auch die Straßen kamen mir nicht mehr so miserabel vor wie neulich noch. Entweder hatte ich mich an ihren desolaten Zustand gewöhnt, oder aber unsere Horrorfahrt durch den Wald hatte den Begriff »schlechte Straßenverhältnisse« relativiert.

Seit gestern waren wir zu dritt unterwegs.

Hanna war bei ihrem Streifzug durch Trinidad nicht lange allein geblieben. Sie hatte einen Amerikaner kennengelernt, den sie mir bei unserem Wiedersehen auf dem Platz vor dem Telekommunikationsladen gleich als unseren neuen Begleiter vorgestellt hatte. Er hieß Steve Cooper, kam aus Chicago und war ein paar Jahre jünger als Hanna, Mitte sechzig vielleicht. Ein drahtiger Typ mit einer ausgeblichenen Baseballkappe auf den kurzen grauen Haaren. Er trug eine sandfarbene Trekkinghose, ein khakifarbenes Hemd und hohe, staubige Wanderschuhe, als käme er gerade von einer Andenüberquerung. Er reiste alleine durch die Gegend, weil seine Frau lieber zu Hause bleiben und sich um die Enkel kümmern wollte, wie er sagte. Das schien ihn aber nicht sehr zu betrüben, so aufgeschlossen und kontaktfreudig, wie er war. Auch Steve war gerade auf dem Weg in den Osten Kubas. Da er keinen eigenen Wagen besaß und auf die unzuverlässigen Verbindungen der Überlandbusse angewiesen war, hatte Hanna ihn eingeladen, sich uns anzuschließen. Steve war schon öfter in Kuba gewesen und jetzt wieder seit drei Wochen unterwegs kreuz und quer durchs Land.

»Auf den Spuren meines Vaters«, wie er Hanna und mir erklärte, nachdem wir uns zu ein paar Tapas im Restaurant eines schicken Hotels auf der anderen Seite des Platzes niedergelassen hatten. »Er war einer der wenigen Amerikaner, zu denen die kubanischen Revolutionäre damals Vertrauen hatten. Er ist als Fotograf in den Fünfziger- und Sechzigerjahren durch Kuba gereist und hat die Fortschritte der Revolution dokumentiert.«

»Wow«, sagte ich ehrlich beeindruckt. »Das klingt fantastisch.«

»Ja. Mein Vater hat sogar die geheime Kommandantur von Fidel Castro und Che Guevara im Dschungel besuchen dürfen. Die Hütten stehen übrigens immer noch. Man kann sie besichtigen. Es ist nur eine kleine Bergtour durch die Sierra Maestra. Ich bin unterwegs dorthin. Ich wollte die Kommandantur bei meiner Kubareise im vorigen Jahr schon mal besuchen, aber damals hatte mich eine Magen-Darm-Grippe lahmgelegt. Also starte ich jetzt noch mal. Kommt ihr mit?«

»Zu einer Bergtour?«, fragte ich zweifelnd. »Na, dazu haben wir nun wirklich keine Zeit. Wir müssen dringend nach Santiago, und ich habe leider nicht mehr so viel Urlaub.«

Ich schielte zu Hanna hinüber in der Hoffnung, dass sie meiner Meinung war. Aber zu meinem Entsetzen stellte ich fest, dass ihre Augen schon wieder unternehmungslustig blitzten.

»Fidels Kommandantur? Ja, das klingt wirklich sehr interessant. Kann es sein, dass mein Freund Julius auch da oben unterwegs war? Schließlich hatte er sich damals den Revolutionären angeschlossen.«

»Gut möglich, wenn er zu den Gefolgsleuten Castros gehörte.«

Hanna zog die Augenbrauen hoch.

»Und wäre es ein großer Umweg, wenn wir auf dem Weg nach Santiago einen kleinen Abstecher in die Sierra Maestra machen würden?«

Ich ahnte schon, was jetzt kommen würde.

»Aber nein«, antwortete Steve. »Die Touren starten in Bayamo – und diese Stadt liegt …«

»… praktisch auf dem Weg nach Santiago«, vollendete ich seinen Satz stöhnend. Immer lag alles auf dem Weg nach Santiago.

Steve nickte anerkennend.

»Ja. Wie ich sehe, kennst du dich aus in Kuba. Es wäre eine Schande, so nah daran vorbeizufahren und sich die *Comandancia* nicht anzuschauen.«

»Da hast du recht, Steve.«

Hanna klatschte höchst zufrieden in die Hände. »Auf geht's, trinkt aus, ihr Lieben. Wir packen unsere Sachen. Gleich morgen früh geht es auf nach Bayamo zur Wanderung durch die Sierra Maestra! Was haben wir doch für eine herrlich abwechslungsreiche Reise!«

Es half nichts, Hanna daran zu erinnern, dass unser Rückflug näher und näher rückte und wir noch immer weit davon entfernt waren, Julius gefunden zu haben. Dass wir eigentlich jeden Tag nutzen mussten, um ihm auf die Spur zu kommen. Sie zuckte unbekümmert mit den Schultern.

»Wir schaffen das schon alles, liebe Katrin. Ich möchte unbedingt mit eigenen Augen sehen, wo mein Julius zusammen mit Fidel Castro und Che Guevara die Revolution organisiert hat. Noch schöner wäre es natürlich, mit ihm zusammen dorthin zu fahren. Weißt du was?« Hannas Augen leuchteten. »Mein Rückflug ist gar nicht mehr so wichtig, wenn ich Julius erst gefunden habe. Notfalls kann ich mein Ticket dann ja auch umbuchen und noch etwas länger in Kuba bleiben, während du fröhlich nach Hause fliegst und dich darüber freust, dass du auf unserer Reise so viele schöne Sachen erlebt hast und dir nicht nur die ganze Zeit das langweilige Gerede von zwei alten Leuten anhören musstest, die in alten Erinnerungen schwelgen ... Aber, nun ja.« Ich sah, wie ihre Wangen eine leichte Rötung annahmen. »Noch weiß ich ja gar nicht, wie das alles ausgehen wird ...«

Steve betrachtete Hanna lächelnd.

»Darf ich fragen, was es mit diesem Julius auf sich hat?«, erkundigte er sich. »Oder ist das zu indiskret?«

»Ach was.«

Hanna zog den Zeitungsartikel aus ihrer Tasche, beziehungsweise das, was mittlerweile noch von ihm übrig geblieben war: vier zerfledderte Zettel, zerknickt und eingerissen. Hanna legte die Teile so auf der Tischplatte zusammen, dass man das Foto erkennen konnte. »Ich suche meinen alten Freund Julius, der sich vor sehr langer Zeit nach Kuba abgesetzt hat. Deshalb müssen wir nach Santiago. Hier, dies ist seine Lieblingsbar. Die Leute da sollten wissen, wo wir ihn finden können.«

Steve zog eine kleine Nickelbrille aus der Brusttasche seines Hemdes und setzte sie auf.

»Bar Buena Vista«, las er laut. Dann sah er uns an. »Die kenne ich. Da gibt es großartige Live-Musik.«

»Du kennst die Bar Buena Vista?«, schrien Hanna und ich wie aus einem Munde.

»Ja.« Steve nickte. »Bei meiner Kubareise im vorigen Jahr habe ich ein paar Tage in Santiago verbracht. Ich bin mir sicher, dass ich dabei auch diese Bar besucht habe. Ich erkenne den Treppenaufgang wieder. Es war ein fantastischer Abend. Es gab eine hinreißende Live-Band und grandiose Salsa-Tänzer. Und natürlich tolle Cocktails. Wenn ich in Santiago leben würde, wäre das auch meine Lieblingsbar.«

»Das ist ja wunderbar!« Hanna strahlte. »Dann sind wir also tatsächlich auf dem richtigen Weg. Ich hatte ehrlich gesagt immer ein klitzekleines bisschen Sorgen, dass sich der alte Fischer vom Malecón vielleicht geirrt haben könnte. Ich glaube, er hatte nicht mehr sehr gute Augen.«

»Das ist nicht dein Ernst, Hanna! Du warst dir die ganze Zeit nicht sicher, dass wir auf dem richtigen Weg waren?« Ich sah sie kopfschüttelnd an, und an Steve gerichtet fragte ich: »Wo finden wir diese Bar denn?«

»Die genaue Anschrift kann ich euch nicht sagen, die weiß ich nicht mehr. Es war eine kleine Straße im Stadtviertel Tivoli, der Oberstadt. Von der Unterstadt führt eine breite Treppe mit endlosen Stufen hinauf. Vor allem am

Abend hat man dort einen herrlichen Blick über die Dächer Santiagos.«

»Tivoli, wir kommen! Ich danke dir, Steve. Das Schicksal ist eine treue Seele, dass es uns mit dir zusammengebracht hat!«

Nun stand Hanna doch auf und umarmte den Amerikaner. Im Überschwang ihrer Gefühle gab sie ihm rechts und links einen Kuss auf die Wange, worauf er verlegen lächelte.

»Halt, halt! Noch habt ihr diesen Julius ja nicht gefunden …«

Das stimmte. Aber sein Hinweis auf das Stadtviertel hatte unsere Suche nach der Bar Buena Vista ein ganzes Stück einfacher gemacht.

»Willkommen im Team, Steve!«, sagte ich.

So war es gekommen, dass wir zu dritt weiterreisten.

Das Angenehmste auf dem Weg nach Bayamo war, dass ich diesmal nicht selbst fahren musste. Steve war sehr begeistert, als er sah, mit was für einem Wagen wir unterwegs waren. Es sei schon immer sein Traum gewesen, mal einen offenen Cadillac zu fahren, und diesen Traum erfüllten Hanna und ich ihm gerne. Steves Rucksack passte noch in den Kofferraum. Wir luden meinen Koffer hochkant auf den Beifahrersitz, sodass Hanna und ich bequem auf der Rückbank Platz nehmen und uns kutschieren lassen konnten. Ich genoss es sehr, durch Kuba zu fahren, ohne auf Schlaglöcher, tote Hunde, Eselskarren, Radfahrer und andere Hindernisse auf der Fahrbahn achten zu müssen.

Die Fahrt verlief ohne jeden Zwischenfall, auch wenn sie mir mit einer Strecke von fast siebenhundert Kilometern unendlich lang vorkam. Es war früher Abend, als wir in Bayamo ankamen, einem kleinen, unspektakulären Städtchen mit den typisch kubanischen bunten Häusern, dessen beste Eigenschaft darin bestand, dass es nur achtzig Kilometer von Santiago entfernt war. Nur noch ein kleiner Ausflug in den Dschungel, dachte ich, nur noch ein Tag, und dann würden wir die Bar Buena Vista besuchen und hoffentlich auch Julius finden.

Steve fuhr uns zu einer kleinen Privatpension, die von einem älteren Ehepaar bewirtschaftet wurde und von der er in einem Kuba-Reiseforum im Internet gelesen hatte. Für jeden von uns gab es den Luxus eines eigenen Zimmers, nur das Bad auf dem Gang mussten wir uns teilen. Steve organisierte auch unsere Dschungeltour für den nächsten Tag. Weil man die ehemalige Kommandantur nicht auf eigene Faust besuchen durfte, empfahlen uns unsere Wirtsleute, einen Tagesausflug beim örtlichen Tourismusbüro zu buchen. Hanna und mir war das sehr recht, weil wir wirklich keine Lust hatten, mit dem Cadillac in die Berge zu fahren und noch einmal die Offroadtauglichkeit des alten Autos zu testen.

»Morgen früh um halb sieben kommt ein Fahrer mit seinem Wagen und holt uns ab«, erklärte Steve, nachdem er eine Weile herumtelefoniert hatte. Wir saßen gerade in dem kleinen schattigen Innenhof des Hauses. Auf dem bunt gekachelten Boden standen Dutzende Töpfe mit blühenden Pflanzen, Bananenstauden, Kräutern und Kakteen. Dazwischen kroch eine flache grüne Schildkröte herum. Am Geländer einer weißen Wendeltreppe, die in den ersten Stock des Hauses führte, hing ein kleiner Vogelkäfig, in dem ein winziger schwarzer Piepmatz auf seinen Stangen herumhüpfte und dabei erstaunlich laut zwitscherte und trillerte. Auch wenn wir diesmal weder Meerblick noch Dachterrasse hatten, gefiel es mir hier in der gepflegten Unterkunft.

»Oh – so früh schon müssen wir aufbrechen?«, meinte Hanna.

»Ja, damit wir vor der größten Hitze des Tages den Aufstieg schaffen.«

»Tja, ich befürchte, dann wird das heute ein kurzer Abend. Und einer ohne Mojito, sonst komme ich morgen nicht rechtzeitig raus.«

Mir war das recht: Je eher wir zu unserer *Comandancia*-Tour aufbrachen, desto früher kamen wir auch wieder zurück und desto schneller konnten wir weiterfahren nach Santiago. Ich jedenfalls lag um kurz vor zehn im Bett.

Am Morgen weckte mich ein Geräusch, das ich nicht gleich zuordnen konnte. Ich hatte gut und tief geschlafen, ohne Hannas gelegentliche nächtliche Grunzer an meiner Seite und ohne ihre Bewegungen, die sonst meist ein Wippen oder Quietschen der Matratze oder ein Knarzen des ganzen Bettes verursacht hatten. Ich versuchte zu erkennen, was das war, dieses undefinierbare Plätschern und Rieseln.

Es dauerte ein paar Sekunden, bis ich es zuordnen konnte: Es regnete. Es war nicht das heftige, plötzliche Gewitterrauschen, das wir auf der Veranda der *Casa Caribe* erlebt hatten und das rasch wieder vorübergezogen war. Diesmal regnete es ruhig und stetig. Aus der löchrigen Dachrinne tropfte es draußen auf das Fensterbrett, und der Himmel war grau wie Blei und schwer von Wolken, wie ich feststellte, als ich aufstand und die Vorhänge zur Seite zog. Auf der Straße vor dem Haus stand das Wasser knöcheltief, weil die Abflüsse nicht richtig funktionierten. So hatte ich mir unsere Bergwanderung nicht vorgestellt.

Siedend heiß fiel mir ein, dass wir den Cadillac abgestellt hatten, ohne das Verdeck zu schließen. Noch im Nachthemd und mit bloßen Füßen rannte ich aus dem Zimmer, die Treppe hinunter, riss die Haustür auf und blickte die Straße hinab. Da stand unser Auto, aber es war nicht mehr viel davon zu sehen. Jemand hatte es mit einer großen schwarzen Plastikplane abgedeckt und die Folie auf dem Boden rundum mit dicken Steinen fixiert. Wie sich herausstellte, hatten unsere Wirtsleute noch am Abend den Wetterbericht gehört und rechtzeitig dafür gesorgt, dass unser offener Cadillac nicht in einen Swimmingpool verwandelt wurde. Dass der Wagen auch ein Verdeck hatte, das man zuklappen konnte, wussten sie offenbar nicht.

»Schade«, sagte Steve wenig später beim Frühstück, »dass das Wetter so schlecht geworden ist. Aber ihr habt doch hoffentlich Regenjacken dabei?«

»Haben wir«, versicherte Hanna. »Und feste Schuhe auch.«

Mein letztes Fünkchen Hoffnung, dass wir unseren Ausflug zur *Comandancia* wegen schlechten Wetters abbliesen und doch lieber gleich nach Santiago führen, erlosch.

Der bestellte Wagen – es handelte sich um ein chinesisches Geländefahrzeug mit Allradantrieb – kam pünktlich, und gut gerüstet machten wir uns auf den Weg in die Berge.

Kubanische Straßen waren ja schon bei trockenem Wetter eine Zumutung, aber bei Regen praktisch nicht zu befahren. Vor allem wenn man in einem Wagen mit kaputten Scheibenwischern saß. Der eine funktionierte überhaupt nicht mehr, der andere wischte in unregelmäßigen Abständen quietschend über das Glas und hinterließ dabei nichts als schmierige Schlieren. Unser Fahrer fuhr trotzdem mit erstaunlich hoher Geschwindigkeit und noch größerer Gelassenheit durch die regennasse Landschaft, offenbar kannte er die Strecke im Schlaf. Leider musste er die Klimaanlage im Auto auf volle Kraft stellen, damit die Scheibe nicht von innen beschlug, wie er erklärte. Das hatte zur Folge, dass Hanna und ich bibbernd auf dem Rücksitz saßen und uns dicke wollene Rollkragenpullover herbeisehnten.

Je weiter wir uns von der Stadt entfernten, desto abenteuerlicher wurde die Fahrbahn. Sie wand sich steil durchs Gelände, durch haarnadelenge Kurven und über Brücken, die irgendwie schräg in der Luft zu hängen schienen. An mehreren Stellen war die Straße überflutet und mit Steinen und Grasbüscheln übersät, weil sich von den Hängen rotbraune Schlammlawinen gelöst hatten. Unser Fahrer manövrierte uns überall durch, und wir fuhren höher und höher durch die dicht belaubte Berglandschaft. Zwischendurch gab er ein paar nutzlose Hinweise: »Von hier hat man normalerweise einen wunderschönen Blick über das Tal« oder »Das hier ist normalerweise meine Lieblingsaussicht«. Normalerweise hieß: wenn es nicht regnete. Das Einzige, was wir sahen, waren Bäume im Nebel und dicke weiße Wolken, die von unten heraufzudampfen schienen.

»Na, immerhin schneit es nicht«, sagte Hanna.

Wir passierten schließlich eine Schranke und fuhren über »die steilste Straße Kubas«, wie unser Fahrer versicherte – und was wir ihm sofort glaubten. Jetzt war mir klar, weshalb er uns mit einem Geländewagen abgeholt hatte. Die Straße war so steil wie eine Schweizer Skipiste der Kategorie tiefschwarz. Ich hielt es für eine technische Meisterleistung, diese Steigung mit einem Fahrzeug zu schaffen, das über keinen Raketenantrieb verfügte. Zumal bei diesem Wetter. Erstaunlicherweise hielten sowohl der chinesische Motor als auch die Reifen, und wir rollten nicht rückwärts wieder runter.

Nach ein paar Minuten stoppte der Wagen vor einer Hütte im Wald, wo schon ein paar andere Fahrzeuge standen – und eine Gruppe von Touristen, die sich vor dem Regen unter das breite Vordach des Hauses geflüchtet hatten. Hanna, Steve und ich stellten uns dazu. Es war eine illustre Gesellschaft von Holländern, Franzosen, Italienern und Spaniern. Man schnatterte in allerlei Sprachen. Ein junges Pärchen neben uns sprach sogar Deutsch. Als die beiden ihre Kapuzen vom Kopf schoben, erkannte ich sie. Es waren die zwei von der Tankstelle, die wir in Viñales getroffen hatten.

»Hallo!«, rief ich erstaunt. »Was für ein Zufall, dass wir uns hier wiedersehen.«

»Das gibt's doch nicht!« Das Mädchen winkte Hanna und mir lachend zu und rief: »Was macht ihr denn hier?«

Es lag mir auf der Zunge zu antworten: »Wir warten auf die U-Bahn zum Marienplatz«, aber ich wollte nicht frech sein. Deshalb sagte ich: »Wir wollen auch zur *Comandancia*.«

Ihr Freund bemerkte: »Dafür, dass Kuba so ein großes Land ist, ist es ganz schön klein.«

Das war mir ja schon aufgefallen, als mir Max im Hotel Playa Coco Club über den Weg gelaufen war. Irgendwie traf man sich in Kuba immer zweimal. Es gab halt diese eine Route quer durchs Land, auf der man die Hotspots Kubas besuchen konnte und auf der offenbar alle Touristen unterwegs waren.

Die beiden stellten sich als Jan und Lisa aus Köln vor, und dann kam auch schon unser Tourguide an, ein kräftiger kleiner Mann mit großen abstehenden Ohren, der unbeeindruckt vom Wetter in einem mittlerweile komplett durchnässten T-Shirt unterwegs war. Er zählte uns ab und war offenbar mit dem Ergebnis zufrieden.

»*Vamos*«, sagte er ohne weitere Grußworte. »Auf geht's!«

Gemeinsam stapften wir los. Auf den ersten Metern freute ich mich, dass ich nicht mehr in dem eiskalten Auto sitzen musste. Aber nachdem wir zehn Minuten gegangen waren, sehnte ich mich danach zurück. Mir brach unter meiner Jacke der Schweiß aus. Denn obwohl es regnete, lag die Außentemperatur bei schätzungsweise fünfundzwanzig Grad. Es war, als marschierte man durch eine Sauna, in der jemand gerade einen frischen Aufguss gemacht hatte, und mir wurde klar, weshalb unser Guide auf den Einsatz einer Regenjacke verzichtete.

Unsere Wanderung führte zunächst über einen breiten, buckligen Waldweg, allerdings war der Boden matschig vom Regen, was das Gehen anstrengend machte. Dabei wurde der Weg von Meter zu Meter steiler.

»Ich glaube, ich hätte nicht so oft meine Pilatesstunde schwänzen sollen.« Hanna blieb stehen, um sich den Schweiß von der Stirn zu wischen. Steve bot ihr seinen Arm, damit sie sich einhaken konnte, aber das wollte sie nicht. Wir marschierten langsam weiter, machten immer wieder kleine Pausen und gerieten schnell ans Ende der Gruppe. Was unser Guide da vorne über das Rebellenversteck in der Sierra Maestra erzählte, bekamen wir nur in Bruchstücken mit.

Immer öfter blieb Hanna stehen, um Luft zu schöpfen.

»Vielleicht«, japste sie, »hätte ich doch besser in der Pension bleiben sollen. Ich bin nicht mehr die Jüngste.«

»Lass dir nur Zeit«, entgegnete Steve. »Die werden schon auf uns warten.«

Aber die Einzigen, die genauso langsam gingen wie wir, waren Jan und Lisa.

»Verdammt, ich hab die falschen Schuhe an«, jammerte sie. »Ich hab schon ganz dicke Blasen an den Fersen.«

Nachdem wir etwa eine Dreiviertelstunde gewandert waren – der erste Teil unserer Gruppe war vermutlich schon vor zwanzig Minuten angekommen –, erreichten wir einen idyllisch gelegenen Unterstand inmitten einiger schlichter Hütten.

»Oh – ist das schon die *Comandancia*?«, fragte Hanna. Aber wir erfuhren, dass dies hier nur eine kleine Pausenstation war auf dem Weg nach oben. Unter dem breiten Holzdach waren ein paar Stühle und Tische aufgebaut, auf denen Tabletts mit Gläsern und Getränken und Teller mit aufgeschnittenen Früchten für uns bereitstanden.

»Ah – endlich eine Erfrischung, wunderbar!«

Hanna ließ sich auf einen der Stühle fallen und griff nach einem Glas mit Mangosaft, das sie in wenigen Zügen leerte. Der Regen hatte etwas nachgelassen, die kleine Siedlung lag an einem Hang und bot einen großartigen Ausblick auf den dampfenden Dschungel und die palmenbewachsene Berglandschaft der Sierra Maestra.

»Hier haben die Rebellen zunächst Unterschlupf gefunden«, erklärte unser Guide. »Bauern aus dem Ort und aus der ganzen Umgebung haben sie unterstützt. Keiner kannte sich im Dschungel so gut aus wie sie. Und auf den engen, steilen Wegen konnten ihnen die kubanischen Soldaten mit ihrem schweren Gerät nicht folgen.«

Ich hörte, wie Hanna seufzte.

»Wie lange ist es noch bis hinauf zur Kommandantur?«, erkundigte ich mich.

Der Guide wog den Kopf. Er sah Hanna an, dann wieder mich: »Eine Stunde vielleicht oder eineinhalb.«

»Eineinhalb Stunden durch Regen, Matsch und steile Dschungelpfade?« Hanna schüttelte den Kopf. »Nein, tut mir leid. Das schaffe ich nicht.«

Steve und ich versuchten, ihr gut zuzureden. Wir würden langsam gehen, versprachen wir, und immer wieder Verschnaufpausen machen. Aber davon wollte Hanna nichts wissen. Als der Guide ihr anbot, einen Esel zu besorgen, damit sie hinaufreiten könne, protestierte sie heftig.

»Ich bin doch nicht Jesus«, sagte sie, »ich reite ganz sicher nicht auf einem Esel durch die Gegend. Wenn es eine anständig gesattelte Trakehnerstute wäre und ich dreißig Jahre jünger – na, dann würde ich es mir vielleicht überlegen. Aber nun? Nein, danke. Ich reite nicht. Ich würde bloß hinunterfallen und mir das Genick brechen. Ich bedaure, meine Lieben, aber ihr müsst den Aufstieg zum Versteck der Revolutionäre ohne mich machen. Ich bleib hier schön im Trockenen sitzen und genieße die Aussicht.«

»Ich auch«, erklärte Lisa und schnürte ihre Schuhriemen auf. »Mit diesen doofen Tretern kann ich keinen Schritt mehr gehen. Tut mir leid, Jan. Mir tun so dermaßen die Füße weh, es ist zum Heulen. Ich hoffe, Sie haben nichts dagegen, dass ich mich zu Ihnen geselle?«

»Aber ganz im Gegenteil. Wir machen es uns hier zusammen gemütlich. Bestimmt können wir bei den Leuten hier noch etwas Feines zu essen und zu trinken bestellen. Mehr brauche ich im Moment nicht zu meinem Glück. – Hier!« Hanna reichte mir ihren Fotoapparat.

»Sei so gut, Katrin, und mach viele Fotos. Damit ich weiß, wie es da oben in Fidels Hütte aussieht, und damit ich Julius die Bilder später zeigen kann. Er war bestimmt auch schon lange nicht mehr hier ...«

»Bist du dir sicher? Es wird Stunden dauern, bis wir zurückkommen. Soll ich nicht lieber auch bei dir bleiben?«

»Das kommt überhaupt nicht infrage, Katrin. Irgendjemand muss da oben schließlich Beweisbilder machen.«

Ich zweifelte, ob es eine gute Idee war, Hanna allein zu lassen, aber wenigstens leistete Lisa ihr Gesellschaft. Das beruhigte mich etwas. Denn eigentlich hatte ich gar keine Lust, hier sitzen zu bleiben. Nun waren wir schon so weit gekommen, da wollte ich auch die letzte Etappe unseres Ausflugs in Angriff nehmen. Ich würde den Rebellenstützpunkt in den Bergen mit eigenen Augen sehen und dort oben ein bisschen atmosphärisches Material und noch ein paar nützliche Informationen für meine Kuba-Story sammeln. Damit würde ich Max Mainberg ganz sicher etwas voraushaben!

»Wir beeilen uns und sind schnell wieder da!« Jan gab seiner Freundin noch einen Kuss, und dann machten wir uns mit Steve und den anderen auf den Weg.

Nachdem wir den Unterstand hinter uns gelassen hatten, wurde der Weg rasch schmal und steil. Er führte über Stock und Stein, wir konnten nur noch einzeln hintereinandergehen. Dabei war der Boden glitschig vom Schlamm, man musste aufpassen, nicht ständig auszurutschen oder über Steine und dicke Wurzeln zu stolpern. Ich war völlig durchweicht und wusste bald nicht mehr, ob das, was da tropfte, Schweiß oder Regen war. Wir wanderten wie durch ein tropisches Gewächshaus. Rechts und links des Pfades wucherte üppige Vegetation, Palmen, Gräser, Farne, Sträucher und andere Gewächse mit dicken grünen Blättern. Ab und zu gab das Gebüsch den Blick frei auf Dschungelberge, zwischen denen weiß der Nebel waberte.

Wir stiegen und stiegen. Hatte ich mich anfangs noch ein wenig mit Jan und Steve unterhalten, so wurden wir immer schweigsamer, je höher es hinaufging. Ich keuchte vor Hitze und Anstrengung. Jeder Schritt erforderte vollste Konzentration. Manchmal musste ich mich an einem Ast oder einem Baumstamm festhalten, um nicht abzurutschen. Gelegentlich waren hölzerne Stufen in den Boden gebaut worden, damit man überhaupt Tritt fassen konnte. Sie waren teils kniehoch. Hanna hatte absolut richtig entschieden. Diesen Weg hätte sie niemals hinaufgeschafft.

Ich blieb immer mal wieder stehen, um Luft zu holen. Bei schönem Wetter musste das hier hinreißend aussehen. Heute wirkte die Umgebung auf mich wie ein verwunschener Zauberwald, obwohl ich natürlich wusste, dass es nur Nebelschwaden und Regenwolken waren, die im Dschungel aufdampften. Ich machte jede Menge Fotos, aber auf dem kleinen Display der Kamera sah alles nur halb so spektakulär aus wie in Wirklichkeit.

Dann hatten wir es endlich geschafft. Zwischen den Bäumen tauchten die ersten Hütten auf, gut getarnt unter Blättern und Schlingpflanzen. Die Häuschen waren aus rohen Holzlatten gezimmert, die Dächer mit Stroh oder Palmzweigen bedeckt. Schlichte Holzleitern führten hinauf zu den Eingängen. In einer der Baracken war eine Art Museum eingerichtet. Auf einem Modell konnte man sich ansehen, wie sich die Rebellen in der gebirgigen Gegend ausgebreitet hatten. Eine Schreibmaschine stand noch dort, auf der sie vermutlich Briefe und Flugblätter getippt hatten, sogar eine Nähmaschine zum Reparieren ihrer Uniformen und ein Sauerstoffgerät.

»Für Ches Asthmaanfälle«, erläuterte unser Guide.

Ich hatte gar nicht gewusst, dass Che Guevara so krank gewesen war. Das war auch etwas, worüber ich mit Julius reden würde.

Es gab eine eigene Krankenstation auf dem Gelände, eine Art Kantine und ein paar andere Gebäude, in denen es meist aber nicht mehr viel zu sehen gab. Am spannendsten war es natürlich, die Hütte zu besuchen, in der Fidel Castro damals gewohnt hatte. Viele seiner Möbel standen noch darin, sein Schreibtisch, sein Bett, sein Kühlschrank. Eine der Holländerinnen aus unserer Gruppe kreischte plötzlich vor Begeisterung. Sie hatte Castros Plumpsklo entdeckt, das noch immer hinter dem Haus zwischen den Bäumen stand. Ich fotografierte das Klo und alles andere, so gut es ging bei dem schlechten Wetter und dem trüben Licht in den Baracken, damit Hanna eine Vorstellung davon bekam, wie es hier oben aussah. Trotz der Anstrengung war ich sehr froh, dass ich den Aufstieg gemacht hatte, gab mir das Ganze doch einen unersetzlichen Einblick in das Leben der kubanischen Revolutionäre. Mir fielen gleich jede Menge Fragen ein, die ich Julius stellen würde und die mein Interview ganz fabelhaft bereichern würden. Max wäre garantiert beeindruckt über meine Fachkenntnis in Sachen Alltag der Dschungelrevolutionäre. Schon deshalb hatte es sich gelohnt herzukommen.

Als Journalistin musste ich natürlich auch die alte Radiostation der Rebellen besuchen, die weiter oben auf dem Berg stand. Jan, Steve und ein paar andere Leute wollten sie sich ebenfalls ansehen, und so machten wir uns auf den Weg, der noch glitschiger und steiler war als zuvor. Hier säumten Orangenbäume den Pfad, jede Menge reife Früchte hingen an den Zweigen, einige lagen darunter auf dem

Boden. Aber mir war es zu anstrengend, mich danach zu bücken und ein paar davon aufzuheben. Noch mal zwanzig Minuten stiegen wir bergauf, schwitzend und keuchend, um dann eine düstere Baracke zu betreten, in der tatsächlich noch ein paar antiquierte technische Geräte herumstanden. Verstaubtes Rundfunkequipment der Fünfzigerjahre. Damit hatten die Revolutionäre damals ganz Kuba beschallt und die Menschen für ihre Sache begeistert.

»Sogar in den USA konnte man das Rebellenprogramm hören, das von hier gesendet wurde«, erläuterte unser Guide gerade, als das Handy in meiner Tasche klingelte. Ich zog es heraus.

»Donnerwetter«, sagte Steve. »So einen guten Empfang hat man hier oben?«

Ich wunderte mich auch. Am Telefon war Trixie.

»Hey«, rief ich. »Schöne Grüße aus dem Dschungel. Ich besichtige gerade Fidel Castros frühere Kommandantur. Was gibt es bei dir Neues?«

»Du wirst es nicht glauben! Halt dich fest oder setz dich hin! Das ist der absolute Wahnsinn. Ich wette, du fällst gleich in Ohnmacht.«

Trixie schrie ins Telefon, ohne auch nur einmal Luft zu holen.

»Langsam, langsam, was ist los?«

»Na, du hast doch meine Mail gelesen! Heute Abend kommen ja Prinz William und Kate ins Studio. In Ramonas ehemalige Sendung. Willst du denn gar nicht wissen, wer die Show moderiert?«

»Doch, klar, ich dachte Oliver.«

»Nein. Nicht Oliver, das ist ja das Irre. *Ich* moderiere die Sendung! Trixie Bernhard selbst und höchstpersönlich wird nachher mit dem englischen Prinzen und seiner Gattin auf dem Sofa sitzen und mit den beiden eine halbe Stunde lang über Gott und die Welt reden! Kannst du dir das vorstellen? Ich! Ist es nicht der Wahnsinn? Der absolute Wahnsinn? Ich mach mir gleich ins Höschen! So aufgeregt bin ich ...«

»Was? Du übernimmst die Sendung? Das ist ja fantastisch! Ich gratuliere dir. Wie toll. Wie kommt es denn dazu?«

Ich war so überwältigt von Trixies Nachricht, dass ich mich mitten in der ehemaligen Radiostation auf einem wackeligen Holztisch neben einem alten, staubbedeckten Verstärker niederließ, wovon mich unser Guide aber mit protestierenden Handbewegungen schnell wieder aufscheuchte. Offenbar war das Mobiliar in der Hütte noch maroder, als es aussah. Ich lehnte mich an die Holzwand der Hütte, wogegen es keine Einwände gab.

»Erzähl mir alles, Trixie!«

»Ich hab es selbst erst heute erfahren. Oh Gott, ich bin so unglaublich aufgeregt. Oliver hat mich nach der Redaktionskonferenz in sein Büro gebeten und gesagt, ich hätte deine Vertretung beim ›Kaleidoskop‹ so unglaublich gut gemacht, dass er mir auch Ramonas Talksendung zutraue. Ob ich Lust hätte, ein Interview mit William und Kate zu machen. Und ob ich Lust habe!, hab ich gesagt. Und dann – stell dir vor! – bin ich ihm vor lauter Freude um den Hals gefallen und hab ihm einen Knutsch auf die Wange gegeben.«

»Was? Wem? Oliver? Du hast den Chef geküsst? Bist du verrückt geworden?«

»Ja«, gab Trixie zu. »Es war der Überschwang meiner Gefühle. Ich hab mich auch sofort entschuldigt, und er hat gelacht und gesagt, es gäbe Schlimmeres, als von mir geküsst zu werden. Das war doch sehr charmant von ihm, findest du nicht auch?«

»Ja, klar. Charmant ist er. Vor allem aber vermutlich froh, dass ihm die Blamage erspart bleibt, das Thronfolgerpaar wieder von der Sendung ausladen zu müssen. Ich bin absolut überzeugt, dass du das großartig machen wirst.«

»Danke, Katrin. Ich muss jetzt los, sie warten in der Maske schon auf mich. Ich bin so aufgeregt, ich könnte platzen.«

»Bitte nicht!«

»Nein. Aber ich freu mich so. Du weißt doch, wie sehr ich alles Adelige liebe!«

»Pass auf, dass die beiden dich nicht adoptieren!«, spottete ich. Trixie lachte.

»Vermutlich eher nicht. Drück mir die Daumen, dass alles gut geht!«

»Klar geht alles gut! Erzähl mir dann, wie es war!«

»Mach ich.«

Kopfschüttelnd beendete ich die Verbindung.

»Alles in Ordnung?«, erkundigte sich Steve.

Ich nickte. »Alles allerbestens. Kaum bin ich im Urlaub, macht meine junge Kollegin einen kometenhaften Aufstieg im Sender. Aber den gönne ich ihr von Herzen.«

Ich machte in der ehemaligen Radiostation schnell noch ein paar Fotos, wobei die Einzelheiten auf dem Bild wegen der schlechten Lichtverhältnisse nicht besonders gut zu erkennen waren.

Nachdem alle Leute genug gesehen, geknipst, gefilmt und unserem Guide Löcher in den Bauch gefragt hatten, machten wir uns an den Abstieg ins Tal. Es regnete jetzt wieder heftiger, was das Ganze zu einer höchst ungemütlichen Angelegenheit machte. Der Pfad, den wir hinaufgestiegen waren, hatte sich in einen mittleren Gebirgsbach verwandelt. Das Wasser schoss durch die matschige Rinne. Ich versuchte, von Stein zu Stein zu balancieren, aber ich rutschte immer wieder aus. Meine Schuhe waren bald dreckverkrustet, die Hose bis über die Knie mit rotbraunen Schlammspritzern bedeckt. Einmal verlor ich komplett den Halt und setzte mit dem Hosenboden im Matsch auf, worauf auch der mit einem unerfreulichen bräunlichen Fleck versehen war.

»Und hier sind Castros Leute damals jeden Tag in voller Montur, mit ihren schweren Waffen und der ganzen Munition rauf und runter gelaufen«, gab Steve zu bedenken, während er mir aufhalf. »Respekt!«

»Ich weiß schon, weshalb aus mir keine Revolutionärin geworden ist«, antwortete ich und wischte mir die dreckigen Hände an der Hose ab.

Ich war heilfroh, als wir schließlich wieder die Raststation erreichten, wo Hanna und Lisa noch immer am Tisch saßen und uns fröhlich begrüßten. Vor ihnen standen ein paar leere Mojito-Gläser.

»Wie ich sehe, habt ihr es euch gut gehen lassen, während wir da hinaufgekraxelt sind«, stellte Jan fest, und ich fügte hinzu:

»Es war eine weise Entscheidung, hier unten zu warten, Hanna. Das war wirklich kein Spaziergang.«

Mir zitterten die Knie vor Erschöpfung. Ich reichte ihr die Kamera, und sie schaute sich meine Fotos auf dem Display an.

»Ein bisschen schade ist es schon, dass ich diese Reise nicht vor zwanzig oder dreißig Jahren gemacht habe«, seufzte sie. »Damals war ich noch etwas fitter als heute.«

»Im Grunde gab es nur ein paar karge Baracken zu sehen mit einigen wenigen verstaubten Holzmöbeln drin«, versuchte Jan sie zu trösten.

»Na ja«, sagte Lisa, »wir hatten hier unten auch eine wunderbare Zeit, nicht wahr, Hanna?«

»Allerdings. Sie machen hier wirklich einen fantastischen Mojito.«

Lisa kicherte. »*Einen* Mojito?!«

Die Stimmung in der ganzen Gruppe war so heiter und gelöst, als wären wir erfolgreich von einer Südpolexpedition zurückgekehrt. Zwar war noch immer ein kleines Stück zurück zum Parkplatz zu gehen, aber verglichen mit der Kletterei hinauf zur *Comandancia* und wieder herunter war das nur noch ein Klacks. Wir ließen uns am Tisch nieder und bekamen endlich etwas zu essen und zu trinken. Danach orderte Steve Mojito für alle, die einen wollten. (Also für alle außer mich.) Es wurde später Nachmittag, als wir uns auf den Weg zurück zu den Autos machten, und früher Abend, als wir schließlich wieder in unserer Pension in Bayamo ankamen.

Ich war schachmatt und wollte nur noch schlafen. Hanna und Steve aber blieben noch am Tisch im Innenhof unter dem Vogelkäfig sitzen. Es hatte aufgehört zu regnen, und am Himmel schimmerten ein paar Sterne durch die Wolkenlücken.

»Wir feiern ein bisschen Abschied«, erklärte Steve und öffnete eine flache Schachtel mit Zigarren. »Ich gebe eine Runde *Romeo y Julieta* aus. Ab morgen seid ihr mich wieder los.«

Steve wollte nämlich unbedingt noch ein kleines Dschungeldorf an der karibischen Küste besuchen.

»Cinco Palmas, ein Ort von historischer Bedeutung«, erzählte er begeistert. »Da haben sich die Brüder Castro vor mehr als sechzig Jahren getroffen, um ihre Revolution zu starten. Per Boot sind sie aus Mexiko gekommen. Eigentlich hat dort alles angefangen. Das muss man doch gesehen haben! Vielleicht ändert ihr eure Reisepläne und kommt auch mit?«

»Nein, diesmal nicht«, sagte Hanna zu meiner großen Erleichterung und lachte. Sie nahm sich eine der Zigarren, und Steve gab ihr Feuer. Während sie weitersprach, machte sie Pausen und pustete immer wieder, um die Zigarre zum Glühen zu bringen. »Wenn man dich so hört, mein Lieber, glaubt man kaum, dass du Amerikaner bist und zu den Erzfeinden Fidel Castros gehörst. Du klingst, als wärest du selbst einer der glühendsten kubanischen Revolutionäre.«

»Vielleicht bin ich das ja auch.« Steve zwinkerte ihr zu.

Seine Pläne waren vermutlich hochinteressant, aber fürs Erste hatte ich genug davon, im Regenwald herumzukraxeln. Ich war froh, dass Hanna sich nicht schon wieder umstimmen ließ, was unsere Reiseroute anging. Jetzt wollte ich endlich nach Santiago und mein Interview mit Julius führen. Nur noch achtzig Kilometer. Das Ende der Reise war nah. Wir würden ihn suchen, wir würden ihn finden, ich würde mein spektakuläres Interview machen und den Goldenen Griffel bekommen. Das Leben war schön.

24

Am nächsten Morgen war Hanna ungewohnt ernst und schweigsam. Normalerweise war sie immer eine Frühaufsteherin, egal wie spät wir ins Bett gekommen waren und wie lange sie gefeiert hatte. Sie war ein Morgenmensch, der mit den ersten Sonnenstrahlen munter und unternehmungslustig auf den Tag schaute. Aber heute war sie anders. Sie stand viel später auf als ich und sah trotzdem müde aus. Beim Frühstück nippte sie nur an ihrem Kaffee, um die Tasse dann angewidert von sich zu schieben. Das Omelett rührte sie erst gar nicht an. Und sie machte keine einzige komische Bemerkung.

»Alles in Ordnung mit dir?«, fragte ich.

Hanna zuckte mit den Schultern.

»Es muss«, murmelte sie. »Wir wollen ja heute nach Santiago.«

Besonders munter klang sie nicht.

»Bist du sicher, dass wir fahren können? Oder sollen wir lieber einen Arzt suchen?«

»Quatsch. Ich brauche keinen Arzt. Wir müssen jetzt los.«

Zweifelnd blickte ich sie an.

»Schau nicht so, Katrin, es ist alles in Ordnung.«

»Entschuldige bitte, aber danach siehst du nicht aus.«

Ich überlegte, was passiert sein mochte.

»Hast du dich gestern bei der Dschungelwanderung überanstrengt? Oder war noch etwas mit Steve?«

Hanna schüttelte auf beide Fragen den Kopf. Steve selbst konnte ich nicht mehr fragen, denn er war in aller Frühe abgereist. Er hatte nur einen Zettel auf dem Frühstückstisch hinterlassen:

Good luck! Viel Glück auf eurer Reise, Ladys. Es war wunderbar, euch kennenzulernen. Und falls es euch mal nach Chicago verschlägt, seid ihr herzlich eingeladen.

»Schade, dass wir Steve nicht mehr angetroffen haben«, sagte ich zu Hanna.

Sie nickte matt.

Die letzten Wolken hatten sich über Nacht verzogen. Von einem ungetrübten blauen Himmel schien die Sonne so heiß wie eh und je. Ich schwitzte, während ich die große Plane von unserem Wagen zog und unser Gepäck ins Auto lud. Ich klappte das Verdeck zu, damit Hanna im Schatten sitzen konnte, und wenig später fuhren wir ab. Hanna war jetzt leichenblass im Gesicht, beinahe grünlich. Sie hatte tiefe lila Ringe unter den Augen.

»Vielleicht hast du was Verkehrtes gegessen«, überlegte ich laut. Hanna antwortete nur mit einer abwehrenden Handbewegung. Das Thema Essen war im Moment offenbar keine gute Idee. Aber daran konnte es eigentlich nicht liegen, dass es ihr so schlecht ging. Wir hatten unsere Mahlzeiten immer zusammen eingenommen und das Gleiche gegessen, und mir ging es ausgezeichnet.

Während Hanna schweigend und mit geschlossenen Augen neben mir mehr lag als saß, fand ich die Straße nach

Santiago ohne Probleme. Ich war froh, dass ich mich nicht sonderlich darauf konzentrieren musste, den richtigen Weg zu suchen, denn ich machte mir Sorgen um Hanna. Sie war definitiv krank. Was, wenn sie ein gefährliches Virus erwischt hatte? Irgendeine lebensbedrohliche Tropenkrankheit womöglich? Hanna war eine alte Frau, auch wenn man ihr die achtundsiebzig Jahre normalerweise nicht ansah. Vielleicht hatte die Dschungelwanderung sie doch zu sehr geschwächt, und sie hatte keine Abwehrkräfte gegen die Krankheitskeime gehabt, die sie sich irgendwann eingefangen hatte. Ich rief mir den gestrigen Tag in Erinnerung. Aber da sah ich nur eine fröhliche Hanna vor mir, die der fußkranken Lisa bei unserer Rast im Dschungel lachend mit einem Mojito zuprostete und am Abend vergnügt mit Steve im Innenhof unserer Casa bei einer *Romeo y Julieta* zusammensaß. Nein, gestern war Hanna noch quietschfidel gewesen.

Ich warf ihr einen verstohlenen Seitenblick zu. Sie schien das zu bemerken, ohne die Augen zu öffnen.

»Unkraut vergeht nicht«, murmelte sie. »Mach dich nicht verrückt.«

»Ich mach mich nicht verrückt, ich mach mir Sorgen um dich.«

Wir fuhren durch eine sonnige grüne Landschaft, vorbei an Zuckerrohrfeldern, Tabakplantagen, Palmen, windschiefen Hütten, Strommasten. Von einem gigantischen Straßenplakat schaute mich der junge Fidel Castro an. Neben dem Foto standen in dicken Lettern die Worte *Todo por la Revolución!* Alles für die Revolution. Ja, ich würde auch alles geben. Alles für mein Interview mit dem Revolutionär. Kurz darauf entdeckte ich ein Hinweisschild: Noch fünfundzwanzig Kilometer bis Santiago. Für einen Moment vergaß ich Hanna. Mein Herz schlug schneller vor Aufregung. Bald hatten wir es geschafft, bald waren wir am Ziel unserer langen Reise. Bald würden wir Julius treffen.

Da bewegte sich Hanna in ihrem Sitz.

»Halt mal schnell an«, röchelte sie. »Schnell. Bitte.«

Ich bremste. Kaum hatte ich den Wagen auf dem Schotterstreifen neben der Fahrbahn zum Stehen gebracht, als sie die Beifahrertür aufriss und sich in den Straßengraben erbrach.

Meine Euphorie war auf einen Schlag verschwunden.

»Hanna«, flüsterte ich. »Du musst zum Arzt!«

»Ich weiß nicht ...«

»Aber ich weiß es. Hanna, du bist krank. Was immer du dir da eingefangen hast, es ist ernst. Du zitterst ja am ganzen Körper. Du musst ins Krankenhaus.«

Hanna lehnte sich in den Sitz zurück und zog die Autotür wieder zu.

»Ich möchte sterben«, flüsterte sie.

»Nein, du möchtest nicht sterben. Du möchtest gesund werden. Du möchtest Julius wiedertreffen. Du möchtest wissen, was damals geschehen ist. Wieso er dich verlassen hat und nach Kuba ausgewandert ist. Und weißt du was? Ich möchte es auch wissen. Ich möchte, dass du es schaffst. Dass ihr euch aussprecht. Dass ihr euch versöhnt. So kurz vor dem Ziel darf dir nichts passieren, Hanna. Bitte halt durch! Ich werde dafür sorgen, dass du wieder gesund wirst. Das verspreche ich dir. Ich fahre dich jetzt in ein Krankenhaus.«

In diesem Augenblick war alles verschwunden, was mich in den letzten Wochen angetrieben hatte, was noch bis vor einer Minute das Wichtigste in meinem Leben gewesen war.

Der Goldene Griffel. Mein Interview mit Julius. Meine Karriere bei Hello-TV. Ramona. Oliver. Max. Nichts von alledem hatte mehr Bedeutung für mich. Das Einzige, was zählte, war, dass Hanna wieder gesund wurde.

Ich fuhr an und raste die Straße entlang.

»Nicht so schnell«, jammerte Hanna. »Sonst wird mir wieder schlecht!«

Inzwischen sah sie so elend aus, als wäre sie schon gestorben. Ich fuhr sicherheitshalber doch etwas langsamer.

»Halt durch, Hanna!«, sagte ich immer wieder. »Gleich haben wir es geschafft, gleich bekommst du Hilfe.«

Und dann erreichten wir endlich Santiago. *Santiago de Cuba*, *Ciudad Héroe*, stand auf einem haushohen Plakat am Straßenrand. Heldenstadt Santiago. Hier hatte Fidel Castro am ersten Januartag 1959 den Sieg der Revolution verkündet. Auf dem dazugehörigen Bild war eine Reiterstatue zu sehen, jubelnde Menschenmassen und über allem die kubanische Flagge. Hoffentlich hatte diese Heldenstadt eine gute medizinische Versorgung.

Ich war verblüfft, weil Santiago so groß war. Ich hatte erwartet, dass wir in ein beschauliches Örtchen einfahren würden, in dem ich mich leicht zurechtfinden würde. Aber die Stadt war kaum kleiner als Havanna, hohe Häuser, vierspurige Straßen, viel Verkehr, Staub, Lärm, Menschen – ich verlor sofort die Orientierung. Und ein Schild Richtung *Hospital* suchte ich vergebens.

Hanna lag schräg und schläfrig im Beifahrersitz und sah so bleich aus, dass ich am liebsten ihre Hand gefasst hätte, um zu überprüfen, ob sie noch lebte. Ich versuchte mich zu erinnern, was ich über Tropenkrankheiten in Kuba gehört hatte. Hatte es hier nicht mal einen Cholera-Ausbruch gegeben? Oder konnte es Malaria sein? Das Zika-Virus? Ob Hanna Fieber hatte?

»Du musst trinken«, sagte ich zu ihr.

»Ich möchte nichts trinken, ich möchte sterben.«

»Quatsch! Du stirbst nicht!«

Aber so ganz sicher war ich mir nicht mehr.

Ich irrte durch die Straßen von Santiago. Ich suchte ein Schild oder sonst irgendeinen Hinweis, der mir den Weg zum nächsten Krankenhaus verraten würde. Aber ich entdeckte nur Schilder, die die Revolution bejubelten. Allmählich ging mir das mit der Revolution gehörig auf die Nerven. Das war vor sechzig Jahren gewesen. Konnten sich die Kubaner nicht mal um wichtigere Dinge kümmern? Um ein paar anständige Wegweiser zum nächsten Krankenhaus beispielsweise!

Nach einer Weile fuhren wir an einem riesigen Friedhof vorbei. Grün uniformierte Wachposten standen kerzengerade neben dem riesigen weißen Eingangstor, auf dem Platz davor wehte hoch oben an einem Mast die kubanische Flagge. Hinter der Friedhofsmauer erkannte ich ein gewaltiges Mausoleum aus weißem Marmor, Kreuze und jede Menge überdimensionale steinerne Engel.

»Da liegt bestimmt Fidel Castro begraben«, sagte ich.

»Da bin ich richtig«, murmelte Hanna. »Du kannst mich gleich hierlassen.«

»Red keinen Unsinn, du gehörst nicht auf den Friedhof, sondern ins Krankenhaus. Keine Sorge, gleich finden wir eins.«

Ich gab mich zuversichtlicher, als ich war, und kurvte weiter planlos durch Santiago, vorbei an Häusern, Plätzen und Kirchen, qualmenden Lastwagen, knatternden Mopeds, Pferdekarren und rostigen Oldtimern – bis ich plötzlich ein Schild entdeckte. Es war winzig klein und hing an einer Straßenkreuzung an einem Laternenpfahl: *Policlinico a la izquierda!* – Zur Poliklinik nach links. Ich trat so heftig auf die Bremse, dass ich beinahe einen Auffahrunfall mit dem Reisebus hinter uns verursacht hätte. Dessen Fahrer ließ die Hupe aufbrüllen und machte mir mit ein paar eindeutigen Gesten klar, was er von meinem Fahrstil hielt. Nämlich ziemlich wenig. Ich winkte ihm durch den Rückspiegel eine halbherzige Entschuldigung zu und bog mit quietschenden Reifen ab. Die Straße führte jetzt steil bergauf, über uns das typisch kubanische Durcheinander von Strom- und Telefonkabeln. Aber ich kam nicht weit, denn oben angekommen, war die Fahrbahn gesperrt. Dutzende Stühle waren hinter einer Barrikade mitten auf der Straße aufgebaut. Plakate, die an den Laternenmasten hingen, wiesen darauf hin, dass hier demnächst irgendwas gefeiert wurde. Oder dass eine Kundgebung für oder gegen etwas stattfand. Vermutlich war's ja wieder was Revolutionäres. Ich hatte keine Zeit, mir den spanischen Text näher anzusehen. Ich musste das Krankenhaus finden. Ich bog vor der Sperre nach rechts in eine kleine Straße ab in der Hoffnung, dass bald wieder ein Hinweis auf die Poliklinik auftauchen möge. Aber sosehr ich auch suchte, ich entdeckte nichts dergleichen.

Nachdem ich noch einmal links und einmal rechts abgebogen war, fand ich mich in einem Gewirr von schmalen Gassen wieder, die kaum breit genug waren, um mit unserem Cadillac durchzufahren. Außerdem bestand dieses Viertel mindestens zur Hälfte aus Einbahnstraßen, die mich ständig zwangen, die Richtung zu ändern, wobei ich mit dem großen Auto manchmal mehrere Anläufe brauchte, damit ich um die engen Kurven kam. Nach wenigen Minuten hatte ich mich komplett verirrt. Wo immer diese Poliklinik auch sein mochte, ich fand sie nicht und war genauso schlau wie zuvor.

Hätte ich es nicht so eilig gehabt, wäre es nicht so dringend gewesen, Hanna in medizinische Behandlung zu übergeben, dann hätte es mir hier vielleicht sogar gefallen.

Die Straßen, die einen steilen Hügel hinauf- und auf der anderen Seite wieder hinunterführten, waren gesäumt von pastellfarbenen ein- oder zweistöckigen Häusern aus der Kolonialzeit, manche hübsch und gepflegt mit kunstvoll verzierten Balkonen oder prächtigen Säulengängen, manche grau und vernachlässigt, mit bröckelnder Fassade. An einer Straßenecke stand ein Obst- und Gemüsehändler, der seine Ware auf einem zweirädrigen hölzernen Handwagen anbot. Handbeschriftete Pappschilder mit den Preisangaben klemmten zwischen kunstvoll aufgeschichteten Ananas, Kohlköpfen, Tomaten und Papayas.

Das Leben der Menschen in diesem Stadtteil von Santiago schien sich hauptsächlich außerhalb der vier Wände abzuspielen: Hier und da saßen Leute auf den Treppen vor ihrem Haus zusammen und unterhielten sich, während aus Transistorradios daneben blechern Musik dudelte. Ein paar Jungen spielten Fußball auf der Straße, und einmal querte ein kleiner schwarz-weißer Hund die Fahrbahn. Selbst Unterricht fand hier im Freien statt: Am Straßenrand entdeckte ich einen älteren Herrn, einen pensionierten Lehrer vielleicht, der mit Kreide mathematische Formeln auf eine an eine Hauswand gelehnte große Tafel schrieb. Vor ihm saßen zwei halbwüchsige Burschen auf schlichten Holzstühlen, auf den Knien ihre Schulhefte, in die sie eifrig etwas hineinkritzelten. Nachhilfe *a la cubana* ...

Sehr langsam ließ ich den Cadillac durch die Straßen rollen, immer auf der Suche nach einem Hinweis, der uns zurück auf den Weg Richtung Krankenhaus bringen würde. Und immer wieder mit einem Seitenblick auf Hanna, um mich zu vergewissern, dass ihr von dem Auf und Ab und den vielen Kurven nicht noch schlechter wurde. Sie saß mit zusammengepressten Lippen neben mir, aber sie beklagte sich nicht. Mir war klar, dass ich so nicht weiterkommen würde. Ich brauchte Hilfe. Und zwar sofort.

Zwei ältere Frauen, die mit prall gefüllten Einkaufstüten beladen den Gehweg entlangschritten, sahen vertrauenerweckend aus. Ich bremste und sprach sie durch das offene Wagenfenster an. Ob sie mir bitte sagen könnten, wo ich das nächste Krankenhaus fände. Oder den nächsten Arzt.

Die beiden redeten kurz miteinander, dann nickte die eine und wies die Straße hinunter: »*Farmacia*«, sagte sie. »Es gibt eine Apotheke in der Nähe, gleich die nächste Straße rechts und dann die nächste links.«

Worauf die andere den Kopf schüttelte und sagte: »Nein, nein, meine Liebe, es ist erst die übernächste links!«

Ich beschloss, der zweiten Frau zu glauben, bedankte mich und gab vorsichtig Gas.

Eine Apotheke war zwar nicht genau das, was ich gesucht hatte, aber alles war besser, als mit der kranken Hanna im Auto weiter sinnlos durch die glühende Mittagshitze Santiagos zu kurven. Und vielleicht konnten uns die Leute in der Apotheke ja auch weiterhelfen.

Ich fuhr also die nächste Straße rechts, konnte aber in die übernächste links nicht einbiegen, denn das war eine Einbahnstraße. Also fuhr ich leise fluchend weiter, bis Hanna einen leisen Schrei ausstieß.

»Oh mein Gott, Katrin. Schau doch mal! Ist das nicht ...?«

Ich drehte den Kopf in die Richtung, in die sie mit zitternder Hand zeigte, und dann sah ich es: Ein weiß getünchtes Gebäude mit einem Treppenaufgang davor, auf der Wand darüber stand in großen schwarzen Buchstaben *Bar Buena Vista*. Ich bremste abrupt. Wir hatten sie gefunden! Einfach so. Praktisch im Vorbeifahren. Durch Zufall. Nun konnte Julius nicht mehr weit sein. Unsere Odyssee hatte ein Ende. Jedenfalls hätte sie ein Ende gehabt, wenn mir nicht inzwischen etwas anderes wichtiger gewesen wäre.

Wie hätte ich mich gefreut, normalerweise. Wie hätte ich gejubelt und gejauchzt beim Anblick der *Bar Buena Vista*, wenn die letzten Stunden anders verlaufen wären. Wenn ich keine kranke Hanna an meiner Seite gehabt hätte. Wenn ich mir nicht solche Sorgen um sie machen würde. Wie hatte ich diesem Moment entgegengefiebert. Seit Wochen schon. Mehr als tausend Kilometer waren wir durch dieses irre Land gefahren, um genau hier anzukommen. Und jetzt? Jetzt wäre es mir lieber gewesen, ich hätte etwas anderes gefunden als die Bar Buena Vista. Ein Schild mit der Aufschrift *Hospital* oder *Médico* oder eben *Farmacia*.

»Er scheint nicht da zu sein«, flüsterte Hanna, die noch immer auf das Gebäude starrte. Die weiße Wand des Hauses leuchtete hell in der Sonne. »Sein Taxi steht nicht vor der Tür.«

Nein, ein Taxi stand nicht vor der Tür. Es stand überhaupt kein Auto vor der Tür. Dafür ein Motorrad. Eine lila Harley-Davidson.

25

Max hatte es also geschafft. Er hatte die Bar Buena Vista vor uns gefunden, und möglicherweise führte er gerade das Interview, das ich für mich geplant hatte. Denn dass Julius' Taxi nicht auf der Straße stand, bedeutete ja nicht gleich, dass er nicht hier war. Vielleicht war er zu Fuß gekommen. Oder mit dem Bus. Vielleicht saß er gerade da drinnen und unterhielt sich gut gelaunt mit dem freundlichen Blogger aus Deutschland, der sich so brennend für seine Erlebnisse während der Revolution interessierte. Wahrscheinlich war der alte Mann froh, dass er endlich mal wieder mit jemandem über sein damaliges aufregendes Leben reden konnte. Ich stellte fest, dass mir das auf einmal völlig gleichgültig war. Meinetwegen sollte Max sein Interview mit dem alten Revolutionär bekommen und den Goldenen Griffel dazu. Egal. Ich hatte nur noch einen Wunsch: Ich wollte, dass Hanna wieder gesund wurde.

Die Tür der Bar öffnete sich, und ein junges Mädchen trat heraus, um sich oben auf dem Treppenabsatz eine Zigarette anzuzünden. Für einen Moment klang die Musik, die drinnen gerade gespielt wurde, an mein Ohr. Salsa natürlich, gemischt mit Stimmen und lautem Lachen. Selbst am helllichten Tag war schon eine großartige Stimmung in der Bar.

Für einen winzigen Moment bedauerte ich es, nicht dabei zu sein. Dann legte ich den ersten Gang ein.

»Ein anderes Mal gehen wir hin«, sagte ich zu Hanna. »Jetzt müssen wir erst zusehen, dass du wieder auf die Beine kommst.«

Sie antwortete nicht, und ich fuhr los.

Drei Ecken weiter fand ich endlich die Apotheke. Ich ließ den Wagen halb auf der Straße, halb auf dem Gehsteig stehen und hoffte, dass in den nächsten Minuten weder ein Rollstuhlfahrer noch ein Lastwagen hier entlangfahren wollten. Denn weder auf der einen noch auf der anderen Seite des Cadillacs war in der schmalen Straße noch genug Platz dafür.

Ich stieg aus und half auch Hanna aus dem Wagen. Sie zitterte jetzt am ganzen Körper. Ich fasste ihren Arm, während wir die drei flachen Stufen hinauf in die Apotheke gingen.

Innen war es angenehm kühl. Die Fensterläden waren fast geschlossen, und obwohl es draußen so hell und heiß war, fielen nur wenige Sonnenstrahlen bis an die hintere Wand mit den fast schwarzen Holzregalen, die mindestens drei Meter bis unter die stuckverzierte Decke hinaufreichten. Auf den obersten, kunstvoll geschnitzten und edel verzierten Regalbrettern standen große weiße, mit Pflanzenmotiven bemalte Porzellangefäße in Reih und Glied. Sie waren wahrscheinlich genauso alt wie die restliche Einrichtung der Apotheke – ich schätzte, mindestens hundert Jahre – und ohne eine lange Leiter nicht zu erreichen. Aber vermutlich standen sie sowieso nur zur Dekoration da. Auf den anderen Regalen sah ich hinter holzgerahmten gläsernen Türen ein paar Fläschchen und Medikamentenschachteln. Manche

Regale waren auch komplett leer. Üppig ausgestattet war diese Apotheke nun wirklich nicht. Man konnte nur hoffen, dass die Menschen in Santiago über eine robuste Gesundheit verfügten und keine speziellen Medikamente benötigten. Oder dass es irgendwo in der Stadt einen florierenden Schwarzmarkt für Arzneimittel aller Art gab.

Wir waren die einzigen Kunden, und der Apotheker kam aus einem Hinterzimmer zu uns in den Laden, ein dünnes altes Männchen mit schmalem grauem Oberlippenbart. Der weiße Kittel schlotterte um seinen mageren Leib.

»*Dios mío!*«, rief er, als sein Blick auf Hanna fiel. »Mein Gott, geht es der alten Dame nicht gut?«

»Wir brauchen einen Arzt«, erklärte ich ihm. »Und zwar dringend.«

So gut ich es auf Spanisch vermochte, beschrieb ich dem Mann Hannas Krankheitssymptome. Da ich die Vokabel für Erbrechen nicht kannte, schilderte ich den Vorgang durch Gesten und Geräusche. Er nickte.

»Ich habe nur ein wenig Kopfschmerzen«, behauptete Hanna. »Und mein Kreislauf schwächelt etwas ...«

»Kommen Sie bitte mit!«

Der Apotheker führte uns in das Hinterzimmer, bei dem es sich – wie ich feststellte – um die gute Stube seiner Wohnung handelte. An der Wand stand ein hochlehniges dunkelgrünes Sofa, davor ein flacher gläserner Couchtisch, auf dem sich ein paar zerlesene Ausgaben der kubanischen Einheitszeitung *Granma* stapelten. An der Wand über dem Sofa hing ein großes gerahmtes Plakat. Es war ein altes amerikanisches Werbeposter, aus den Fünfzigerjahren vielleicht. »Visit Cuba – Holiday Isle of the Tropics«, stand in verblichenen gelben Buchstaben darauf. Abgebildet war eine lachende tanzende Schönheit mit einer roten Schleife in den schwarzen Locken und einem gebauschten weißen Kleid, das den Blick auf ihre langen schlanken Beine freiließ. Sie trug in jeder Hand eine Rumbarassel und war umgeben von einem Schwarm anmutiger pinkfarbener Flamingos, üppig blühenden lila Orchideen und Palmzweigen. Ein tropischer Traum.

Hanna blieb vor dem Bild stehen und betrachtete es ungläubig.

»So haben wir uns Kuba immer vorgestellt«, flüsterte sie, ohne den Blick von dem Poster zu nehmen. »Julius und ich. Ein ähnliches Plakat hing damals an einer Litfaßsäule in der Nähe seiner Schwabinger Wohnung. Wir sind jeden Tag dran vorbeigegangen. Ich liebte dieses Bild, noch bevor ich wusste, wo Kuba überhaupt liegt, die Flamingos, die Orchideen ... Aber dann kam die Revolution, und Julius sagte, das sei kein Ort, an dem man Urlaub machen könne. Ich hätte nie gedacht, dass er jemals nach Kuba gehen würde. Ach, und noch weniger hätte ich gedacht, dass ich je hierherkommen würde. Oh, Katrin, vielleicht war es wirklich keine gute Idee. Vielleicht hätte ich doch besser zu Hause bleiben sollen.«

Hanna ließ sich seufzend auf das Polster fallen. Ich setzte mich neben sie und griff nach ihrer Hand.

»Nein«, flüsterte ich. »Es war eine tolle Idee. Du wirst sehen: Alles wird gut. Gleich geht es dir besser.«

Unterdessen war der Apotheker in einem Nebenraum verschwunden und kehrte kurz darauf mit einem Glas in der Hand zurück, in dem ein Getränk schwappte.

»Trinken Sie das hier.«

Hanna starrte auf die milchige Flüssigkeit.

»Ich glaube, der will mich vergiften«, flüsterte sie auf Deutsch.

»Unsinn, das ist Medizin.«

Ich hoffte, dass ich recht hatte.

Hanna trank in langsamen Schlucken, zwischen denen sie sich immer wieder schüttelte. Vermutlich schmeckte es grässlich. Der Apotheker nahm ihr das leere Glas ab.

»Das wird Ihnen helfen, sich etwas besser zu fühlen. Und frische Luft wird Ihnen guttun. Vielleicht möchten Sie sich draußen ein bisschen ausruhen?«

Er half Hanna auf und führte uns durch einen langen Gang und dann durch eine Tür auf der anderen Seite des Hauses hinaus auf eine Terrasse. Vor einem nicht sehr vertrauenswürdig wirkenden rot gestrichenen Metallgeländer standen auf dem Fliesenboden ein paar große rostige Blechdosen, aus denen die spitzen Blätter einiger verkümmerter Agaven ragten. Aber für die Pflanzen hatte ich kaum einen Blick.

»Oh mein Gott!«, entfuhr es mir. »Was für eine Aussicht!«

Da das Haus des Apothekers auf einem Hügel an einer der höchsten Stellen der Stadt lag, breiteten sich vor uns die Dächer Santiagos aus. Ein beinahe endloses sandfarbenes Durcheinander von Mauern, Ziegeln, Kirchtürmen, Kabeln, Leitern, Holzgerüsten und Telefonmasten, das sich, sanft abfallend, über ein paar Kilometer hin bis zum Meer erstreckte. Hier und da ragte eine Palme zwischen den Häuserwänden auf oder eine Bananenstaude. Auf manchen Dächern hing Wäsche an langen Leinen.

»Schau, Hanna, wie schön es hier ist. Du hast schon wieder eine Dachterrasse mit Meerblick! Es sieht beinahe so aus wie auf unserem Dach in Trinidad, nur noch viel beeindruckender, weil diese Stadt hier so riesig ist.«

Aber Hanna interessierte sich nicht für die Aussicht. Sie ließ sich wortlos auf einer knarzenden, dünn gepolsterten Liege nieder, die vor der Hauswand im Schatten einer von grünen Schlingpflanzen umrankten Pergola stand, und schloss sofort die Augen.

Der Apotheker zog ein Blutdruckgerät aus der Tasche seines Kittels und legte Hanna die Manschette an.

»Schauen wir mal, was mit unserer Patientin los ist«, erklärte er, während er zu pumpen begann. Ich nickte.

»Vielen Dank, dass Sie uns aufgenommen haben. Ich heiße Katrin, und das ist meine gute alte Freundin Hanna. Wir kommen aus Deutschland.«

Der Apotheker stellte sich als Sergio vor. Ich berichtete ihm, dass wir vor sechs Tagen in Havanna aufgebrochen waren, um einen alten Freund von Hanna in Santiago zu treffen. »Aber heute früh war sie auf einmal krank, und jetzt möchte ich nur noch einen Arzt finden. Gibt es hier in der Nähe eine Arztpraxis oder ein Krankenhaus, wo ich Hanna untersuchen lassen kann?«

»Ich denke, das wird nicht nötig sein«, sagte Sergio mit Blick auf die Anzeige des Messgerätes. »Ihr Blutdruck ist eigentlich ganz normal für eine Frau ihres Alters.« Er warf Hanna einen langen prüfenden Blick zu, dann zog er die Manschette von Hannas Oberarm ab und rollte sie zusammen. »Ich werde dafür sorgen, dass Ihre Freundin schnell wieder gesund wird.«

Mit diesen Worten verschwand er im Haus. Ich setzte mich auf einen wackeligen weißen Metallstuhl und betrachtete erst Hanna, dann das Häusermeer. Ein Schwarm

Tauben flog in einem großen Bogen über die Stadt. Spatzen krakeelten unter den Dächern der Nachbarschaft, ein Moped knatterte durch eine schnurgerade steile Straße Richtung Meer hinunter. Ich hörte, wie ein Hahn heiser krähte, und weit weg, irgendwo inmitten des Häusermeers, kläffte ein Hund.

Wie sehr würde Hanna dies alles gefallen. Wie sehr würde sie Santiago lieben. Wenn sie nur erst wieder die alte wäre!

»Sergio ist bestimmt gleich wieder da, und dann hat er einen Arzt dabei.«

Ich flüsterte, weil ich mir nicht sicher war, ob Hanna womöglich eingeschlafen war, und ich sie nicht wecken wollte.

Ein paar Minuten später kam Sergio zurück. Allerdings hatte er keinen Arzt mitgebracht, sondern einen großen schwarzen, irritiert vor sich hin gurrenden Hahn, der mit zusammengebundenen Füßen an seiner rechten Hand baumelte. In der anderen Hand trug er ein großes blankes Messer.

Ich erschrak. Mein Gott, dachte ich entsetzt, der Mann plant ein Santería-Opfer für Hanna! Es war genau so, wie es mir die Engländerin in Trinidad bei der Tanzshow erzählt hatte. Er würde den armen Hahn töten und irgendwas Gruseliges mit seinem Blut und seinen Federn machen, im festen Glauben, dass Hanna durch diesen Voodoo-Hokuspokus wieder gesund würde. Dabei war er doch Apotheker und sollte sich eigentlich ein bisschen mit Medizin auskennen.

»Oh nein!«, rief ich. »Tun Sie das nicht. Rufen Sie lieber einen Arzt. Bitte töten Sie das Tier nicht. Das ist zu grausam und würde Hanna nicht helfen. Ganz sicher nicht.«

Jetzt öffnete auch Hanna die Augen. Sie fuhr zusammen, als direkt vor ihrer Nase kopfüber ein Gockel baumelte, der sie mit großen goldenen Augen ansah. Dann fiel ihr Blick auf das glänzende Messer, das Sergio in der anderen Hand hielt, und sie stöhnte leise auf.

»Oh mein Gott«, flüsterte sie mir zu. »Was ist das? Ich glaube, ich habe sehr hohes Fieber, ich habe schon Albträume. Ich sehe furchterregende Tiere vor mir ...«

»Bitte«, wiederholte ich und legte meine Hand auf Sergios Hand, in der er die Füße des Hahnes hielt. »*Por favor,* bitte kein Blut. Davon wird Hanna ganz sicher nicht gesund. Ich bin Naturwissenschaftlerin, ich kenne mich damit aus. Ich glaube nicht an die Heilkräfte von Voodoo oder Santería oder wie das bei Ihnen heißt.«

»Santería?«, wiederholte Sergio erschrocken. Ich sah, wie er bei diesem Wort erbleichte, als hätte ich etwas Verbotenes ausgesprochen. Er schüttelte heftig den Kopf. »Aber nein! Meine Yolanda will doch nur eine Hühnersuppe für Ihre Freundin kochen, damit sie wieder zu Kräften kommt!«

Erst jetzt entdeckte ich die Frau, die hinter ihm im Schatten des Türrahmens stand, eine stämmige ältere Dame in einem blau-weiß karierten Kleid, deren schlohweiße Haare sich um ein rundes, grinsendes Gesicht kringelten. In den Händen trug sie eine ausladende Blechschüssel, zwei Möhren, eine Zwiebel und ein bisschen Grünzeug lagen darin. Sie nickte uns wortlos, aber freundlich zu.

»Das ist meine Haushälterin. Sie kocht vorzüglich. Und eine schöne stärkende Hühnersuppe ist jetzt das Allerbeste für unsere Patientin. Oder ist Hanna Vegetarierin?«

Als würde er verstehen, worum es gerade ging, gab der Hahn einen klagenden Laut von sich.

Hanna verdrehte die Augen.

»Danke, nein, bloß keine Hühnersuppe. Ich habe wirklich keinen Appetit. Keinen Appetit auf gar nichts. Und vor allem habe ich keinen Appetit auf etwas, das mich gerade so freundlich ansieht.«

Hanna drehte sich auf die andere Seite der Liege und fiel nach ein paar Sekunden in einen unruhigen Schlaf.

»Bitte«, flüsterte ich Sergio zu, »bitte rufen Sie einen Arzt! Ich mache mir schreckliche Sorgen um sie. Ihr darf nichts zustoßen. Sie hat diese lange, anstrengende Reise von München bis hierher nur aus einem Grund gemacht: um in Santiago ihre alte Jugendliebe wiederzufinden. Wir sind so kurz davor, diesem Mann zu begegnen. Es wäre eine Katastrophe, wenn sie das nicht ...« Ich wagte nicht weiterzusprechen.

»Keine Sorge«, sagte Sergio. »Es gibt hier einen Arzt in der Nachbarschaft. Ich werde ihn bitten, nach Ihrer Freundin zu sehen.«

26

Ich ließ Hanna in der Obhut des Apothekers zurück und beschloss, das Einzige zu tun, was ich vielleicht zu ihrer Genesung beitragen konnte: ihren größten Wunsch erfüllen und sie mit Julius zusammenzubringen. Selbst wenn ich dafür über meinen Schatten springen und Max um Hilfe bitten musste. Wie peinlich unser Wiedersehen auch sein mochte, es führte kein Weg daran vorbei. Wenn es mir nur irgendwie gelingen würde, dass Hanna und Julius sich aussprechen konnten, bevor es zu spät war!

Bei der Vorstellung, Max zu treffen, durchschwappte mich ein ungewohntes Gefühl, es war eine Mischung aus großer Nervosität und einer kleinen Prise Vorfreude. Ich erinnerte mich an das, was er in seinem Blog über unsere Nacht auf der Veranda geschrieben hatte, und je länger ich darüber nachdachte, desto mehr überwog meine gute Laune. Max hatte in aller Öffentlichkeit erklärt, dass er mich mochte, und es gab durchaus ein paar Gründe, ihn nicht für den allerschlechtesten Menschen der Welt zu halten:

1. Er hatte mich heldenhaft aus den Fängen des betrunkenen Grapschers gerettet und später hingebungsvoll meinen angeknacksten Fuß bandagiert.

2. Er war ein aufmerksamer, kluger, witziger, fantasievol-

ler Mann, an dessen Seite ich mich so wohl und glücklich gefühlt hatte wie schon seit Jahren nicht mehr.

Ach, eigentlich war es doch ein absoluter Blödsinn, ständig irgendwelche Listen aufzustellen. Max mochte mich, und wenn ich ehrlich zu mir war, dann mochte ich ihn auch. Wo war eigentlich das Problem?!

Bei diesem Gedanken spürte ich ein Lächeln auf meinem Gesicht. Hanna hatte recht. Vielleicht war es an der Zeit, die ganze Angelegenheit etwas entspannter anzugehen. Was sollte eigentlich Schlimmes passieren? Trotz der Hitze begann ich zu rennen. Ich fand den Weg zurück zur Bar Buena Vista sofort. Erleichtert stelle ich fest, dass Max' Harley noch immer vor dem Haus stand. Ich lief die steilen weißen Treppenstufen hinauf zum Eingang und stieß die Tür auf.

Augenblicklich umfing mich tosende Salsa-Musik. Die kleine Bar lag im Halbdunkel. Auf der einen Seite des Raumes, vor der Wand, die mit einem überlebensgroßen Heiligenbild bemalt war, spielte eine Musikband. Fünf Männer waren es, die mit Gitarre, Kontrabass und Trompete, vor allem aber mit Schlaginstrumenten aller Art einen infernalischen Lärm machten und dazu mehrstimmig sangen. Beziehungsweise ihren Gesang in den von Zigarrenqualm geschwängerten Raum brüllten. Trotz des frühen Nachmittags war die Bar zum Bersten gefüllt mit Gästen, die – ein Getränk in der Hand – an der Theke oder an einer der vergilbten weißen Säulen lehnten. Andere saßen an den wenigen kleinen Tischchen und wippten im Takt der Musik mit den Füßen. Ich sah mich um, aber im hinteren Bereich der Bar war es zu voll und zu dunkel, um zu erkennen, ob Max oder Julius unter den Leuten waren.

Die Augen aller waren auf ein Paar gerichtet, das allein über die Tanzfläche zirkelte. Die beiden waren auffallend gut gekleidet, der junge Mann trug eine dunkle Anzughose, dazu ein weißes Hemd mit Weste, seine Begleiterin ein kurzes cremefarbenes Seidenkleid, dessen weiter Saum bei jeder Bewegung wippte. Sie hatte die schwarzen Haare zu einem langen Pferdeschwanz zusammengebunden, der bei jeder Drehung ihres Körpers durch die Luft wirbelte. Die beiden tanzten Salsa, wie ich es noch nie gesehen hatte. Sie schienen im Rhythmus der Musik miteinander verschmolzen zu sein. Mehr noch: Der Rhythmus schien direkt aus ihnen selbst zu kommen. Es war ein Schwingen und Wiegen, ein Hopsen und Tänzeln, ein Drehen, Kreiseln und Rotieren, als hätten die beiden mindestens ein halbes Dutzend zusätzlicher Wirbel im Hüftbereich. Ab und zu ließ der Mann seine Tanzpartnerin kopfüber durch die Luft fliegen, sodass für eine Sekunde ihre weiße Unterwäsche unter dem Kleidchen aufblitzte, aber jedes Mal landete sie im Takt der Musik wieder auf ihren hochhackigen Schuhen und tanzte weiter, als wäre nichts gewesen, was das Publikum mit tosendem Beifall bedachte. Dann wieder ging er in die Knie und schleuderte die Frau, sie an einer Hand festhaltend, flach über den Boden, worauf beide wieder hoch auf die Füße sprangen, ohne aus dem Rhythmus zu kommen. Dabei lachten die zwei die ganze Zeit mit strahlend weißen Zähnen, als wäre es das Leichteste und Selbstverständlichste der Welt, so virtuos durch den Raum zu toben. Auch ich konnte den Blick nicht abwenden. Ich starrte die beiden an, als wäre ich auf einem anderen Planeten gelandet.

»Gott, ist das primitiv!«

Ich schaute zur Seite, um zu sehen, wer das gesagt hatte. Neben mir stand ein nicht mehr ganz junges Paar, der Sprache nach kamen sie ebenfalls aus Deutschland. Sie trugen Partnerlook: Bermudashorts, karierte kurzärmelige Hemden und weiße Turnschuhe. Ihre Sonnenbrillen hatten sie sich ins Haar geschoben. Es war die Frau, die gerade sprach, und dabei hatte sie einen missmutigen Zug um den Mund.

»Komm, Walter, wir gehen wieder. Dieses peinliche Herumgewackel kann sich ja kein Mensch ansehen. Was denken die sich eigentlich dabei, hier vor allen Leuten so ordinär herumzutanzen. Dieses Gebalze ist doch einfach nur peinlich ...«

Ich starrte sie an. Genauso hatte ich auch gedacht, vor ein paar Tagen nur. War tatsächlich erst eine Woche vergangen, seit diesem Abend im Café Paris? Seit meinem unglücklichen Salsa-Versuch mit Matteo? Es war mir, als spräche aus der fremden Touristin mein altes Ich. Die allzeit vernünftige, wohlorganisierte und leider auch ziemlich gestresste Katrin Faber, die es früher einmal gegeben hatte, von der ich mich aber irgendwo unterwegs auf unserer Fahrt durch Kuba verabschiedet hatte.

Walter machte nicht den Eindruck, als wolle er das Etablissement gleich wieder verlassen. Er betrachtete die beiden Tänzer konzentriert durch das ausgeklappte Display seiner Videokamera, die er in den erhobenen Händen hielt, und schien seiner Frau überhaupt nicht zugehört zu haben.

Statt seiner antwortete ich.

»Nein«, sagte ich zu der Frau. »Sie irren sich. Salsa ist überhaupt nicht peinlich, das ist großartig. Das ist hinreißend. Das ist Leidenschaft, die bloße Lebenslust. Die Freude daran, jetzt hier zu sein, zu tanzen und zu lachen und an nichts anderes auf dieser Welt zu denken. An nichts, nur an diesen Moment, diesen Rhythmus, diese Musik ... Ist das nicht wunderbar?«

Ich war selbst verblüfft, als ich mich reden hörte. Damit hatte ich allem widersprochen, was ich noch vor Kurzem selbst über das Tanzen gedacht hatte. Aber es war aus meinem tiefsten Herzen gekommen, und es fühlte sich gut an.

Die Frau warf mir einen abfälligen Blick zu, aber sie entgegnete nichts. Sie fasste den Arm ihres Mannes und zog ihn aus dem Lokal. Im Gehen warf er mir einen entschuldigenden Blick zu, die Kamera hielt er noch immer in der Hand. Dann fiel die Tür hinter ihnen zu.

Ich zuckte mit den Schultern. Vielleicht waren die beiden noch nicht lange genug in Kuba, dachte ich, und würden ihre Ansichten auch noch ändern, je besser sie dieses Land kennenlernten.

Ich blickte wieder auf die Tanzfläche, wo die beiden gerade ihren Salsa beendeten. Die Leute im Raum applaudierten und jubelten. Die zwei lösten sich voneinander und traten nun ihrerseits auf die Besucher zu, um sie zum Tanzen aufzufordern. Der Mann nahm die Hand einer älteren Touristin, die sich verlegen lachend von ihrem Barhocker erhob. Sie legte ihr Handy, mit dem sie die Tänzer gerade noch gefilmt hatte, auf die Theke und folgte ihm auf die Tanzfläche. Auch die Frau hatte sich jetzt einen anderen Partner zum Tanzen geholt, und als ich sah, um wen es sich dabei handelte, hielt ich die Luft an. Es war Max, der während ihrer Salsa-Einlage irgendwo hinten im Halbdunkel des Raumes an der Bar gestanden haben musste. Er legte einen Arm um die Taille der schönen Tänzerin und drehte sich mit ihr grinsend über den bunt gemusterten Fliesenboden, während die Combo hinter ihnen heiße karibische Rhythmen durch den Raum trommelte. Unwillkürlich trat ich einen Schritt zurück und beobachtete Max. Er hatte mich offenbar noch nicht entdeckt, so beschäftigt war er mit Tanzen. Er machte es erstaunlich gut, das musste ich zugeben. Nicht so perfekt und geschmeidig wie der Mann mit der Weste, aber mit seinem Salsa konnte er sich durchaus sehen lassen. Ganz sicher tanzte er nicht zum ersten Mal. Kein Wunder, dass er mich in Havanna im Café Paris ausgelacht hatte, als er mein unbeholfenes Herumgehopse beobachtet hatte.

Max war sein Auftritt vor den vielen Besuchern in der Bar überhaupt nicht unangenehm. Ganz im Gegenteil. Er lachte und scherzte mit der jungen Frau herum, ohne mich zu bemerken. Und sie hatte allem Anschein nach auch jede Menge Spaß daran. Ich ertappte mich dabei, wie ich mir vorstellte, an ihrer Stelle zu sein. Wie mochte es sich wohl anfühlen, so ausgelassen herumzutoben? Einfach mal an nichts zu denken, sich treiben zu lassen vom Klang der Trommeln und Rasseln? Die Frau in Max' Armen ließ sich definitiv treiben. Von was auch immer. Sie schmiegte sich jetzt lasziv an Max, dann legte sie ihr schlankes linkes Bein um seine Hüften, bog den Oberkörper nach hinten und ließ den Kopf so weit fallen, dass die Spitzen ihres Pferdeschwanzes über den Boden wischten. Das Publikum jubelte. Und Max? Max strahlte über das ganze Gesicht, als habe er sein Leben lang nichts anderes gemacht, als sich mit schönen, gelenkigen Kubanerinnen beim Salsa zu amüsieren.

Mir fuhr ein Stich durchs Herz, als ich sah, wie vergnügt er war. Offensichtlich hatte ihm meine Abfuhr in der Nacht auf der Veranda der Casa Caribe keinen schweren seelischen Schaden zugefügt. Wie ein Mann, der hochgradig unter Liebeskummer leidet, sah er jedenfalls nicht aus. Na, der hat sich ja schnell getröstet, dachte ich und war sehr erstaunt darüber, wie sehr mich das kränkte. Meine Begeisterung über die Musik und den Tanz in der Bar war mit einem Schlag verschwunden. Was tat ich eigentlich hier? Ich war gekommen, um Julius für Hanna zu finden, und nicht, um Max beim Tanzen zuzugucken wie ein Groupie.

Ich drehte mich zur Tür, und für den Bruchteil einer Sekunde trafen sich unsere Blicke. Ungläubig und überrascht sah Max mich an. Er hob eine Hand, um mir zuzuwinken, aber da stürmte ich schon aus der Bar und stolperte die Treppe hinunter zur Straße. Das grelle Sonnenlicht blendete mich. Ich ärgerte mich über mich selbst. Was hatte ich eigentlich von Max erwartet? Dass er sich ernsthaft in mich verliebt hatte? Dass er mich vermisste? Dass er mir sein Leben lang nachtrauern würde, nachdem ich ihn abgewiesen hatte? Blödsinn! Nur wegen eines einzigen Kusses? Warum sollte er nicht tanzen, wenn es ihm Spaß machte? Warum sollte er nicht mit der schönen Kubanerin flirten? Das alles ging mich doch überhaupt nichts an. Das konnte mir völlig egal sein. Warum aber war es mir nicht egal? Weshalb war ich so verletzt?

Diese Fragen schwirrten mir durch den Kopf wie ein Schwarm verhaltensgestörter Kolibris, während ich planlos die Straße entlangging. Da hörte ich, dass hinter mir die Tür der Bar geöffnet wurde und jemand die Stufen hinunterlief.

»Hey, Katrin!«, rief Max. »Warte doch! Warum läufst du denn schon wieder weg?«

Max holte mich ein und stellte sich mit ausgebreiteten Armen vor mich auf den Gehweg.

»Halt. Stopp. Bitte bleib! Dieses Mal lasse ich dich nicht

einfach verschwinden.« Er ließ die Arme sinken. »Ich bin so froh, dass ich dich wiedergetroffen habe. Du glaubst gar nicht, wie sehr ich darauf gehofft habe. Seit drei Tagen mache ich nichts anderes, als mich in der Bar Buena Vista herumzutreiben, weil ich mir sicher war, dass du auch hierherkommen würdest auf der Suche nach diesem Julius. Ich möchte mit dir reden.«

»Was gibt es denn noch zu reden? Du amüsierst dich doch prächtig mit dieser feschen Kubanerin.« Ich bereute den Satz, kaum, dass er meinen Mund verlassen hatte. Wie klang das denn? Kindisch und lächerlich. Als wäre ich eifersüchtig wie ein Teenager. »Natürlich kannst du tanzen, mit wem du willst«, fügte ich schnell hinzu. Max lächelte.

»Glaub mir, ich habe nicht das geringste Interesse, diese Dame mit dem kurzen Kleidchen näher kennenzulernen. Obwohl sie wirklich gut aussieht und toll tanzen kann. Aber viel lieber würde ich mit dir tanzen.«

»Mit mir? Wieso das denn? Du – du hast mich ausgelacht im Café Paris!«

»Oh nein, das hast du gedacht? Wie kommst du denn darauf? Ich habe dich nicht ausgelacht, ich habe dich angelacht, weil ich ja gedacht hatte, wir hätten uns früher schon mal irgendwo getroffen. Und weil ...« Für einen Moment rang Max nach Worten. »Weil ich schon damals dachte, es wäre schön, dich kennenzulernen.«

Einen Augenblick lang war ich zu perplex, um zu antworten.

»Glaub mir«, fuhr Max fort. »Es tut mir sehr leid, dass ich es neulich auf der Veranda ein wenig überstürzt angegangen bin. Ich wollte wirklich nicht aufdringlich sein. Aber noch mehr tut es mir leid, dass ich am nächsten Morgen weggefahren bin, ohne mich von dir zu verabschieden.« Max wirkte jetzt ehrlich bekümmert. »Ich ... ich kann nicht aufhören, an dich zu denken.«

Ich sah ihn an. Er trug ein T-Shirt mit einer grinsenden Mickymaus drauf, die sich als Superman verkleidet hatte. Es war das bescheuerteste T-Shirt, das ich je gesehen hatte. Es war noch bescheuerter als sein Donald-Duck-Hemd von neulich. Aber ich mochte es. Weil er es trug. Eine Wärme durchströmte mich, wie ich es zuletzt in der Vollmondnacht auf der Veranda der Casa Caribe gespürt hatte.

»Ist schon okay«, sagte ich. »Es war dämlich von mir, einfach wegzulaufen. Ich weiß auch nicht, weshalb du dauernd diesen Fluchtreflex bei mir auslöst. Vielleicht bin ich ein mutiertes Kaninchen ...«

Max grinste schon wieder.

»Nein, das bist du ganz sicher nicht. Du warst diesen Romantik-Overkill einfach nicht gewöhnt.«

»Stimmt. Das Mondlicht hat mich ganz schwindelig gemacht.«

Für einen Moment schweigen wir, während aus der Bar Buena Vista gedämpft die Musik herausklang. Und irgendwo am Ende der Straße pries ein Händler mit heiserer Stimme Zwiebeln und Tomaten an.

»Meinst du«, sagte Max nach einer Weile, »wir haben noch eine Chance? Vielleicht können wir noch mal ganz von vorne anfangen.«

»Womit?«, fragte ich und fühlte mich dabei wie ein Seiltänzer, der gerade seine Balancierstange in die Tiefe geworfen hatte. »Mit dem Küssen oder mit dem Kennenlernen?«

Max legte die Arme um mich. »Am besten mit beidem. Erst mit dem einen und dann mit dem anderen.«

Und das taten wir dann.

»Und jetzt«, sagte Max, nachdem wir uns eine gefühlte halbe Stunde lang geküsst hatten, »gehen wir wieder rein und tanzen Salsa. Komm, ich zeig's dir!«

»Oh nein, Max, das geht nicht.«

Auf einmal fiel mir wieder ein, weshalb ich eigentlich hergekommen war. Und dass es überhaupt keinen Grund für ausgelassene Freude gab. Max sah mich an, und das Grinsen erlosch in seinem Gesicht.

»Wieso nicht? Was ist los? Du siehst auf einmal so traurig aus. Und wo ist eigentlich Hanna?«

»Das ist es ja: Hanna ist krank. Ich mache mir große Sorgen um sie.«

»Oh Gott«, sagte Max leise. »Was ist passiert?«

Ich schmiegte mich an ihn. Gemeinsam gingen wir ein paar Schritte zurück und setzten uns vor der Bar auf die unterste Stufe der Treppe.

»Ich weiß es nicht, Max. Von einem Tag auf den anderen ging es ihr richtig schlecht.«

Ich berichtete kurz, wie wir den Apotheker gefunden hatten, bei dem sich Hanna gerade ausruhte.

»Ich muss unbedingt wissen, wo Julius ist«, fuhr ich fort. »Das ist wichtig. Kannst du mir dabei helfen?«

Max zuckte mit den Schultern.

»Leider nein, so gern ich es auch täte. Ich habe die Leute im Lokal nach ihm gefragt. Normalerweise ist der alte Mann tatsächlich jeden Abend in der Bar Buena Vista. Jedenfalls war das in den vergangenen Jahren so. Aber jetzt ist er schon seit ein paar Wochen nicht mehr hier gewesen, sagen sie. Auch sein Taxi haben die Leute seit Längerem nicht mehr gesehen. Keiner weiß, was los ist. Ich hoffe nicht, dass ...«

Max räusperte sich. »Also, ich hoffe, dass nichts Schlimmes mit ihm passiert ist. Vielleicht ist er auch krank.«

»Es wäre eine Katastrophe. Hanna ist den ganzen weiten Weg hierhergekommen, um Julius zu treffen. Nur aus diesem einzigen Grund ist sie mit mir nach Havanna geflogen und von dort tagelang quer durch Kuba gefahren. Es wäre schrecklich, wenn alles umsonst gewesen wäre. Ich hatte so sehr gehofft, ihn zu finden und zu Hanna zu bringen, damit sie sich freut und wieder gesund wird. Und jetzt?« Ich presste die Lippen aufeinander. Max sah mich verwundert an.

»Ich dachte, du bist hergekommen, um für deinen Reiseführer zu recherchieren.«

»Nein.« Ich schüttelte den Kopf. »Eigentlich war alles ganz anders. Das mit dem Reiseführer war geschwindelt. Tut mir leid. Eigentlich war es Hannas Idee gewesen hierherzufahren.«

Und dann erzählte ich Max alles. Von Anfang an. Wie ich meine Sendung verloren und die Moderation des ›Kaleidoskops‹ übernommen hatte. Wie Hanna mir geschrieben und mich für diese Reise engagiert hatte, um ihren alten Jugendfreund zu suchen. Wie ich auf die Idee gekommen war, mit Julius über die kubanische Revolution zu sprechen, und dass ich mit diesem Interview den Goldenen Griffel gewinnen wollte.

»Aber das ist jetzt alles nicht mehr wichtig«, schloss ich. »Jetzt will ich nur noch, dass Hanna wieder gesund wird. Meinetwegen kannst du das Interview mit Julius führen und damit den Preis gewinnen. Für mich zählt nur noch, dass Hanna und Julius zusammenfinden und sich aussprechen können. Falls es nicht sowieso schon zu spät ist!«

Ich spürte, dass mir die Tränen in den Augen brannten,

aber es machte nichts. Diesmal ließ ich sie einfach laufen. Max zog ein Tempotuch aus seiner Hosentasche und reichte es mir. Ich schnäuzte mich, aber das Weinen ließ trotzdem nicht nach.

»Wieso sollte ich den Goldenen Griffel gewinnen wollen?«, fragte Max nach einer Weile. »Ich hatte in diesem Jahr gar nicht vor, mich zu bewerben.«

»Nicht? Aber du suchst Julius doch auch. Du möchtest mit ihm sprechen. Weshalb denn sonst? Das hier sei die wichtigste Reise deines Lebens, hast du in deinem Blog geschrieben, und dass du diesmal das ganz große Los ziehen wirst und all das. Was soll das denn sonst bedeuten?«

Ich spürte, wie Max lautlos lachte. Er zog mich näher an sich heran.

»Ich bin nicht aus journalistischen Gründen in Kuba, liebe Katrin, sondern aus ganz persönlichen. Ich möchte Julius treffen, weil ...«

Mit der freien Hand zog er eine goldene Kette unter seinem T-Shirt hervor, die er um den Hals trug. Ein kleines Medaillon baumelte daran.

»Sieh mal«, sagte er. »Das habe ich von meiner Mutter geerbt.«

Er klappte das Medaillon auf. Zwei kleine verschlungene Rosenblüten aus Gold waren darin zu sehen, daneben fein ziseliert die Buchstaben H und J.

»Oh, mein Gott«, entfuhr es mir. »Das ist die Rose von Julius' Tattoo! Was ... was hat das zu bedeuten?«

»Ich weiß es nicht. Das möchte ich herausfinden. Meine Mutter ist schon vor vielen Jahren gestorben. Sie und mein Vater hatten einen Autounfall, als ich noch ein kleiner Junge war. Ich kann mich kaum mehr an sie erinnern. Dieses

Medaillon ist das Einzige, was mir von ihr geblieben ist. Du kannst dir vorstellen, wie aufgeregt ich war, als ich das Foto von Julius und seinem Tattoo in der Zeitschrift gesehen habe. Er muss irgendetwas mit meiner Mutter zu tun gehabt haben. Mein Leben ist mit diesem Julius verbunden, ich weiß nur nicht, wie.«

»Vielleicht war deine Mutter der Grund, weshalb er Hanna verlassen hat. Vielleicht hat Julius sich in deine Mutter verliebt und ihr dann das Medaillon geschenkt, das er ursprünglich für Hanna hatte herstellen lassen.«

»Nein, das kann nicht sein. Meine Mutter war ja noch nicht einmal geboren, als er nach Kuba ging. Und die Initialen H und J passen auch nicht. Meine Mutter hieß Julia.«

»Julia? Julius und Julia? Das kann kein Zufall sein.«

Ich betrachtete die winzige goldene Rose. Ich war so verblüfft über das, was ich gerade erfahren hatte, dass meine Tränen versiegten.

»Wir müssen Hanna danach fragen«, sagte ich. »Vielleicht weiß sie mehr darüber. Komm mit!«

Max nahm meine Hand und half mir auf. Dann rannten wir zusammen zum Haus des Apothekers.

Diesmal hatte Sergio Kundschaft. Eine junge Frau stand vor dem dunklen Tresen, auf dem der Apotheker allerlei Schachteln und Döschen zusammengestellt hatte. Er sah auf, als wir den Laden betraten.

»Ich habe unseren Doktor gerufen«, rief er uns zu. »Das heißt, er ist eigentlich kein richtiger Doktor, aber er kennt sich gut aus mit Medizin und hat meiner Familie schon oft geholfen, wenn jemand krank war. Er ist ein guter Mann. Er wird wissen, was unserer Patientin helfen kann. Er sagt, er kommt gleich.«

Ich nickte ihm zu.

»Es wäre mir wohler, wenn ein richtiger Arzt käme und nicht irgend so ein kubanischer Scharlatan«, murmelte ich Max zu, während ich ihn durch die Wohnung des Apothekers hinaus auf die Dachterrasse führte.

Hanna lag noch immer mit geschlossenen Augen auf der Liege. Sie schien noch schwächer zu sein als zuvor. Auf einem Tischchen neben ihr standen eine Flasche und ein Glas Wasser, das sie offenbar noch nicht angerührt hatte.

Ich setzte mich neben sie auf den Fliesenboden und betrachtete Hannas bleiches Gesicht. Matt öffnete sie die Augen. Ihr Blick fiel auf Max, und dann lächelte sie schwach.

»Wo hast du denn den feschen jungen Mann auf einmal aufgegabelt?«, flüsterte sie. »Habt ihr euch endlich gefunden? Und ich dachte, du kommst mit meinem Julius zurück.«

»Den finden wir auch noch«, erwiderte ich und hoffte, dass ich optimistischer klang, als ich mich fühlte.

Max nickte. Er sah Hanna schweigend an. In der Ferne heulte die Sirene eines Rettungswagens durch die Straßen der Stadt. Jetzt kommt Hilfe, dachte ich. Vielleicht war Sergios dubioser Ersatzdoktor ja so vernünftig gewesen und hatte einen professionellen Notdienst alarmiert.

In diesem Moment hörte ich, wie hinter mir die Terrassentür aufgeschoben wurde.

»*Buenas tardes*«, sagte eine Stimme, und ich drehte mich um. Ein alter Mann trat zu uns heran. Er ging am Stock und humpelte ein wenig. Er kam mir von irgendwoher bekannt vor, aber ich konnte sein Gesicht nicht zuordnen. Ich überlegte gerade, wo in Kuba ich diesem Menschen schon einmal begegnet sein mochte, als Hanna einen erstickten Schrei ausstieß. Ich sah, wie sie beim Anblick des Fremden erschrocken die Augen verdrehte und dann reglos zurück ins Polster sank.

»Hanna!«, schrie ich und schüttelte ihre Schultern. »Hanna! Hörst du mich?«

»Oh Gott«, rief der alte Mann und trat mit ein paar unerwartet schnellen Schritten an Hannas Liege heran. »Hanna? Ist das unsere Patientin aus Deutschland?«

»Bitte helfen Sie ihr. Schnell.«

Der Mann ließ seinen Stock fallen und kniete neben der Liege nieder. Er nahm Hannas Handgelenk und fühlte ihren Puls. Dann klopfte er ihr sanft auf die Wangen. Als die Ärmel seines Hemdes hochrutschten, erkannte ich das Tattoo auf seinem linken Unterarm: zwei verschlungene Rosenblüten mit den Buchstaben H und J.

»Julius?«, rief ich. »Wo kommen Sie denn auf einmal her?«

Aber Julius antwortete nicht. Er sah nur auf Hanna, die jetzt ganz allmählich wieder die Augen öffnete. Und sie gleich wieder schloss, als sie bemerkte, wer da neben ihr hockte.

»Ist es schon so weit?«, flüsterte sie. »Bin ich jetzt tot und im Himmel?«

»Nein«, antwortete Julius. »Du lebst immer noch auf dieser wunderschönen Erde. Obwohl es mehr als ein Wunder ist, dass ich dich hier wiedersehe. Bist du es wirklich, Hanna? Ich kann es auch nicht ganz glauben. Wie bist du denn hierhergekommen? Was machst du in Santiago? Ach, meine liebe, liebe Hanna. Du siehst noch genauso aus wie damals. Nur deine Haare sind kürzer. Und etwas weißer geworden ...«

Hanna sah ihn an und lächelte. Sie wirkte gleich nicht mehr ganz so sterbenskrank wie vorher.

»Ach, Julius, da haben wir dich also tatsächlich gefunden.«

»Hast du mich gesucht? Woher wusstest du, dass ich in Santiago lebe? Und woher wusstest du, dass ich überhaupt noch am Leben bin?«

»Ich habe den Bericht über dich in der Zeitschrift gelesen. Da war ein Foto von dir, wie du in deinem Taxi vor der Bar Buena Vista sitzt. Man sieht dein Tattoo auf dem Foto. Ich wusste sofort, dass du es bist, und deshalb bin ich mit meiner lieben Freundin Katrin hergefahren. Ich wollte dich unbedingt wiedersehen nach all den Jahren. Du bist älter geworden. Damals hattest du noch nicht so viele Falten im Gesicht.«

Julius grinste. »Da war ich Anfang zwanzig.« Er streichelte Hannas Handrücken.

»Wird Hanna wieder gesund werden?«, fragte ich leise. »Was fehlt ihr denn?«

Julius wandte den Blick nicht von ihr ab. »Auf den ersten Eindruck wirkt sie nicht lebensbedrohlich erkrankt. Puls und Atmung sind normal, sie ist nur etwas blass. – Wahrscheinlich hast du zu wenig Flüssigkeit zu dir genommen bei dieser Hitze. Du musst viel mehr trinken, meine Liebe.«

»Ich habe genug getrunken«, behauptete Hanna. »Erst gestern Abend fünf Mojitos und drei schöne, kräftige Cuba libre!«

»Fünf Mojitos und drei Cuba libre?«, rief Julius und lachte dröhnend. »Da kannst du froh sein, dass du nicht an einer Alkoholvergiftung zugrunde gegangen bist. Du sollst Mineralwasser trinken und keine Cocktails, meine Liebe. Jetzt wundert es mich gar nicht, dass dein Kreislauf heute schlappmacht. Eine andere Frau wäre nach so einer wüsten Party heute gar nicht mehr aufgewacht!«

»Was?«, rief ich und lachte und weinte gleichzeitig vor Erleichterung. »Hanna ist gar nicht sterbenskrank? Sie hat bloß einen – Kater?!«

Ich schlang die Arme um ihren Hals.

»Und ich habe mir solche Sorgen um dich gemacht!«

»Ich hab dir doch gleich gesagt, dass es nicht so schlimm ist, Katrin. Ich hab nur ein bisschen Abschied gefeiert mit unserem netten Amerikaner. Vielleicht war es ein Cocktail zu viel, nach den vielen Mojitos, die ich im Dschungel schon getrunken hatte, als ich mit diesem netten Mädchen auf euch gewartet hatte. Und die zweite Zigarre hätte gestern Abend vielleicht auch nicht mehr sein müssen. Aber du wolltest mich unbedingt ins Krankenhaus bringen.«

»Was für ein Glück, dass ich darauf bestanden habe, dass sich ein Arzt um dich kümmert! Sonst hätten wir Julius wahrscheinlich nie gefunden.«

»Dabei bin ich gar kein Arzt«, sagte Julius und reichte Hanna das Glas Mineralwasser vom Tisch, das sie brav austrank. »Ich habe mein Medizinstudium in den Wirren der Revolution hier nie zu Ende gebracht. Damals war anderes wichtiger. Aber weil ich über ein paar Grundkenntnisse verfüge, werde ich in der Nachbarschaft gelegentlich als Arzt konsultiert.«

»Du wärst bestimmt ein ausgezeichneter Doktor geworden. Ich fühle mich jedenfalls schon viel besser.« Hanna richtete sich auf und bat Julius, ihr noch etwas Wasser einzuschenken, was er gern tat.

»Das wird die Wirkung des Aspirins sein, das Sergio dir vorhin gegeben hat«, meinte Julius und stellte die Rückenlehne der Liege hoch, damit Hanna sich bequem hinsetzen und trinken konnte. »Und die Aufregung, dass wir uns nach all den Jahren hier auf einmal wieder begegnen. So ein kleiner Schreck kann ganz anregend auf den Kreislauf wirken.«

Sie lächelten sich an, als könnten sie immer noch nicht ganz glauben, dass sie einander leibhaftig gegenübersaßen.

»Wie ist es dir ergangen seit damals, als du nach Kuba geflogen bist?«, fragte Hanna, nachdem sie das dritte Glas Wasser geleert hatte. »Du musst mir alles ganz genau erzählen!«

Und ich platzte heraus: »Haben Sie tatsächlich mit Fidel Castro und Che Guevara zusammen im Dschungel gekämpft?«

Julius sah erst Hanna, dann mich an. Er schüttelte den Kopf.

»Aus mir ist nie ein richtiger Revolutionär geworden«, antwortete er seufzend. »Nach meiner Ankunft in Havanna habe ich mich gleich auf den Weg Richtung Osten gemacht, ich wusste ja, dass Fidel und seine Leute von hier aus die Revolution steuerten. Über einen amerikanischen Fotografen gelang es mir tatsächlich, Kontakt zu den Aufständischen aufzunehmen. Aber ich war dort nicht willkommen. Man hielt mich für einen Spion der Amerikaner und sperrte mich ein paar Tage lang in einem Dorf am Fuße der Sierra Maestra in eine Hütte ein, um mich in ein gnadenloses Kreuzverhör zu nehmen. Erst als dort ein schwer verletzter Kämpfer auftauchte, der in den Bergen in einen Hinterhalt geraten war, und ich dem Mann das Leben rettete, da fingen die Guerilleros an zu glauben, dass ich auf ihrer Seite war. Ich weiß gar nicht mehr, wie ich es geschafft habe, dem Mann die Kugel aus dem Oberschenkel zu operieren. Aber wir haben es beide überlebt. Ein Wunder.« Julius grinste schief bei der Erinnerung. »Tags darauf drückten mir Castros Leute ein Maschinengewehr und Gurte voller Munition in die Hand und sagten, wenn ich einer von ihnen sein und mit hinauf zur *Comandancia* gehen wolle, dann müsse ich auch bereit sein zu schießen. Aber ich hatte noch nie ein Gewehr in der Hand gehabt. Es fühlte sich furchtbar an. Ich sagte zu ihnen, ich bin Medizinstudent, ich möchte Arzt werden. Ich will im Lazarett arbeiten, Menschen retten, Verletzten helfen, ich will niemanden töten. Sie sagten, Che Guevara sei auch ein Arzt und trotzdem einer der besten *Comandantes* im Guerillakrieg. Aber es war für mich unvorstellbar, auf einen Menschen zu schießen. Da erkannte ich, dass ich mit reichlich naiven Erwartungen an die ganze Sache herangegangen war. Eine Revolution sieht weiß Gott anders aus, wenn man mittendrin ist und sie nicht vom fernen friedlichen Deutschland aus betrachtet. Ich hatte noch mal Glück, weil sie mich wieder laufen ließen. Andere Guerilleros hätten vielleicht kurzen Prozess mit mir gemacht aus Sorge, ich könnte ihr Versteck an Batistas Soldaten verraten. Aber ich kam heil zurück nach Santiago, und das war's.«

»Gott sei Dank«, murmelte Hanna. »Ich habe mir mein Leben lang nicht vorstellen können, dass du eine Knarre in die Hand nimmst und auf Leute schießt.«

»Das war's?« Ich schluckte. »Moment mal! Sie haben Fidel Castro und Che Guevara gar nicht persönlich getroffen?«

»Oh, nein. Niemals. In dem Augenblick, als ich das Gewehr in den Händen hielt, war mein Wunsch, mich den Revolutionären anzuschließen, erloschen. Fürs Kämpfen bin ich einfach zu friedliebend.«

»Aber«, protestierte ich. »In dem Zeitschriftenartikel werden Sie als ehemaliger Revolutionär bezeichnet.«

»Nun ja.« Julius hob bedauernd die Schultern. »Da hat der Herr Reporter wohl ein bisschen übertrieben. Ich war nie wirklich ein Revolutionär. Meine einzige Heldentat während der Revolution bestand darin, dass ich dem verwundeten Kämpfer die Kugel aus dem Bein geholt habe – und zwar ohne jede Betäubung und ohne vernünftiges Chirurgenbesteck. Der Mann war wirklich sehr tapfer.«

Ich starrte Julius an. Wenn es mir noch immer so wichtig gewesen wäre, ein spektakuläres Interview mit einem ehemaligen deutsch-kubanischen Revolutionär für den Goldenen Griffel einzureichen, dann wäre ich in diesem Moment vermutlich vor Entsetzen in Ohnmacht gefallen. Es gab überhaupt keinen ehemaligen deutsch-kubanischen Revolutionär! Kein Gespräch über Fidel Castro und Che Guevara im Dschungelversteck. Keine exklusiven Informationen über die Taktik der Guerillatruppe. Keine streng vertraulichen Details aus dem Alltagsleben der Aufständischen. Nichts. *Nada. Cero.* Meine Reise nach Kuba wäre völlig umsonst gewesen. Fast achteinhalbtausend Kilometer Flug und über tausend Kilometer Fahrt über unwegsamste Straßen, nur um einen freundlichen alten Mann zu treffen, der mit der Revolution gar nichts zu tun gehabt hatte.

Aber längst – mein Blick streifte Hanna, die Julius mit einem kleinen, müden Lächeln betrachtete – war das alles bedeutungslos geworden.

»Und dann?«, fragte ich.

»Nach Deutschland wollte ich nicht zurück«, fuhr Julius fort. »Obwohl sich die Dinge in Kuba nicht wirklich zum Besseren wandelten. Nach dem Sieg der Revolution entwickelte sich Fidel zu einem Herrscher, der selbst mit harter Hand regierte und keine Kritik duldete. Das hatten sich viele Menschen hier anders vorgestellt. Millionen Kubaner flohen auf abenteuerlichsten Wegen aus dem Land. Ich bin geblieben. Wo hätte ich denn hingehen sollen! Ich hatte kein Geld, und das mit dem Medizinstudium hatte sich erst mal erledigt. Eine andere Ausbildung hatte ich nicht. So bin ich irgendwie beim Taxifahren gelandet. Und Taxifahrer bin ich immer noch. Wobei ich da gerade eine Zwangspause einlege. Vor ein paar Wochen bin ich nämlich sehr böse gestolpert und habe mir das Fußgelenk gebrochen. Es ist schon wieder ganz gut verheilt, aber ans Autofahren ist noch nicht zu denken, und auch das Gehen schmerzt. Deshalb verlasse ich mein Haus nur, wenn es unbedingt nötig ist.«

»Heute war es unbedingt nötig«, sagte Hanna. Die beiden lächelten einander an. Eine Weile war es still auf dem Dach. Nur ein paar Spatzen tschilpten, und von unten toste dumpf der Lärm der Stadt herauf.

»Warum hast du mich damals eigentlich verlassen?«, fragte Julius schließlich. Er nahm Hanna das geleerte Wasserglas ab und stellte es wieder auf dem Tischchen ab. Dann nahm er ihre Hand. »Ich wäre nie in Kuba gelandet, wenn du mich nicht verlassen hättest.«

»Ich? Aber ich habe dich nicht verlassen«, sagte Hanna erschrocken. »Du warst doch derjenige, der weggegangen ist. Hast du das schon vergessen? Ich bin fast gestorben vor Kummer, als ich feststellen musste, dass dir diese schreckliche Revolution hier wichtiger war als meine Liebe zu dir.«

Julius ließ für einen Moment ihre Hand los.

»Das stimmt nicht, Hanna. Ich bin erst gegangen, nachdem du mir diesen Abschiedsbrief geschickt hattest.«

Hanna richtete sich mit einem Ruck auf.

»Welchen Abschiedsbrief?«

»Na, den Brief, in dem du mir geschrieben hast, dass du leider nicht so viel für mich empfindest wie ich für dich. Und dass es besser für uns beide wäre, wenn wir uns eine Zeit lang nicht mehr sehen würden.«

»So einen Brief habe ich dir nie geschrieben, Julius.« Hanna flüsterte jetzt. »Du warst die Liebe meines Lebens, ich war die glücklichste Frau der Welt an deiner Seite. Wieso hätte ich dich verlassen sollen?«

»Das habe ich auch nicht verstanden, Hanna. Ich dachte auch, dass wir uns liebten. Ich war mir deiner so sicher. Umso schockierter war ich, als ich deinen Brief bekam. Aus heiterem Himmel. Ich habe ihn immer noch. Er liegt zu Hause im untersten Fach meines Schreibtisches. Er ist schon ganz zerlesen und vergilbt nach all den Jahren. Ich habe deine Zeilen so oft gelesen, ich kann sie auswendig.« Julius hielt einen Moment inne und atmete tief ein. Dann fuhr er mit gesenkter Stimme fort: »Es fällt mir nicht leicht, Dir diesen Brief zu schreiben‹, steht darin, ›denn ich bin mir sicher, dass ich Dich damit sehr enttäuschen werde. Aber es geht nicht anders. Ich möchte nicht, dass Du Dir weiter irgendwelche falschen Hoffnungen machst. Ich weiß, wie viel Du für mich empfindest, und es ehrt mich, von Dir so sehr geliebt zu werden. Aber ich muss Dich zurückweisen, denn mein Herz gehört nun mal einem anderen Mann. Und zwar für immer und ewig. Ich liebe Deinen Bruder, und wir wollen heiraten. Wir haben schon das Aufgebot bestellt und werden den Rest unseres Lebens gemeinsam verbringen, denn kein anderer Mensch auf der Welt kann mich so glücklich machen wie er. Bitte versteh das und versuche nicht, mich umzustimmen. Ich möchte nicht mehr mit Dir darüber reden. Vermutlich ist es das Beste, wenn wir uns jetzt längere Zeit nicht sehen. Ich wünsche Dir, dass Du bald eine Frau findest, die besser zu Dir passt als ich und mit der Du glücklich wirst. Alles Gute im Leben wünscht Dir Hanna.‹ – Jetzt erzähl mir bitte nicht, dass du diesen Brief nicht geschrieben hast.«

Hanna starrte Julius an. Tränen liefen über ihr blasses, faltiges Gesicht.

»Doch, ja, diesen Brief habe ich geschrieben«, flüsterte sie. »Aber nicht an dich, Julius, sondern – an Viktor.«

»An Viktor? Meinen Bruder?«

Hanna nickte.

»Ich habe dir nie erzählt, dass er auch ein bisschen verliebt in mich war damals. Sehr verliebt sogar. Obwohl ich ihm immer wieder gesagt habe, dass mein Herz allein dir gehört, Julius. Ein paar Tage, bevor du – wie ich später erfahren habe – nach Kuba abgereist bist, hat er mich in meiner Wohnung besucht und mich gebeten, seine Frau zu werden. Ich habe ihn natürlich zurückgewiesen. Aber er hat immer wieder beteuert, dass er der bessere Mann für mich sei. Du seiest ein Herumtreiber, ein Sozialist, mit so einem Mann könne eine Frau wie ich doch nicht glücklich werden. Ich habe Viktor gesagt, dass er sich irrt, und ihn gebeten, meine Wohnung zu verlassen. Und dann habe ich ihm diesen Brief geschrieben. Damit er es blau auf weiß lesen konnte, dass ich nicht ihn, sondern dich liebte, Julius. Deshalb habe ich auch ein bisschen geflunkert und geschrieben, du und ich, wir hätten schon das Aufgebot bestellt. Damit er sich wirklich keine Hoffnung mehr macht und mich nie wieder besuchen kommt. Ich weiß nicht, wie dieser Brief in deine Hände geraten konnte.«

»Viktor muss ihn in meinen Briefkasten geworfen haben«, sagte Julius düster, »damit ich dachte, du hättest dich von mir getrennt.«

»Aber ich hab doch ›Lieber Viktor!‹ oben auf den Brief geschrieben!«, rief Hanna. »Wie konntest du glauben, er wäre an dich gerichtet?«

Julius schüttelte den Kopf. »Es stand überhaupt nichts oben auf dem Brief. Keine Anrede, gar nichts. Ich habe mich auch gewundert.« Er zögerte einen Moment, dann fuhr er fort: »Viktor muss den oberen Teil des Blattes abgeschnitten haben. Oh Gott, ich kann es nicht glauben. Es war eine Intrige, um uns auseinanderzubringen. Wie abscheulich. Mein eigener Bruder ...«

Julius blickte Hanna fassungslos an. Sie schüttelte den Kopf. Ihre Stimme klang matt, als sie sprach.

»Warum hast du mich denn nicht zur Rede gestellt? Warum hast du mich nicht gefragt, was mit mir los war? Wieso sollte ich dich auf einmal nicht mehr lieben, Julius? Es hätte sich alles geklärt, wenn du nur mit mir geredet hättest!«

»Ich weiß es nicht«, antwortete Julius tonlos. »Ich war so verletzt. Es war doch deine Schrift. Es waren deine Worte. Dein Brief in meinem Briefkasten. Und du schriebst doch, dass ich mich nicht mehr bei dir melden sollte. Dass du darüber nicht mehr reden wolltest. Woher hätte ich wissen sollen, dass dieser Brief nicht an mich war? Für mich brach eine Welt zusammen. Ich war so enttäuscht, dass ich dir nicht einmal wichtig genug für ein Abschiedstreffen war. Dass du nicht einmal den Mut hattest, mir diese schrecklichen Dinge ins Gesicht zu sagen. Dass du ausgerechnet meinen Bruder heiraten wolltest und dass ihr sogar schon das Aufgebot bestellt hattet ... Ich – ich wollte dich nie mehr wiedersehen, Hanna, und so weit weg von dir sein wie möglich. Als ich aufbrach, dachte ich, am liebsten würde ich mein Leben lassen in der Revolution, so tief verletzt war ich. Aber mich hat nicht einmal eine Kugel gestreift ...«

Während er sprach, hatte Hanna mit versteinerter Miene zugehört. Dann rief sie:

»Oh Gott, Viktor! Wie konnte er nur ... Er hat dich gut gekannt, er wusste genau, wie du reagieren würdest. Dass du niemals versuchen würdest, mich umzustimmen. Dass du lieber in diese verdammte kubanische Revolution ziehen würdest, als mein vermeintliches Lebensglück zu zerstören.« Sie schluchzte jetzt. »Ich war so enttäuscht von dir, Julius, als du plötzlich abgereist bist. Unerreichbar weit weg. Ich war so unglücklich. Ich habe nicht verstanden, was in dich gefahren ist. Weshalb du nie wieder etwas von dir hast hören lassen. Und dann ... dann war Viktor da und hat mich getröstet. Ich habe gedacht, nun hatte er doch recht, ein Mann wie Julius ist nichts für mich. Er liebt die Revolution mehr als mich. Und da habe ich ihn geheiratet.«

»Viktor? Du hast Viktor geheiratet? Ausgerechnet ihn? Der uns belogen und betrogen und auseinandergebracht hat?«

Julius war leichenblass geworden. Seine Lippen zitterten. Hanna nickte, während die Tränen weiter über ihre Wangen liefen.

»Ich konnte doch nicht ahnen, was er getan hatte. Nicht im schlimmsten Albtraum hätte ich ihm eine solche Boshaftigkeit zugetraut. Oh mein Gott, liebster Julius. Ich habe mein Leben mit dem falschen Mann verbracht. Ich habe ihn gepflegt in den letzten Jahren, ich war immer für ihn da, während er ...«

Hanna vergrub ihr Gesicht in den Händen. Ich sah, wie ihre Schultern zuckten. Ich hätte sie so gern getröstet, aber ich fand keine Worte, die ihren Kummer auch nur im Geringsten gelindert hätten.

Julius starrte sie wortlos an. Sein Gesicht war grau geworden.

»Ist Viktor gestorben?«, fragte er schließlich mit rauer Stimme.

Hanna nickte.

»Im vorigen Jahr.« Sie blickte auf. »Und du, Julius? Hast du hier eine Frau geheiratet?«

Er nahm ihre zitternden Hände in seine und streichelte sie sanft. Er trug keinen Ring.

»Nein. Ich habe keine Frau gefunden, die ich so sehr geliebt hätte wie dich, Hanna. Und dann habe ich mich damit abgefunden, ein wunderlicher, einsamer alter Taxifahrer aus Alemania zu sein. Ich habe gedacht, wer weiß, vielleicht ziehe ich ja doch eines Tages zurück nach Deutschland.«

Hanna lächelte jetzt wieder, während eine Träne über ihr Gesicht lief.

»Mach das, Julius. Wir sind ja noch nicht tot, wir beide, nicht wahr?«

»Nein, ganz und gar nicht. Ich jedenfalls fühle mich so lebendig wie schon seit Jahren nicht mehr.«

Und dann fielen sie einander endlich in die Arme.

Max und ich hatten das Gespräch der beiden staunend und schweigend verfolgt. Auch Sergio, der in diesem Moment wieder heraus auf die Terrasse trat, spürte, dass sich gerade etwas ganz Besonderes ereignet hatte. Auch wenn er den wahren Grund für Hannas rasche Genesung natürlich nicht ahnen konnte.

»Wie ich sehe, geht es unserer Patientin schon wieder viel besser«, sagte er auf Spanisch und strahlte über das ganze Gesicht. »Ich wusste doch, dass unser Julio der beste Doktor der Welt ist. Er ist beinahe ein Zauberer ...«

Doch dann erfuhr er, was sich tatsächlich gerade auf seiner Dachterrasse ereignet hatte, und schüttelte fassungslos den Kopf.

»*Dios mio!*«, rief er aus. »Wie ist das möglich? Was für eine unglaubliche Geschichte! Mir scheint, wir haben Grund zum Feiern. Soll ich Yolanda bitten, ein paar Mojitos anzurühren? Oder besser Cuba libre?«

»Oh nein, bloß nicht«, riefen Hanna und ich wie aus einem Mund, und sie fügte hinzu: »Heute ausnahmsweise keinen Alkohol. Ich bin froh, dass ich mich allmählich wieder von den gestrigen Mojitos erhole.«

Das tat sie wirklich. Ihre Wangen hatten schon wieder etwas Farbe bekommen.

Max hatte währenddessen schweigend an dem roten Geländer gelehnt.

»Entschuldigung«, sagte er jetzt und trat auf Hanna und Julius zu. »Dürfte ich Ihnen etwas zeigen?«

Erstaunt drehten sich die beiden zu ihm um, während Max die Kette mit dem Medaillon unter seinem T-Shirt hervorzog.

»Na, das ist doch ...«, sagte Julius, und Hanna flüsterte: »Max, wo... woher haben Sie das?«

»Ich habe es von meiner Mutter geerbt. Kennen Sie dieses Medaillon?«

»Aber natürlich«, antwortete Julius, während Hanna noch immer ungläubig auf die kleinen goldenen Rosenblüten starrte. »Hanna, Liebes, genau so ein Medaillon habe ich dir damals geschenkt, erinnerst du dich? Es war dein zwanzigster Geburtstag. Ein Goldschmied hat es eigens für uns hergestellt. Und dann habe ich mir dieses Symbol auch noch als Tattoo stechen lassen. Ach, Hanna, ich weiß noch genau, wie du den Kopf geschüttelt hast, als du das Tattoo zum ersten Mal auf meinem Arm gesehen hast. ›Du liebe Zeit, hätte es nicht auch eine Nummer kleiner sein können?‹, hast du gefragt. Und ich habe gesagt: ›Nein, mein Schatz, eigentlich müsste die Rose noch viel größer sein.‹ Erinnerst du dich?«

Hanna nickte. Aber sie schien kaum zugehört zu haben. Ihr Blick ruhte unverwandt auf dem Medaillon.

»Das ist unser Medaillon, Julius. Es sind unsere Initialen.«

Max nahm die Kette ab und reichte sie Hanna, die mit einem zitternden Finger sanft über die kleine goldene Rose strich. Dann blickte sie auf.

»Von Ihrer Mutter haben Sie das Medaillon, sagten Sie? Erzählen Sie mir von Ihrer Mutter.«

»Ich kann mich kaum mehr an sie erinnern. Ich war noch ein Kind, als sie zusammen mit meinem Vater bei einem Autounfall tödlich verunglückte.«

»Sie lebt nicht mehr?« Hanna schloss für einen Moment erschöpft die Augen. »Das tut mir sehr leid.«

Max nickte.

»Hast du die Kette weggegeben damals?«, fragte Julius. »Nachdem wir ... na ja, nachdem wir getrennt wurden?«

Hanna presste die Lippen aufeinander, als wolle sie mit aller Macht verhindern, auf diese Frage eine Antwort zu geben.

»Ja«, sagte sie schließlich mit bebender Stimme. »Ich habe

alles weggegeben, was mich an dich erinnert hätte. Sogar ...« Hanna schluckte und sah Julius an. »Sogar deine Tochter.«

Julius fuhr zusammen.

»Meine Tochter? Welche Tochter, Hanna? Warst du ... Ich wusste nicht ...«

Auf einmal war es totenstill auf der Dachterrasse. Die krakeelenden Spatzen waren weggeflogen. Für einen Augenblick schien selbst der Lärm der Stadt zu verstummen. Ich hielt den Atem an, als Hanna weitersprach.

»Niemand wusste es, Julius. Kurz nachdem du verschwunden warst, stellte ich fest, dass ich schwanger war von dir. Erst war ich verzweifelt. Und dann sehr erleichtert, dass Viktor mich trotzdem heiraten wollte. Es waren andere Zeiten damals. Aber dann habe ich das Kind zur Adoption gegeben. Viktor hatte darauf gedrängt, immer lauter, je weiter meine Schwangerschaft voranschritt. Er sagte: ›Wir wollen doch nicht ein Kind aufziehen, das dich immer an diesen treulosen Julius erinnert, oder?‹ Ach, Julius, heute würde ich so etwas niemals tun. Aber damals? Ich war so jung! Ich hatte solche Angst davor, allein mit einem Kind zu leben ...« Hanna schluchzte auf. »Es war ein Mädchen. Ich habe sie Julia genannt. Sie war nur ein paar Stunden alt, als sie zu einer anderen Familie kam. Ich habe diese Leute nie kennengelernt. Ich hatte mit dem Jugendamt vereinbart, dass wir keinen Kontakt haben. Aber ich wusste, dass mein Baby dort in guten Händen war. Ich habe Julia das Medaillon mitgegeben, und dann habe ich von meinem kleinen Mädchen nie wieder etwas gesehen oder gehört. Ich wollte an diese schlimmen Zeiten von damals nicht erinnert werden.« Hannas Stimme war mit jedem Wort leiser geworden. Sie war jetzt nur noch ein Hauch. »Aber es hat nicht geklappt. Ich habe jeden einzelnen Tag meines Lebens daran gedacht. Ein paar Jahre später habe ich meine Entscheidung sehr bereut. Ich beantragte bei den Behörden, Kontakt zu den Adoptiveltern aufzunehmen. Heimlich – Viktor hat nie etwas davon erfahren – habe ich nach den Leuten gesucht. Aber die Familie hat sich nie gemeldet.«

Max setzte sich neben Hanna auf die Liege. Er nahm ihre Hände, in denen sie immer noch das Medaillon hielt.

»Aber jetzt meldet sie sich«, sagte er.

Hanna blickte auf.

»Diese Julia war meine Mutter«, erklärte Max, »und wenn meine Mutter Ihre Tochter war ... dann bist du meine Großmutter!«

Er lächelte jetzt. Hanna sah ihn an, ungläubig, ihr Mund stand vor Staunen offen. Dann klappte sie ihn zu.

»Das ist jetzt wirklich ein bisschen zu viel für mich«, murmelte sie und griff sich mit der Hand ans Herz. »Bestimmt werde ich gleich wieder ohnmächtig. Was sagst du da? Du bist Julias Sohn? Ich habe einen Enkel?« Immer wieder schüttelte sie den Kopf. »Ach, Max, ich ... ich weiß gar nicht, was ich denken soll. Es ist so unglaublich. Also, wenn das stimmt ... Oh Gott. Ich wünschte, ich hätte diesen Brief damals nicht geschrieben. Ich wünschte, ich hätte alles anders gemacht. Aber ich – ich bin doch auch so froh, dass ich diesen Artikel in der Zeitschrift gelesen habe und dass ich nach Kuba gefahren bin. Ach herrje. Was soll ich sagen? Ich bin so glücklich und so unglücklich gleichzeitig.«

»Mir geht es genauso«, entgegnete Julius, worauf Max nickte: »Und mir auch.«

»Das, was geschehen ist, können wir nicht mehr ändern, Hanna, auch wenn ich wünschte, alles wäre anders gekommen.« Julius legte seine Hände über die von Max und Hanna. »Wer hätte gedacht, dass ich auf meine alten Tage meine große Liebe noch mal wiederfinde. Vielmehr, dass sie mich findet. Und Opa bin ich plötzlich auch. Wo ich doch nicht einmal wusste, dass ich damals Vater geworden war. Was für ein Tag! Was für ein unglaublich verrückter Tag! Es ist, als würde ich noch einmal ganz von vorne anfangen. Schon wieder.« Er blickte auf. »Herzlich willkommen in meinem Leben, junger Mann! Es ist wunderbar, einen Enkel zu haben. Lass dich umarmen. Ich glaube, wir haben uns alle noch sehr viel zu erzählen!«

27

Einige Wochen später, an einem milden Abend Ende Mai, saß ich in der ersten Reihe des Münchner Prinzregententheaters und nestelte nervös an meinem kleinen silbernen Handtäschchen herum, das ich auf dem Schoß hielt. Ich trug ein dunkelblaues schimmerndes Abendkleid mit passenden High Heels und sah gebannt auf die Bühne, wo der Chefredakteur des Bayerischen Rundfunks in wenigen Sekunden den diesjährigen Gewinner des Goldenen Griffels bekannt geben würde. Ich hatte es mit meiner Kuba-Geschichte tatsächlich in die Endauswahl geschafft.

»Mach dich locker«, raunte Max auf dem Sitz neben mir. »Ich wette ein Fass kubanischen Rum, dass du gleich da oben stehst!«

Er trug einen schwarzen Anzug mit Hemd und Fliege, was ihm ausgezeichnet stand. Dabei hatte es am Nachmittag fast eine Stunde gedauert, bis ich ihn davon überzeugt hatte, dass dies hier keine Veranstaltung war, bei der man ein Comic-T-Shirt anziehen sollte.

»Nicht ohne dich«, antwortete ich leise.

»Pst, ihr zwei«, machte Hanna, die auf Max' anderer Seite saß. »Jetzt geht's los!«

Der Mann auf der Bühne öffnete umständlich einen großen weißen Umschlag und zog ein Blatt heraus.

»Der Goldene Griffel für den Bereich Informative Unterhaltung geht in diesem Jahr an Katrin Faber und Max Mainberg für ihre gemeinsame, aufsehenerregende Reportage aus Kuba mit dem Titel ›Mit Hanna nach Havanna – Für die große Liebe ist es nie zu spät‹. In der Begründung der Jury heißt es: ›Mit großer Klugheit und außergewöhnlichem Feingefühl zeichnen die beiden Journalisten die Biografie zweier Liebender nach, die sich in ihrer Jugend vor fast sechzig Jahren aus den Augen verloren und erst jetzt in Kuba wiedergefunden haben.‹ – Herzlichen Glückwunsch!«

Applaus brandete auf. Max sprang mit einem triumphalen »Yeah!« aus seinem Sitz und stieß eine Faust in die Luft wie Superman persönlich. Dann nahm er meine Hand und zog mich hoch.

»Los, komm, Schatz, wir müssen auf die Bühne!«

Ich hatte noch gar nicht ganz realisiert, dass wir es tatsächlich geschafft hatten. Wir hatten wirklich den Goldenen Griffel gewonnen! Natürlich nicht mit einem Interview über die Revolution. Wie auch: Wer dachte denn beim Thema Leidenschaft und Passionen ernsthaft an so etwas Schreckliches wie Krieg und Kämpfe? Was hatte mir die Frau mit dem Baby auf der Bank in Trinidad gesagt: Die Liebe ist die stärkste Kraft von allen. Sie bringt eine fast achtzigjährige Frau dazu, ans andere Ende der Welt zu reisen, um den Mann zu finden, den sie ihr ganzes Leben lang nicht vergessen konnte. Max und ich hatten uns tagelang mit Julius und Hanna über ihre Geschichte unterhalten, wir hatten zusammen die Orte besucht, an denen sich die beiden damals getroffen hatten, und auch die, an denen sie so lange getrennt gelebt hatten, und daraus war die schönste Reportage entstanden, die ich mir vorstellen konnte.

Wie betäubt vor Freude folgte ich Max die Stuhlreihe entlang. Ein paar Sekunden später standen wir auf der Bühne, blinzelten in die Scheinwerfer, die uns aus allen Ecken des Saals bestrahlten, und reckten gemeinsam die Trophäe in die Höhe. Die Blitzlichter der Pressefotografen zuckten auf, aus dem Publikum kamen begeisterte Rufe und anerkennende Pfiffe.

»Und?«, fragte Max mich leise, wobei er nicht aufhörte, den Zuschauern zuzuwinken. »Fühlt es sich so gut an, wie du es dir vorgestellt hast?«

»Viel besser«, raunte ich zurück. »Das liegt aber nicht daran, dass wir den Preis gewonnen haben.«

Max hörte auf zu winken, nahm meine Hand und drückte sie leicht.

»Mir geht es genauso. Der Goldene Griffel ist ja ganz nett, aber den Hauptgewinn halte ich in der anderen Hand ...«

Wir küssten uns mitten auf der Bühne, worauf das Blitzlichtgewitter erst richtig losging. Dann wurden Hanna und Julius heraufgerufen und mussten noch einmal ausführlich und in allen Details ihre Geschichte erzählen, bevor unsere Reportage über die Leinwand flimmerte.

Später standen wir alle mit einem Glas Prosecco im Foyer des Theaters und stießen auf unseren Erfolg an.

»Was für einen schönen Film ihr da gemacht habt«, lobte Hanna und lächelte Max und mich an. Julius stand neben ihr und nickte. Er war kaum mehr wiederzuerkennen in seinem schicken schwarzen Anzug und der dunklen Krawatte.

»Ich hatte ganz vergessen, wie es sich anfühlt, in Deutschland zu leben«, murmelte er und ließ den Blick über die goldfarbene Wandvertäfelung und die farbenprächtige Bemalung der hohen, gewölbten Decke wandern. Er und Hanna hatten beschlossen, den Rest ihres Lebens gemeinsam zu verbringen, im Sommer in Deutschland und in den Wintermonaten in Kuba.

»Dürfen wir euch auch mal besuchen kommen?«, fragte Trixie, die gerade von der Proseccobar herübergeschlendert kam, und hob mit einem breiten Grinsen im Gesicht ihr Glas. Sie trug ein giftgrünes schulterfreies Abendkleid, das oben eng anlag und sich von der Taille abwärts in unzähligen sich kräuselnden Volants üppig bauschte. Ganz entfernt erinnerte ihr Anblick an einen frisch blanchierten Brokkoli. Aber ihre extravagante Abendgarderobe war nicht das Spektakulärste. Noch viel verblüffender fand ich die Tatsache, dass Trixie ihren Arm bei Oliver eingehakt hatte.

Perplex starrte ich erst meine Freundin, dann unseren Chef an.

»Sagt mal ... seit wann ... Ich meine ... habe ich da was verpasst?«

»Nein, eigentlich nicht«, antwortete Trixie, und das Grinsen in ihrem Gesicht wurde noch eine Spur breiter. »Wir wollten es nicht öffentlich machen, bevor wir uns nicht ganz sicher waren.«

»Dabei war ich mir von Anfang an sicher«, fügte Oliver hinzu und lächelte Trixie so glücklich an, als hätte er selbst gerade den Goldenen Griffel gewonnen.

»Ich auch«, gab sie kichernd zurück.

»Hilfe, ist das kitschig«, rief Hanna und schüttelte den Kopf, sodass die großen Kreolen in ihren Ohrläppchen tanzten. »Noch ein Liebespaar. Das glaubt uns kein Mensch!«

Sie hob ihr leeres Proseccoglas und sah sich vergnügt im Foyer um. »Könnte mir bitte jemand noch etwas zu trinken bringen? Heute gibt es ständig neue Gründe, das Leben zu feiern! Es ist wirklich verrückt.«

»Apropos verrückt«, sagte Oliver. »Ich hätte da noch einen kleinen Anschlag auf dich vor, Katrin.«

»Oh. Schon wieder?«

Oliver räusperte sich verlegen.

»Ich wollte dich fragen, ob du dir vorstellen könntest, demnächst wieder deinen alten Sendeplatz zu übernehmen. Ich muss zugeben, dass es keine besonders gute Idee war, Ramona diese Talksendung anzuvertrauen. Erst lief es ja ganz gut, aber dann ...« Er zögerte, bevor er weitersprach: »Tut mir leid, Katrin, dass ich damals eine solche Fehlentscheidung getroffen habe.«

Ich nickte nur, was Oliver offenbar als Zustimmung zu seinem Angebot wertete. Er war gleich wieder ganz in seinem Element und plauderte jetzt mit einem strahlenden Lächeln im Gesicht ohne Punkt und Komma weiter.

»Ich habe mir auch schon überlegt, wie deine neue Sendung heißen soll. Nämlich: ›Hallo Katrin!‹. – Was hältst du davon?«

»Ja, das klingt herrlich!«, rief Trixie, noch bevor ich etwas sagen konnte. »Ich freu mich schon darauf. Und ich hätte auch eine Idee, wer deine ersten Gesprächspartner sein könnten. Hanna und Julius. Na, wie wäre das? Ich hoffe, ihr habt nichts dagegen, den Zuschauern von Hello-TV noch mal eure ganze Geschichte zu erzählen?«

»Mit größtem Vergnügen«, rief Julius. Und auch Hanna nickte, aber dann sagte sie:

»Und was wird mit dem ›Kaleidoskop‹? Wenn Katrin diese Sendung nicht mehr moderiert, wer erzählt uns alten Herrschaften in Zukunft, worauf es ankommt, wenn man sich einen Treppenlift einbauen oder trotz Hüftschadens eine Kreuzfahrt unternehmen möchte?«

»Das macht Trixie!«, erklärte Oliver. »Während Katrin in Kuba war, hat sie sich bestens in die Moderation der Sendung eingearbeitet.«

»Das wundert mich nicht.« Ich lächelte. »Sie war von Anfang an mit Feuer und Flamme dabei.«

»Aber der Höhepunkt war ihr Live-Auftritt, als sie kurzfristig für Ramona einspringen musste und mit den britischen Royals geplaudert hat.« Oliver gab Trixie einen glücklichen Kuss auf die Wange. »Wie charmant sie den beiden ihr kleines Geheimnis entlockt hat, dass es demnächst noch mal Nachwuchs im Königspalast gibt. Eine Sternstunde des Journalismus. So oft ist anschließend noch nie über eine unserer Sendungen berichtet worden!«

»Danke, ja, das war toll.« Trixie strahlte. »Aber diesen Stress brauche ich so schnell nicht wieder! Himmel, war ich aufgeregt! Da sitze ich doch lieber in diesem bequemen Ohrensessel und gehe meine Sendung ganz entspannt an. Übrigens, Katrin, stell dir vor: Ich habe vorhin eine Zusage aus Seattle bekommen. Ein alter Schulfreund von Jimi Hendrix hat sich gemeldet. Ist das nicht fantastisch? Ich hatte gar nicht mehr damit gerechnet, überhaupt noch eine Antwort zu kriegen. Der Mann kommt demnächst zu uns ins Studio und wird im ›Kaleidoskop‹ ein bisschen aus dem Nähkästchen plaudern. Über Hendrix' miserable Schulnoten und seine ersten musikalischen Versuche auf einer kaputten Ukulele. Wie findest du das?«

»Hey, wow. Großartig! Herzlichen Glückwunsch!«

»Aber wie ist das jetzt mit deiner neuen Talkshow?«, hakte Oliver nach. »Du hast noch gar nicht richtig geantwortet. Wie sieht's aus mit ›Hallo Katrin!‹? Du bist doch dabei – oder?«

Ich grinste Oliver an. Dieses Mal würde ich ihn ein bisschen zappeln lassen.

»Darf ich mir etwas Bedenkzeit erbitten?«, fragte ich und nippte an meinem Prosecco. »Wir können uns ja demnächst noch mal im *Il Fiore dolce* zusammensetzen und alles in Ruhe besprechen. Wenn ich wieder in Deutschland bin. Max und ich fliegen nämlich nächste Woche zurück nach Kuba. Wir haben da noch so einiges nachzuholen ...«

* * *

Liebe Trixie!
Herzliche Grüße aus dem sommerlichen Havanna! Ich hoffe, meine Ansichtskarte geht auf den verschlungenen Wegen der kubanischen Post nicht verloren. Es ist himmlisch hier, wenn man nicht ständig auf der Suche nach einem Internetanschluss ist, sondern das karibische Leben in vollen Zügen genießt. Max und ich haben die ersten Stunden unseres Salsa-Kurses hinter uns, und es macht einen Heidenspaß. Max meint, ich tanze schon erheblich besser als damals im Café Paris. Aber was heißt das schon?! Jedenfalls arbeite ich fleißig an meinem Hüftschwung. Morgen besuchen wir eine Tabakfarm, und dann steht auch noch eine Rum-Verkostung auf dem Programm, bevor wir uns ein paar Tage am Strand gönnen. Keine Sorge, Max und ich werden pünktlich zu deiner Hochzeit zurück in München sein. Ich freue mich riesig

für dich. Wenn du die Frau meines Chefs bist, muss ich dann demnächst eigentlich Sie zu dir sagen?! ;-)
Alles Liebe, deine Katrin

Nachwort

Mit Hanna nach Havanna entstand nach meiner Kuba-Reise Anfang 2016. Ich war so fasziniert von dieser karibischen Insel, dass mir sofort klar war: Darüber muss ich einen Roman schreiben! Vier Wochen lang bin ich mit meiner Familie quer durch dieses großartige Land gereist, und wir haben eine Welt voller Gegensätze erlebt: atemberaubend schöne Landschaften und beeindruckende Städte, aber auch große Armut und Verfall, je weiter man sich von den touristischen Zentren entfernt. Das einundzwanzigste Jahrhundert und mittelalterliche Zustände scheinen bisweilen ganz nah beieinanderzuliegen. Die einfachsten Dinge funktionieren nicht – und doch funktioniert erstaunlich vieles. Kubaner sind Weltmeister im Improvisieren. Dabei wandelt sich wahrscheinlich kaum ein anderes Land im Moment so sehr wie Kuba. War ein Internetzugang bei unserer Reise noch etwas ganz Besonderes (aber immerhin gibt es ihn seit einiger Zeit), so mag es in Kürze eine Selbstverständlichkeit sein, jederzeit online gehen zu können.

Die meisten Menschen, denen wir in Kuba begegnet sind, waren entspannt und lebensfroh, sehr aufgeschlossen und äußerst hilfsbereit. Mein besonderer Dank gilt Luisito und Denia von der Casa Tivoli in Santiago de Cuba, ohne deren Herzlichkeit und tatkräftige Hilfe unsere Reise sicher nicht so wunderbar verlaufen wäre. Bei all den großartigen Begegnungen und spannenden Eindrücken hat mich Kuba aber auch zum Nachdenken gebracht. Man lernt daheim die kleinen Selbstverständlichkeiten des Alltags erst wieder richtig zu schätzen: eine funktionierende Toilettenspülung, das überbordende Angebot an Lebensmitteln im Supermarkt, die guten Straßen ... Nach meiner Kuba-Reise wurde mir erst wieder bewusst, in welchem Reichtum, mit welcher Sicherheit und Freiheit wir hier in Deutschland leben!

Vieles von dem, was ich in meinem Roman geschildert habe, haben wir so oder so ähnlich erlebt. Insofern hat *Mit Hanna nach Havanna* durchaus ein paar autobiografische Elemente. Auch die Bar Buena Vista in Santiago gibt es tatsächlich – allerdings heißt sie in Wirklichkeit anders, nämlich Casa de Las Tradiciones.

Aber natürlich ist vieles, vor allem die eigentliche Handlung der Geschichte, frei erfunden. Es gibt weder einen Fernsehsender namens Hello-TV, auch keinen Journalistenpreis namens Goldener Griffel (soweit ich weiß) und leider auch keine Johanna Wagner von Trottau zu Dannenberg, die sich zusammen mit einer ehrgeizigen Journalistin auf die Suche nach ihrer verschollenen Jugendliebe gemacht hat. Aber wenn es eine solche Frau wie Hanna gäbe, könnte ich mir keine bessere Begleiterin auf einer Reise durch Kuba vorstellen.

Natürlich kann es kein Buch über Kuba geben ohne die wichtigsten landestypischen Rezepte. An den folgenden Speisen und Getränken kommt man bei einer Reise durch Kuba nicht vorbei.

Sopa Cubana (Kubanische Suppe)

Für 4 Personen
1 Zwiebel
4 Knoblauchzehen
2 Möhren
1 Bund Petersilie
2 EL Butter
150 g Chorizo
150 g durchwachsener Speck
½ Tasse getrocknete Erbsen
1 l Brühe

Zwiebel, Knoblauch und Möhren fein würfeln, Petersilie klein hacken und alles in der Butter anbraten. Chorizo und Speck ebenfalls würfeln und mit den Erbsen dazugeben, mit Brühe aufgießen und etwa eine halbe Stunde köcheln lassen, bis die Erbsen weich sind.

Arroz Congrí (Reis mit Bohnen)

Für 4 Personen
80 g schwarze Bohnen
460 ml Wasser
25 g Bacon oder durchwachsener Speck
50 ml Öl
1 Zwiebel, gewürfelt
3–4 Knoblauchzehen, klein gehackt
1 rote Paprika, gewürfelt
½ TL Oregano
1 Lorbeerblatt
gemahlener Kreuzkümmel nach Geschmack
300 g Reis
Salz
Gemüsebrühe nach Belieben

Die Bohnen über Nacht in reichlich Wasser einweichen und in derselben Flüssigkeit zum Kochen bringen, bis sie weich sind. Bacon bzw. Speck in Öl anbraten, Zwiebel, Knoblauch und Paprika dazugeben und mit schmoren lassen. Oregano, Lorbeerblatt und Kreuzkümmel hinzufügen, das dunkle Bohnenwasser aufgießen, zusammen mit Reis, Bohnen und etwas Salz gut 20 Minuten köcheln lassen, bis die Flüssigkeit aufgesogen ist. Je nach Geschmack Gemüsebrühe nachgießen und abschmecken.

Pollo asado (Gebratenes Huhn)

Für 4 Personen
4 Hühnerbrustfilets
1 Knoblauchzehe, fein gewürfelt
¼ TL Salz
Pfeffer nach Belieben
1 EL Oregano
½ TL Kreuzkümmel
50 ml Limettensaft
50 ml Orangensaft
1 Zwiebel, in Ringe geschnitten
40 ml Öl

Die Hähnchenfilets in eine große Schüssel legen. Knoblauch, Salz, Pfeffer, Oregano, Kreuzkümmel und den Saft zu einer Marinade verrühren, über das Hähnchenfleisch gießen, mit Zwiebelringen bedecken und mindestens zwei Stunden ziehen lassen, gelegentlich wenden. Die Filets aus der Marinade nehmen, abtropfen lassen und in heißem Öl in einer Pfanne von allen Seiten scharf anbraten. Die Marinade dazugeben und das Fleisch darin schmoren lassen, bis es gar ist.

Cafiroleta (Süßkartoffeldessert)

Für 4 Personen
400 g Süßkartoffeln
400 g Zucker
200 ml Wasser
etwas Zitronensaft
100 ml Kokosmilch
2 Eigelb
1 gestrichener TL Zimt
1 Prise Salz

Die Süßkartoffeln schälen, weich kochen und mit einem Pürierstab oder einer Kartoffelpresse zerkleinern. Zucker, Wasser und Zitronensaft in eine Pfanne geben und einkochen lassen. Den Sirup und die Kartoffelmasse zusammen in einen Topf geben, Kokosmilch und Zimt hinzufügen und alles miteinander kochen, bis die Flüssigkeit verdampft ist. Die Eigelbe dazugeben, gut umrühren und mit Salz abschmecken. Noch einmal kurz aufkochen lassen, in kleine Portionsformen füllen und abkühlen lassen.

Mojito

Saft von 1 Limette
1 TL weißer Rohrzucker
einige Minzeblätter nach Geschmack
3–4 Eiswürfel oder Crushed Ice
4 cl Soda- bzw. Mineralwasser
6 cl weißer Rum
1 Minzezweig zum Garnieren

Limettensaft in einem Glas mit Zucker verrühren, bis dieser sich zum Teil auflöst. Die Minze dazugeben und mit einem Stößel leicht andrücken, die Blätter sollten noch zu erkennen sein. Mit dem Eis auffüllen, Sodawasser und Rum dazugeben und noch mal umrühren, mit Trinkhalm und Minzezweig am Glasrand servieren.

Daiquiri

6 cl weißer Rum
3 cl Limettensaft
2 cl (Rohr-)Zuckersirup
3–4 Eiswürfel oder Crushed Ice

Alle Zutaten im Shaker mixen und ohne das Eis in einer Cocktailschale (Martiniglas) servieren.

Variante: Zutaten zusammen mit 3 cl Orangensaft mischen oder alles (inklusive Crushed Ice) mit 5 bis 6 reifen Erdbeeren im Mixer pürieren.

Cuba libre

6 cl weißer Rum
1 Schuss Limettensaft
125 ml Cola
5–6 Eiswürfel
1 Limettenscheibe zum Garnieren

Alle Zutaten in einem Glas verrühren und mit einer Limettenscheibe dekorieren. (Oder – wie Max es mag – mit einer Orangenscheibe.)

Piña colada

6 cl weißer Rum
4 cl Kokoscreme (Cream of Coconut) oder Kokosnusssirup
10 cl Ananassaft
2 cl Sahne
3–4 Eiswürfel
½ Ananasscheibe und eine Cocktailkirsche zum Garnieren

Die Getränke gut mixen, in ein bauchiges Cocktailglas geben und mit leicht zerstoßenen Eiswürfeln auffüllen. Den Glasrand mit einer halben Scheibe frischer Ananas und einer Cocktailkirsche dekorieren.

Das Leben ist eine Achterbahnfahrt – ohne ein paar Loopings wäre es langweilig!

THERESIA GRAW
Wenn das Leben Loopings dreht
ROMAN

blanvalet

416 Seiten. ISBN 978-3-7341-0246-2

Franziska – verheiratet, zwei Kinder, gut situiert – erhält mit der Post aus heiterem Himmel Briefe an eine mysteriöse Laura Caspari, die in der Nachbarschaft niemand kennt. Nach langem Zögern öffnet Franziska die Briefe und erfährt darin von der dramatischen, lange zurückliegenden Liebesgeschichte zwischen Laura und dem Absender Alex. Zwischen Franziska und ihrem Mann sprühen schon seit Längerem keine Funken mehr, und so fühlt sie sich magisch angezogen von Alex und seinen romantischen, leidenschaftlichen Worten. Kurzerhand wirft sie alle Vernunft über Bord und begibt sich auf die Suche nach ihm. Und bald schon wird ihr Leben gehörig durcheinandergewirbelt!

Lesen Sie mehr unter: **www.blanvalet.de**